KB077431

스트립 잭

STRIP JACK

스트립 잭

STRIP JACK
존 리버스 컬렉션

이언 랜킨 지음
최필원 옮김

오픈하우스

내가 유일하게 옷을 벗겼던
잭에게 바친다.

작가의 말

『스트립 잭』은 1990년, 아내와 함께 들어가 살았던 허름한 프랑스 농가에서 집필한 리버스 소설이다. 그곳으로 이사하고 처음 2년간은 집을 수리하는 데만 집중했다. 배선 공사, 천장 보수, 그리고 블랙베리 덤불로 뒤덮인 주변 황무지 경작하기. 다락은 내 사무실이 되었다. 사무실에 들어가려면 곧 무너질 듯한 나무 사다리를 올라 작은 문을 통과해야만 했다. 바닥이 얼마나 심하게 뒤틀렸는지 책상에 펜이라도 내려놓을라치면 무서운 속도로 굴러 내려오기 일쑤였다. 실내 장식이랄 건 없었다. 그저 벽에 에든버러 중심부 버스 노선도와 도시 기념물 사진이 담긴 엽서들, 그리고 스코틀랜드 경찰 관할구역 목록만을 빽빽이 붙여놓았을 뿐이다.

하지만 이 소설에는 우리의 프랑스 농가 체험이 거의 스며들지 않았다. 오히려 그 반대였다. 이 소설은 내가 쓴 그 어느 작품보다도 스코틀랜드에 초점을 맞추고 있다. 런던을 배경으로 한 전작을 의식한 탓일까? '브레이(brae, 비탈)', '벌(birl, 돌리다)', '킥(keech, 똥)', '하르(haar, 바다 안개)' 같은 단어들도 슬그머니 섞여 들어갔다. 위스키는 '크래터(the cratur)'로 썼고, 얼간이는 '바-히드(ba-heid)'라고 썼다. '슈글리(shoogly, 불안정함)'와 '페킹(peching, 헐떡거림)'은 아버지가 가장 즐겨 쓰시던 표현이다. 아마도 집필 중에 무의식적으로 아버지를 생각했던 모양이다. 이것은 1990

년, 아버지가 세상을 떠난 후 처음 쓴 소설이다. 리버스의 아버지가 남긴 명언, "똥이 금이라면 엉덩이에 똥개를 달고 다녀야지"도 실은 내 아버지에게 들은 말이었다.

소설의 스코틀랜드다움을 강화하기 위해 나는 책 표지에 뒷발로 일어선 사자 기(旗)가 당당히 나부끼는 의회 의사당을 넣어볼 것을 제안했다. 쓰인 언어는 무척 스코틀랜드답지만『스트립 잭』은 이전 세 작품보다 덜 흉포하고 통렬하다. 아마도 그사이 달라진 집안 사정 때문일 것이다. 1991년 내 아내 미란다가 임신을 했고, 1992년 2월에 아들 잭이 태어났다. 그래서 헌정사에『스트립 잭』을 '내가 유일하게 옷을 벗겼던 잭에게 바친다'고 써놓은 것이다. 십대가 된 아들은 이 헌정사를 볼 때마다 무척 괴로워한다.

제목은 카드 게임 개요서에서 찾은 것이다. 당시 나는『매듭과 십자가(Knots and Crosses)』와『숨바꼭질(Hide and Seek)』같은 농담조의 제목을 찾아보기 위해 아이들과 성인들의 심심풀이 게임을 하나씩 훑어나가던 중이었다. 어떤 이유에서인지 '스트립 잭 네이키드(Strip Jack Naked)'라는 카드 게임이 가장 와 닿았다. 하지만 세 단어로 이루어진 제목은 왠지 어색했다. 그래서 두 단어로 줄이게 된 것이다.

흥미롭게도 나는 스코틀랜드를 떠나고서야 비로소 내 모국의 역사와 정치에 관심을 갖게 되었다. 관련 서적들을 탐독하기 시작했고, 매년 서너 차례씩 에든버러를 찾을 때면 친구 집에 머물며 도시 구석구석을 들쑤시고 다녔다. 싸구려 카메라로 많은 사진을 찍었고, 여러 도서관에서 많은 시간을 보내기도 했다. 전업 작가가 되었으니 모든 디테일에 오류가 없도록 더 신경 써야만 했다.『스트립 잭』의 집필을 위해 나는 에든버러 대학

교의 병리학부에 협조를 요청했고, 그렇게 앤소니 부수틸 교수와의 만남이 성사되었다. 그는 이 소설을 비롯한 시리즈의 여러 작품들에서 법의학적 디테일을 책임져주었다. 커트 박사가 '규조류(수중에 생육하는 부유 식물의 일종으로 세포막에 다량의 규산을 포함하고 있다)'와 '표모피(물속 시체의 손·발바닥이 불어서 흰 주름이 생기는 것)' 따위에 대해 주절거릴 때 사실 그건 부수틸 교수가 말하고 있는 것이다. 그와의 첫 만남은 아직도 생생하게 기억이 난다. 당시 교수는 나를 경찰로 오해하고 피해자의 목을 그어 살해한 범인에 대해 설명하기 시작했다. 그가 부검 사진을 꺼내 보이자 내 얼굴은 잿빛으로 변해버렸고, 내 반응을 확인한 그는 그제야 자신이 오해했음을 깨달았다.

에든버러에서 멀리 떨어져 사는 동안 나는 리버스의 이력과 회상에 많이 의지해야 했다. 그가 떠올리는 소풍과 휴가지들은 그의 경험이 아닌, 바로 내 경험들이다. 하지만 그레고르 잭 하원의원은 경험이 아닌, 내 상상력에서 튀어나온 인물이다. 그 캐릭터는 그 누구도 모델로 삼지 않았다. 그의 친구들은 사정이 다르지만. 고등학교 시절, 나는 친한 친구가 많았다. 그러나 졸업 후에는 몇 명 없었다. '수이'가 그런 별명을 갖게 된 사연은 내가 열여섯 살 때 독일 수학여행 중 벌어진 사건과도 관련이 있다. 또한 '편협한 난독증 환자의 낙서'는 친구가 살던 이스터 로(路) 공동주택의 계단통에서 보았던 것이다.

노스 에스크와 사우스 에스크의 선거구도 내가 허구로 꾸며낸 것이다. 하지만 당신이 멍고 파크(Mungo Park, 스코틀랜드 탐험가)가 아니라도 노스 에스크와 사우스 에스크, 그리고 현실 세계 사이에 어느 정도의 상관관계가 존재한다는 걸 짐작할 수 있을 것이다. 에든버러 역시 현실 세계이고, 사우스 에든버러와 이스트 에든버러도 모호하게나마 규정할 수 있는 지리적 영역이지 않은가.

사실 노스 에스크와 사우스 에스크는 1983년, 경계 위원회 개편 이전의 미들로디언 의회 선거구와 약간 닮아 있다. 또한 현재 에든버러 펜틀랜드 선거구 최남단과 이스트로디언 선거구 서부도 살짝 연상시킨다.

리버스에게는 내 특징을 조금 부여했다. 언젠가 에든버러로 돌아왔을 때 나는 의사를 찾아가 고질적인 공황 발작에 대해 상담했었다. 그는 약물 치료 대신 자기 최면과 이완 요법을 처방해주었다. 리버스에게 나의 문제점을 안겨주니 집필 자체가 치료 과정이 되어버렸다. 『이빨 자국』에서 리버스를 런던으로 데려갔을 때 그는 나를 대신해 그 도시에 대한 반감을 거침없이 표현해주었다. 그래서 이번에도 그에게 내 건강 문제를 모조리 떠안겼다. 하지만 그에게 페이션스 에이트킨 박사를 붙여주었으니 어느 정도 보상은 되었을 거라 믿는다. 그녀는 옥스퍼드 테라스에 사는 내 고등학교 친구의 실제 이웃이기도 하다(그 친구도 호스헤어 바 장면에서 불쑥 등장한다). 페이션스는 리버스에게 절실한 정서적 안정을 제공해준다. 그것도 몇 편에 걸쳐서.

『스트립 잭』은 우정, 특히 학교에서 형성된 끈끈한 유대감에 관한 이야기다. 또한 스코틀랜드의 지킬과 하이드 캐릭터에 대한 또 다른 탐구이기도 하다. 점잖은 뒤에 본성을 숨긴 사람들. 결말에 이르러서 밝혀지는, 유인원을 닮은 악당의 외모. 그런 점들이 스티븐슨의 이야기 속 하이드 씨를 상기시킨다.

『스트립 잭』의 결말부까지 리버스는 허구의 거리에 자리한 허구의 경찰서 소속 형사였었다. 하지만 전업 작가가 되었으니 진짜 전문가들을 등

장시켜 최대한 현실적인 글쓰기를 해야 할 것만 같았다. 나는 꾸며낸 에든
버러에서 리버스를 건져내 진짜 에든버러로 데려갔다. 그는 그곳의 진짜
경찰서에서 일하게 되었고, 그곳의 진짜 술집에서 술을 마시게 되었다.

　내 오랜 견습 기간은 그렇게 끝이 나버렸다.

차례

그는 아는 게 없다. 그리고 자신이 모든 걸 다 안다고 생각한다.
그가 정치에 입문해야 하는 명백한 이유다.

- 조지 버나드 쇼, 『바바라 소령』 중

우정은 끊임없는 교류를 통해 원숙해진다.

- 찰스 맥킨, 『에든버러』 중

1
착유실

놀라운 건 이웃들의 항의가 없었다는 사실이다. 그들은 기자들에게 미처 깨닫지도 못했다고 털어놓았다. 그날 밤까지는. 갑작스러운 거리의 소음에 잠을 설쳤을 때까지는. 차, 밴, 경관들, 그리고 무전기 잡음. 하지만 감당하기 힘든 수준의 소음은 절대 아니었다. 그리고 어찌나 신속하게 처리되었던지 아무것도 모른 채 잠에 빠진 이들도 적지 않았다.

"그래도 예의는 차려야지." 그날 저녁, 브리핑실에서 별명이 '농부'인 애버딘 출신의 왓슨 총경이 부하들에게 말했다. "비록 매음굴이긴 하지만 좋은 동네에 붙어 있잖아. 누가 들락거리는지도 모르고. 거기서 서장과 맞닥뜨리기라도 하면 어떡해?"

왓슨이 활짝 웃으며 농담이었다는 걸 분명히 해두었다. 하지만 왓슨보다 서장에 대해 잘 아는 경관 몇몇은 쓴웃음을 지으며 서로 눈빛을 교환했다.

"좋아." 왓슨이 말했다. "마지막으로 한 번 더 작전을 설명하지."

맙소사. 저렇게도 좋을까? 존 리버스 경위는 생각했다. 아주 좋아 죽는군. 하긴, 그럴 만도 하지. 이 순간을 위해 왓슨이 엄청 공을 들여왔잖아. 자기가 완벽히 짜놓은 계획이니 자기가 완벽히 마무리 짓고 싶겠지. 남성 갱년기 증상인지도 모르고. 20년 베테랑 리버스가 겪어본 총경들 대부분은 책상에 앉아 은퇴하는 날만을 손꼽아 기다렸다. 하지만 왓슨은 달랐다.

왓슨은 소수만이 관심을 갖는 채널 4(영국의 지상파 방송국)와도 같았다. 풍파를 일으키지는 못해도 호들갑은 엄청 떨어대는 타입.

그에게는 누구도 존재를 모르는 정보원이 있는 모양이었다. 그리고 그 보이지 않는 누군가는 그의 귀에 대고 '매음굴'이라는 단어를 속삭였을 것이다. 죄악과 방탕! 왓슨이 의분에 가득 찼을 만했다. 그는 결혼 후 섹스마저도 마지못해 인정하는 독실한 장로교 교인이었다. 그의 아들과 딸이 세상을 보게 된 것도 어찌 보면 기적이라 할 수 있었다. 세상의 모든 죄악을 혐오하고, 극단적인 편견을 가진 그가 에든버러의 매음굴 소식을 듣고 가만히 있을 리 만무했다.

하지만 정보원이 제공한 주소를 확인하는 순간 그는 망설일 수밖에 없었다. 문제의 매음굴은 뉴 타운에서도 특히 깨끗하기로 소문난 동네에 자리하고 있었다. 가로수와 사브와 볼보가 줄지어 늘어선 테라스(terrace, 비슷한 주택들이 연이어 다닥다닥 붙어 있는 거리). 변호사와 의사와 교수들로 득실대는 조지 왕조풍 저택들. 기득권층 밀집지역인 그곳은 뱃사람들이 들락거리는 매음굴, 그리고 부둣가 술집 위층의 어둡고 축축한 방들과는 전혀 어울리지 않았다.

경찰은 지난 며칠간 위장 순찰차와 평범해 보이는 사복형사들을 동원해 현장을 감시해왔다. 한 점의 의혹도 남지 않을 때까지. 매일 밤 자정이 지나면 덧문이 내려진 방들에서는 불법 성매매가 이루어졌다. 흥미롭게도 차를 몰고 나타나는 고객은 많지 않았다. 그 이유는 현장 감시 중 생리현상을 해결하기 위해 몰래 빠져나온 한 경장이 밝혀냈다. 남자들은 옆 골목에 차를 세워놓고 90미터쯤 떨어진 4층 건물까지 걸어왔던 것이다. 어쩌면 그것은 매음굴의 방침인지도 몰랐다. 한밤중에 차문 닫히는 소리가 이어지면 누구라도 의심하지 않을 수 없을 테니까. 물론 환한 가로등 불빛 아래 차를 세워놓으면 정체를 들킬지 모른다는 우려에서 비롯된 고객들의 자발적인 캠페인일 수도 있었다.

경찰은 그들의 차량 등록 번호를 일일이 조회했고, 문제의 집으로 들어가는 남자들을 한 명도 빠짐없이 카메라에 담아놓았다. 집주인에 대한 꼼꼼한 조사도 이루어졌다. 일 년의 대부분을 보르도에서 보내는 그는 프랑스의 한 포도원의 공동 소유주였고, 에든버러에도 여러 부동산을 갖고 있었다. 그는 자신의 사무 변호사를 통해 크로프트라는 오십대 여성에게 그 집을 세놓았다. 변호사는 그녀가 제때, 그것도 현금으로 집세를 지불해왔다고 귀띔해주었다. 그런데 대체 뭣 때문에 이러시죠?

아무것도 아닙니다. 경찰은 그를 안심시켰다. 별일 아니니 너무 놀라진 마시고요.

차주들 대부분은 사업가였다. 지역민도 몇몇 있었지만 다수는 국경의 남쪽에서 온 방문자들이었다. 오랜 의심이 사실로 확인되자 왓슨은 급습을 계획하기 시작했다. 그는 특유의 기지를 총동원해 여기에 '크리퍼(creeper, 음흉한 사람) 작전'이라는 이름을 붙였다.

"그 왜, 브라들 크리퍼(brothel creepers, 부드러운 밑창이 달린 구두)라고 있지 않은가, 존."

"네, 총경님." 리버스가 말했다. "저도 한때 신고 다닌 적이 있습니다. 어떻게 그런 이름이 붙게 됐는지 늘 궁금했었죠('brothel'은 '매음굴'이라는 뜻도 있다)."

왓슨이 어깨를 으쓱였다. 그는 어떤 경우에도 곁길로 새는 법이 없었다. "구두는 됐고," 그가 말했다. "그냥 놈들을 잡을 생각만 하라고."

매음굴은 자정 이후가 가장 바쁠 때였다. 경찰은 토요일 새벽 1시에 현장을 급습하기로 했다. 영장도 완벽히 준비된 상태였다. 모두가 어디서 무엇을 해야 하는지 잘 알고 있었다. 변호사는 형사들이 암기할 수 있게 집의 도면을 제공해주었다.

"토끼 사육장처럼 빽빽하군." 왓슨이 말했다.

"문제없습니다, 총경님. 우리에겐 횐담비가 있지 않습니까."

사실 리버스는 별로 의욕이 생기지 않았다. 비록 불법이지만 매음굴의 필요성은 인지해야만 했다. 게다가 이곳은 꽤 점잖게 운영되고 있지 않은가. 대체 뭐가 문제인지. 왓슨의 눈에서도 망설임의 빛이 살짝 내비쳤다. 하지만 처음부터 의욕적으로 밀어붙여온 그가 여기서 철수하는 건 상상할 수 없는 일이었다. 그는 어떤 경우에도 나약한 모습을 절대 보이지 않았다. 그래서 모두가 내켜하지 않는 크리퍼 작전은 계속 진행되었다. 이곳보다 훨씬 심각한 동네들은 내버려둔 채. 넘쳐나는 가정폭력 사건도, 미해결 상태로 남은 리스 강 익사 사건도 더 이상 경찰의 주목을 끌지 못했다.

"좋아, 들어가 보자고!"

그들은 타고 온 차에서 일제히 내려 현관으로 올라갔다. 조용한 노크. 문이 안으로 열리는 순간 눈앞 상황이 2배속으로 재생되는 비디오 화면처럼 바뀌었다. 집 안의 다른 문들이 차례로 열리고…… 대체 이 집엔 문이 몇 개나 달려 있는 거지? 노크 먼저, 그리고 문을 열 때는 살며시. 그들은 왓슨이 당부한 대로 최대한 예의를 차렸다.

"자, 다들 옷부터 걸쳐요."

"아래층으로 내려갑시다."

"선생님, 바지부터 걸치시는 게……"

"맙소사. 경위님, 이것 좀 보십시오." 리버스가 얼굴을 붉힌 젊은 경장을 따라갔다. "여깁니다, 경위님. 이 방 좀 보십시오."

아, 그래. 처형의 방. 쇠사슬과 가죽 끈과 채찍들. 전신 거울 두어 개. 온갖 장비들이 정리된 옷장.

"빌어먹을, 착유실보다도 가죽이 많습니다."

"자넨 암소에 대해 잘 아는 모양이군." 리버스가 말했다. 그는 방이 비어 있는 걸 다행으로 여겼다. 하지만 깜짝 놀랄 일은 더 있었다.

실내 분위기는 예상처럼 외설적이지 않았다. 오히려 변장 파티가 벌어진 현장에 가까워 보였다. 간호사와 양호교사, 머리 가리개와 하이힐. 물론 모든 의상이 가려지는 부분보다 드러나는 부분이 훨씬 많기는 했다. 한 젊은 여자는 가슴과 가랑이 부분을 오려낸 고무 잠수복을 걸치고 있었다. 또 다른 여자는 하이디와 에바 브라운(히틀러의 부인)을 섞어놓은 듯한 옷차림이었다. 현장을 지켜보는 왓슨은 정의로운 분노로 달아올라 있었다. 이제 그에게는 단 한 점의 의심도 남아 있지 않았다. 이런 곳을 폐쇄시키는 건 경찰의 지극히 당연한 임무였다. 불길한 예감에 상관을 따라나선 로더데일 경감이 근처를 알짱거리는 동안 왓슨은 크로프트 부인을 직접 심문했다. 괜한 걸음을 했군. 리버스는 미소를 머금으며 생각했다. 모든 게 이토록 순조롭게 진행되고 있으니.

크로프트 부인은 고상한 런던내기 말씨로 질문에 답했다. 하지만 시간이 흐를수록 그녀의 말씨에서는 고상함이 점점 증발했다. 소파로 가득 찬 아래층 거실은 적발된 남녀들로 발 디딜 틈이 없었다. 사방에서는 고급 향수와 위스키 냄새가 진동했다. 크로프트 부인은 모든 혐의를 부인했다. 자신의 집이 매음굴이라는 뻔한 사실조차도 인정하려 들지 않았다.

오리발 작전이군. 리버스는 생각했다. 평범한 사업가라고? 정직한 납세자이기도 하고? 자신의 권리를 인정해달라고? 변호사(solicitor)를 불러달라고? 실로 감탄할 만한 연기였다.

"호객 행위(soliciting)는 그녀 담당 아닌가?" 로더데일이 리버스에게 말했다. 무뚝뚝하기로 소문난 경감이 그런 농담도 할 줄 알다니. 리버스는 어색하게 미소를 지어 보였다.

"왜 그렇게 히죽거리고 있어? 수사에 쉬는 시간이 있나? 계속하라고."

"알겠습니다, 경감님." 리버스는 로더데일이 돌아설 때까지 기다렸다가 손으로 V자를 만들어 왓슨이 있는 쪽을 향해 날렸다. 자신에게 던진 신호로 오해한 크로프트 부인이 리버스에게 같은 제스처를 해보였다. 로더데일과 왓슨이 리버스를 돌아보았을 때 그는 이미 자리를 뜬 후였다.

뒤뜰에 진을 치고 있던 경관들이 핏기 가신 얼굴의 영혼들을 다시 집 안으로 이끌고 들어갔다. 무모하게 1층 창문 밖으로 뛰어내렸던 남자는 다리를 심하게 절뚝이면서도 구급차는 부르지 말아달라고 애원했다. 여자들은 오히려 이 상황을 즐기고 있는 듯했다. 그들은 수치에서 분노로 바뀐 고객들의 반응을 마냥 신기해하고 있었다. 보장된 권리를 행사하겠다며 허세를 부리는 이들도 몇몇 있었지만 대부분은 닥치고 가만있으라는 경찰의 지시에 순순히 따라주었다.

수치와 당혹감이 어느 정도 걷혔는지 한 남자가 매음굴에 방문하는 것 자체는 불법이 아니라고 주장하고 나섰다. 매음굴을 운영하거나 그곳에서 일하는 게 아니라면 문제 될 게 없다나. 그것은 사실이었다. 하지만 그들을 순순히 풀어줄 수는 없었다. 그들에게 겁을 잔뜩 주어 두 번 다시 매음굴을 찾지 않도록 만드는 것이 이번 작전의 목적이었다. 그들의 발길을 끊어놓으면 매음굴은 자연히 사라지게 될 테니까. 그래서 경관들은 커브 크롤러(kerb crawlers, 거리를 걷는 여자를 차를 몰고 다니며 유혹하는 남자)들을 상대할 때와 마찬가지로 고객들을 다루었다.

"주제넘게 조언 하나 할까요? 제가 선생님이라면 당장 에이즈 검사를 받겠습니다. 농담이 아니에요. 이곳 여자들 대부분이 성병 보균자들입니다. 물론 겉으로 봐선 절대 알 수 없죠. 하지만 대수롭지 않게 넘겨버렸다간 나중에 큰일을 치르게 될 수도 있습니다. 기혼이신가요? 여자친구는 있으시고? 그들도 함께 검사를 받는 게 좋을 겁니다. 나중 일은 아무도 모르지 않습니까?"

잔인하지만 어쩔 수 없었다. 어느 정도는 사실이기도 했고. 크로프트 부인은 작은 뒷방을 사무실로 쓰고 있었다. 그곳에서는 금고와 신용카드 단말기가 발견되었다. 수령 대장에는 '크로프트 게스트 하우스'라고 적혀 있었다. 리버스는 그것을 통해 1인용 침실 사용료가 75파운드라는 사실을 알게 되었다. B&B(아침 식사를 제공하는 숙박 서비스) 치고는 많이 비싼 편이었지만 어느 회계사가 그걸 눈여겨보겠는가. 정식으로 사업자 등록이 된 곳이라 해도 리버스는 놀랄 것 같지 않았다.

"경위님?" 승진한 브라이언 홈스 경사였다. 그는 계단 중간 부분에 서서 리버스를 내려다보고 있었다. "잠깐 올라와보시죠."

리버스는 별로 내키지 않았다. 홈스가 부르는 곳은 아득히 멀어 보였다. 공동주택 2층에 사는 리버스는 계단에 큰 반감을 가지고 있었다. 에든버러에서 사방에 널린 계단은 언덕과 거센 바람, 그리고 언덕과 계단과 바람 같은 것들을 개의치 않는 사람들만큼이나 자연스럽게 받아들여졌다.

"갈게."

홈스는 침실문 밖에서 경장과 심각하게 얘기를 나누고 있었다. 리버스가 층계참에 다다르자 홈스가 경장을 물러가게 했다.

"무슨 일인가, 경사?"

"직접 보시죠, 경위님."

"뭐가 문제인지 먼저 들려주면 안 되나?"

홈스가 고개를 저었다. "방 안의 남성 고객을 잘 아시죠, 경위님?"

리버스가 침실 문을 열었다. 대체 안에 뭐가 있길래? 지하 감옥처럼 꾸며놓은 방? 알몸으로 형틀에 묶여 있는 고객? 농장 안마당처럼 꾸미려고 풀어놓은 닭 몇 마리와 양? 남성 고객. 어쩌면 크로프트 부인은 그들의 사진을 자신의 침실 벽에 줄줄이 걸어놓았는지도 모른다. *그리고 이건 73년에 잡은 거예요. 사력을 다해 저항했지만 기어이 낚아 올리는 데 성공했었죠……*

하지만 아니었다. 그런 것들보다 훨씬 심각했다. 아주 엄청나게. 평범해 보이는 침실에는 빨간 전구 램프 몇 개가 놓여 있었다. 그리고 평범해 보이는 침대에는 평범해 보이는 여자가 누워 있었다. 한쪽 팔꿈치로 베개를 딛고 누운 그녀는 꼭 쥐어진 주먹에 머리를 얹어놓은 상태였다. 그녀 옆에는 옷을 다 갖춰 입은 남자가 바닥을 내려다보고 있었다. 리버스의 눈에 많이 익은 얼굴. 노스와 사우스 에스크를 지역구로 하는 국회의원이었다.

"맙소사." 리버스가 말했다. 홈스가 문틈으로 고개를 불쑥 내밀었다.

"구경꾼들 앞에선 절대 못해요!" 여자가 빽 소리쳤다. 잉글랜드 악센트. 홈스는 못 들은 척했다.

"이런 우연의 일치가 다 있나." 그가 그레고르 잭 의원에게 말했다. "얼마 전 여자친구랑 의원님 지역구로 이사를 했습니다."

하원의원이 비애에 찬 눈을 살짝 들었다.

"오해입니다." 그가 말했다. "오해가 있었어요."

"유세하러 오신 거 맞죠, 의원님?"

그 말에 여자가 웃음을 터뜨렸다. 그녀의 머리는 아직도 손에서 떨어지지 않고 있었다. 크게 벌어진 그녀의 입 안으로 붉은 램프 불빛이 스며들었다. 그레고르 잭은 그녀에게 주먹을 날리고 싶은 충동을 애써 참고 있는 듯했다. 하지만 도저히 용서가 안 되는지 결국 여자 쪽으로 팔을 냅다 휘두르고 말았다. 그의 손이 그녀의 팔뚝에 맞았고, 그 바람에 여자의 머리가 베개로 툭 떨어졌다. 그녀는 아이 같은 웃음을 멈추지 않았다. 높이 들린 그녀의 다리에서 시트가 스르르 벗겨져 내렸다. 그녀가 두 손으로 매트리스를 장난스레 두들기자 잭이 벌떡 일어나 한 손가락을 북북 긁어대기 시작했다.

"이런." 리버스가 다시 말했다. "자, 같이 내려갑시다."

농부는 안 돼. 충격을 받고 쓰러질지 모르니까. 그럼 로더데일에게 알려야겠군. 리버스는 최대한 겸손한 모습으로 그에게 다가갔다.

"경감님, 문제가 좀 생겼습니다."

"나도 알아. 빌어먹을 왔슨 때문에 이게 다 뭐야? 이 영광의 순간을 위해 그렇게 호들갑을 떨어댔나? 그는 매스컴의 주목을 받을 수 있다면 무슨 짓이든 서슴지 않을 사람이야. 자네도 그걸 알지?" 로더데일의 얼굴에는 비웃는 표정이 떠올라 있었다. 그의 여윈 체구와 창백한 얼굴은 리버스로 하여금 언젠가 본 적 있는 칼뱅파나 분리 교회(1733년 스코틀랜드 국교로부터 분리한 장로교회) 신도의 그림을 떠올리게 만들었다. 누구든 그의 눈에 띄면 무사하지 못했다. 리버스는 그와 적당한 거리를 유지한 채 고개를 저었다.

"저는 잘……"

"빌어먹을 기자 놈들이 도착했어." 로더데일이 나지막이 말했다. "냄새 한번 기가 막히게 맡는군. 안 그래? 아무리 기자라도 그렇지, 대체 어떻게 알고 온 거야? 설마 빌어먹을 왓슨이 슬쩍 귀띔해준 건 아니겠지? 그는 벌써 밖에 나가 있어. 아무리 말려도 듣질 않더군."

리버스는 창가로 다가가 밖을 내다보았다. 현관문 앞에는 기자 서너 명이 모여 있었다. 왓슨은 장광설을 마치고 그들 질문에 답변하는 중이었다.

"젠장." 리버스가 참지 못하고 내뱉었다. "일이 더 꼬이게 생겼네요."

"더 꼬이다니? 뭐가?"

리버스는 경감에게 위층 상황을 들려주었다. 보고가 끝나자 로더데일의 얼굴에 지금껏 한 번도 본 적 없는 환한 미소가 떠올랐다.

"그런 일이 있었군. 의외인데? 하지만 그게 뭐 큰 문제인가?"

리버스가 어깨를 으쓱였다. "그건 그렇지만 누구에게도 좋을 건 없지 않습니까." 밴들이 속속 도착하고 있었다. 여자들을 데려갈 밴 두 대, 그리고 남자들을 데려갈 밴 두 대. 남자들은 짧은 심문만 받고 모두 풀려날 것이다. 하지만 여자들은 완전히 다른 문제였다. 경찰은 법에 따라 그들을 기소할 수밖에 없었다. 리버스의 동료 질 템플러는 이것을 두고 남근 중심주의 사회라고 비판할 게 뻔했다. 그녀는 심리학에 심취한 이후로 완전히 달라졌다.

"허튼소리 말게." 로더데일이 말했다. "자업자득이야. 우리가 왜 그런 놈을 뒷문으로 몰래 빼내줘야 하지? 머리에 담요까지 씌워서?"

"경감님, 전 그저……"

"국회의원이니까 특별대우를 해주자, 이건가, 경위? 그걸 말이라고 해?"

"하지만……"

"하지만 뭐?"

하지만 뭐? 좋은 질문이었다. 뭐? 왜 내가 이토록 불편해하는 거지? 그 답은 무척 복잡하면서도 단순했다. 왜냐하면 그는 그레고르 잭이니까. 다른 의원이라면 몰라도 그레고르 잭은……

"밴이 도착했네, 경위. 빨리 싣고 경찰서로 데려가자고."

로더데일이 차가운 손을 리버스의 등에 얹었다.

"알겠습니다, 경감님." 리버스가 말했다.

그는 서늘한 밤거리로 나갔다. 가로등의 주황색 불빛과 눈부신 헤드라이트, 그리고 열린 문과 창문에서 새어나오는 어둑한 빛이 어둠을 밝혀주고 있었다. 잠을 이루지 못한 동네 주민들은 페이즐리 무늬 가운 차림으로 문간에 나와 있었다.

경찰, 주민, 그리고 기자들. 플래시 건(flash gun, 카메라의 섬광장치). 맙소사, 사진사들까지 왔군. 촬영팀과 비디오카메라는 보이지 않았다. 놀라운 일이었다. 왓슨이 이 멋진 파티에 방송사를 초대하지 않았다니.

"다들 빨리 타십시오. 어서요." 브라이언 홈스가 주문했다. 그의 목소리에서는 전에 없던 권위가 묻어나왔다. 젊은 놈들이 승진하면 다 저렇게 된다니까. 거리로 쏟아져 나온 사람들은 무시무시한 속도로 차에 올랐다. 홈스의 권위 넘치는 주문 때문이 아니라 몰려든 카메라들을 피하기 위함이었다. 여자 한두 명은 사진사들을 위해 3면(대중지에서 여자 누드가 게재되는 페이지)에서 배운 게 틀림없어 보이는 포즈를 취하기도 했다. 여성 순경들은 그들을 잽싸게 끌고 가 밴에 태웠다.

밴들이 속속 떠나는 상황에서도 기자들은 꿋꿋이 현장을 지켰다. 리버스는 그 이유가 궁금했다. 별 사건도 아닌데 이렇게 몰려와 호들갑을 떨어대는 것도 이상했다. 정말 이런 언론의 주목이 왓슨에게 도움이 될까? 한 기자는 쉴 새 없이 셔터를 눌러대는 사진사의 소매를 붙잡고 말리기까지 했다. 하지만 그들의 흥분은 쉽게 가라앉지 않았다. 기자들은 다시 고함을 질러댔고, 플래시 전구들은 대공포처럼 연신 터졌다. 눈에 익은 얼굴이 나타났기 때문이었다. 계단을 내려온 그레고르 잭이 좁은 인도를 가로질러 가서 밴에 올라탔다.

"맙소사, 그레고르 잭이야!"

"잭 씨! 한 말씀만 해주세요!"

"하실 말씀 없으신가요?"

"저 집에선 뭘 하셨던 겁니까?"

"한 말씀 부탁드립니다!"

마침내 밴의 문이 닫혔다. 한 경관이 밴의 측면을 탕 치자 차가 천천히 출발했다. 기자들은 일제히 밴을 따라 내달렸다. 대단하네. 리버스는 생각했다. 저런 상황에서도 고개를 뻣뻣이 쳐들고 있다니. 아니, 그것은 정확한 묘사가 아니었다. 그의 고개는 살짝 내려져 있었다. 하지만 그것은 후회와 겸손 때문이지 수치심이나 난처함 때문이 아니었다.

"딱 일주일 동안만 우리 지역구 국회의원이었네요." 어느새 리버스 옆으로 다가온 홈스가 말했다. "딱 일주일 동안만."

"자네가 나쁜 영향을 준 것 같은데, 브라이언."

"경위님도 좀 놀라셨죠?"

리버스는 애매한 표정으로 어깨를 으쓱였다. 침실에서 본 여자가 경관들에게 이끌려 나오고 있었다. 그녀는 청바지와 티셔츠 차림이었다. 기자들을 본 그녀가 갑자기 티셔츠를 걷어 올려 맨가슴을 드러냈다.

"날 좀 봐요!"

하지만 기자들은 서로의 수첩을 비교하느라 정신이 없었다. 사진사들은 약속이라도 한 듯 필름을 갈아 끼우는 중이었다. 그들은 그레고르 잭을 취재하러 경찰서로 몰려갈 채비를 하고 있었다. 누구 하나 여자에게 눈길을 주지 않았다. 뻘쭘해진 여자가 티셔츠를 내리고 기운 빠진 모습으로 대기 중인 밴에 올랐다.

"여자 보는 눈도 참 없는 사람이군요. 안 그렇습니까?" 홈스가 말했다.

"글쎄, 브라이언." 리버스가 말했다. "난 자네와 생각이 다른데."

왓슨은 정수리까지 벗겨진 넓은 이마를 한 손으로 문지르고 있었다.

"임무 완수." 그가 말했다. "다들 수고했어."

"감사합니다, 총경님." 홈스가 잽싸게 말했다.

"아무 문제 없는 거지?"

"없습니다, 총경님." 리버스가 태평스럽게 대답했다. "그레고르 잭만 빼면요."

왓슨이 미간을 찌푸린 채 고개를 끄덕였다. "누구?" 그가 물었다.

"브라이언이 자세히 말씀드릴 겁니다, 총경님." 리버스가 홈스의 등을 토닥이며 말했다. "정치 쪽은 브라이언이 아주 빠삭하거든요."

왓슨은 기대와 불안이 섞인 표정으로 홈스를 돌아보았다.

"정치?" 그가 물었다. 그는 미소를 흘리고 있었다. *너무 세게 나오진 말*

29

아주게.

　홈스는 다시 집으로 들어가는 리버스를 바라보았다. 그는 울고(sob) 싶어졌다. 존 리버스가 개자식(s.o.b., 'son of a bitch'의 약자)이라는 걸 또다시 확인했으니.

2
수박 겉핥기

아랫도리 관리를 제대로 못하는 하원의원이 몇몇 있다는 건 공공연한 사실이었다. 하지만 그레고르 잭이 그런 부류라는 건 의외였다. 그는 선거 일과 같은 공개 행사 때마다 트루스(troose, 격자무늬 모직물로 만든 바지) 대신 킬트(kilt, 전통적으로 스코틀랜드 남자들이 입던, 격자무늬 모직으로 된 짧은 치마)를 걸쳤다. 언젠가 런던에서는 그런 습관 때문에 장난 섞인 조롱을 듣기도 했다. 짓궂은 질문이 던져지면 그는 늘 교과서적인 답변으로 응수했다.

"궁금합니다, 그레고르. 그 킬트 안엔 대체 뭘 입고 있습니까?"

"아무것도 안 입었습니다. 하지만 걱정 말아요. 공무를 수행하는 데 아무 지장이 없으니까요."

그레고르 잭은 SNP(Scottish National Party, 스코틀랜드 국민당) 소속이 아니었다. 젊은 시절 그 당을 기웃거린 적은 있었지만. 그는 노동당에 입당했다가 어떤 이유에서인지 금세 탈당해버렸다. 그는 자유민주당 소속도, 희귀한 토리당 소속 국회의원도 아니었다. 1985년 보궐 선거에서 예상 밖의 승리를 거둔 그레고르 잭은 무소속 의원으로 에든버러 남동부 노스와 사우스 에스크를 지역구로 하고 있었다. 잭을 묘사하는 데 가장 많이 쓰인 수식어는 순하고 정직하고 품위 있다는 것이었다.

존 리버스는 자신의 기억, 그리고 옛 신문과 잡지와 라디오 인터뷰를 통해 그것을 알고 있었다. 대체 잭은 왜 그런 짓을 한 걸까? 번쩍이는 갑옷에는 어떻게 틈이 생긴 거고? 얼마나 긴장을 풀고 있었기에 크리퍼 작전 따위에 덜미를 잡혀버린 걸까? 리버스는 일요일자 신문을 빠르게 훑어나갔다. 아무리 눈을 씻고 찾아봐도 문제의 기사는 없었다. 전날 밤 기자들이 그 난리를 쳤는데도. 새벽 1시 30분에 터진 사건이라 조간신문 인쇄 시간까지는 충분한 여유가 있었을 텐데, 지역 언론사 기자들이 아니었나? 하지만 그럴 리가. 그러고 보니 눈에 익은 얼굴이 하나도 보이지 않았던 것 같은데. 왓슨이 뻔뻔하게(have the front) 런던 언론을 불러 모은 건가? 리버스의 얼굴에 미소가 머금어졌다. 하긴, 똥배(front)로는 누구도 못 당하지. 대체 집에서 뭘 그렇게 먹이는지 모르겠군. 매끼마다 세 코스씩 먹어치우나?

"배를 든든히 채워야 해." 왓슨은 늘 그렇게 말했다. "그래야 영혼을 살찌우지." 어쩌고저쩌고. 열광적인 복음 전도사인 왓슨은 자신의 영혼 관리에도 철저했다. 그의 볼과 턱에서는 장밋빛 광채가 났고, 몸에서는 진한 박하 향기가 풍겼다. 로더데일은 상관의 사무실로 불려갈 때마다 블러드하운드(bloodhound)처럼 코를 킁킁거렸다(sniffed). 물론 그가 맡고(sniffing) 싶어 하는 건 피(blood)가 아니라 승진 냄새였다.

농부(Farmer)가 떠나면 방귀(Fart)가 들어올 텐데.

그것은 불가피하게 붙여진 별명이었다. 단어 연상. 로더데일은 포트 로더데일(Fort Lauderdale, 미국 플로리다 주 동남부의 휴양 도시)로 잠시 불렸고, '포트(Fort)'는 이내 '방귀(Fart)'로 바뀌었다. 오, 그것은 매우 적절한 별명이었다. 로더데일 경감이 머무는 곳마다 악취가 풍겼기 때문이다. 생각지도 못한 책 도둑 사건을 던져줄 줄이야. 그가 사무실로 불쑥 들어왔을 때 리버스는 곧 창문을 열어야 할 때가 오리라는 걸 짐작할 수 있었다.

"이 사건은 특별히 잘 챙겨야 해, 존. 코스텔로 교수는 국제적으로 명망이 높고 이 분야에선 독보적인 학자야."

"네……"

"그뿐 아니라," 로더데일이 대수롭지 않다는 투로 말했다. "그는 왓슨 총경과 굉장히 친한 사이이기도 해."

"아……"

"지금 뭐하는 건가? 단음절어 사용 주간인가?"

"단음절어?" 리버스가 미간을 찌푸렸다. "죄송합니다, 경감님. 아무래도 홈스 경사에게 그게 무슨 뜻인지 물어봐야 할 것 같습니다."

"난 지금 농담할 기분이 아니야."

"농담하는 게 아닙니다, 경감님. 홈스 경사는 대학 교육을 받은 친구입니다. 5개월 정도 다녔다나? 아마 그럴 겁니다. 이런 민감한 사건은 그런 친구에게 맡기셔야죠."

로더데일이 책상 뒤에 앉아 있는 리버스를 한동안 응시했다. 맙소사, 정말 한심하군. 반어법도 모르나?

"이봐." 마침내 로더데일이 말했다. "내겐 경사로 갓 승진한 애송이보다 노련한 상급자가 필요해. 미안하지만 경위, 난 이미 자넬 점찍어뒀네."

"갑자기 우쭐해지네요, 경감님."

리버스의 책상 위로 파일 하나가 툭 떨어졌다. 경감은 홱 돌아서서 사무실을 나가버렸다. 리버스는 자리에서 벌떡 일어나 내리닫이창을 힘껏 잡아당겨보았다. 하지만 무엇에 걸렸는지 창문은 열리지 않았다. 도망칠 구멍이 없었다. 그는 한숨을 내쉬며 다시 책상으로 돌아가 앉았다. 그리고 경감이 놓고 간 파일을 열어보았다.

복잡할 것 없는 절도 사건이었다. 제임스 앨로이시어스 코스텔로는 에든버러 대학교에서 신학을 가르치는 교수였다. 어느 날, 누군가가 그의 사무실에 몰래 침입해 희귀 서적 몇 권을 챙겨 달아났다. 교수는 절대 값을 매길 수 없는 책들이지만 서적상과 경매장의 입장은 또 다를 거라고 했다. 도난당한 책들은 꽤 다양했다. 존 녹스(John Knox, 스코틀랜드의 종교 개혁가·정치가·역사가)의 〈예정론 연구〉 초기판, 월터 스콧 경의 초판 저서 두 권, 스베덴보리의 〈천사들의 지혜〉, 저자의 서명이 있는 〈트리스트럼 샌디〉 초기판, 그리고 몽테뉴와 볼테르의 저서 몇 권.

조지 스트리트 경매장이 제공한 추정가를 확인한 리버스는 깜짝 놀랐다. 물론 교수에게는 지극히 당연한 질문이 가장 먼저 던져졌다. 그런 책들을 잔뜩 쌓아놓고도 문단속을 제대로 하지 않은 이유가 뭡니까?

"읽어야 하니까요." 코스텔로 교수는 태평하게 답변했다. "즐겨야 하고, 감탄해야 하니까. 책을 금고나 도서관 진열장에 넣어두면 무슨 의미가 있겠습니까?"

"그 책들의 존재와 가치를 아는 사람이 또 있습니까?"

교수는 어깨를 으쓱였다. "다들 좋은 친구들이라 생각했는데 말입니다."

그는 늪지처럼 어둡고 낮은 목소리와 수정처럼 반짝이는 눈을 가지고 있었다. 더블린에서 교육을 받은 게 틀림없었다. 그는 케임브리지, 옥스퍼드, 세인트 앤드류스, 그리고 에든버러를 차례로 거치며 희귀 서적을 수집해왔다. 그의 사무실에는 아직도 그런 귀한 책들이 여럿 남아 있었다. 그는 여전히 문을 잠가놓지 않았고.

"'같은 장소에 번개가 두 번 치지 않는다'는 속담이 있지 않습니까." 그가 리버스에게 달래듯 말했다.

"번개는 그런지 몰라도 범인들은 그렇지 않습니다. 앞으로는 사무실을 나설 때 반드시 문을 걸어 잠그십시오. 최소한 그 정도는 챙기셔야 합니다."

교수는 그냥 어깨만 으쓱였다. 이 사람, 스토아학파인가? 리버스는 생각했다. 그는 버클루 플레이스 사무실에 앉아 있는 내내 긴장의 끈을 놓을 수 없었다. 그는 기독교도였고, 왠지 이 지혜로워 보이는 남자와 말이 잘 통할 거라 생각했다. 지혜? 솔직히 세상 물정에 밝지 않아도 되었다. 걸쇠가 풀린 공간에 인간의 마음이 어떻게 작용하는지 알 만큼의 지혜도 필요치 않았다. 그저 다른 면에서 지혜로운 사람이라면 족했을 뿐. 하지만 리버스는 긴장을 풀지 못했다. 그는 스스로를 똑똑한 사람이라 여겼다. 기회가 주어졌다면 훨씬 더 똑똑해질 수도 있었던 사람이라고. 그는 대학을 나오지 않았고, 앞으로도 다닐 생각이 없었다. 하지만 궁금한 건 어쩔 수 없었다. 만약 대학 교육을 받았더라면 자신이 지금보다 얼마나 더 달라져 있을지.

교수는 창밖으로 자갈 깔린 거리를 내다보고 있었다. 버클루 플레이스 한쪽에는 대학 소유의 공동주택들이 줄지어 서 있었다. 교수는 그곳을 보터니 베이(Botany Bay, 영국이 죄수들의 귀양지로 삼았던 오스트레일리아 남동부 시드니 교외에 있는 만)라고 불렀다. 그 건너편에는 흉측한 형체들이 버티고 서 있었다. 왕릉을 연상시키는 대학의 현대식 석조 건물들이었다. 이곳이 보터니 베이라면 난 기꺼이 귀양에 응하겠어. 리버스는 생각했다.

그는 교수에게 사색할 시간을 충분히 주었다. 무작위로 훔쳐간 걸까? 아니면, 누군가의 주문에 따라 치밀하게 계획된 범행? 모르긴 해도 세상에는 〈트리스트럼 섄디〉 초기판을 손에 넣기 위해서라면 무슨 짓이든 가리지 않고 할 부도덕한 수집가들이 적지 않을 것이다. 그 책은 리버스에게 도 어느 정도 의미가 있었다. 그가 소유한 문고판은 언젠가 메도우즈의 트 렁크 세일(안 쓰는 물건을 탁자나 자동차 뒤 트렁크에 얹어 놓고 파는 노점 판 매)에서 운 좋게 찾아 단돈 10펜스에 구입한 것이었다. 교수가 원한다면 리버스는 얼마든지 그것을 빌려줄 용의가 있었다.

아무튼 존 리버스 경위가 해결해야 할 '책 도둑 사건'은 그렇게 시작되 었다. 사례 기록에 따르면 기초 수사는 이미 끝난 상태라고 했다. 하지만 그는 처음부터 다시 시작하기로 했다. 경매장, 서점, 개인 수집가 등등 전 부 다시 찾아다니며 인터뷰해야만 했다. 총경과 신학 교수의 어울리지 않 는 우정도 고려해야 했고, 물론 시간 낭비일 뿐이겠지만. 책들은 지난 화 요일에 사라졌다. 오늘은 토요일. 보나마나 그것들은 이미 누구도 찾지 못 할 비밀 공간에 고이 모셔져 있을 것이다.

토요일을 이렇게 보내게 될 줄이야. 정신이 산란하지만 않았어도 그는 이 사건을 무척 반겼을 것이다. 임무가 주어졌을 때 크게 망설이지 않았던 것도 그래서였다. 리버스도 책을 수집했다. 아니, 그건 좀 적절치 않은 표 현이다. 그는 수시로 책을 구매했다. 읽을 시간도 없으면서 흥미로운 표지 나 제목, 또는 친숙한 작가 이름이 눈에 들어오면 일단 구매부터 해버리는 습관이 있었다. 하지만 이번에는 무조건 업무상 방문이 되어야만 했다. 그 렇지 않으면 기록적인 속도로 파산해버리고 말 테니까.

어쨌든 그의 머릿속에는 책이 들어 있지 않았다. 그는 아직도 그 하원 의원 생각에 사로잡혀 있었다. 그레고르 잭이 기혼이던가? 리버스는 그럴 거라 짐작했다. 몇 년 전, 성대하게 치러진 그의 결혼식 기사를 본 기억이 났다. 유부남은 매춘부들의 주 소득원이었다. 그들에게 한번 걸리면 헤어

날 수가 없다. 어쩌다가 잭이 그런 실수를 했을까? 리버스는 늘 그를 존경해왔다. 한마디로, 그의 대중적 이미지에 속아온 것이었다. 하지만 그런 이미지 때문만은 아니었잖아. 안 그래? 잭은 노동자 계층 가정에서 태어나 하원의원까지 된 사람이었다. 국회의원으로서도 흠잡을 데 없었다. 광산과 전원주택들이 어우러진 노스와 사우스 에스크는 만만한 지역구가 아니었다. 하지만 잭은 그 두 반구를 노련하게 관리해왔다. 그는 흉측한 도로를 부유한 주민들로부터 멀리 떨어뜨려놓았고, 첨단 산업 단지를 만들어 가난한 광부들에게 새로운 일자리를 마련해주기 위해 애썼다.

생각할수록 유능한 국회의원이었다. 그것도 굉장히 유능한.

서점들. 그는 서점들에 집중해야 했다. 다행히 주초에 문을 열지 않았던 몇 곳만을 살펴보면 끝이었다. 부지런히 발품을 팔아야 하는 작업. 당연히 부하들에게 떠넘겨야 하는 작업. 하지만 못미더운 그들에게 맡기기보다는 직접 처리하는 게 현명한 일이다. 나중에 피곤해지지 않으려면.

버클루 가는 지저분한 중고품 가게와 화려한 채식 테이크아웃 전문점들이 묘한 조화를 이룬 곳이었다. 학생들의 천국. 집에서 얼마 떨어지지 않았음에도 리버스는 이곳을 좀처럼 찾지 않았다. 오직 볼일이 있을 때만 들락거릴 뿐이었다. 오로지 업무상으로만.

아, 여기군. 수이 북스. 화창한 봄날이었지만 서점 안은 어둑했다. 자그마한 가게의 쇼윈도에는 스코틀랜드를 주제로 한 오래된 양장본들이 진열되어 있었다. 쇼윈도 안 한복판에는 커다란 검은 고양이가 버티고 앉아 있었다. 놈은 험상궂은 표정으로 눈을 깜빡이며 리버스를 올려다보았다. 유리창에는 묵은 때가 잔뜩 끼어 있었다. 책 제목을 확인하려면 유리창에 코를 갖다 붙여야 할 정도였다. 하지만 가게 앞에 기대어놓은 검은 자전거 때문에 그마저도 쉽지 않았다. 리버스는 문을 열고 안으로 들어갔다. 실내는 밖에서 들여다보았을 때보다 더 지저분했다. 문 바로 안쪽에는 뻣뻣한 브러시 같은 매트가 깔려 있었다. 리버스는 볼일을 마치고 나올 때도 밑창을 문질러 닦는 것을 잊지 말아야겠다고 다짐했다.

선반들은 온갖 책들로 빽빽이 채워져 있었다. 그중 몇몇은 유리로 덮여 있었다. 사방에서 나이 든 친척의 집에서나 날 법한 냄새가 풍겼다. 다락과 학교 책상 안의 퀴퀴한 냄새 같기도 했다. 통로들은 좁았다. 어깨를 제대로 펼 공간조차도 없었다. 그때 그의 뒤에서 둔탁한 소리가 들렸다. 그는 자기 때문에 귀한 책이 떨어졌으면 어쩌나 걱정하며 뒤를 돌아보았다. 고양이였다. 쇼윈도에서 내려온 녀석은 그를 유유히 지나쳐 가게 뒤편에 자리한 책상을 향해 나아갔다. 책상 위에는 백열전구 하나가 대롱대롱 매달려 있었다.

"뭐 특별히 찾고 계신 게 있나요?"

그녀는 책이 수북이 쌓인 책상 뒤에 앉아 있었다. 한 손에 연필을 쥐고 있는 걸 보니 책에 가격을 써넣고 있는 중인 듯했다. 디킨스의 소설 속에 등장할 법한 풍경이었다. 하지만 가까이 다가가서 보니 전혀 다른 느낌이었다. 여자는 아직 십대로 보였다. 헤나 염료로 물들인 짧은 적갈색 머리는 뾰족하게 세웠고, 둥글고 까만 눈은 원형의 색안경으로 가린 상태였다. 귓불마다 귀걸이가 세 개씩 걸려 있었고, 왼쪽 콧구멍에도 작은 핀이 박혀 있었다. 왠지 그녀에게는 안색이 창백한 남자친구가 있을 것 같았다. 그것도 긴 레게머리를 하고 휘핏(Whippet, 그레이하운드와 비슷하게 생긴 경주견)과 산책을 즐기는 타입.

"주인을 만나러 왔습니다." 그가 말했다.

"지금 안 계시는데요. 제가 대신 도와드릴까요?"

리버스는 어깨를 으쓱이며 고양이를 내려다보았다. 어느새 책상에 올라온 녀석은 책으로 쌓은 탑에 몸을 문질러대고 있었다. 여자가 연필을 앞으로 내밀자 고양이가 다가가 그 끝에 대고 턱을 긁었다.

"저는 존 리버스 경위입니다." 리버스가 말했다. "책 절도 사건을 수사하고 있습니다. 누군가가 장물을 팔러 오진 않았는지 알아보러 왔어요."

"도난당한 책들 목록은 갖고 계신가요?"

리버스는 주머니에서 목록을 꺼내 그녀에게 건넸다. "그건 가져도 돼요." 그가 말했다. "혹시 모르니까."

그녀는 입술을 오므린 채 타이프로 친 제목들을 훑어나갔다.

"로널드는 이런 책들을 사들일 돈이 없을 거예요. 물론 탐은 내겠지만."

"로널드가 주인인가요?"

"네. 이 책들은 어디서 도둑맞았죠?"

"모퉁이 너머 버클루 플레이스에서요."

"모퉁이 너머? 그럼 굳이 가까운 이곳으로 가져오진 않겠군요."

리버스는 미소를 지어 보였다. "하긴." 그가 말했다. "그래도 확인은 해야겠죠."

"이건 여기 보관해둘게요." 그녀가 목록을 반듯하게 접어 책상 서랍에 넣었다. 리버스는 손을 뻗어 고양이를 살살 쓰다듬었다. 순간 녀석의 손이 번개처럼 날아들어 그의 손목을 할퀴었다. 깜짝 놀라며 손을 거두는 그의 입에서 헉 소리가 터져 나왔다.

"오, 이런." 소녀가 말했다. "라스푸틴은 낯선 사람을 별로 좋아하지 않아요."

"그런 것 같군요." 리버스는 자신의 손목을 살펴보았다. 피부에는 2.5센티미터 길이의 발톱자국이 남겨져 있었다. 그것도 세 줄이나. 하얗게 긁힌 자국이 빠르게 부풀어 오르고 있었다. 피도 조금씩 배어나오는 중이었다. "맙소사." 그가 상처를 입으로 빨며 고양이를 노려보았다. 한동안 지지 않고 쏘아보던 고양이는 책상을 내려가 어디론가 사라졌다.

"괜찮으세요?"

"괜찮아요. 저런 녀석은 좀 묶어둬야 하는 거 아닙니까?"

그녀가 미소를 지었다. "혹시 어젯밤 불시 단속에 대해 아세요?"

리버스가 상처를 빨아대며 눈을 깜빡였다. "무슨 불시 단속 말이죠?"

"경찰이 매음굴을 불시 단속했다고 들었어요."

"아……"

"하원의원도 현장에서 잡혔다고 하던데요. 그레고르 잭이요."

"음……"

그녀가 다시 미소를 지어 보였다. "벌써 소문이 널리 퍼졌어요."

젠장. 리버스는 생각했다. 여기가 무슨 작은 시골마을도 아니고 소문이 벌써……

"그냥 궁금해서요." 소녀가 말했다. "혹시 그 일을 아시는지. 그게 사실인지. 그러니까 제 말은 그게……" 그녀가 한숨을 푹 내쉬었다. "가엾은 녀석."

리버스의 미간이 찌푸려졌다.

"그게 그의 별명이에요." 그녀가 설명했다. "녀석. 로널드는 그를 그렇게 불러요."

"당신 보스가 잭 씨를 잘 아는 모양이군요."

"네. 같이 학교를 다녔대요. 이곳의 절반이 녀석의 소유예요." 그녀가 마치 프린시즈 가의 백화점 주인이라도 되는 듯 손으로 주위를 가리켰다. 형사의 반응이 시원치 않자 그녀가 방어적으로 말했다. "막후 거래도 꽤 이루어지거든요. 책을 사고파는 것 말이에요. 겉보기엔 아닌 것 같지만 사실 여긴 금광이나 다름없어요."

리버스는 고개를 끄덕였다. "얘길 듣고 보니 광산 같긴 하네요." 그의 손목은 쐐기풀에 찔리기라도 한 듯 화끈거렸다. 빌어먹을 고양이 녀석. "뭐 아무튼 그 목록에 있는 책들이 들어오는지 주의 깊게 봐줘요."

그녀는 대꾸가 없었다. 리버스의 '광산 같다'는 말에 기분이 상한 게 틀림없었다. 그녀는 앞에 놓인 또 다른 책을 펼치고 연필로 가격을 적어 넣기 시작했다. 리버스는 고개를 끄덕이며 문 쪽으로 걸음을 옮겨나갔다. 서점을 나서기 전 그는 일부러 요란하게 구두 밑창을 매트에 문질렀다. 고양이는 어느새 쇼윈도로 돌아와 꼬리를 핥아대고 있었다.

"빌어먹을 자식." 리버스가 웅얼거렸다. 그가 세상에서 가장 싫어하는 게 바로 애완동물이었다.

페이션스 에이트킨 박사도 애완동물을 키우고 있었다. 그것도 아주 많이. 자그마한 열대어, 뒤뜰에 풀어놓은 고슴도치, 거실 새장 속의 작은 앵무새 두 마리, 그리고 빼놓을 수 없는…… 그렇다. 고양이. 다행히 녀석은 한곳에만 머물러 있지 않고 집 구석구석을 배회했다. 럭키라는 얼룩무늬 고양이는 리버스를 좋아하는 듯했다.

"재밌지 않나요?" 페이션스는 말했었다. "고양이들은 자기들을 싫어하거나 원치 않거나 알레르기가 있는 사람들을 유독 따르잖아요. 나도 그 이유를 모르겠어요."

그 말이 끝나기가 무섭게 럭키가 리버스의 어깨로 기어 올라갔다. 그는 으르렁대며 어깨를 으쓱여 녀석을 떨쳐냈다. 그에게서 떨어져나간 고양이 는 사뿐히 바닥에 착지했다.

"인내심을 가져봐요, 존."

그래. 그녀가 옳아. 인내심(patience)이 없으면 페이션스(Patience)를 잃게 될지도 몰라. 그래서 그는 인내해보려고 노력했다. 진심으로. 그래서 일부러 용기를 내어 라스푸틴을 만져보려고 했던 것이다. 라스푸틴! 어째 서 다들 애완동물에게 그런 이름을 붙여주는 거지? 럭키, 골디, 뷰티, 플로 시, 스팟. 아니면 좀 더 괴상한 라스푸틴, 벨제붑, 팽, 니르바나, 보디사트 바? 주인들의 품종이 문제인가?

집에서 맥주를 홀짝이며 TV로 축구 경기 결과를 지켜보던 리버스는 문 득 브라이언 홈스의 새집에 가봐야 한다는 사실이 기억났다. 홈스와 넬 스 테이플턴의 저녁 초대. 그의 입에서 신음이 새어나왔다. 걸치고 갈 양복은 페이션스 에이트킨 박사의 아파트에 있었다. 그녀를 떠올리니 또다시 마 음이 불편해졌다. 정말 페이션스에게 얹혀살게 되는 건가? 그는 요즘 들 어 부쩍 그곳에서 많은 시간을 보냈다. 그는 그녀가 마음에 들었다. 비록 그녀에게 또 다른 애완동물 취급을 받고는 있지만. 그는 그녀의 지하 아파 트도 좋아했다.

물론 완전한 지하는 아니었다. 다른 곳에서는 '지하층'으로 불릴지 모 르지만 옥스퍼드 테라스, 모든 설비가 다 갖추어진 옥스퍼드 테라스, 스톡 브리지의 옥스퍼드 테라스에서는 가든 아파트(저층의 정원 딸린 아파트)라 는 세련된 이름으로 불렸다. 물론 이름처럼 정원이 딸려 있기는 했다. 좁은 이등변 삼각형 모양의 땅. 하지만 리버스는 그보다 피신처 같고, 어린이 캠프장 같은 아파트 자체에 더 끌렸다. 앞쪽 침실 창밖으로는 인도를 오가는 사람들의 발을 지켜볼 수 있었다. 아래를 내려다보는 사람은 거의 없었다. 마치몬트 아파트 2층에 사는 리버스에게 이런 새로운 전망은 무척 신선했다. 사람들은 북적이는 도시를 벗어나 한적한 동네의 단층집으로 이사를 다녔다. 하지만 리버스는 올라가는 현관 대신 내려가는 현관에 큰 매력을 느꼈다. 참신함을 넘어서 고정관념을 완전히 뒤집어버린 중대한 변화이기 때문이다.

페이션스도 흥미로운 인물이었다. 그녀는 늘 리버스에게 그의 물건을 더 가져다 놓으라고 성화였다. 그래야 자기 집에 온 것처럼 아늑해질 거라면서. 그리고 한술 더 떠 그에게 열쇠까지 내주었다. 잔을 마저 비운 그는 차로 5분 거리에 위치한 그녀의 집으로 향했다. 세탁된 그의 양복은 손님방 침대에 반듯하게 놓여 있었다. 럭키는 그 위를 뒹굴며 발톱으로 양복을 긁어대는 중이었다. 리버스의 뇌리에 라스푸틴이 빠르게 스쳐갔다. 그는 고양이를 밀쳐내고 양복을 집어 들었다. 그런 다음, 화장실로 들어가 문을 걸어 잠그고 욕조에 물을 받기 시작했다.

노스와 사우스 에스크의 의회 선거구는 큰 면적에 비해 인구가 많지 않았다. 하지만 광산 도시와 주변 마을들 곳곳에 새로운 주택 단지가 빠르게 들어서는 중이었고, 그것에 발맞춰 인구도 점점 늘어가고 있었다. 교외 통근권. 그 지역은 빠르게 변하고 있었다. 신작로, 새 철도역들, 새로운 일자리를 찾은 새로운 사람들. 하지만 브라이언 홈스와 넬 스테이플턴은 주변 마을 중 가장 작은 규모의 에스크웰 중심부에 자리를 잡았다. 그것도 낡은 테라스 하우스(terraced house, 서로 옆으로 다닥다닥 붙여 지어 놓은 비슷하게 생긴 주택들 가운데 한 채)에. 사실 따지고 보면 에든버러의 일부로도 볼 수 있었다. 도시는 널리 뻗어나가는 중이었다. 도시는 마을들을 삼켜버리고 새 주택 단지들을 꾸준히 양산해냈다. 사람들이 에든버러로 들어가는 게 아니라 도시가 그들에게 파고들고 있었다.

에스크웰에 도착한 리버스는 변화하는 교외 생활에 대해 깊이 생각할 기분이 아니었다. 출발하기 전, 그는 차에 시동이 걸리지 않아 애를 먹었다. 자주 겪는 일이었지만 양복과 와이셔츠와 넥타이 차림으로 후드 밑을 살피는 건 또 다른 차원의 문제였다. 그는 나중에 빌어먹을 엔진을 직접 뜯어내버리겠노라고 다짐했다. 기필코. 그런 다음, 유유히 견인차를 부르는 것이 그의 계획이었다.

집은 쉽게 찾을 수 있었다. 에스크웰의 중심가는 달랑 하나뿐이었다. 게다가 뒷길도 많지 않았다. 리버스는 뜰에 난 작은 길을 따라 현관으로 올라갔다. 그의 한 손에는 와인이 들려 있었다. 그가 다른 손으로 주먹을 쥐고 문에 노크를 했다. 잠시 후, 현관문이 벌컥 열렸다.

"늦으셨네요." 브라이언 홈스가 말했다.

"난 자네 상관이니 늦어도 괜찮아, 브라이언."

홈스가 그를 안으로 안내했다. "제가 분명히 편하게 오시라고 말씀드렸을 텐데요."

리버스는 그것이 자신의 옷차림에 대한 논평이라는 걸 뒤늦게 깨달았다. 홈스는 넥타이를 두르지 않은 셔츠와 청바지 차림이었다. 그는 맨발에 모카신을 신고 있었다.

"아……" 리버스가 말했다.

"뭐 상관없습니다. 올라가서 갈아입고 올게요."

"나 때문에 그럴 거 없어. 여긴 자네 집이잖아, 브라이언. 자네 편한 대로 입는 게 맞지."

홈스는 흐뭇해하는 표정으로 고개를 끄덕였다. 리버스의 말이 옳아. 여긴 내 집이잖아. 물론 대출금도. 비록 절반만이지만. "자, 이쪽으로 오시죠." 그가 한쪽에 나 있는 문을 가리키며 말했다.

"올라가서 좀 씻어야겠어." 리버스가 와인을 넘기며 말했다. 그가 높이 든 두 손을 유심히 살폈다. 홈스도 상관의 손에 묻은 기름때를 똑똑히 볼 수 있었다.

"또 차가 말썽이었나 보군요." 그가 고개를 끄덕이며 말했다. "화장실은 위층 오른편에 있습니다."

"알았어."

"그 상처도 심각해 보이는데요. 저라면 의사를 만나보겠습니다." 홈스가 말했다. 한 특정 의사를 의심하는 톤이었다.

"고양이가 할퀸 거야." 리버스가 설명했다. "목숨이 여덟 개로 줄어버린 놈이지."

리버스는 어정쩡하게 계단을 올라 화장실로 들어갔다. 공들여 손을 닦은 그는 비누와 세면기에 묻은 얼룩까지 깔끔하게 닦았다. 수건은 욕조 위에 걸려 있었다. 별 생각 없이 손을 닦던 그는 문득 자신이 바닥 매트를 수건으로 착각했음을 깨달았다. 진짜 수건은 문 뒤의 벽에 걸려 있었다. 침착해, 존. 그는 생각했다. 하지만 그건 말처럼 쉽지 않았다. 사교는 그에게 없는, 많은 재능 중 하나였다.

아래층으로 내려온 그가 문틈으로 거실 안을 들여다보았다.

"들어오세요. 이쪽입니다."

홈스가 위스키 잔을 앞으로 내밀었다. "자, 받으세요. 건배!"

"건배."

두 사람은 나란히 위스키를 넘겼다. 리버스의 기분이 한결 나아졌다.

"집 구경은 이따 시켜드릴게요." 홈스가 말했다. "일단 앉으세요."

리버스는 자리에 앉아 주위를 둘러보았다. "집(home)에 홈스(Holmes)가 살고 있군." 그가 말했다. 주방에서는 향긋한 냄새와 달가닥거리는 소리가 새어나왔다. 직육면체에 가까운 거실 한쪽에는 식사를 위한 테이블이 마련되어 있었고, 나머지 구석에는 의자와 TV와 플로어 스탠드가 각각 놓여 있었다.

"아주 멋진데." 리버스가 말했다. 홈스는 벽에 붙여놓은 2인용 소파에 앉아 있었다. 그의 뒤로는 커다란 창문이 나 있었고, 창밖으로는 뒤뜰이 내다보였다. 그가 겸손하게 어깨를 으쓱였다.

"둘이 살기에 딱 좋습니다." 그가 말했다.

"정말 그런 것 같아."

넬 스테이플턴이 거실로 걸어 나왔다. 주변 환경에 어울리지 않는 큰 키는 언제 봐도 인상적이었다. 꼭 케이크를 먹고 커진 앨리스를 보는 듯했다. 그녀가 행주에 손을 닦으며 리버스를 향해 미소 지었다.

"오셨어요?"

리버스가 자리에서 일어났다. 그녀가 다가와 그의 볼에 살짝 입을 맞추었다.

"안녕, 넬."

그녀가 홈스에게 다가가 그의 손에서 잔을 빼앗아 들었다. 그녀의 이마에는 땀방울이 맺혀 있었다. 그녀 역시 편한 옷차림이었다. 그녀가 잔에 남은 위스키를 단숨에 들이켜고 요란하게 한숨을 내쉰 후 잔을 돌려주었다.

"5분만 더 기다려주세요." 그녀가 말했다. "참, 박사님도 모셔오지 그러셨어요, 존?"

그는 어깨를 으쓱였다. "선약이 있다고 해서요. 의사들의 만찬행사가 있다더군요. 난 여기 온다는 핑계를 대고 운 좋게 빠져나왔습니다."

그녀가 어색한 미소를 지어 보였다. "그렇군요." 그녀가 말했다. "그럼 대화 나누면서 조금만 더 기다려주세요."

그녀는 다시 주방으로 돌아갔다. 그녀가 사라지니 거실이 횡해진 느낌이었다. 젠장. 내가 뭐라고 했었지? 리버스는 페이션스 에이트킨에게 넬을 설명할 때 적절한 표현을 찾지 못해 버벅거렸던 기억이 떠올랐다. 나름 열심히 설명했지만 그게 적절했는지는 아직도 의문이었다. 권위적이고, 까다롭고, 의욕적이고, 약삭빠르고, 크고, 똑똑하고, 다루기 힘들고…… 일곱 난장이를 세트로 대하는 느낌. 그녀는 대학교 사서의 정형화된 이미지에 전혀 어울리지 않는 사람이었다. 브라이언 홈스는 그녀의 그런 점들에 개의치 않는 듯했다. 그는 미소를 흘리며 빈 잔을 들여다보다가 한 잔 더 따라오기 위해 자리에서 일어났다. 리버스는 리필을 사양했다. 홈스는 마닐라 폴더 하나를 쥐고 돌아왔다.

"보세요." 그가 말했다.

리버스는 폴더를 받아들었다. "이게 뭐지?"

"일단 보시라니까요."

오려낸 신문 기사와 잡지 기사, 그리고 보도자료들. 전부 그레고르 잭 하원의원과 관련된 것들이었다.

"이걸 어디서 구했나?"

홈스가 어깨를 으쓱였다. "타고난 호기심 덕분이죠. 그의 지역구로 이사를 오게 되니 그에 대해 궁금해지더라고요."

"언론은 어젯밤 일을 건드리지 않고 있던데."

"다루지 말라는 경고가 내려온 모양이죠, 뭐." 홈스가 회의적으로 말했다. "아니면 적절한 타이밍을 기다리고 있거나." 방금 돌아와 앉은 그가 다시 벌떡 일어났다. "넬에게 잠깐 가볼게요."

홀로 남겨진 리버스는 기사들을 차례로 훑어보았다. 대부분 그가 이미 알고 있는 내용들이었다. 노동자 계층 배경, 파이프에서 다닌 종합 중등학교, 에든버러 대학교, 경제학과 회계학 전공, 공인 회계사, 엘리자베스 페리와 결혼. 두 사람은 대학에서 처음 만났다. 그녀는 사업가 휴 페리 경의 외동딸이었다. 그는 딸을 끔찍이 아꼈다. 딸이 원하는 것은 무엇이든 다 해주었다. 딸이 21년 전 세상을 뜬 그의 아내를 상기시켰기 때문이다. 휴 경은 현재 자신의 나이 절반도 되지 않는 전직 모델과 사귀고 있다. 혹시 그녀도 죽은 아내를 상기시켜서?

흥미로운 일이었다. 엘리자베스 잭은 아름답고 매력적인 여자였다. 하지만 그녀에 대한 소식은 거의 들을 수 없었다. 약삭빠른 정치인이 매력적인 아내를 홍보 수단으로 쓰지 않고 있다니. 어쩌면 그녀는 사생활을 무척 중요히 여기는 타입인지도 몰랐다. 공장 개막식과 다과회보다 스키 휴가와 보양지에 더 관심이 많은지도.

리버스는 자신이 그레고르 잭을 좋아하는 이유를 곱씹어보았다. 자신과 흡사한 배경. 파이프에서 태어난 그도 종합적인 교육을 받았었다. 당시 학교들은 중등학교, 또는 고등학교라 불렸다. 리버스와 그레고르 잭은 고등학교 출신이었다. 리버스는 일레븐 플러스(eleven-plus, 과거 영국에서 11세 된 아동이 치던 중등학교 진학 시험)를 통과했었고, 어린 잭은 중학교에서 높은 점수를 받아 진학한 케이스였다. 리버스의 학교는 카우덴비스, 잭의 학교는 커콜디에 각각 자리했었다. 두 도시는 거의 붙어 있다시피 했다.

잭의 유일한 오점은 지역구에 전자 공장을 받아들인 것이었다. 부지 선정 과정에서 그의 장인이 적지 않은 영향력을 행사했다는 건 공공연하게 알려진 사실이었다. 하지만 잡음은 금세 잦아들었다. 증거도 없었을 뿐더러, 누구든 섣불리 문제 제기를 했다가는 명예 훼손으로 고소당할 수도 있었기 때문이었다. 잭이 지금 몇 살이나 됐지? 리버스는 최근 기사에 실린 그의 사진을 유심히 들여다보았다. 사진 속 그는 실제 나이보다 젊어 보였다. 언론에 자주 다루어지는 사람들 대부분이 그랬다. 서른일곱, 서른여덟, 그 정도 됐을 것이다. 젊은 나이에 아름다운 아내, 그리고 주체할 수 없이 많은 돈.

그런 그가 매음굴, 그것도 매춘부의 침대에서 덜미를 잡히다니. 리버스는 고개를 저었다. 이 무정한 세상. 하지만 그의 얼굴에는 이내 미소가 머금어졌다. 그런 아내를 두고도 한눈을 팔았으니 당해도 싸지.

홈스가 다시 거실로 돌아왔다. 그가 턱으로 서류철을 가리켰다. "흥미롭죠?"

리버스가 어깨를 으쓱였다. "아니, 브라이언. 별로."

"위스키 빨리 비우시고 테이블로 오세요. 저녁 준비가 끝났답니다."

식사는 만족스러웠다. 리버스는 세 번이나 건배를 제안했다. 한 번은 두 사람의 행복을 위해, 또 한 번은 새집 장만을 축하하는 의미로, 그리고 마지막 한 번은 홈스의 승진을 축하하는 의미로. 그들은 와인 두 병을 곁들여 메인 요리인 로스트비프를 즐겼다. 디저트는 치즈와 크라나한(crannachan, 위스키에 휘핑크림, 꿀, 산딸기, 귀리 가루 등을 섞어 만든 스코틀랜드 디저트)이었다. 식사가 끝난 후에는 커피와 라프로익(Laphroaig, 싱글몰트 위스키의 일종)이 서빙되었다. 나른해진 그들은 안락의자와 소파에 각각 자리를 잡고 앉았다. 술기운이 오르자 리버스의 긴장도 금세 풀려버렸다. 하지만 영양가 없는 잡담이 이어지는 건 문제였다.

물론 일 얘기도 빠지지 않았다. 넬은 흥미를 갖고 두 남자의 대화에 귀를 기울였다. 그녀는 특히 농부 왓슨의 술버릇에 대해 지대한 관심을 보였다. "술이 아니라 독한 박하에 중독된 게 아닐까요?" 또한 로더데일 경감의 야망과 매음굴 불시 단속도 흥미롭게 여겼다. 그녀는 채찍에 맞거나 기저귀를 차거나 스쿠버다이버와 섹스를 하는 게 뭐 그리 재밌는지 모르겠다고 했다. 리버스는 동감이라며 맞장구를 쳤다. "재밌는지 아닌지는 해봐야 알겠지." 그런 의견을 내놓은 브라이언은 머리에 쿠션 세례를 받고 말았다.

11시 45분, 리버스는 두 가지 사실을 깨달았다. 첫째, 자신이 운전을 못할 정도로 취해 있다는 것. 둘째, 설령 운전을 할 수 있다 해도 -아니면 누군가가 대신 해준다 해도- 목적지를 모른다는 것. 옥스퍼드 테라스? 마치몬트 아파트? 내가 요즘 주로 머무는 곳이 어디더라? 그는 로디언 가에 차를 세우는 자신의 모습을 상상해보았다. 그 두 곳의 중간 지점에서 곯아떨어지는 모습을. 하지만 넬이 그를 대신해 결정을 내려주었다.

"오늘 밤은 빈 침실에서 주무세요. 이럴 줄 알고 침대를 준비해뒀거든요. 경위님 덕분에 이제부터 그 방을 정식으로 손님방이라고 부를 수 있겠네요."

그녀의 부드러운 권위에는 함부로 도전할 수 없었다. 리버스는 어깨를 으쓱이는 것으로 수락의 뜻을 표했다. 얼마 지나지 않아 그녀는 침실로 들어갔다. 홈스가 TV를 틀었지만 볼만한 프로그램은 없었다. 그는 TV를 끄고 대신 오디오를 켰다.

"재즈는 없어요." 리버스의 취향을 잘 아는 그가 말했다. "이건 어떠세요?"

'서전트 페퍼'였다. 리버스는 고개를 끄덕였다. "롤링 스톤스가 없다면 차선에 만족해야지."

두 사람은 한동안 60년대 팝음악에 대해 격렬한 토론을 벌였다. 축구와 직장 얘기도 간간이 섞어서.

"커트 박사가 언제쯤 결과를 내놓을까요?"

홈스는 경찰과 자주 일하는 한 병리학자를 얘기하고 있었다. 얼마 전, 리스 강, 정확히 딘 브리지 아래에서 시체 한 구가 발견됐다. 자살인가, 살인인가? 그들은 커트 박사가 그 답을 풀어주기를 기대하고 있었다.

리버스가 어깨를 으쓱였다. "어떤 테스트는 몇 주씩 걸리기도 해, 브라이언. 하지만 조만간 결과가 나온다는 얘길 듣긴 했어. 이틀 이상은 걸리지 않을 거야."

"뭐라고 할까요?"

"그야 모르지." 그들이 서로를 쳐다보며 미소 지었다. 커트는 썰렁한 농담과 부적절한 경박함으로 악명이 높은 사람이었다.

"그의 흉내를 한번 내볼까요?" 홈스가 말했다. "이건 어떻습니까?

피해자는 폭포 근처에서 발견됐습니다. 하지만 눈을 살펴보니 백내장(cataract, '폭포'의 의미도 있다)의 흔적은 보이지 않네요."

리버스가 웃음을 터뜨렸다. "나쁘지 않은데. 아주 기발해."

그렇게 15분에 걸쳐 커트 흉내를 내던 두 사람은 정치로 화제를 돌렸다. 리버스는 성인이 된 후로 투표를 해본 적이 딱 세 번뿐이라고 고백했다.

"노동당 한 번, 스코틀랜드 국민당 한 번, 토리당 한 번. 골고루 찍었지."

홈스는 그 셋을 어떤 순서로 찍었는지 물었고, 리버스는 기억나지 않는다고 답했다. 그의 대답에 두 남자가 또다시 웃음을 터뜨렸다.

"다음엔 무소속 후보를 찍으시죠."

"그레고르 잭 같은 사람 말이지?" 리버스가 고개를 저었다. "스코틀랜드에 진정한 '무소속' 정치인은 없어. 아일랜드에서 중립을 지키며 사는 것과 뭐가 다르지? 거의 불가능한 일이라고. 일 얘기가 나와서 말인데……; 오늘 하루 종일 바쁠 것 같아. 자네만 괜찮다면 나도 넬을 따라가야겠어." 또다시 웃음. "무슨 뜻인지 알지, 브라이언?"

"그럼요." 홈스가 말했다. "먼저 주무세요. 전 비디오나 좀 봐야겠습니다. 아침에 뵙겠습니다."

"푹 자고 싶으니까 적당히들 해줘." 리버스가 윙크를 하며 말했다.

토네스 원자로가 녹아내렸어도 그를 깨우지 못했을 것이다. 그의 꿈속에서는 평화로운 전원 풍경이 펼쳐지고 있었다. 스킨다이버, 새끼 고양이, 그리고 경기 종료 직전에 넣은 골. 하지만 힘겹게 눈을 뜬 그를 맞아준 것은 새카맣고 희미한 형체였다. 그가 팔꿈치로 매트리스를 딛고 몸을 일으켰다. 데님 재킷 차림의 홈스가 침대 앞에 우뚝 서 있었다. 그의 한 손에서는 열쇠들이 짤랑거리고 있었다. 그가 또 다른 손에 쥐고 있던 신문을 침대 위로 툭 던졌다.

"편히 주무셨습니까? 아, 원래 신문은 사서 보지 않는데요, 오늘은 경위님이 관심 있어 하실 만한 기사가 실렸더라고요. 아침 준비는 10분 후에 끝납니다."

리버스는 끙 앓는 소리를 내며 일어나 앉아 앞에 놓인 타블로이드 신문을 펼쳐 들었다. 그가 기다렸던 기사. 그는 몸과 뇌에서 긴장이 살짝 풀어지는 걸 느낄 수 있었다. 표제가 절묘했다. JACK THE LAD!(성공한 노동 계급의 젊은이를 가리키는 비격식 표현) 부제는 꽤 직설적이었다. **하원의원 매음굴 불시 단속 중 체포.** 기사에는 계단을 내려와 밴으로 향하는 그레고르 잭의 사진도 실려 있었다. 리버스는 안쪽 페이지에 추가 사진이 있다는 친절한 안내문을 발견하고 몇 장 더 넘겨보았다. 창백한 얼굴의 농부 왓슨. 기자들 앞에서 포즈를 취한 여자들. 그리고 잭이 밴에 오를 때까지 졸졸 따라가며 찍은 사진 넉 장. 그를 다른 곳으로 데려가 심문했는지 경찰서에서 촬영된 것은 하나도 없었다. 기자들이 건진 건 포토제닉한 현장 사진들 뿐이었다. 하! 리버스는 한 사진의 배경에서 통통한 브라이언 홈스 경사를 찾아냈다. 그 사진은 나중에 가족 스크랩북의 한 자리를 차지하게 될 게 분명했다.

침대에는 또 다른 신문 두 개가 더 놓여 있었다. 그것들 역시 타블로이드 신문과 같거나 흡사한 사진들로 장식되어 있었다. **불명예스러운 의원.** **하원의원의 창피한 성매매.** 아, 솔로몬의 지혜와 광신자의 아량으로 쓴 표제들이군. 역시 『브리티시 선데이』다워. 리버스 역시 여자를 밝히는 편이지만 이 정도까지는 아니었다. 그는 몸을 틀고 침대를 내려왔다. 속이 울렁거렸고, 머리가 지끈거렸다. 레드와인과 위스키를 섞어 마신 대가였다. 나쁜 소식과 술만큼이나 치명적인 조합. 뭐라고들 하지? 곡물과 포도는 섞지 말라고 했던가? 너무 늦어버렸지만 상관없었다. 어차피 오렌지 주스 몇 잔이면 속이 확 풀릴 테니까.

하지만 그 전에 기름진 아침으로 배부터 채워야 했다. 넬은 꼭 밤새도록 주방을 지켜온 듯한 모습을 하고 있었다. 어젯밤의 흔적은 이미 깔끔하게 지워낸 상태였다. 그녀는 호텔 조식 수준의 식사를 준비하고 있었다. 시리얼, 토스트, 베이컨, 소시지, 그리고 달걀. 식탁에는 커피포트가 당당히 놓여 있었다. 여기서 빠진 건 딱 하나뿐이었다.

"오렌지 주스는 없나요?" 리버스가 물었다.

"죄송합니다." 브라이언이 말했다. "신문 판매점에 가면 있을 줄 알았는데 다 팔렸답니다. 하지만 커피가 넉넉히 준비되어 있으니 마음껏 드세요." 그는 또 다른 신문을 펼쳐들고 분주히 훑어나가는 중이었다. "오래 걸리지 않았네요. 안 그렇습니까?"

"그레고르 잭 말인가? 다들 예상했었잖아."

홈스가 다음 페이지로 넘어갔다. "하지만 좀 이상해요." 그가 말했다. 하지만 리버스가 기대했던 설명은 이어지지 않았다.

"혹시," 리버스가 말했다. "『런던 선데이』가 크리퍼 작전에 대해 알고 있는 것 말인가?"

홈스는 또 한 번 페이지를 넘겼다. 요즘 신문은 다 훑어보는 데 시간이 오래 걸리지 않는다. 특별히 광고에 관심이 있지 않다면. 홈스가 신문을 반듯하게 접어 식탁에 내려놓았다.

"네." 그가 토스트 한 조각을 집어 들며 말했다. "정말 이상하죠?"

"누군가로부터 제보를 받았나 보지, 뭐. 돈이 궁한 경찰이 정보를 흘렸는지도 모르고. 상류층이 즐겨 찾는 매음굴을 불시에 덮쳤으니 당연히 아는 얼굴이 나오지 않겠어?"

잠깐…… 리버스는 잠시 머리를 굴려보았다. 그날 밤, 기자들은 적절한 타이밍을 기다리고 있었어. 안 그래? 마치 누가 현관 앞 계단을 내려올지 미리 알고 있었다는 듯이 말이야. 홈스가 그를 빤히 쳐다보고 있었다.

"무슨 생각을 하고 있나?" 리버스가 물었다.

"아무것도 아닙니다. 아무 생각도 아니에요. 적어도 아직은요. 우리가 상관할 일이 아니지 않습니까. 그렇죠? 게다가 오늘은 일요일이기까지 하고요."

"자넨 정말 교활한 놈이야, 브라이언 홈스."

"훌륭한 선배에게 배웠거든요."

넬이 튀김 접시 두 개를 들고 들어왔다. 튀김들은 기름으로 번들거렸다. 리버스의 위는 주인에게 무리해서 먹지 말기를 당부하고 있었다. 그랬다가는 나중에 분명 후회하게 될 거라면서.

"아침부터 고생이 많군요." 리버스가 넬에게 말했다. "설마 이 친구가 하녀처럼 부리진 않죠?"

"걱정 마세요." 그녀가 말했다. "저흰 모든 걸 공평하게 나눠 하거든요. 어젯밤 설거지는 브라이언이 했어요. 오늘 아침에도 이 사람이 할 거고요."

홈스가 끙 앓는 소리를 냈다. 리버스는 타블로이드 신문 하나를 골라 펼친 후 손가락으로 사진 하나를 톡톡 두드렸다.

"이 친구를 너무 부려먹진 말아요, 넬. 사진에도 나온 유명 인사니까."

넬이 문제의 신문을 낚아채 들고 잠시 들여다보다가 날카롭게 비명을 질렀다.

"맙소사, 브라이언! 당신 꼭 〈머펫 쇼(The Muppet Show, 1976년부터 1981년까지 방영된 버라이어티·인형극·코미디 프로그램)〉에서 튀어나온 사람 같아 보여!"

홈스가 다가와 그녀의 어깨 너머로 신문을 내려다보았다. "저기 왓슨 총경은 어떻고? 꼭 애버딘 앵거스(Aberdeen Angus, 스코틀랜드산 육우용 검정소) 같잖아."

리버스와 홈스는 일제히 미소를 머금었다. 왓슨이 괜히 농부라 불리는 게 아니었다.

리버스는 젊은 커플에게 행복을 빌어주었다. 그들은 함께 집을 장만했고, 그 안에서 화목한 가정을 꾸리기 위해 무던히 애쓰고 있었다. 두 사람 모두 크게 만족하고 있는 듯했다. 그래서 그는 진심으로 행복을 빌어주었다.

하지만 그의 머리는 그들에게 달랑 2, 3년의 유효 기간만을 허락했다.

그것이 경찰의 운명이었다. 경위 진급을 위한 끊임없는 노력. 브라이언 홈스는 지금보다도 훨씬 많은 시간을 일터에서 보내게 될 것이다. 물론 요령을 피우면 얼마든지 편하게 살 수도 있었다. 하지만 홈스는 절대 그런 타입이 아니었다. 젊은 경사는 그럴 수만 있다면 하루 종일 사건만 생각할 고지식한 사람이었다. 근무 중에는 물론이고, 비번일 때마저. 그런 사람에게 원만한 가정을 꾸리는 건 쉬운 일이 아니다.

그리고 그들 대부분은 끝이 좋지 않았다. 리버스는 지금껏 이혼을 했거나 별거 상태인 경찰을 숱하게 보아왔다. -그 역시 여기 포함되었다.- 반면 행복한 결혼생활을 하는 경찰은 거의 보지 못했다. 길고 불규칙한 근무 시간 때문만은 아니었다. 그보다도 벌레처럼 사람을 안에서부터 갉아먹는 경찰 업무 자체가 더 문제였다. 그 벌레로부터 스스로를 보호하기 위해서는 특별한 갑옷을 걸쳐야 했다. 그리고 그 보이지 않는 갑옷은 경찰을 친구와 가족과 민간인들 틈에서 확실히 구별되게 해주었다.

이런. 화창한 일요일 아침에 이런 우울한 생각이나 하고 있다니. 그는 차에 시동을 걸어보았다. 이번에도 말썽이면 가까운 정비소를 알아볼 생각이었다. 하지만 기적적으로 시동이 잘 걸렸다. 하늘은 충분히 푸르렀다. 당일치기 여행객들이 몰릴 수밖에 없는 날씨였다. 리버스는 모처럼 드라이브를 즐겨보기로 했다. 그냥 정처 없이 쏘다녀보는 거야. 그는 생각했다. 드라이브하기 완벽한 날. 하지만 그에게는 가야 할 곳이 있었다. 왜 가야 하는지는 몰랐지만.

그레고르 잭과 그의 아내는 로즈브리지 변두리의 크고 오래된 단독 주택에 살고 있었다. 에스크웰에서 남쪽으로 조금만 내려가면 나오는 시골 마을이었다. 상류층 밀집 지역. 들판과 경사진 언덕과 일시 중지된 새 건축 공사들. 리버스는 단순히 호기심에 이끌려 우회를 결정한 것이었다. 하지만 남들도 같은 호기심에 사로잡혀 있었던 모양이었다. 잭의 집 앞에는 대여섯 대의 차량과 기자들이 진을 치고 있었다. 그들은 삼삼오오 모여 수다를 떨거나 표정이 좋지 않은 사진사들에게 어디까지 접근해 촬영해야 하는지 설명하는 중이었다. ─물론 그들은 지리학적 거리가 아니라 도덕적 거리를 얘기하는 것이었다.─ 담을 타고 올라가? 근처 나무에 기어 올라가? 집 뒤편으로 몰래 돌아가? 사진사들은 내켜하지 않는 분위기였다. 바로 그때 무언가가 그들을 술렁이게 만들었다.

리버스는 도로변에 차를 세워놓았다. 길 한쪽으로는 대여섯 채의 집들이 줄지어 늘어서 있었다. 특별히 디자인이나 크기가 대단해 보이지는 않았다. 그저 높은 담이 둘러져 그런 느낌이 들 뿐이었다. 그것들은 공통적으로 긴 진입로와 넓은 뒤뜰을 갖추고 있었다. 그 반대편에는 초원이 펼쳐져 있었다. 멍한 표정의 소와 통통히 살이 오른 양들이 풀을 뜯고 있었다. 간혹 몸집이 큰 새끼 양도 눈에 들어왔다. 몇 킬로미터 떨어진 곳에는 가파른 언덕들이 버티고 서 있었다. 리버스에겐 감탄이 나올 만큼 황홀한 풍경이었다.

그래서인지 리버스는 몰려든 기자들이 별로 달갑지 않았다. 그는 그들 뒤에서 관찰만 하기로 했다. 1900년대 초에 지어졌을 것 같은 이층집은 검붉은 색을 띠고 있었다. 한쪽 측면에는 커다란 차고가 붙어 있었고, 집 앞 진입로 끝에는 하얀 사브 한 대가 세워져 있었다. 튼튼하고 믿을 만한 9000시리즈. 싸지는 않지만 그렇다고 신나게 과시하고 다닐 만한 차는 아니었다. 탁월한 선택.

삼십대로 보이는 남자가 정문을 활짝 열자 젊은 여자가 은쟁반을 들고 나왔다. 십대를 갓 넘긴 듯 앳된 얼굴이었지만 그녀에게는 열 살쯤 더 늙어 보이려 애쓴 흔적이 역력히 남아 있었다. 젊은 여자가 기자들을 향해 큰 소리로 말했다.

"그레고르 씨가 기자분들께 차를 챙겨드리라고 했어요. 컵이 충분치 않아 나눠 드셔야 할 거예요. 비스킷도 있으니 같이 드시고요. 죄송하지만 생강 쿠키는 없어요. 다 떨어졌거든요."

감동 받은 기자들이 미소를 지으며 고개를 끄덕였다. 하지만 이런 기회를 그냥 흘려버릴 그들이 아니었다.

"잭 씨로부터 입장 표명을 들어볼 수 있을까요?"

"언제쯤 공식 성명이 나올까요?"

"잭 씨는 지금 어떤 상태이십니까?"

"잭 부인은 댁에 계신가요?"

"한 말씀 들어볼 수 있을까요?"

"이언, 정말 아무 말씀도 들을 수 없는 겁니까?"

마지막 질문은 실실 웃고 있는 남자에게 던져진 것이었다. 그가 한 손을 들어 기자들의 입을 막았다. 정적이 찾아들자 그가 입을 열었다.

"노코멘트." 그가 말했다. 그리고 매몰차게 문을 닫아버렸다. 리버스는 온순한 기자들을 헤집고 들어가 기분 나쁜 표정의 남자 앞으로 바짝 다가갔다.

"리버스 경위입니다." 그가 말했다. "잭 씨를 만나 뵐 수 있을까요?"

남자와 은쟁반 여인이 리버스가 내민 신분증을 유심히 들여다보았다. 그들은 위조한 신분증을 이용해 인터뷰를 따내는 기자들을 겪어본 적이 있는 모양이었다. 잠시 후, 남자가 퉁명스럽게 고개를 끄덕이며 문을 살짝 열어주었다. 리버스가 안으로 들어서자 문이 다시 닫혔다.

순간 그의 뇌리를 스치는 생각이 있었다. 내가 지금 뭘 하고 있는 거지? 그리고 답. 나도 모르겠어. 문 앞에서 펼쳐진 상황에 자극을 받은 그는 아무 대책도 없이 하원의원의 집에 불쑥 들어와버렸다. 그는 자갈 깔린 진입로를 따라 대형 세단과 큰 집을 향해 걸어 올라갔다. 그레고르 잭을 만나기 위해.

제게 하실 말씀이 있으시다고요, 경위님?

아뇨, 의원님. 그냥 참견하길 좋아할 뿐입니다.

첫마디로는 좀 부적절한 것 같은데. 언젠가 왓슨이 충고했었지? 이런 성격적 결함은 제발 좀 고쳐보라고. 모든 것의 중심에 서려고 하지도 말고, 모든 일에 끼어들려 하지도 말라고. 상대가 누구든 그들 말을 믿어보라고. 모든 걸 직접 확인하려 들지 말라고.

그냥 지나다가 들렀습니다. 경의를 표하고 싶어서요.

맙소사, 잭이 날 알아보면 어쩌지? 매음굴 침대에 앉아서 날 봤을 텐데. 옆에서 여자가 숨넘어갈 듯이 까르르거리며 허공에 발길질을 해대는 동안. 아니, 날 못 알아볼지도 몰라. 그땐 공황 상태에 빠져 있었을 테니.

"전 이언 어커트라고 합니다. 그레고르 씨의 선거 운동원입니다." 어커트가 말했다. 기분 나쁜 미소가 지워진 그의 얼굴에는 걱정과 어리둥절함이 교차하고 있었다. "기자들이 몰릴 줄 알고 어젯밤부터 와 있었습니다."

리버스가 고개를 끄덕였다. 맞춤 양복 차림의 어커트는 땅딸막하지만 꽤 억세 보였다. 하원의원보다는 키도 작고 인상도 좋지 않았다. 한마디로, 선거 운동원으로는 딱이라는 뜻이었다. 또한 그는 유능해 보이기도 했다.

"이쪽은 헬렌 그레이그입니다. 그레고르 씨의 비서죠." 어커트가 턱으로 젊은 여자를 가리켰다. 그녀가 리버스를 쳐다보며 살짝 미소를 지었다. "헬렌은 도울 게 없나 해서 아침에 왔어요."

"차를 내가는 건 제 아이디어였어요." 그녀가 말했다.

어커트가 그녀를 살며시 흘겨보았다. "그레고르 씨의 아이디어였잖아요, 헬렌." 그가 경고하듯 말했다.

"아, 그랬죠." 그녀가 얼굴을 붉히며 말했다.

유능한 데다가 충직하기까지. 리버스는 생각했다. 생각보다 괜찮은 친구인데. 어커트와 마찬가지로 헬렌 그레이그 역시 교양 있는 스코틀랜드 말씨를 사용했다. 두 사람 모두 동해안 쪽 출신인 듯했지만 확실하지는 않았다. 헬렌은 새벽 예배를 보고 왔거나 나중에 예배를 보러갈 사람 같았다. 그녀는 옅은 색의 모직 투피스에 수수한 하얀 블라우스 차림이었고, 목에는 금목걸이를 하고 있었다. 발에는 실용적인 검은 신발을, 다리에는 두꺼운 검정색 팬티스타킹을 신고 있었다. 170센티미터에 미치지 못하는 그녀의 키는 어커트와 비슷했다. 두 사람은 키뿐만 아니라 체구도 비슷해 보였다. 예쁘다고 할 수는 없지만 당당해서 아름답다고는 표현할 수 있을 것 같았다. 넬 스테이플턴처럼. 비록 두 여자에게는 많은 차이점이 있었지만.

그들은 어커트의 안내에 따라 사브를 지나쳐 걸어 올라갔다. "오늘 특별히 하고 싶으신 말씀이 있습니까, 경위님? 아시다시피 지금 그레고르 씨의 상태가 말이 아니라서요."

"오래 걸리지 않을 겁니다, 어커트 씨."

"자, 들어가시죠." 어커트는 리버스와 헬렌 그레이그를 현관문 안으로 이끌었다. 리버스는 현대적으로 꾸며진 실내 풍경에 흠칫 놀랐다. 반들반들하게 닦인 소나무 바닥, 작은 양탄자들, 매킨토시의 힐 하우스 사다리 의자(고딕 양식을 재해석해 등받이를 높게 만든 의자)들, 이탈리아제로 보이는 낮은 테이블들. 그들은 현관을 가로질러 현대적 가구들로 꾸며진 큰 방으로 들어갔다. 방 한쪽 구석에는 가죽과 크롬으로 된 길고 각진 소파가 놓여 있었고, 그 한복판에는 그레고르 잭이 앉아 있었다. 하원의원은 멍한 얼굴로 바닥을 내려다보며 손가락을 긁어대고 있었다. 어커트가 헛기침을 한 번 했다.

"손님이 오셨어요, 그레고르 씨."

비극에서 희극으로 순식간에 역할을 바꾼 재능 있는 배우를 보는 듯했다. 그레고르 잭이 일어나 환한 미소를 지어 보였다. 그의 눈은 반짝였고, 흥미로운 척하는 얼굴에서는 진실성이 엿보였다. 리버스는 신속하고 자연스러운 변신에 경탄했다.

"리버스 경위입니다." 상대가 내민 손을 잡으며 리버스가 말했다.

"경위님, 무슨 일로 오셨습니까? 자, 우선 앉으시죠." 잭이 검은 소파와 색을 맞춘 낮은 의자를 가리켰다. 꼭 마시멜로에 주저앉은 기분이었다. "뭐 한잔 하시겠습니까?" 무언가가 떠올랐는지 잭이 헬렌 그레이그를 돌아보았다. "헬렌, 밖의 친구들에게 차를 대접해드렸나요?"

그녀가 고개를 끄덕였다.

"고마워요. 기자분들이 일레븐시즈(elevenses, 오전 11시경 먹는 간단한 다과)도 못 들고 돌아가시게 하면 안 되죠." 그가 다시 리버스를 돌아보며 미소를 지었다. 그는 소파 가장자리에 걸터앉아 무릎에 두 팔을 걸쳐놓았다. "자, 경위님, 어떻게 오셨습니까?"

"이곳을 지나다가 문 앞에 몰려 있는 사람들을 보고 호기심에 들렀습니다."

"저들이 왜 몰려왔는지 아십니까?"

리버스는 고개를 끄덕일 수밖에 없었다. 어커트가 다시 헛기침을 했다.

"점심을 먹으면서 성명서를 준비하려고 했습니다." 그가 말했다. "저들을 쫓아내는 데 충분할진 모르지만 그래도 노력은 해봐야죠."

"그렇군요." 리버스가 조심스레 말했다. 신중하게 접근해야 할 때였다. "의원님은 잘못하신 게 없습니다. 그러니까 불법 행위가 아니었다는 얘깁니다."

잭이 다시 미소를 흘리며 어깨를 으쓱였다. "그런 건 상관없습니다, 경위님. 기자들은 그런 사실에 전혀 신경 쓰지 않아요." 그가 손을 계속 살랑였다. 그의 눈과 머리도 계속 흔들렸다. 마치 딴생각을 하는 듯이. 잠시 후 그가 말했다. "뭐로 하시겠습니까, 경위님? 차? 커피? 아니면 술이 낫겠습니까?"

리버스가 고개를 천천히 저었다. 그는 숙취가 완전히 가시지 않은 상태였다. 잭이 감정이 풍부히 담긴 눈을 헬렌 그레이그 쪽으로 돌렸다.

"난 차 한 잔 할게요, 헬렌. 경위님, 정말 괜찮……"

"정말 괜찮습니다."

"이언?"

어커트가 헬렌 그레이그를 돌아보며 고개를 끄덕였다.

"부탁해요, 헬렌." 그레고르 잭이 말했다. 세상에 어떤 여자가 거부하겠어? 리버스는 생각했다. 순간 그의 머릿속에 떠오르는 사람이 있었다.

"사모님은 댁에 안 계신가요, 잭 씨?"

"휴가 중이에요." 잭이 재빨리 대답했다. "하일랜드에 작은 별장이 있습니다. 볼품은 없지만 그래도 우린 그 집이 마음에 들어요. 아마 거기 가 있을 겁니다."

"아마? 정확히 모른다는 말씀입니까?"

"여행 일정을 미리 짜놓고 집을 나서는 타입이 아니라서 말이죠."

"사모님께서도 이번 일을 알고 계신가요?"

잭이 어깨를 으쓱였다. "그건 모르겠습니다, 경위님. 알고 있을지도 모르죠. 매일 잊지 않고 신문을 챙겨보거든요. 가까운 마을에서 일요일자 신문을 구할 수 있습니다."

"사모님과 연락은 해보셨습니까?"

어커트가 이번에는 헛기침 없이 끼어들었다. "별장에는 전화기가 없습니다."

"저흰 바로 그 점을 마음에 들어 합니다." 잭이 설명했다. "세상과의 단절."

"하지만 만약 사모님께서 알고 계시다면……" 리버스가 말했다. "이미 연락이 오지 않았을까요?"

잭이 한숨을 내쉬었다. 또다시 손가락을 긁어대던 그가 자신의 무의식적인 행동을 깨닫고 이내 멈추었다. "습진이 있어서요." 그가 설명했다. "한 손가락만 그렇습니다. 굉장히 짜증나는 일이죠." 그가 잠깐 머뭇거렸다. "리즈…… 제 아내는…… 제멋대로 사는 사람입니다, 경위님. 연락을 해올 수도 있고, 아닐 수도 있죠. 어쩌면 이 문제에 대해선 아무 말도 하고 싶지 않을 수도 있습니다. 무슨 뜻인지 아시겠습니까?" 그가 희미하게 미소를 지어 보였다. 동정표를 부르는 미소였다. 잭이 손가락으로 숱 많은 검은머리를 살살 쓸어내렸다. 리버스는 그의 완벽한 치아에 치관이 씌워져 있을지 궁금했다. 어쩌면 머리도 가발인지 몰랐다. 오픈넥 셔츠는 체인점에서 산 것 같지는 않고……

어커트는 여전히 서 있었다. 그는 한시도 가만있지를 못했다. 창가로 다가가 레이스 커튼 밖을 내다보기도 하고, 유리로 덮인 테이블로 다가가 그 위에 놓인 문서들을 훑기도 했으며, 작은 탁자에 놓인 전화기를 만지작거리기도 했다. 전화기는 벽에서 떨어져 나와 있었다. 잭 부인이 연락을 해오려 했다면…… 어커트나 잭은 그 가능성을 전혀 떠올리지 못했던 모양이었다. 신기하게도, 실내 장식은 잭이 아닌, 그의 아내의 취향에 맞춘 듯했다. 왠지 잭은 중후함이 묻어나는 가구를 좋아할 것 같았다. 편안한 안락의자와 체스터필드 소파 같은 것들. 보수적인 취향. 그가 타고 다니는 차만 봐도……

그래. 잭의 차. 그걸 핑곗거리로 삼아야겠어.

"점심시간까진 성명서가 준비되어야 해요, 그레고르 씨." 어커트가 말했다. "조금이라도 빨리 수습하는 게 중요합니다."

노골적인데. 리버스는 생각했다. 그의 메시지는 분명했다. 볼일이 끝났으면 꺼지라는 것. 리버스는 묻고 싶은 질문이 있었다. 의원님께서 누군가가 파놓은 함정에 빠졌다고 생각하십니까? 묻고는 싶었지만 차마 그럴 수 없었다. 이것은 공식적인 방문이 아니었으니까. 그는 한낱 관광객에 지나지 않았으니까.

"의원님의 차 말입니다." 그가 말했다. "진입로에 세워져 있는 걸 봤습니다. 사진사들이 그걸 찍어 신문에 올리기라도 하는 날엔……"

"나중에 모두가 알아보겠죠?" 잭이 고개를 끄덕였다. "무슨 말씀인지 알겠습니다, 경위님. 감사합니다. 거기까진 미처 생각하지 못했네요. 그렇죠, 이언? 아무래도 차고에 넣어놓는 게 좋겠습니다. 내가 어떤 차를 몰고 다니는지 세상에 광고하고 싶진 않아요."

"등록 번호도요." 리버스가 덧붙였다. "세상엔 정말 별의별 놈들이 다 있습니다. 테러리스트, 원한을 품은 사람들, 정신병자들…… 조심해서 나쁠 거 없죠."

"감사합니다, 경위님." 문이 열리고 헬렌 그레이그가 들어왔다. 그녀의 두 손에는 차가 담긴 커다란 머그잔이 하나씩 들려 있었다. 밖에서 보여준 은쟁반 퍼포먼스와는 완전 딴판이었다. 그녀가 어커트와 그레고르 잭에게 차례로 머그잔을 건넨 후 겨드랑이에 끼고 있던 얇은 상자를 열었다. 생강 쿠키였다. 리버스의 입가에 미소가 머금어졌다.

"고마워요, 헬렌." 그레고르 잭이 비스킷 두 개를 집어 들며 말했다.

리버스는 천천히 일어났다. "전 이만 가보겠습니다." 그가 말했다. "아까 말씀드린 대로 지나다가 들렀을 뿐이니까요."

"감사합니다, 경위님." 잭이 머그잔과 비스킷을 바닥에 내려놓고 일어나 리버스 앞으로 손을 내밀었다. 리버스는 그의 따뜻하고 완벽한 손을 꽉 잡아 쥐었다. "혹시 제 지역구 주민이십니까?"

리버스는 고개를 저었다. "제 동료 하나가 이곳 주민입니다. 전 어젯밤 그 친구 집에서 신세를 졌습니다."

잭이 천천히 고개를 끄덕였다. 리버스는 그 제스처의 의미가 궁금했다. "제가 배웅해드리겠습니다." 이언 어커트가 말했다.

"여기서 차나 마저 마셔요." 헬렌 그레이그가 말했다. "경위님은 내가 배웅할 테니."

"원한다면 그렇게 해요, 헬렌." 어커트가 말했다. 경고의 톤인가? 헬렌은 전혀 눈치 채지 못한 것 같은데. 그가 주머니에서 열쇠를 꺼내 그녀에게 건넸다.

"자, 그럼." 리버스가 말했다. "안녕히 계십시오, 잭 씨, 어커트 씨." 리버스가 어커트의 손을 꽉 쥐었다 놓았다. 하지만 그의 시선은 남자의 왼손에 고정되어 있었다. 결혼반지 하나, 그리고 인장 반지 하나. 그레고르 잭의 왼손에는 두꺼운 금반지 하나만이 끼워져 있었다. 하지만 습진이 있다는 넷째 손가락은 아니었다.

그리고 헬렌 그레이그. 그녀의 양손에는 자질구레한 장신구가 여럿 걸려 있었지만 결혼반지나 약혼반지는 보이지 않았다.

"안녕히 계십시오."

헬렌 그레이그가 먼저 나가 차 옆에서 리버스를 기다렸다. 그녀의 오른손에서 열쇠꾸러미가 짤랑거렸다.

"잭 씨 밑에서 일한 지 오래됐습니까?"

"그렇다고 할 수 있죠."

"하원의원으로 사는 게 쉬운 일은 아니겠죠? 이따금 긴장도 풀어줘야 할 거고⋯⋯"

그녀가 걸음을 멈추고 그를 노려보았다. "당신까지 정말 이러기예요? 저 사람들과 다를 게 하나도 없군요!" 그녀가 열쇠를 쥔 손으로 정문 너머 형체들을 가리켰다. "그레고르 씨를 비난하지 말아요!" 그녀가 다시 빠르게 걸음을 옮겨나가기 시작했다.

"좋은 고용주인 모양이군요."

"고용주는 아니에요. 어머니가 오래 앓으셨는데 지난가을 그가 보너스를 두둑이 챙겨줘서 어머니와 해변에서 휴가를 즐길 수 있었죠. 그는 그런 사람이에요." 그녀의 눈가는 어느새 촉촉이 젖어 있었다. 기자들 사이에서는 컵들이 분주히 오가는 중이었다. 설탕을 넣었다고 불평하는 사람도 있고, 설탕이 부족하다고 투정부리는 사람도 있었다. 그들은 정문으로 다가오는 두 형체에게 별로 기대하지 않는 모습이었다.

"뭐라도 말해봐요, 헬렌."

"그레고르 씨와 인터뷰를 하게 해줘요. 우리도 빨리 마치고 집에 돌아가야 하지 않겠습니까? 식구들이 기다리는데."

"이러다 성찬식에 늦겠다고요." 한 기자가 농담을 던졌다.

"점심시간에 맥주로 성찬식을 할 건가?" 또 다른 기자가 받아쳤다.

몇 안 되는 한 지역신문 기자가 리버스를 알아보았다.

"경위님, 아무 말씀이라도 해주시죠." 기자 몇몇이 '경위님'이라는 단어에 귀를 쫑긋 세웠다.

"좋습니다." 리버스가 말했다. 순간 헬렌 그레이그의 몸이 빳빳하게 굳었다. "다들 꺼져요."

몇몇 기자는 미소를 지었고, 몇몇은 끙 앓는 소리를 냈다. 리버스가 밖으로 나오기 무섭게 정문이 다시 닫히기 시작했다. 그는 잽싸게 문틈으로 고개를 밀어 넣고 젊은 여자의 귀에 속삭였다.

"깜빡했어요. 다시 들여보내줘요."

"네?"

"깜빡했다고요. 내가 아니라, 잭 씨가. 나더러 사모님을 살펴봐달라고 하셨거든요. 이 소식을 전해 듣고 충격을 받으실지 모른다고."

그는 잠시 여자의 반응을 기다렸다. 헬렌 그레이그가 입을 작게 오므렸다. 리버스의 말뜻을 이해한 모양이었다.

"그런데," 리버스가 계속 이어나갔다. "주소를 여쭙는다는 걸 깜빡했지 뭡니까."

그녀는 기자들이 엿듣지 못하도록 까치발을 하고 그의 귀에 속삭였다. "디어 로지. 나칸두와 톰나불린 사이에 있어요."

리버스가 고개를 끄덕였다. 그의 뒤로 다시 문이 닫혔다. 그의 호기심은 완전히 떨쳐내지 않은 상태였다. 오히려 호기심은 더 커져버렸다. 나칸두와 톰나불린. 둘 다 몰트 위스키 이름이었다. 머리는 그에게 음주는 절대 안 된다고 했지만 마음은 전혀 다른 소리를 하고 있었다.

젠장. 그는 홈스의 집에서 페이션스에게 전화를 걸려고 했었다. 곧 집으로 돌아갈 거라는 말을 해주려고. 그녀가 그의 일거수일투족에 목을 매는 사람도 아니었는데. 그는 기자들 틈에서 눈에 익은 남자를 찾아냈다. 지역 언론사 소속의 크리스 켐프였다.

"안녕, 크리스. 혹시 차에 전화 있어요? 급하게 연락할 데가 있어서……"

"그러니까," 페이션스 에이트킨 박사가 말했다. "삼자 동거 경험이 어땠나요?"

"나쁘지 않았어요." 리버스가 그녀의 입술에 요란하게 키스를 하며 말했다. "당신의 난잡한 술판은 어땠죠?"

그녀가 눈을 굴렸다. "따분한 일 얘기와 너무 익힌 라자냐가 전부였어요. 참, 집엔 안 들렀나요?" 리버스는 멍한 표정을 지어 보였다. "마치몬트에 전화를 걸었는데 받질 않더군요. 옷을 보니 그런 차림으로 자다 온 것 같은데."

"빌어먹을 고양이 때문이에요."

"럭키 말이에요?"

"그 녀석이 재킷 위에서 트위스트를 추고 있길래 냅다 쫓아버렸죠."

"트위스트? 당신 나이가 적나라하게 드러나는 순간이군요."

리버스가 재킷을 벗었다. "혹시 오렌지 주스 있어요?"

"머리 아파요? 제발 술 좀 끊어요, 존."

"이제 정착하라는 얘기죠?" 그가 바지를 벗었다. "목욕 좀 하고 와도 되나요?"

그녀는 잠시 그를 응시했다. "그런 건 물어볼 필요도 없잖아요."

"그냥 내가 묻는 걸 좋아해서요."

"허락할게요. 늘 그렇듯이. 그것도 럭키가 한 건가요?" 그녀가 그의 손목에 난 상처를 가리켰다.

"그 녀석이 이랬다면 진작 전자레인지에 갇혔을 겁니다."

그녀가 미소를 지었다. "오렌지 주스가 있는지 찾아볼게요."

리버스는 주방으로 향하는 그녀를 지켜보았다. 그는 늑대의 휘파람을 불어보려 했지만 입 안이 바짝 말라 잘 되지 않았다. 가까운 곳에서 앵무새 하나가 그를 대신해 휘파람을 불어주었다. 페이션스가 앵무새를 돌아보며 미소 지었다.

그는 거품으로 가득 찬 욕조에 몸을 뉘이고 눈을 감았다. 그런 다음, 의사가 알려준 대로 심호흡을 시작했다. 이완 요법. 의사는 이걸 그렇게 불렀다. 그는 리버스에게 긴장을 푸는 게 중요하다고 강조했다. 고혈압. 베타차단제가 있기는 하지만 의사는 가급적 스스로의 노력으로 고쳐보라고 조언했다. 깊은 호흡. 자기 최면. 리버스는 의사에게 자신의 아버지가 최면술사였다고 알려주었다. 동생도 어딘가에서 전문 최면술사로 활동 중일지 모른다고도 했다.

심호흡. 머리 비우기. 머리와 이마, 턱, 목, 가슴, 그리고 팔에서 긴장 풀기. 0까지 거꾸로 세기. 스트레스도 떨치고, 부담도 떨치고……

리버스는 한때 비싼 약을 내주고 싶어 하지 않는 구두쇠 의사를 원망했었다. 하지만 그가 제안한 요법은 실제로 효과가 있었다. 그는 스스로를 치료할 수 있었다. 그는 페이션스 에이트킨을 누릴 수 있었다.

"자, 받아요." 그녀가 화장실로 들어오며 말했다. 그녀는 오렌지 주스가 담긴 길고 가는 잔을 내밀고 있었다. "에이트킨 박사가 손수 짠 거예요."

리버스가 거품 묻은 손으로 그녀의 엉덩이를 끌어왔다. "리버스 경위가 손수 주물러줄게요."

그녀가 몸을 숙이고 그의 머리에 입을 맞추었다. 그런 다음, 손가락으로 그의 머리를 살살 쓸어내렸다. "컨디셔너를 써봐요, 존. 모낭 관리도 중요해요."

"나이 들면 다 소용없어요."

그녀의 눈이 가늘어졌다. "싫으면 말아요." 그녀가 말했다. 그리고 그의 손이 미치기 전에 화장실을 도망치듯 나가버렸다. 리버스는 미소를 지으며 다시 욕조에 몸을 뉘었다.

심호흡. 머릿속 비우기. 누군가가 그레고르 잭을 함정에 빠뜨린 건 아닐까? 그렇다면 대체 누가? 어떤 목적으로? 스캔들이겠지. 보나마나. 정치 스캔들. 제1면에 실릴 만한 스캔들. 하지만 잭의 집안 분위기는 좀 이상했다. 부자연스러움. 차갑고 불안한 기운도 감돌았다. 마치 최악의 상황이 곧 닥칠 것처럼.

그의 아내, 엘리자베스. 그녀 또한 이상하기는 마찬가지였다. 배경. 그는 배경을 좀 더 깊숙이 파헤쳐볼 필요가 있었다. 일을 벌이기 전에 모든 걸 확실히 파악해두어야만 했다. 리버스의 머릿속에는 별장 주소가 선명하게 각인되어 있었다. 하지만 일요일에 하일랜드 경찰서로 연락하는 것은 별로 현명한 일이 아니었다. 배경. 그는 크리스 켐프 기자를 떠올렸다. 그래, 안 될 거 없잖아. 깨어나라, 팔들아. 깨어나라, 가슴과 목과 머리야. 일요일은 늘어져서 쉬는 날이 아니었다. 어떤 이들에게 일요일은 그저 일하는 날일 뿐이었다.

페이션스가 문틈으로 고개를 내밀었다. "오늘 밤은 조용히 보내고 싶어요." 그녀가 말했다. "내가 특별히……"

"난 싫어요." 리버스가 당당한 모습으로 욕조에서 일어났다. "나가서 한잔 합시다."

"날 잘 알죠, 존? 적당한 추잡함은 상관없지만 여긴 좀 심각한 수준 아닌가요? 내가 이런 데 어울린다고 생각해요?"

리버스가 페이션스의 볼에 살짝 입을 맞추고 테이블에 잔을 내려놓은 뒤 그녀 옆에 바짝 다가가 앉았다. "당신 술은 더블이에요." 그가 말했다.

"그렇군요." 그녀가 잔을 집어 들었다. "토닉을 많이 탈 수 없겠네요."

그들은 브로턴 가에 자리한 호스헤어 술집의 밀실에 앉아 있었다. 출입문 밖으로 시끌벅적한 바가 내다보였다. 사람들은 결투하듯 멀리 떨어져 서로에게 고함을 질러대고 있었다. 요란하고 정신없었지만 지켜보는 재미가 있었다. 밀실은 바깥에 비해 훨씬 조용했다. 방에는 U자 모양의 물컹한 소파와 곧 부서질 듯한 의자들이 놓여 있었다. 폭 좁은 마름모꼴 테이블들은 바닥에 단단히 고정되어 있었다. 소문에 의하면 소파의 쿠션들은 1920년대에 말총으로 채워 넣어진 후 지금껏 유지되어 왔다고 했다. 그래서 술집이 호스헤어(horsehair)라고 불리는 거라나.

페이션스가 진이 담긴 잔에 토닉을 따랐다. 리버스는 IPA 맥주를 홀짝거리고 있었다.

"건배." 그녀가 의욕 없는 목소리로 말했다. "뭔가 특별한 이유가 있다는 거 알아요. 우리가 여기 와 있는 이유 말이에요. 보나마나 당신 일 때문이겠죠?"

리버스가 잔을 내려놓았다. "그래요." 그가 말했다.

그녀가 고개를 젖히고 니코틴 색으로 물든 천장을 올려다보았다. "더는 못 참겠어요." 그녀가 말했다.

"오래 걸리지 않을 거예요." 리버스가 말했다. "볼일 끝나고 당신 스타일에 어울리는 곳으로 자리를 옮기죠."

"지금 나랑 장난 쳐요?"

리버스는 말없이 자신의 술을 내려다보았다. 그때 바에서 한 손님이 사람들을 헤치고 밀실로 들어왔다. 젊은 남자가 기운 빠진 미소를 머금었다.

"이런 덴 잘 안 오시잖아요, 리버스 경위님." 그가 말했다.

"앉아요." 리버스가 말했다. "이번 술은 내가 사는 겁니다. 페이션스, 스코틀랜드 최고의 기자를 소개할게요. 여긴 크리스 켐프."

리버스가 자리에서 일어나 바로 향했다. 크리스 켐프는 의자를 끌어와 튼튼한지 꼼꼼히 살핀 뒤 조심스레 앉았다. "뭔가 원하시는 게 있는 것 같군요." 그가 턱으로 바를 가리키며 페이션스에게 말했다. "제가 아첨에 약하다는 걸 잘 아시거든요."

엄밀히 따지면 그것은 아첨이 아니었다. 크리스 켐프는 『애버딘』 석간 신문 기자로 활동하며 수많은 상을 받았고, 글래스고에서는 올해의 젊은 기자로 선정되었다. 또한 에든버러에 와서도 지난 1년 반 동안 늘 화제를 몰고 다녔다. 사람들은 그가 머지않아 런던으로 진출할 거라고 입을 모았다. 물론 그 자신도 같은 생각이었다. 당연한 수순. 그에게 스코틀랜드는 너무 좁고 따분했다. 하지만 졸업까지 1년이 더 남은 여자친구가 문제였다. 그녀는 그의 잉글랜드 진출의 꿈을 탐탁지 않게 여겼다.

리버스가 바에서 돌아왔을 때 페이션스는 켐프에 대한 거의 대부분의 얘기를 듣고 난 상태였다. 그녀의 정신은 이미 딴 데 가 있었지만 크리스 켐프는 전혀 눈치 채지 못한 듯했다. 그의 주절거림이 이어지는 동안 그녀는 생각했다. 존 리버스에게 이럴 가치가 있나? 내가 이렇게까지 노력해야 할 가치가 있나? 그녀는 그를 사랑하지 않았다. 그건 그도 알고 있었다. '사랑'은 그녀가 십대와 이십대 시절, 몇 번 느껴봤던 감정이었다. 삼십대에도 그런 적이 있었고. 하지만 매번 깔끔한 결론에 이르지 못하거나 참담한 결과만을 떠안게 되었었다. 이제 그녀에게 '사랑'은 관계의 시작과 더불어 그 끝을 의미하는 단어로 전락해버리고 말았다.

그녀는 진료소에서 너무 사랑을 해 문제인 사람과 그 대가로 충분한 사랑을 받지 못해 문제인 사람들을 종종 볼 수 있었다. 대부분 여성들이었다. 그들은 귀앓이를 하는 아이나 협심증을 앓는 노령 연금 수급자들만큼이나 괴로워했다. 그녀는 그들을 가엾게 여기고 충고를 아끼지 않았지만 그것을 낫게 할 약은 세상에 존재하지 않았다.

시간이 약이라는 말처럼 상처가 아물면 딱딱한 굳은살이 보호해주었다. 지금 그녀가 보호받고 있다고 느끼는 것처럼. 하지만 과연 존 리버스는 그녀의 신뢰와 보호를 필요로 하고 있을까?

"자, 돌아왔습니다." 그가 말했다. "바텐더가 오늘 좀 굼뜨네요."

크리스 켐프가 옅은 미소를 흘리며 술을 받아들었다. "마침 페이션스 씨에게……"

오, 맙소사. 리버스는 자리에 앉으며 생각했다. 그녀는 꼭 얼음으로 가득 찬 양동이를 보는 듯했다. 그녀를 데려오는 게 아니었는데. 하지만 이 시간에 나 혼자 빠져나왔으면 마찬가지였을 게 뻔해. 빨리 볼일을 보고 나가야겠어. 분위기가 더 얼어붙기 전에.

"크리스." 그가 청년의 말을 끊으며 끼어들었다. "그레고르 잭에게 뭔가 캐낼 게 있습니까?"

크리스 켐프는 그에게 적지 않은 약점이 있다고 말했다. 갑자기 그레고르 잭이 언급되자 페이션스가 살짝 관심을 보였다. 그녀의 얼굴에서 따분해하는 표정이 순식간에 증발해버렸다.

리버스는 엘리자베스 잭에게 더 관심이 있었지만 켐프는 하원의원에 대한 흥미로운 사실들만 신나게 늘어놓을 뿐이었다. 대중적 이미지와는 딴판인 본모습. 그를 직접 만나본 리버스조차 믿기 힘든 알려진 정설들. 예를 들면, 잭이 대주가라는 사실 같은.

"특히 위스키를 엄청 즐긴다고 하더군요." 켐프가 말했다. "매일 반 병 이상씩은 마신답니다. 런던에 가서는 더 퍼마신다고 하고요."

"술고래로 보이진 않던데요."

"엄청 퍼마시지만 잘 취하지 않는답니다."

"다른 흠은 없습니까?"

물론 있었다. 그것도 엄청 많이. "그는 언변 좋은 수완가이지만 아주 교활합니다. 저라면 절대 신뢰하지 않겠어요. 전 그와 함께 대학에 다녔다는 사람을 알고 있습니다. 그레고르 잭은 절대 즉흥적으로 일을 벌이지 않는답니다. 잭 부인을 배우자로 둔 것 역시 철저히 계산된 일이라더군요."

"그게 무슨 뜻이죠?"

"두 사람은 대학에서 만났답니다. 파티에서요. 그레고르는 그 전까지 그녀에게 별 관심을 안 보였다더군요. 그녀가 부잣집 딸이라는 걸 알고 나서 태도가 돌변한 거죠. 그녀의 배경을 확인한 그는 필사적으로 대시하기 시작했습니다. 그녀를 사로잡기 위해 엄청 비위를 맞춰 댔죠." 그가 페이션스를 슬쩍 돌아보았다. "죄송합니다. 표현이 좀 세련되지 못했네요."

어느새 두 번째 진토닉에 접어든 페이션스가 말없이 고개를 끄덕였다.

"그는 아주 계산적인 사람입니다. 그래서 회계사가 된 거였죠. 지금 뭘 드시는 겁니까?"

리버스가 자리에서 일어났다. "됐어요, 크리스. 내가 살게요."

하지만 켐프는 불필요한 오해를 원치 않았다. "맥주를 사주셔서 정보를 드리는 게 아닙니다, 경위님."

잠시 후, 술이 도착하자 골똘한 생각에 잠겨 있던 켐프가 말했다.

"그런데 왜 이런 걸 알고 싶어 하시는 겁니까?"

리버스가 어깨를 으쓱였다.

"기삿거리가 생겼습니까?"

"그건 아직 모릅니다. 더 두고 봐야 해요."

그들은 어느새 진지 모드에 접어들어 있었다. 굳이 말로 하지 않아도 서로의 생각을 읽는 게 가능해졌다.

"중대한 스토리인가요?"

"만약 취재거리가 생기면 가장 먼저 당신에게 넘기겠습니다."

켐프가 맥주를 단숨에 들이켰다. "하루 종일 밖에서 기다렸습니다. 그런데 짧은 성명만 발표하고 끝내버리더군요. 더 이상 할 얘기가 없다면서 말이죠. 말씀하신 스토리도 당연히 잭에 관련된 것이겠죠?"

리버스는 다시 어깨를 으쓱였다. "아직 모른다니까요. 그건 그렇고, 아까 당신이 잭 부인에 대해 했던 말, 난 거기에 관심이 있는데요."

하지만 켐프의 눈은 차가웠다. "정말 제게 먼저 넘겨주실 겁니까?"

리버스가 뒷목을 주물렀다. "물론."

켐프는 잠시 고민에 빠졌다. 리버스는 별일도 아닌 일에 법석을 떠는 그가 이해되지 않았다. 켐프가 잔을 테이블에 내려놓았다. 정보를 더 내놓겠다는 신호였다.

"잭이 리즈 페리에 대해 몰랐던 게 있습니다. 그녀가 행실이 좋지 않은 무리와 어울려 다녔다는 사실. 행실이 좋지 않은 부자들 말입니다. 사람들은 그녀를 좋아했어요. 그레고르는 오랫동안 공을 들여 그들의 환심을 샀습니다. 노동자 계층 출신으로서는 쉬운 일이 아니었겠죠. 키만 멀쑥하고, 거슬리는 구석이 좀 있었지만 그는 기어이 리즈의 관심을 끌어내는 데 성공했습니다. 그때부터 그녀는 잭의 무리와 어울리기 시작했죠."

"그의 무리?"

"대부분 학교 친구들입니다. 그중 몇몇은 대학에서 만났다고 하더군요. 아무튼 그만의 서클이 있습니다."

"혹시 그들 중 하나가 서점을 운영하고 있지 않습니까?"

켐프가 고개를 끄덕였다. "로널드 스틸. 서클에서는 수이라는 별명으로 불립니다. 그래서 서점 이름도 수이 북스죠."

"재밌는 별명이군요." 페이션스가 말했다.

"저도 그가 어떻게 그런 별명을 갖게 됐는진 모릅니다." 켐프가 말했다. "궁금하긴 한데 알아낼 방법이 없네요."

"또 누가 있습니까?" 리버스가 물었다.

"총 몇 명인지는 모릅니다. 그중에서 가장 흥미로운 인물은 랍 키눌과 앤드류 맥밀런 정도예요."

"배우 랍 키눌 말입니까?"

"그렇습니다."

"흥미롭군요. 그렇지 않아도 그를 만나볼까 했는데. 아니, 그의 아내를 말이죠."

"그래요?"

켐프는 쓸 만한 기삿거리일지 모른다는 생각에 눈을 번뜩였다. 하지만 리버스는 이내 고개를 저었다. "책 문제로 만나려는 건 아닙니다. 도난당한 책들 때문이에요. 키눌 부인이 수집가로 알려져 있거든요."

"혹시 코스텔로 교수의 책들 때문인가요?"

"그렇습니다."

켐프는 기자답게 예리했다. "수사에 진전이 있습니까?"

리버스가 어깨를 으쓱였다.

"그것도 아직 모른다고 하시겠죠?" 켐프가 말했다.

그가 웃음을 터뜨렸고, 페이션스도 그를 따라 웃었다. 순간 무언가가 리버스의 뇌리를 스쳐갔다.

"혹시 그 앤드류 맥밀런이 내가 아는 앤드류 맥밀런, 맞습니까?"

켐프가 고개를 끄덕였다. "학교 친구였다더군요."

"맙소사." 리버스는 플라스틱 테이블을 빤히 응시했다. 켐프는 페이션스에게 앤드류 맥밀런이 누구인지 설명하고 있었다.

"아주 유명한 인물이죠. 어느 날 갑자기 돌아버려서 톱으로 아내의 머리를 잘라버렸습니다."

페이션스는 숨이 턱 막혔다. "그 사건 기억나요." 그녀가 말했다. "그때 머리를 못 찾았다고 했던 것 같은데, 맞죠?"

켐프가 단호하게 고개를 저었다. "제때 달아나지 않았다면 딸도 죽었을 겁니다. 현재 그녀의 정신 상태도 온전하지 않아요. 짐작하셨겠지만."

"그 친군 어떻게 됐죠?" 리버스가 물었다. 그 사건은 그의 관할구인 에든버러가 아닌, 글래스고에서 발생했었다. 그것도 몇 년 전에.

"음." 켐프가 말했다. "그는 지금 정신병원에 수감돼 있어요. 최근 개원한 그곳에요."

"더틸 말인가요?" 페이션스가 말했다.

"네, 바로 거깁니다. 하일랜드에 있는. 그랜타운 근처, 맞죠?"

일이 점점 흥미로워지는걸. 리버스는 생각했다. 그랜타운은 디어 로지에서 얼마 떨어지지 않은 곳이었다. "잭이 아직도 그와 연락을 주고받습니까?"

이번에는 켐프가 어깨를 으쓱였다. "그건 모르겠어요."

"그들이 학교를 같이 다녔다고요?"

"그렇다고 하네요. 솔직히 전 리즈 잭이 훨씬 더 흥미로운 인물이라고 생각합니다. 잭의 들러리들은 어떻게든 그녀를 멀리 떨어뜨려놓으려 하고 있죠."

"그 이유가 뭡니까?"

"거칠기로 유명했으니까요. 그녀는 요즘도 옛 패거리와 어울려 다녀요. 제이미 킬패트릭, 마틸다 메리먼, 뭐 그런 사람들 말이죠. 파티, 술, 마약…… 대충 아시겠죠? 하지만 언론은 아무 냄새도 맡지 못했어요." 그가 다시 페이션스를 돌아보았다. "냄새를 맡고 기사를 썼어도 편집장의 검열을 통과하지 못했겠지만."

"정말요?"

"편집자들은 겁이 많아요. 휴 페리 경이 명예 훼손으로 소송을 걸면 큰일이지 않겠어요? 더군다나 그건 가족 문제인데."

"그 전자 공장 말인가요?"

"네."

"잭 부인의 옛 패거리는 어떤 사람들입니까?"

"귀족들이죠. 부모를 잘 만나 떵떵대며 사는 사람도 있고, 신흥 부자도 있어요."

"그녀는요?"

"잭은 그녀에게 엄청 휘둘렸어요. 특히 초창기엔. 그는 늘 정치를 하고 싶어 했었죠. 결혼도 하원의원이 되려고 했던 거예요. 그러지 않았다면 게이로 오해를 받았을 겁니다. 제 생각엔 그가 예쁘고, 돈 많고, 영향력 있는 아버지를 가진 여자를 일부러 찾아 헤맸던 것 같아요. 운 좋게 그런 여자를 찾았고, 필사적으로 붙잡은 거죠. 대중의 눈에 두 사람의 결혼생활은 별 문제가 없어 보일 겁니다. 리즈는 딱 필요한 순간에만 모습을 드러내 촬영에 응합니다. 그리고 다시 사라지죠. 그레고르와는 완전 딴판이에요. 불과 얼음의 관계 같다고나 할까요? 그녀는 불이고, 그는 얼음입니다. 그것도 위스키에 탄 얼음."

오늘 밤 켐프는 유독 수다스러웠다. 추가 정보도 많았지만 대부분 추측성이었다. 그래도 다른 시각을 얻게 된 건 다행이잖아. 안 그래? 리버스는 그런 생각을 하며 화장실로 향했다. 호스헤어의 소변기들은 여물통 모양을 하고 있었고, 머리 위 물탱크 표면에서는 물방울이 뚝뚝 떨어지고 있었다. 벽에는 편협한 난독증 환자의 소행으로 보이는 낙서가 적혀 있었다. 기억하라 1960. 그 옆에는 볼펜으로 적어놓은 낙서가 있었다. 취한 자들의 주기도문. 리버스는 그것을 읽어보았다. 과하게 취한 우리 아버지, 알로아의 이름이 거룩히……

리버스는 크리스 켐프로부터 더 이상 뽑아낼 것이 없다고 판단했다. 이제는 그를 놓아줄 때였다. 화장실을 나온 리버스의 눈에 페이션스와 대화를 나누고 있는 한 청년이 들어왔다. 젊은 남자는 메인 바 쪽으로 향하던 중이었고, 페이션스는 미소로 그를 떠나보내고 있었다.

"저 친군 누구죠?" 리버스가 자리에 앉지도 않고 물었다.

"옥스퍼드 테라스에 사는 이웃이에요." 페이션스가 대수롭지 않다는 듯 말했다. "교역 협회에서 일하죠. 정말 저 사람을 만나본 적 없어요?"

리버스는 알아들을 수 없는 말을 웅얼거리며 손가락으로 손목시계를 톡톡 두드렸다.

"크리스." 그가 말했다. "이건 당신 잘못이에요. 어쩜 그렇게 얘길 재밌게 할 수 있습니까? 우린 20분 전에 레스토랑에 도착했어야 해요. 케빈과 마이라가 우릴 죽이려 들 거예요. 자, 페이션스, 빨리 갑시다. 크리스, 나중에 연락할게요. 그때까지……" 그가 기자 앞으로 몸을 기울이고 목소리를 낮추었다. "누가 언론에 매음굴 급습에 대해 제보했는지 알아봐요. 그게 바로 당신이 찾고 있는 기삿거리니까." 그가 다시 허리를 곧게 폈다. "또 봅시다."

"만나서 반가웠어요, 크리스." 페이션스가 자리에서 일어서며 말했다.

"아, 네. 안녕히 가세요. 나중에 뵙겠습니다." 홀로 남겨진 크리스 켐프는 자신이 말을 잘못한 건 아닌지 의아해했다.

밖으로 나온 페이션스가 리버스를 돌아보았다. "케빈과 마이라?" 그녀가 말했다.

"우리의 오래된 친구들이잖아요." 리버스가 말했다. "면책 조항으로 그보다 더 좋은 게 어디 있습니까? 그리고 내가 저녁을 사기로 약속했잖아요. 가서 이웃집 남자에 대해 상세히 들려줘요."

그가 그녀의 팔짱을 끼고 차로 이끌었다. 페이션스는 처음으로 질투하는 존 리버스를 볼 수 있었다. 놀랍고도 재미있는 광경이었다.

3
위험한 계단

에든버러의 봄. 진눈깨비와 수평으로 내리는 비. 아, 에든버러의 바람. 웃음거리로 전락해버린 그 바람. 사람들을 무언극 공연자들처럼 걷게 만들고, 벌게진 볼에 눈물이 말라붙게 만드는 바람. 근처 맥주 공장에서 풍겨오는 시큼한 효모 냄새. 거리는 밤새 내린 서리로 덮여 있었다. 온몸이 털로 덮인 럭키조차도 침실 창문에 대고 들여보내달라며 울부짖었다. 리버스는 새들의 쩩쩩거림을 들으며 창문을 열어주었다. 그가 손목시계를 들여다보았다. 2시 30분. 왜 이리 일찍들 우는 거지? 그는 6시에 다시 깼다. 그때는 새들의 울음이 멎어 있었다. 러시아워가 지났나?

영하권에 접어든 아침이면 시동을 거는 데만 5분 이상이 소요되었다. 또다시 라디에이터 그릴에 빨간 코를 달아놓을 시기가 온 모양이었다. 그레이트 런던 가 경찰서 계단의 갈라진 틈마다 서리가 꽉꽉 채워져 있었다. 리버스는 미끄러지지 않도록 조심스레 계단을 올라갔다.

위험한 계단. 물론 어떠한 조치도 기대할 수 없었다. 무성한 소문만 들어봐도 그걸 알 수 있었다. 그레이트 런던 가 경찰서의 유효 기간이 지나버렸다는 소문. 곧 문을 닫게 될 거라는 소문. 번화가에 어울리는 호텔이나 사무실 건물을 지을 거라는 소문. 경찰서 직원들은? 여기저기로 뿔뿔이 흩어지게 될 거라나. 그들 중 대부분은 세인트 레너즈의 중앙 본부로 전출될 거라고 했다. 리버스의 마치몬트 아파트에서는 가까웠지만 옥스퍼드 테라스와 페이션스 에이트킨 박사로부터는 꽤 먼 곳이었다. 리버스는 한두 달 안에 그 소문들이 사실로 확인되면 페이션스에게 얹혀살지 말라는 하늘의 계시로 받아들이겠다는 결심을 굳힌 상태였다. 하지만 그레이트 런던 가 경찰서가 제자리에 남거나 옥스퍼드 테라스에서 5분 거리에 불과한 페츠 본부로 전출된다면…… 그건 어떻게 해석해야 할까? 그땐 어쩌라고? 그의 머릿속이 점점 복잡해졌다.

"어서 와요, 존."

"안녕, 아서. 나한테 온 메시지 없어요?"

내근 경사가 고개를 저었다. 리버스는 두 손을 올려 얼어붙은 귀와 얼굴을 살살 문지르며 자신의 사무실로 올라갔다. 위험한 돌바닥이 위험한 리놀륨으로 바뀌었다. 그가 사무실로 들어서기가 무섭게 위험한 전화가 울어댔다.

"리버스입니다."

"존?" 왓슨 총경의 목소리였다. "지금 바쁜가?"

리버스는 책상에 놓인 서류를 만지작거리며 바스락 소리를 냈다. 마치 사무실에 진작 도착해 열심히 일하던 중이었던 것처럼.

"저, 총경님……"

"날 속이려고? 5분 전에도 전화했었어."

서류를 비벼대던 리버스의 손이 뚝 멎었다. "지금 바로 가겠습니다, 총경님."

"빨리 오게." 그리고 전화는 끊어졌다. 리버스는 어깨를 움츠려 재킷을 벗었다. 농부와의 월요일 아침 미팅은 축축해진 셔츠만큼이나 그의 기분을 잡치게 했다. 그가 심호흡을 하며 춤을 추듯 두 손을 앞으로 펼쳤다.

"쇼타임이군." 그가 중얼거렸다. 주말까지는 닷새의 근무일이 남아 있었다. 그는 더프타운 경찰서에 전화를 걸어 디어 로지 상황을 체크해줄 것을 요청했다.

"D-e-a-r, 맞습니까?" 목소리가 물었다.

"D-e-e-r." 리버스가 바로잡아주었다. 어쨌든 그들이 그 별장을 샀을 땐 많이 비쌌겠지(dear)?

"뭘 알아봐드리면 되죠?"

하원의원의 아내. 난교 파티의 흔적. 코카인이 가득 담긴 밀가루 부대. "그냥 대충 훑어봐주면 돼."

"알겠습니다. 시간이 좀 걸릴지 몰라요."

"기왕이면 서둘러주면 좋겠군." 리버스는 자신을 기다리고 있을 총경을 떠올렸다. "최대한 서둘러줘."

왓슨 총경은 언제나 그렇듯 퉁명스러웠다.

"어제 그레고르 잭의 집에 찾아갔었다고? 대체 왜 그런 거지?"

리버스는 움찔했다. "누구에게 들으셨습니까?"

"그게 중요한가? 자넨 그냥 묻는 말에 대답만 하면 돼. 그건 그렇고, 커피 한잔 하겠나?"

"감사합니다."

왓슨의 사무실에는 그의 아내가 크리스마스 선물로 사주었다는 커피메이커가 놓여 있었다. 티쳐즈 위스키(Teacher's whisky, 윌리엄 티쳐가 창시한 블렌디드 스카치 위스키) 소비를 줄이라는 신호였다. 매일 저녁 맨 정신으로 귀가하라는 무언의 압박. 위스키를 커피로 대체한 왓슨은 아침마다

과민한 모습을 보였다. 하지만 반주를 곁들여 점심을 먹고 난 후에는 예전의 께느른한 모습으로 돌아갔다. 왓슨과의 미팅 약속은 가급적 오후에 잡는 편이 나았다. 특히 휴가를 요청하거나 대충 처리한 사건을 보고할 때는 더더욱 오전 시간을 피해야 했다. 운이 좋으면 혀 차는 소리만 듣고 나올 수 있지만 아침에는, 아침에는 분위기가 확실히 달랐다.

리버스는 쓴 커피가 담긴 머그잔을 건네받았다. 필터가 제대로 걸러내지 않은 에스프레소는 이내 리버스의 혈류로 스며들었다.

"황당하게 들릴지 모르지만 전 그냥 지나던 중에 잠깐 들렀을 뿐입니다, 총경님."

"자네 말이 맞아." 왓슨이 책상 뒤로 돌아가 앉으며 말했다. "아주 황당하게 들리네. 자네가 정말로 그 집 앞을 지나던 중이었다 해도……"

"솔직히 말씀드리면 다른 이유도 있었습니다." 왓슨이 두 손으로 머그잔을 쥔 채 등받이에 몸을 붙였다. 그는 흥미로운 내용을 기대하는 모습이었다. 하지만 리버스는 거짓말로 둘러대서 득이 될 게 없다는 걸 잘 알고 있었다. "전 그레고르 잭을 좋아합니다." 그가 말했다. "그러니까 제 말은, 그를 정치인으로서 좋아한다는 뜻입니다. 꽤 훌륭한 하원의원이죠. 솔직히, 타이밍이 좀 좋지 않았잖아요. 하필 그가 거기 있을 때 매음굴을 급습했으니……" 타이밍이 좋지 않았다고? 정말 그렇게 생각하고 있는 거야? "그래서 그의 집 앞을 지나다가…… 사실 홈스 경사의 새집에서 하룻밤 신세를 졌거든요. 그 친구는 이제 잭의 지역구 주민이 됐습니다. 뭐 아무튼, 우연치 않게 지나다가 들르게 된 겁니다. 집 앞에 기자들이 득실대는 걸 보니 저도 모르게 걸음이 멈춰지더군요. 진입로 끝에 잭의 차가 세워져 있는 걸 보고 들어가서 경고를 해줘야겠다고 생각했습니다. 기자들이 찍어 신문에 싣기라도 하면 모두가 잭의 차를 알아보지 않겠습니까? 차량 등록 번호까지 공개되면 더 큰일이고요. 조심해서 나쁠 건 없겠죠. 그래서 그를 만나 차를 차고에 넣어두라고 조언했습니다."

리버스의 해명이 끝났다. 이게 다잖아. 안 그래? 이 정도면 충분히 해명 됐을 거야. 왓슨은 골똘한 생각에 잠겨 있는 듯했다. 그가 커피를 한 모금 더 넘기고 나서 입을 열었다.

"자네만 그렇게 느낀 게 아니야, 존. 나도 크리퍼 작전 때문에 마음이 꺼림칙했다고. 죄책감을 느낄 일은 전혀 아니었지만. 내 말 무슨 뜻인지 알지? 언론이 저렇게들 물어뜯고 있으니 그가 사퇴하기 전까진 수습이 안 될 것 같네."

리버스는 회의적이었다. 그가 만난 잭은 순순히 사퇴를 할 만한 사람이 아니었다.

"우리가 잭을 도울 수 있다면……" 왓슨이 다시 뜸을 들였다. 그가 리버 스의 눈을 응시했다. 윗선에서 이미 비공식적으로 결정을 내렸다는 의미 였다. 리버스와 왓슨보다 높은 위치의 누군가가 결정을 내렸다는 뜻. 총경 이 끌려가 한 소리 듣고 온 건가? "우리가 그를 도울 수 있다면……" 그가 다시 말했다. "난 그가 그 도움을 받아들이길 바라네. 무슨 얘긴지 이해하 겠나, 존?"

"네, 총경님." 잭의 장인인 휴 페리 경에게는 영향력 있는 친구가 많았 다. 리버스는 과연 그들의 영향력이 어느 정도나 될지 궁금했다.

"그럼 됐네."

"한 가지 궁금한 게 있습니다, 총경님. 매음굴에 대한 정보는 누가 흘린 겁니까?"

리버스의 질문이 끝나기가 무섭게 왓슨이 고개를 저었다. "그건 가르쳐 줄 수 없네, 존. 자네가 무슨 생각을 하고 있는지 알아. 누군가가 잭을 함정에 빠뜨렸는지도 모른다고 생각하는 거지? 만약 그게 사실이라면 그건 내 정보원과 아무 상관이 없네. 그 부분은 내가 보장하지. 잭이 함정에 빠졌는지 모른다고 의심하기 전에 이 질문부터 답해보게. 왜 그가 애초에 그곳에 있었는지. 우리가 왜 그곳을 덮쳤는지를 따지기 전에 말이야."

"하지만 언론도 알고 있었지 않습니까? 크리퍼 작전에 대해서 말입니다."

왓슨이 고개를 끄덕였다. "다시 말하지만 내 정보원과는 아무 상관없는 일이야. 하지만 나도 그걸 궁금해하고 있었네. 아무래도 내부 인물인 것 같은데. 안 그런가? 팀의 누군가가 흘렸을 가능성 말이네."

"그러니까 다른 사람은 전혀 몰랐다는 말씀인 거죠?"

왓슨은 잠시 뜸을 들이다가 천천히 고개를 저었다. 물론 그는 거짓말을 하고 있었다. 리버스는 그걸 대번에 간파할 수 있었다. 하지만 더 파고들 타이밍은 아니었다. 적어도 지금은. 그의 거짓말에는 이유가 있을 것이다. 그리고 때가 되면 그 이유는 자연히 드러나게 될 것이다. 리버스는 그보다 잭 부인이 더 걱정이었다. 걱정? 아니, 걱정이라기보다는, 뭐랄까, 관심이 있다는 게 더 적절한 표현이겠지. 그래, 그거야. 관심. 난 그녀에게 관심이 있는 거야.

"책 도난 사건 수사는 어찌 돼가고 있지?"

책 도난 사건? 오, 그 사건. 그가 어깨를 으쓱여 보였다. "서적상들을 차례로 만나봤습니다. 도서 목록도 사방으로 뿌리고 있고요. 업계지에도 실었으니 누구도 감히 건드리려 하지 않을 겁니다. 개인 수집가들도 인터뷰

해봐야 하는데요, 그중 하나가 랍 키눌의 부인입니다."

"배우?"

"네. 사우스 퀸스페리 쪽에 살고 있습니다. 그의 아내가 초판본을 수집
한다더군요."

"자네가 직접 가서 만나보는 게 좋겠어, 존. 상대가 랍 키눌인데 애송이
를 보낼 순 없지 않겠나?"

"알겠습니다, 총경님." 그것은 그가 원했던 대답이었다. 그는 머그잔에
남은 커피를 마저 들이켰다. 그의 신경이 프라이팬에서 익어가는 베이컨
처럼 지글거렸다. "다른 지시사항은 없습니까?"

왓슨이 일어나 빈 머그잔을 다시 채웠다. "이건 중독성이 장난 아니야."
그가 사무실을 나서려는 리버스의 등에 대고 말했다. "이것만 마시면 에
너지가 샘솟는다고."

리버스는 웃어야 할지 울어야 할지 갈피를 잡을 수 없었다.

랍 키눌은 전문 암살자였다.

그는 텔레비전에서 다양한 배역을 맡으며 인기를 쌓아왔다. 런던 시트
콤에서는 스코틀랜드 이민자를 연기했고, 농촌 드라마에서는 젊은 시골의
사 역을 소화했으며, 가끔 인기 프로그램에 게스트로 출연하기도 했었다.
「스위니」에서는 글래스고 출신 도망자였고, 「나이프 레지」에서는 살인 청
부업자를 열연했다.

그 마지막 배역이 지금의 키눌을 있게 만들어주었다. 그걸 본 런던의
한 캐스팅 책임자가 그에게 저예산 스릴러 영화의 암살자 역할을 제안했
던 것이다. 그 영화는 기대 이상의 성공을 거두었고, 미국과 유럽 전역에

서도 큰 인기를 모았다. 감독은 곧바로 할리우드에 진출했고, 엘모어 레너드 소설을 원작으로 한 새 작품의 제작자들에게 랍 키눌을 갱스터로 캐스팅해줄 것을 간곡히 요청했다.

그렇게 키눌의 할리우드 진출이 이루어졌다. 미국으로 건너간 그는 크고 작은 스릴러 영화에서 비중 있는 조연으로 맹활약했고, 그 덕분에 세상에 이름을 알릴 수 있게 되었다. 그는 어떤 배역이든 완벽히 소화할 수 있는 얼굴과 눈을 가지고 있었다. 그는 악마가 될 수도 있었고, 정신병 환자도 무리 없이 연기해낼 수 있었다. 주로 그런 배역들이 주어졌지만 로맨스 영화 속의 동정적인 친구 배역이 맡겨졌어도 그는 훌륭히 소화해냈을 게 분명했다.

이제 그는 스코틀랜드에서 주로 활동 중이었다. 그가 오랜만에 중요한 배역을 제안 받았다는 소문도 있었고, 조만간 영화 제작사를 차릴 거라는 소식도 들려왔다. 또 어떤 이는 그가 은퇴를 결심했다고도 했다. 리버스는 서른아홉 살 배우의 은퇴 선언이 이해가 되지 않았다. 일을 그만두면 하루 종일 뭘 하려고? 키눌의 사우스 퀸스페리 집으로 향하는 동안 그 답이 찾아들었다. 하루 종일 집의 외벽을 칠할 수도 있겠지. 보나마나 그 규모가 어마어마할 테니까. 포스 레일 브리지(Forth Rail Bridge, 에든버러 북해와 접한 포스 만에 위치한 강철로 만든 다리로 길이가 2.5km에 달한다)처럼. 페인트칠이 끝나갈 때쯤이면 가장 먼저 손댄 부분이 다시 더러워져 있겠지?

예상대로 저택은 으리으리했다. 비탈에 자리한 집은 음산한 기운을 내뿜고 있었다. 길게 자란 잔디와 거센 바람에 꺾인 나무들. 포스 만으로 스며드는 강. 울타리가 보이지 않는 걸 보니 저택 주변의 땅 역시 키눌의 소유인 듯했다.

집은 모던해 보였다. 1960년대 스타일을 '모던하다'고 할 수 있는지 모르겠지만. 일반 단층집의 다섯 배는 족히 넘을 것 같았다. 리버스의 머릿속에 엽서에서나 볼 수 있는 샬레(chalet, 스위스 산간 지방의 지붕이 뾰족한 목조 주택)의 모습이 떠올랐다. 키눌의 집이 샬레와 다른 점이 있다면 외벽이 나무가 아닌, 할링(harling, 스코틀랜드에서 석조 건물의 방수성과 내구성을 높이기 위해 사용하는 외벽 표면 처리 기법)으로 되어 있다는 것이다.

"임대주택만도 못해 보이는군." 리버스가 웅얼거리며 자갈 깔린 진입로에 차를 세웠다. 차에서 내린 그의 눈에 가장 먼저 들어온 것은 숨 막히게 멋진 풍경이었다. 웅장한 포스 브리지가 가까이 내려다보였고, 햇빛을 받아 반짝거리는 만과 초록으로 물든 강 너머 파이프의 풍경도 환상적이었다. 로사이스는 보이지 않았지만 동쪽으로 그레고르 잭과 랍 키눌이 함께 학교를 다녔다는 해안도시 커콜디를 희미하게나마 볼 수 있었다.

"아니에요." 키눌의 부인, 캐스 키눌이 거실로 들어서며 말했다. "많은 사람들이 그렇게 오해를 하더군요."

그녀는 리버스가 넋 놓고 주변 풍경을 감상하는 동안 소리 없이 나와 그를 맞아주었다.

"풍경이 기가 막히죠?"

그가 환히 미소를 지어 보였다. "저기가 커콜디 맞습니까?"

"그럴 거예요, 아마."

리버스는 돌아서서 현관으로 이르는 계단을 오르기 시작했다. 계단 양옆으로는 암석정원(큰 바위들을 배치하고 그 사이에 식물을 심어 가꾼 정원)과 꽃을 심어놓은 잔디밭 둘레가 보기 좋게 배치되어 있었다. 키눌 부인은 정원 가꾸기를 즐기는 타입인 듯했다. 편한 옷차림의 그녀는 연신 온화한 미소를 흘렸다. 웨이브 진 그녀의 머리는 뒤로 단정하게 묶여 있었다. 딱 1950년대 스타일이었다. 전형적인 할리우드 금발 미녀를 예상했던 그는 살짝 놀랐다.

"전 캐스 키눌이에요." 그녀가 손을 내밀며 말했다. "죄송해요. 성함을 잊어 버렸어요."

그는 키눌의 집을 찾기 전 전화로 미리 통보를 해두었었다. "리버스 경위입니다." 그가 말했다.

"아, 맞다." 그녀가 말했다. "자, 들어오세요."

물론 전화상으로 충분히 처리할 수 있는 문제였다. 도난당한 희귀본을 찾고 있습니다. 혹시 누군가가 접근해 오진 않았습니까? 나중에라도 그런 사람이 있으면 연락 주십시오. 하지만 리버스는 여느 경찰처럼 직접 발로 뛰는 수사 방식을 선호했다. 직접 만나서 처리하면 의외의 성과도 기대할 수 있었다. 초조해하며 허둥대는 상대의 허를 찌를 수도 있고. 하지만 캐스 키눌은 전혀 허둥대지 않았다. 그녀가 차를 챙겨 거실로 나왔다. 리버스는 전망창 밖을 물끄러미 내다보고 있었다.

"남편분이 커콜디에서 학교를 다니셨죠?"

그리고 바로 그때 나온 대답. "아뇨. 많은 사람들이 그렇게 오해를 하더군요. 아마 그레고르 잭 때문일 거예요. 아시죠? 하원의원." 그녀가 쟁반을 탁자에 내려놓았다. 리버스는 창밖에서 눈을 떼고 거실 안을 찬찬히 둘러보았다. 벽에는 랍 키눌의 사진과 여러 영화의 스틸들이 걸려 있었다. 또한 유명해 보이는 남녀 배우들의 사진도 있었다. 전부 해당 인물의 서명이 된 상태였다. 거실 한쪽에는 38인치짜리 텔레비전과 비디오 레코더가 놓여 있었고, TV 양옆으로는 비디오테이프들이 높이 쌓여 있었다.

"앉으세요, 경위님. 설탕을 넣을까요?"

"그냥 우유만 넣어주십시오. 방금 하신 말씀, 남편분과 그레고르 잭이……"

"네. 두 사람 다 언론에 자주 노출되잖아요. 특히 텔레비전에. 사람들은 그들이 함께 나오는 것만 보고 서로 잘 아는 사이일 거라 넘겨짚는 것 같더군요."

"그렇지 않습니까?"

그녀가 웃음을 터뜨렸다. "맞아요. 두 사람은 서로 잘 아는 사이예요. 하지만 그들을 연결해준 건 바로 저였죠. 사람들이 착각을 한 것 같아요. 언제부터인가 신문과 잡지들은 랍과 그레고르가 같은 학교에 다녔다고 떠들어대더군요. 마치 그게 사실인 양 말이죠. 랍은 던디에서 학교를 다녔어요. 그레고르와 함께 학교에 다닌 건 저예요. 저흰 대학 동창이기도 하고요."

스코틀랜드 최고의 젊은 기자들도 이런 실수를 할 때가 있군. 리버스는 고개를 끄덕이며 찻잔과 받침을 넘겨받았다.

"그때 전 평범한 캐서린 고우였어요. 랍은 나중에 만났고요. 그가 텔레비전에서 맹활약하고 있을 때. 언젠가 그가 연극 공연 때문에 에든버러에 온 적이 있었어요. 공연이 끝나고 술집에서 저와 우연히 마주쳤죠."

그녀는 무의식적으로 차를 살살 저어대고 있었다. "이제 전 캐스 키눌이 됐어요. 랍 키눌의 아내. 더 이상 누구도 절 고욱(gowk, 얼간이)이라고 부르지 않아요."

"고욱?" 리버스는 자신의 귀를 의심했다. 그녀가 고개를 들고 그를 쳐다보았다.

"제 별명이었어요. 각자 별명을 하나씩 갖고 있었죠. 그레고르는 베거 (Beggar, 거지)였고……"

"그리고 로널드 스틸은 수이였죠?"

차를 저어대던 그녀의 손이 뚝 멎었다. 그녀가 다시 리버스를 쳐다보았다. "맞아요. 그걸 경위님이 어떻게……?"

"그가 가게 이름을 그렇게 지어놨더군요." 리버스가 솔직하게 대답했다.

"아, 네." 그녀가 말했다. "뭐 아무튼, 그 책들은……"

순간 리버스는 세 가지를 깨달았다. 첫째, 수집가의 집 치고는 희귀본이 많이 보이지 않는다는 것. 둘째, 도난당한 책보다 그레고르 잭 얘기에 더 관심이 있다는 것. 셋째, 캐스 키눌이 신경 안정제에 취해 있다는 것. 질문에 반응하는 속도도 느렸고, 눈꺼풀도 밑으로 축 처져 있었다. 바륨? 니트라제팜?

"네." 그가 말했다. "그 책들." 그의 시선이 잠시 주위를 살폈다. "키눌 씨는 지금 안 계신가요?"

그녀가 미소를 지었다. "다들 그를 랍이라고 불러요. 텔레비전에서 자주 봤다고 그와 친분이 쌓인 것도 아닌데 다들 그렇게 오해하는지 편하게 랍이라고 부르더군요. '키눌 씨'라…… 역시 경찰다우시네요." 그녀가 리버스에게 손가락질을 하려다 말고 차를 들이켰다. 그녀는 손잡이 대신 찻잔의 몸통을 쥐고 있었다. 단숨에 잔을 비운 그녀가 긴 한숨을 내쉬었다.

"오늘 아침엔 유난히 목이 타네요." 그녀가 말했다. "죄송해요. 우리가 어디까지 얘기했었죠?"

"그레고르 잭에 대해 들려주고 계셨습니다."

그녀가 흠칫 놀랐다. "정말요?"

리버스가 고개를 끄덕였다.

"아, 그랬죠. 신문에서 봤어요. 아주 끔찍한 얘기들을 하더군요. 그와 리즈에 대해서."

"잭 부인 말씀입니까?"

"리즈, 네."

"그녀는 어떤 사람입니까?"

캐스 키눌이 몸을 바르르 떨었다. 그녀가 천천히 일어나 빈 찻잔을 쟁반에 내려놓았다. "한 잔 더 하시겠어요?" 리버스는 고개를 저었다. 그녀가 우유와 많은 양의 설탕을 차례로 쏟아 넣은 뒤 차를 쪼르르 따랐다. "목이 너무 말라요." 그녀가 말했다. "오늘 아침엔 유독." 그녀가 두 손으로 찻잔을 쥐고 창가로 다가갔다. "리즈는 자아가 아주 강한 사람이에요. 존경스러울 만큼. 세간의 주목을 받는 사람과 함께 산다는 건 쉬운 일이 아닐 거예요. 아마 서로 눈을 마주칠 시간도 거의 없을걸요."

"그가 하도 밖으로 나돌아 다니기 때문인가요?"

"네. 하지만 그건 그녀도 마찬가지예요. 친구도 많고, 자신만의 인생을 즐기고 싶어 하니까."

"그녀를 잘 아십니까?"

"아뇨. 잘 안다고는 할 수 없어요. 학창 시절에 우리가 무슨 일을 벌이고 다녔는지 아무도 모를 거예요. 우리가 이렇게 될 줄 과연 누가……" 그녀가 창문에 손을 갖다 댔다. "이 집이 마음에 드세요, 경위님?"

뜻밖의 돌발질문에 리버스가 움찔했다. "그게 저…… 좀, 크지 않습니까?" 리버스가 대답했다. "방도 많을 것 같고."

"침실이 일곱 개예요." 그녀가 말했다. "랍이 어떤 록 스타에게서 샀죠.

아마 그는 스타의 집이었다는 사실에 가장 끌렸을 거예요. 대체 방을 일곱 개나 둬서 뭘 하려고. 우린 달랑 둘뿐인데…… 아, 마침 랍이 도착했네요."

리버스가 창가로 다가갔다. 랜드로버 한 대가 진입로를 올라오고 있었다. 운전석의 풍채 좋은 남자는 두 손으로 핸들을 꼭 움켜쥔 상태였다. 랜드로버가 끽 소리를 내며 멈춰 섰다.

"그 책들 말입니다." 리버스가 갑자기 진지하게 말했다. "부인께서도 책을 수집하시죠?"

"희귀본을 수집하고 있어요. 대부분 초판본들이죠." 캐스 키눌도 아까 와는 달라진 태도를 보여주었다. 경찰 조사에 적극 협조하는 모습.

현관문이 열렸다 닫히는 소리가 들렸다. "캐스? 밖에 저 차는 뭐지?"

랍 키눌이 거실로 성큼 걸어 들어왔다. 그의 키는 190센티미터에 육박 했고, 몸무게도 100킬로그램은 족히 될 것 같았다. 그의 육중한 가슴에 덮인 붉은색 타탄 셔츠는 팽팽히 당겨져 있었다. 그는 헐렁한 갈색 코르덴 바지를 입었고 허리에는 가느다란 벨트를 찼다. 얼굴은 불그스름한 수염으로 덮여 있었고, 귀 밑까지 내려오는 갈색 머리는 리버스가 기억했던 것 보다 훨씬 길었다. 리버스는 그의 앞으로 천천히 다가갔다.

"리버스 경위입니다."

키눌이 흠칫 놀라는 표정을 지었다가 이내 긴장을 풀었다. 하지만 그의 얼굴은 금세 어두워졌다. 그의 눈에는 아무런 변화가 없었다. 키눌의 심리 상태를 꿰뚫어보는 건 쉽지 않았다.

"경위님, 무슨 일로…… 저희에게 무슨 문제라도 생긴 겁니까?"

"아뇨, 아닙니다. 희귀본 도난 사건을 수사하고 있어요. 개인 수집가분들을 차례로 만나보는 중입니다."

"아." 그제야 키눌이 활짝 웃었다. 리버스는 TV나 영화에서 그가 환히 웃는 모습을 본 기억이 없었다. 그는 그 이유를 알 것 같았다. 함박웃음은 키눌을 험상궂은 건달의 모습에서 덩치만 큰 십대 소년의 모습으로 바꾸어놓았다. 순수하고 유순한 인상. "그럼 캐스에게 볼일이 있으신 거군요." 그가 리버스의 어깨 너머로 자신의 아내를 쳐다보았다. "괜찮아, 캐스?"

"물론, 랍."

키눌이 다시 리버스를 돌아보았다. 그의 얼굴에서는 더 이상 미소의 흔적을 찾아볼 수 없었다. "저희 서재를 구경하시겠습니까, 경위님? 캐스가 그쪽으로 모실 겁니다."

"감사합니다."

에든버러로 돌아갈 때 리버스는 일부러 뒷길을 이용했다. 조용하고 아늑했기 때문이다. 키눌의 서재에서 건진 건 별로 없었다. 키눌은 아내를 과잉으로 보호했고, 그녀에게 리버스와 단둘이 남을 기회를 단 1초도 주지 않았다. 대체 뭐가 두려운 거지? 그는 서재를 천천히 둘러보는 척하며 캐스 키눌에게 던지는 리버스의 간단한 질문들을 유심히 엿들었다. 의자에 앉아 책을 훑는 동안에도 그의 신경은 오로지 두 사람의 대화에만 쏠려 있었다. 리버스는 도난 서적 목록을 건네며 장물을 가져오는 사람이 있는지 지켜봐달라고 당부했고, 캐스 키눌은 고개를 끄덕이며 복사된 목록을 만지작거렸다.

'서재'는 집의 윗방이었다. 왠지 한때 침실로 썼을 것 같은 공간이었다. 두 개의 벽은 책장들로 꽉 채워져 있었고, 그것들은 유리 케이스로 덮여 있었다. 책장마다 별로 특별해 보이지 않는 책들이 빽빽이 꽂혀 있었다.

101

적어도 리버스의 눈에는 그렇게 보였다. 캐스 키눌은 그중 몇 권을 가리키며 리버스에게 소개했다.

"상태가 꽤 괜찮은 초판본들이에요. 송아지 가죽으로 다시 제본했고요. 지금껏 펼쳐져 본 적이 한 번도 없는 책도 있어요. 저 책은 1789년에 인쇄된 건데요. 제가 뜯으면 역사상 첫 독자가 되는 거예요. 아, 그리고 저건 번스(Robert Burns, 스코틀랜드의 시인)의 크리치 출판사 한정판이에요. 번스가 에든버러에서 처음으로 출간한 시집이죠. 현대 작품들도 좀 있어요. 저기 보이는 게 뮤리엘 스파크…… 저건 『한밤의 아이들』…… 저건 조지오웰……"

"저 많은 걸 다 읽어보셨습니까?"

그녀가 어리둥절한 얼굴로 리버스를 쳐다보았다. 마치 그가 성적 취향을 묻기라도 한 것처럼. 그때 키눌이 불쑥 끼어들었다.

"캐스는 수집가입니다, 경위님." 그가 다가와 아내의 어깨에 손을 얹었다. "차라리 우표나 도자기나 인형 따위를 수집하지 그랬어? 응? 하고 많은 것들 중 왜 하필 책이지?" 그가 아내의 어깨를 살짝 주물렀다. "이 사람은 책을 읽지 않아요. 그냥 모으기만 할 뿐이죠."

핸들을 꼭 움켜쥔 지금, 리버스의 고개가 저어졌다. 그가 롤링 스톤스 테이프를 차의 카세트 플레이어에 쑤셔 넣었다. 건설적인 사고를 돕기 위해서였다. 경탄을 자아낼 만큼 멋진 서재를 가지고 있는 코스텔로 교수. 그는 그 귀한 책들을 읽고 또 읽었다. 그의 책들은 대출과 독서를 위해 존재했다. 하지만 캐스 키눌의 경우는 달랐다. 그는 그녀가 안쓰럽게 여겨지는 이유가 궁금했다. 하긴, 그런 남편과 함께 사는 것도 쉽진 않을 거야. 잠깐, 그건 그녀가 했던 말이잖아. 물론 엘리자베스 잭이 그럴 거라는 얘기였지만. 리버스는 잭 부인에게 큰 흥미를 느꼈다. 아니, 그녀에게 사로잡혀 버렸다는 게 더 적절한 표현일 것이다. 그는 그녀와도 빨리 만날 수 있게 되기를 바랐다.

그가 사무실에 도착하기가 무섭게 더프타운에서 전화가 걸려왔다. 계단을 올라가는 동안 그는 또 다른 소문을 전해들었다. 다음 주 중 그레이트 런던 가 경찰서가 문을 닫는다는 공식 통보가 내려올 거라고 한다. 그럼 다시 마치몬트로 돌아가야지 뭐. 리버스는 생각했다.

전화기는 계속 울어대고 있었다. 이상하게도 그가 사무실로 들어서거나 나서려 할 때만 전화벨이 울렸다. 몇 시간씩 자리에 앉아 있을 땐 한 번도 안 울리더니만……

"여보세요. 리버스입니다."

수화기에서 시베리아 횡단 철도만큼이나 요란한 소음이 흘러나왔다.

"리버스 경위님이십니까?"

리버스가 한숨을 내쉬며 의자에 주저앉았다. "그렇습니다만."

"안녕하십니까, 경위님. 전화에 잡음이 장난 아니군요. 저 모팻 순경입니다. 디어 로지를 살펴봐달라고 요청하셨었죠?"

리버스의 정신이 번쩍 들었다. "그랬지."

"제가 방금 다녀왔는데요." 또다시 방사능 측정기 같은 소음이 흘러나왔다. 리버스는 수화기를 귀에서 멀리 떼어냈다. 잠시 후, 소음이 멎자 순경의 목소리가 다시 들려왔다. "이 이상 뭘 더 들려드려야 할지 모르겠습니다, 경위님."

"못 들었으니까 처음부터 다시 얘기해봐." 리버스가 말했다. "전화가 잠시 불통이었어."

모팻 순경은 마치 모자라는 사람과 대화하듯, 천천히 그리고 또박또박 설명을 이어나갔다. "방금 말씀드렸다시피 제가 직접 디어 로지에 다녀왔습니다. 가보니 아무도 없더군요. 밖에 세워진 차도 없었고요. 창문 안을 들여다보니 사람이 살았던 흔적이 남아 있었습니다. 파티를 진탕 벌인 모양이더군요. 와인병과 잔들이 사방에 널려 있었습니다. 사람은 보이지 않았고요."

"이웃들은 만나봤고?" 리버스는 그것이 얼마나 바보 같은 질문인지 깨달았다. 예상대로 순경이 웃음을 터뜨렸다.

"이웃은 없습니다, 경위님. 가장 가까이 사는 케노웨이 부부의 집도 언덕 너머에 있거든요."

"그렇군. 다른 건 없었고?"

"없었습니다. 혹시 특별히 찾고 계신 거라도…… 그러니까, 제 말은…… 그 별장의 주인이 하원의원님이라는 걸 알고 있습니다. 신문에서 봤어요."

"아니." 리버스가 재빨리 대답했다. "그거랑은 아무 상관없어." 그는 불필요한 소문들이 하일랜드 게임(Highland games, 스코틀랜드의 전통 스포츠·무용·음악 행사)에서 던져지는 장대들처럼 사방으로 퍼져나가기를 바라지 않았다. "그냥 잭 부인께 드릴 말씀이 있어서 말이지. 거기 계시는 줄 알았어."

"그렇군요. 듣기로는 잭 부인이 이곳을 자주 찾으신다더군요."

"나중에 무슨 소식 있으면 알려줘."

"당연하죠, 경위님." 순경은 기분이 살짝 상한 모양이었다.

"협조해줘서 고마워." 리버스가 잽싸게 덧붙였다. 하지만 순경은 툴툴거리며 전화를 끊어버렸다.

"건방진 놈." 그가 중얼거렸다. 그리고 곧바로 그레고르 잭의 집 전화번호를 찾아보기 시작했다.

물론 전화기의 플러그가 뽑혀 있을 가능성이 매우 높았다. 그렇다고 시도조차 안 할 수는 없었다. 전화번호는 컴퓨터에 저장되어 있겠지만 리버스는 서류 캐비닛을 살펴보기로 했다. 왠지 그 방법이 더 빠를 것 같았기 때문이다. 그는 어렵지 않게 '에든버러와 로디언의 의회 선거구'라 적힌 문서를 찾아낼 수 있었다. 해당 지역 하원의원 열한 명의 집 주소와 전화번호가 기록된 것이었다. 그는 열 개의 숫자를 차례로 누른 뒤 응답을 기다렸다. 다행히 호출음이 흘러나왔다.

"여보세요?"

"어커트 씨인가요?"

"아뇨. 어커트 씨는 지금 안 계십니다."

리버스는 이내 목소리의 주인을 기억해냈다. "잭 씨? 저 리버스 경위입니다. 어제 만나서 얘기했던."

"네, 안녕하세요, 경위님. 운이 좋으셨습니다. 오늘 아침에 전화기 플러그를 다시 꽂아놨거든요. 이언이 하루 종일 전화를 받느라 고생했습니다. 지금은 잠시 휴식을 취하고 있어요. 그가 플러그를 뽑아놓은 걸 제가 다시 꽂았습니다. 바깥세상과 완전히 단절되는 건 원치 않거든요. 지역구 주민들이 언제라도 제게 연락할 수 있도록……"

"그레이그 씨는요?"

"그녀는 근무 중입니다. 어떤 상황에서라도 일은 계속해야죠, 경위님. 저희 집 뒤편에 사무실이 마련돼 있습니다. 그녀는 거기서 주로 타이핑 업무를 합니다. 헬렌은 아주……"

"그럼 잭 부인은요? 아직 소식이 없으신가요?"

잠시 침묵이 흘렀다. 헛기침이 몇 번 터져 나오자 리버스는 초조해하며 손가락을 긁어대거나 손으로 머리를 연신 쓸어 넘기는 잭의 모습을 떠올렸다.

"네, 그렇지 않아도 오늘 아침에 전화가 걸려왔습니다."

"그래요?"

"네. 몇 시간 동안 전화를 했는데 연결이 안 돼서 걱정했다더군요. 일요일 내내 플러그가 뽑혀 있었다는 걸 몰랐나 봅니다. 오늘도 하루 종일 통화 중이었을 거고……"

"사모님께선 지금 별장에 계신가요?"

"그렇습니다. 거기서 일주일 푹 쉬다 오라고 했습니다. 괜히 이런 상황에 휘말리게 할 필요는 없지 않겠습니까? 조만간 사그라들겠죠. 제 변호사가……"

"저희가 디어 로지에 가봤습니다, 잭 씨."

잠시 침묵한 뒤 그가 말했다. "네?"

"사모님께선 거기 안 계시더군요. 아무도 없었습니다."

리버스의 셔츠 깃 밑으로 땀이 흘러내렸다. 물론 난방 장치를 탓할 수도 있었다. 하지만 원인은 그뿐만이 아니었다. 대체 난 뭘 얻으려고 이러는 거지? 이렇게 막 들이대도 되는 건가?

"아……" 이번에는 기가 꺾인 톤이었다. "그렇군요."

"잭 씨, 혹시 제게 뭐 숨기는 거 있으십니까?"

"실은, 그렇습니다."

"제가 다시 뵈러 갈까요?"

"그게 좋겠습니다."

"알겠습니다. 최대한 빨리 가겠습니다. 거기 계실 거죠?"

무응답.

"댁에 계실 겁니까, 잭 씨?"

"네."

하지만 그레고르 잭의 목소리는 리버스에게 신뢰를 주지 않았다.

리버스의 차는 시동이 걸리지 않았다. 엔진에서는 폐기종 환자의 기침 섞인 웃음 같은 소리가 났다. 헤르카-헤르카-헤르-카-카. 헤르카-헤르 카-헤르.

"무슨 문제 있어요?" 주차장 한쪽 끝에서 차에 오르려던 브라이언 홈 스가 손을 살랑이며 물었다. 리버스는 거칠게 차문을 닫고 홈스의 메트로 (Metro, 영국 국유 자동차 제조 회사 BL이 만든 소형 승용차) 쪽으로 성큼성큼 걸어갔다. 홈스는 막 시동을 걸려던 참이었다.

"퇴근하려고?"

"네." 그가 운이 다한 리버스의 차를 턱으로 가리켰다. "좀 힘들어 보이 네요. 태워다드릴까요?"

"그래준다면야 고맙지. 자네도 같이 갈 텐가? 원한다면 그래도 돼."

"네?"

리버스가 조수석 문을 열려고 했지만 열리지 않았다. 홈스는 잠시 망설이다가 잠금장치를 풀어주었다.

"오늘은 제가 저녁을 준비할 차례입니다." 그가 말했다. "귀가가 늦으면 넬이 크게 화를 낼 거예요."

리버스가 조수석에 올라 안전벨트를 맸다.

"가는 길에 다 설명해주지."

"어디로 가시는데요?"

"자네 집에서 멀지 않은 곳이야. 늦지 않을 테니까 걱정 마. 돌아올 땐 택시를 탈 거야. 하지만 갈 땐 자네가 동행해주면 좋겠어."

홈스는 눈치가 빨랐다. 조심성이 많았지만 눈치 하나만큼은 누구보다 빨랐다. "남자 동지가 필요하다는 말씀이군요." 그가 말했다. "이번엔 그가 무슨 짓을 했습니까?"

"생각만으로도 몸서리가 쳐져, 브라이언. 정말이야. 아주 오싹한 일이라고."

정문 앞은 여전히 기자들로 득실거렸다. 문은 열려 있었고, 진입로는 텅빈 상태였다. 차를 차고에 넣어둔 모양이었다. 그들은 홈스의 차를 집 앞 골목에 세워놓았다.

"집이 굉장하네요." 홈스가 말했다.

"안은 더 끝내줘. 꼭 잉그마르 베르히만 영화 세트장 같더라고."

홈스가 고개를 저었다. "아직도 믿어지지가 않아요." 그가 말했다. "어제 경위님이 저길 쳐들어가셨다니."

"쳐들어간 건 아니야, 브라이언. 자, 내 말 잘 들어. 난 들어가서 잭 씨를 만나볼 거야. 자넨 썩은 냄새가 나진 않는지 살펴봐줘."

"말 그대로 썩은 냄새 말씀이시죠?"

"화단에 부패된 시체가 널브러져 있진 않을 거야. 자넨 그냥 눈과 귀를 열어두기만 하면 돼."

"코는요?"

"손수건이 없으면 곤란해질지도 몰라."

두 사람은 갈라졌다. 리버스는 현관으로 향했고, 홈스는 집을 멀리 돌아 차고 쪽으로 이동했다. 리버스가 초인종을 눌렀다. 6시가 다 된 시간이었다. 헬렌 그레이그는 보나마나 퇴근했겠지.

하지만 문을 열고 나온 건 바로 헬렌 그레이그였다.

"어서 오세요." 그녀가 말했다. "들어오세요. 잭 씨는 거실에 계세요. 어느 쪽인지 아시죠?"

"알다마다요. 아직 일이 남은 모양이군요." 그가 손가락으로 자신의 손목시계를 가리켰다.

"네, 아직." 그녀가 미소를 흘리며 말했다. "의원님이 절 노예 부리듯 하신다니까요."

순간 리버스의 머릿속에 가죽 옷을 걸친 잭과 가죽 끈에 묶인 헬렌 그레이그의 모습이 떠올랐다. 그는 눈을 깜빡여 거슬리는 이미지를 떨쳐냈다. "좀 어떠십니까?"

"누구, 그레고르 씨요?" 그녀가 나지막이 웃음을 터뜨렸다. "괜찮아 보이시던데요, 이런 상황에서도. 그런데 그건 왜 물으시죠?"

"그냥 궁금해서요."

그녀가 잠시 머리를 굴리다가 말했다. "뭐라도 내올까요?"

"아뇨, 괜찮습니다."

"알겠습니다. 그럼 나중에 뵐게요." 그녀는 곡선 계단을 지나 집 뒤편 사무실로 돌아갔다. 젠장. 홈스에게 그녀에 대해 귀띔해주는 걸 깜빡했군. 홈스가 사무실 창문 안을 들여다보기라도 한다면…… 흠, 이제 와서 뭐 어쩌겠어? 비명이 들려오면 우려했던 일이 벌어진 걸로 알아야지. 그가 거실 문을 열고 들어갔다.

그레고르 잭은 홀로 앉아 오디오를 듣고 있었다. 리버스의 귀에 익은 롤링 스톤스의 곡이 나지막이 흘러나오고 있었다. 그가 아까 차에서 들었던 앨범.《렛 잇 블리드(Let It Bleed)》.

잭이 가죽 소파에서 일어났다. 그의 손에는 위스키 잔이 쥐어져 있었다. "경위님, 빨리 오셨군요. 은밀한 악벽(惡癖)을 즐기고 있었는데 딱 걸려버렸네요. 뭐 누구에게나 이런 악벽 하나쯤은 있기 마련 아니겠습니까."

리버스는 또다시 매음굴에서 본 광경을 떠올렸다. 그의 머릿속을 꿰뚫어보았는지 잭이 멋쩍게 미소를 지었다. 리버스는 그가 앞으로 내민 손을 잡았다. 잭의 왼손 약지에는 일회용 반창고가 붙여져 있었다. 악벽 하나, 그리고 작은 흠 하나.

잭의 시선이 자신의 손가락으로 내려갔다. "습진 때문입니다." 그가 설명했다.

"네, 저번에도 그렇게 말씀하셨습니다."

"제가 그랬었나요?"

"어제 그러셨습니다."

"죄송합니다, 경위님. 제가 원래 같은 말을 반복하는 사람이 아닌데. 하지만 어젠 상황과 분위기가 좀……"

"물론 이해합니다." 리버스는 잭 너머로 벽난로 위 선반에 놓인 카드를 바라보았다. 어제는 보지 못했던 것이었다.

잭은 자신이 위스키 잔을 들고 있다는 사실을 뒤늦게 깨달았다. "뭐 한 잔 하시겠습니까?"

"아무거나 주시면 한잔 들도록 하겠습니다."

"위스키, 괜찮습니까? 지금은 그것밖에……"

"같은 걸로 주셔도 됩니다, 잭 씨." 그리고 그가 잽싸게 덧붙였다. "사실 저도 롤링 스톤스를 좋아합니다. 초창기 곡들을 특히 좋아하죠."

"저랑 취향이 같으시군요." 잭이 말했다. "요즘 음악계는 정말 쓰레기 같습니다. 안 그런가요?" 그가 벽난로 옆 유리 선반 쪽으로 다가갔다. 선반에는 술병과 술잔들이 가지런히 놓여 있었다. 그가 술을 따르는 동안 리버스는 어제 어커트가 서류를 만지작거렸던 테이블 앞으로 슬그머니 다가갔다. 테이블에는 그의 서명을 기다리는 편지들이 놓여 있었다. 편지지 윗부분에는 하원 의사당의 내리닫이 쇠창살문 문양이 찍혀 있었다. 의회 업무와 관련된 메모도 몇몇 눈에 들어왔다.

"국회의원이 하는 일은," 잭이 리버스의 술을 손에 쥔 채 다가오며 말했다. "경위님께서 상상하시는 그대로입니다. 꼭 필요한 최소한의 업무만을 처리하며 대충 살아가는 의원들도 있긴 합니다. 하지만 그 정도 업무도 사실 과중하다 할 수 있죠. 자, 건배."

"건배." 두 남자가 일제히 술을 넘겼다.

"물론 의원들 중에는," 잭이 말했다. "매사에 극한까지 밀어붙이는 이들도 있습니다. 그들은 선거구 관리는 물론이고 의회 운영 절차에까지 관여하려 들죠. 늘 토론하고, 기록하고, 참석하고……"

"의원님께선 어느 그룹에 속하십니까?" 오늘따라 말이 많군. 리버스는 생각했다. 건질 만한 내용은 별로 없지만.

"전 딱 그 중간인 것 같습니다." 잭이 한 손을 살랑이며 말했다. "자, 앉으시죠."

"감사합니다, 의원님." 두 사람은 일제히 자리에 앉았다. 리버스는 의자에, 잭은 소파에. 리버스는 누군가가 위스키에 물을 탔다는 걸 금세 알아차렸다. 대체 누가 그랬을까? 잭도 그걸 알고 있을까? "자," 리버스가 말했다. "아까 전화로 제게 하실 말씀이 있다고……"

잭은 리모컨으로 음악을 껐다. 묘하게도 그는 리모컨을 벽에 겨누고 버튼을 눌렀다. 그 어디에서도 하이파이 시스템은 보이지 않았다. "제 아내에 대해 솔직히 말씀드리려고 합니다, 경위님." 그가 말했다. "리즈에 대해서. 인정하겠습니다. 전 그 사람을 무척 걱정하고 있어요. 지금까진 말을 아껴왔지만."

"왜 그러셨습니까?" 지금까지는 완벽히 연습된 대사로만 들릴 뿐이었다. 하긴, 한 시간 이상 여유가 있었을 테니. 하지만 곧 본모습을 드러내게 될 거야. 인내심이라면 리버스도 자신 있었다. 그는 문득 어커트의 행방이 궁금해졌다.

"매스컴의 관심 말입니다, 경위님. 이언은 리즈를 골칫거리로 여기고 있습니다. 그 친구가 좀 오버하는 경향이 있지만 리즈는, 기질적으로 좀……"

"사모님께서 신문을 보셨다고 생각하십니까?"

"아마 봤을 겁니다. 타블로이드 없인 못 사는 사람이거든요. 가십에 중독돼서요."

"사모님은 여전히 연락이 없으시고요?"

"네, 없습니다."

"그거 이상하군요. 안 그렇습니까?"

잭이 인상을 찌푸렸다. "이상하기도 하고, 아니기도 합니다. 그러니까 제 말은, 이 상황이 도무지 이해가 되지 않는다는 겁니다. 그녀는 이 정도 일은 그냥 웃어넘길 수 있는 사람입니다. 하지만 또 한편으론……"

"사모님에게 무슨 일이 생겼을지도 모른다고 생각하시는 겁니까, 의원님?"

"무슨 일?" 잭이 그 의미를 깨닫기까지는 시간이 조금 걸렸다. "자살 말씀입니까? 아뇨. 그런 일은 절대 없을 겁니다. 전 그걸 걱정하는 게 아닙니다. 창피해서 어디론가 숨어버릴까 봐 걱정하는 거죠. 사고를 당하거나…… 이 상황에서 무슨 일이 벌어질지 누가 알겠습니까? 그 사람이 화가 많이 나 있다면…… 만약 그렇다면 충분히……" 그가 무릎에 양쪽 팔꿈치를 얹어놓은 채 다시 고개를 떨어뜨렸다.

"경찰이 관여해야 할 문제라고 생각하십니까, 의원님?"

잭이 번뜩이는 눈으로 리버스를 쳐다보았다. "그래서 곤란한 겁니다. 실종 신고를 하면…… 그러니까 제가 공식적으로 신고를 하면…… 그러다 숨어 지내던 그 사람이 발견되면……"

"사모님께서 그렇게 숨어 지내실 만한 분인가요?" 리버스의 머릿속이 점점 복잡해졌다. 누군가가 잭을 함정에 빠뜨렸어. 하지만 그의 아내라고 그냥 내버려뒀을까? 일요일자 신문에서나 볼 법한 시나리오였지만 걱정이 되는 건 어쩔 수 없었다.

잭이 어깨를 으쓱였다. "아뇨. 사실 리즈는 변덕이 심한 사람입니다."

"원하신다면 저희가 조용히 한번 알아보겠습니다. 북쪽의 호텔이나 게

스트 하우스를 돌면서……"

"호텔일 가능성이 높습니다, 경위님. 리즈라면 고급 호텔에 묵고 있을 겁니다."

"알겠습니다. 호텔들을 집중적으로 살펴보죠. 사모님께서 연락하실 만한 친구분들은 안 계십니까?"

"별로 없습니다."

리버스는 잭이 또 다른 답을 내놓을지 모른다는 생각에 잠시 기다려보았다. 살인범 앤드류 맥밀런이 언급될 수도 있었고, 아니면 그녀가 알 법한 누군가라도. 하지만 잭은 어깨만 으쓱여 보일 뿐이었다. "별로 없어요."

"명단을 만들어주시면 크게 도움이 될 겁니다, 의원님. 그들에게 직접 연락해보셔도 좋고요. 그냥 전화를 걸어 가볍게 몇 마디 나누는 정도만 해주셔도 됩니다. 만약 잭 부인께서 그들과 함께 계신다면 당연히 의원님께도 알려드리지 않을까요?"

"그 사람이 비밀로 해달라고 당부해놓았으면요?"

뭐 그럼 어쩔 수 없고.

"하지만 만약……" 잭이 말했다. "그 사람이 어떤 섬에 들어가 있고, 아직 아무 소식도 듣지 못한 상태라면……"

정치. 당연한 귀결이었다. 정치. 그레고르 잭에 대한 리버스의 존경은 조금씩 사그라졌다. 하지만 묘하게도 그에 대한 호감은 점점 커졌다. 그가 일어나 선반 앞으로 다가갔다. 그리고 잔을 내려놓은 뒤 벽난로 위에서 수상한 카드를 집어 들었다. 앞면에는 만화가 그려져 있었다. 오픈카를 타고 가는 청년. 조수석에는 샴페인이 담긴 얼음 버킷이 놓여 있었다. 그림 위에 적힌 메시지.

행운을 빌어!

안에는 펠트펜(felt pen, 휘발성 잉크를 넣은 용기에 펠트를 심으로 꽂아 쓰는 필기구)으로 적어놓은 또 다른 메시지가 있었다.

겁내지 마. 우리가 있잖아.

그 밑으로 서명 여섯 개가 보였다.

"학교 친구들입니다." 잭이 설명했다. 그가 리버스 옆으로 바짝 다가왔다. "두 놈은 대학 때 만났습니다. 지금껏 친하게 지내왔어요."

리버스에게 익숙한 이름도 몇몇 보였다. 하지만 그는 일부러 모르는 척 연기를 했다. 잭의 설명을 듣고 싶었기 때문이다.

"고욱. 캐시 고우예요. 이젠 캐스 키뉼이 됐죠. 랍 키뉼의 부인입니다. 아시죠? 배우." 그의 손가락이 다음 서명으로 이동했다. "'탐폰'은 톰 폰드의 별명입니다. 에든버러에서 건축가로 활동 중이죠. '빌보'는 런던 잡지사에서 일하는 빌 피셔고요. 톨킨의 열렬한 팬입니다." 잭의 목소리가 한층 나긋나긋해졌다. 리버스는 계속 연락하고 지내는 학교 친구들을 헤아려보았지만 단 한 명도 떠오르지 않았다. "'수이'는 로널드 스틸이고……"

"왜 수이라고 불리는 겁니까?"

잭이 미소를 지었다. "그건 비밀로 남겨두는 게 좋을 것 같은데요. 함부로 발설하면 로널드가 절 가만두지 않을 겁니다." 그가 잠시 고민에 빠져 있다가 못 이기는 척 어깨를 으쓱였다. "스위스로 수학여행을 떠났을 때 한 여학생이 로널드의 방에 들어가 뭔가 이상한 짓을 하려던 그를 발견했습니다. 그녀는 자기가 본 걸 여기저기 떠들고 다녔죠. 로널드는 당혹스러워하며 밖으로 뛰쳐나갔고, 도로에 드러누웠습니다. 죽어 버리겠다며 말이죠. 문제는 마침 지나는 차가 한 대도 없었다는 겁니다. 한참 뒤 뻘쭘해

하며 일어나더군요."

"수이사이드(suicide, 자살)를 줄여서 수이가 된 거군요."

"그렇습니다." 잭이 다시 카드를 내려다보았다. "'섹스턴', 이건 앨리스 블레이크입니다. 섹스턴 블레이크. 경위님과 같은 형사죠." 잭이 미소를 지었다. "앨리스도 런던에서 일하고 있습니다. 홍보 쪽에서요."

"그리고 이건?" 리버스가 마지막 서명을 가리켰다. 맥. 순간 잭의 표정이 싹 바뀌었다.

"아, 그건…… 앤드류 맥밀런입니다."

"맥밀런 씨의 근황은요? 아십니까?" 맥이라. 리버스는 생각했다. 〈맥 더 나이프(Mack the Knife, 《서 푼짜리 오페라》의 주인공 '맥'이 어떤 사람인지 알려주는 노래로, 그는 갱단의 두목이자 악명 높은 칼잡이다)〉의 '맥'인가?

잭이 냉담하게 말했다. "그는 지금 교도소에 있습니다. 비극이죠, 비극."

"교도소에요?" 리버스는 계속 파헤쳐보고 싶었다. 하지만 잭은 그럴 마음이 없어 보였다. 그가 카드에 서명된 이름들을 가리켰다.

"뭐 알아차리신 게 있습니까, 경위님?"

물론. 굳이 언급하진 않으려 했는데, 하는 수 없지. "이 서명들, 한 사람이 해놓은 것 같습니다만."

잭이 씩 웃었다. "브라보."

"맥밀런 씨는 교도소에 수감된 상태고, 피셔 씨와 블레이크 씨는 런던에 계신다니 직접 서명하진 못하셨겠죠. 이 사건은 어제 처음 보도됐고."

"네, 그렇죠."

"그럼 누가……?"

"캐시. 그녀는 위조에 재능이 있습니다. 보기랑은 다르게 말이죠. 우리 서명을 다 외우고 있어요."

"하지만 폰드 씨는 에든버러에 계시지 않습니까. 그분은 직접 서명하실 수 있었을 텐데요."

"그 친구는 미국 출장 중입니다."

"그럼 스틸 씨는……?" 리버스가 '수이' 서명을 톡톡 두드리며 말했다.

"수이는 요즘 통 얼굴 보기가 힘들어졌습니다."

"그렇습니까?" 리버스가 말했다. "그렇군요."

그때 밖에서 노크 소리가 들려왔다.

"들어와요, 헬렌."

헬렌 그레이그가 문틈으로 고개를 불쑥 내밀었다. 그녀는 레인코트 차림이었다. "이만 퇴근하겠습니다. 이언 씨는 아직 안 돌아왔나요?"

"아직 안 왔어요. 어디서 밀린 잠을 자는 모양입니다."

리버스는 카드를 벽난로 위 선반에 내려놓았다. 그는 궁금했다. 그레고르 잭의 친구들이 정말로 그의 친구들인지.

"아." 헬렌 그레이그가 말했다. "참, 또 다른 형사님이 오셨습니다. 뒷문 밖에서 서성이고 계시길래……"

문이 마저 열리고 브라이언 홈스가 안으로 걸어 들어왔다. 아주 어색해하면서.

"고마워요, 헬렌. 내일 봅시다."

"내일 하원 의사당에 가셔야 하잖아요."

"아, 깜빡했군요. 그럼 모레 봅시다."

헬렌 그레이그가 사라지자 리버스는 잭에게 브라이언 홈스를 소개했다. 홈스는 여전히 어려워하는 모습이었다. 이 친구가 대체 왜 이러지? 잭 때문만은 아닌 것 같은데. 홈스가 헛기침을 한 번 하고 상관을 쳐다보았다. 하원의원과 눈을 마주치지 않으려는 노력인 듯했다.

"경위님, 저, 보여드릴 게 있습니다. 집 뒤편 쓰레기통에. 주머니에 쓰레기가 좀 있어서 버리려고 뚜껑을 열어 봤는데요……"

순간 그레고르 잭의 얼굴이 하얗게 질렸다.

"그래?" 리버스가 말했다. "어딘지 안내해봐, 브라이언." 그가 과장된 동작으로 팔을 내밀었다. "먼저 가시죠, 잭 씨."

집 뒤편 조명은 아주 환했다. 우거진 철쭉 옆으로 튼튼해 보이는 검은색 플라스틱 쓰레기통 두 개가 나란히 놓여 있었다. 쓰레기통에는 검은 쓰레기봉지가 씌워져 있었다. 홈스가 왼쪽 쓰레기통의 뚜껑을 들자 리버스가 안을 들여다보았다. 그의 눈에 납작하게 눌린 콘플레이크 상자와 비스킷 포장지가 들어왔다.

"그 밑에요." 홈스가 말했다. 리버스는 콘플레이크 상자를 살짝 들춰보았다. 그제야 밑에 감춰져 있던 작은 보물 상자가 모습을 드러냈다. 비디오카세트 두 개. 케이스는 부서져 있었고, 테이프는 길게 뽑혀져 나온 상태였다. 사진이 담긴 봉투, 금색을 띤 작은 바이브레이터 두 개, 조잡해 보이는 수갑 두 개, 그리고 옷, 보디 스타킹, 지퍼 달린 속바지. 기자들이 먼저 발견했다면 정말 큰일 날 뻔했는데. 리버스는 생각했다.

"저게 다 뭔지 설명해 드리겠습니다." 잭이 당혹스러워하며 말했다.

"그러실 필요 없습니다, 의원님. 저희가 참견할 문제가 아니니까요." 리버스가 말했다. 물론 그 말이 담고 있는 의미는 명확했다. 저희가 참견할 문제는 아니지만 그래도 설명은 들어야겠습니다.

"전…… 전 패닉에 빠졌습니다. 아니, 패닉에 빠진 게 아니었어요. 그 냥…… 매음굴 사건 이후 리즈가 어딘가로 사라져버려서…… 경위님이 오신다기에 황급히 치워야겠다는 생각뿐이었습니다." 그는 땀을 비 오듯 쏟고 있었다. "그러니까 제 말은, 충분히 오해하실 만하지만 그런 오해를 받지 않으려고 여기 버린 겁니다. 사실 이건 제 물건이 아닙니다. 리즈의 장난감들이죠. 그녀 친구들이…… 그들이 벌이는 파티가 좀…… 전 그저 경위님께 그릇된 인상을 드리고 싶지 않았을 뿐입니다."

하지만 오히려 강한 인상을 남겨버렸는걸. 리버스는 생각했다. 그가 사진이 담긴 봉투를 집어 들었다. 봉투가 뜯기면서 사진들이 사방에 뿌려졌다. "죄송합니다." 그가 흩뿌려진 사진들을 차례로 주우며 말했다. 폴라로이드로 촬영한 파티 사진. 언뜻 봐도 보통 난잡한 파티가 아닌 듯했다. 잠깐, 이게 누구야?

리버스가 사진 하나를 집어 들고 잭의 얼굴 앞으로 내밀었다. 두 여자가 그레고르 잭의 셔츠를 벗기고 있는 사진. 사진 속 인물들의 눈은 새빨갰다.

"제가 참석한 처음이자 마지막 파티였습니다." 잭이 말했다.

"그렇습니까, 의원님?" 리버스가 말했다.

"경위님, 제 아내의 사생활은 그녀 소관입니다. 그 사람이 무슨 짓을 벌이든, 그건 제가 통제할 수 없습니다." 어느새 분노는 민망함으로 바뀌어 있었다. "전 이게 마음에 들지 않습니다. 그녀 친구들도 마찬가지고요. 하지만 그녀의 선택은 존중해주어야 하지 않겠습니까?"

"그렇죠." 리버스가 사진들을 다시 쓰레기통에 떨어뜨렸다. "어쩌면 그 친구분들이 사모님의 행방을 알고 계실지도 모르겠군요. 아무튼 저라면 이것들을 여기 남겨놓지 않을 겁니다. 기자들이 찾아내면 또다시 1면에 오르실 테니까요. 기자들은 가장 먼저 쓰레기통부터 뒤져보거든요. 괜히 그들을 쓰레기라고 부르는 게 아닙니다. 하지만 아까도 말씀드렸다시피, 잭 씨, 이건 저희가 참견할 문제가 아닙니다. 적어도 아직은요."

하지만 이제 곧 우리가 파헤치게 될 거야. 리버스는 생각했다.

이제 곧.

집으로 돌아온 리버스는 복잡해진 머릿속을 정리해보려 애썼다. 하지만 그건 쉬운 일이 아니었다. 잭은 아내 친구들의 이름과 주소를 차례로 적어 내려갔다. 다들 상류층까지는 아니어도 서민과는 거리가 있었다. 리버스는 리즈 잭의 차에 대해 물어보았다.

"검은색 BMW예요." 잭이 대답했다. "3시리즈. 작년에 생일선물로 사준 겁니다."

리버스는 자신의 차를 떠올렸다. "그렇군요. 등록 번호는 어떻게 됩니까?" 잭이 막힘없이 술술 불러주었다. 리버스가 흠칫 놀라는 표정을 짓자 잭이 희미하게 미소를 지었다.

"전 회계사 출신입니다." 그가 말했다. "숫자는 절대 잊어버리지 않아요."

"그러시군요. 자, 그럼 저흰 이제……"

그때 밖에서 현관문이 열렸다 닫히는 소리가 들렸다. 그리고 누군가의 목소리. 방탕한 아내가 돌아왔나? 세 남자가 일제히 거실 문 쪽으로 시선을 돌렸다.

"그레고르 씨, 올라오는 길에 제가 누굴 만났는지……"

이언 어커트가 그레고르와 함께 앉아 있는 두 손님을 뒤늦게 발견했다. 그는 흠칫 놀라는 모습이었다. 그의 뒤로 피곤한 표정의 남자가 발을 질질 끌며 들어왔다. 그는 큰 키에 빼빼 마른 체형이었고, 곧게 뻗은 검은머리를 하고 있었다. 그의 얼굴에는 NHS(National Health Service, 국민 의료 보험 공단) 직원 스타일의 안경이 걸쳐져 있었다.

"그레고르." 남자가 말했다. 그가 그레고르 잭 앞으로 성큼 다가가 악수를 나누었다. 잭이 남자의 어깨에 손을 얹었다.

"진작 와봤어야 하는데." 남자가 말했다. "하지만 자네도 내 사정 잘 알잖아." 다크서클과 축 늘어진 몸. 그는 녹초가 된 상태였다. 그의 말과 몸놀림도 많이 굼떴다. "그래도 꽤 괜찮은 이탈리아 화집들을 손에 넣어서……"

그의 시선이 두 방문객을 차례로 훑었다. 남자가 어커트와 악수를 나누고 있는 리버스의 오른손을 턱으로 가리켰다.

"당신," 그가 말했다. "리버스 경위님, 맞죠?"

"그렇습니다."

"그걸 자네가 어떻게 알지?" 그레고르 잭이 깜짝 놀라며 물었다.

"손목의 할퀸 상처." 남자가 말했다. "바네사가 그러더군. 날 찾아온 경위님이 라스푸틴에게 당했다고. 생각보다 상처가 깊은데요."

"스틸 씨군요." 리버스가 악수를 청하며 말했다.

"맞습니다." 스틸이 말했다. "그때 자리를 비워서 죄송합니다. 나중에 그레고르가 설명해드리겠지만 제가 늘 정신없이 바빠서."

"정말 그렇습니다." 잭이 불쑥 끼어들었다. "그래, 로널드, 이미 경위님께 말씀드렸어."

"그 책들에 대해선 아직 소식이 없습니까?" 리버스가 스틸에게 물었다. 그는 어깨를 으쓱했다.

"아마 함부로 내놓진 못할 겁니다. 그걸 팔면 손에 얼마나 넣을 수 있는지 아십니까? 보나마나 개인 수집가에게 넘기겠죠."

"누군가가 수집가의 주문을 받고 훔친 걸까요?"

"아마도요. 하지만 희귀본 수집가의 수가 한둘이 아니라서." 스틸은 또다시 피로에 전 표정을 지으며 그레고르 잭을 돌아보았다. 그가 두 팔을 펼치고 어깨를 으쓱였다. "그레고르, 저분들이 원하는 게 대체 뭔가?"

"뭐 뻔하지 않습니까?" 어커트가 잔에 술을 따르며 말했다. "사퇴를 원하는 거죠."

"대체 거긴 왜 간 거야?"

스틸의 질문에 한동안 어색한 침묵이 흘렀다. 어커트가 위스키 잔을 스틸에게 건넸다. 그레고르 잭은 거실의 네 남자를 차례로 돌아보았다. 자기 대신 답을 내줄 사람을 찾는 듯이. 브라이언 홈스는 한쪽 벽에 걸린 그림을 유심히 살피고 있었다. 방 안에서 오가는 심각한 대화에는 아무 관심이 없는 모양이었다. 마침내 잭이 끙 앓는 소리를 내며 고개를 저었다.

"아무래도," 리버스가 말했다. "이제 그만 가봐야 할 것 같습니다."

"쓰레기통 비우시는 걸 잊지 마십시오, 의원님." 리버스는 잭에게 충고를 남기고 브라이언 홈스와 밖으로 나왔다. 홈스는 보니리그까지 태워주겠다고 했다. 그들은 말없이 차에 올랐고, 홈스는 묵묵히 시동을 걸었다. 기어가 2단에 걸리자 마침내 홈스가 입을 열었다. "좋은 사람 같은데요. 나중에 우리도 파티에 초대받을 수 있을까요?"

"브라이언." 리버스가 경고하듯 말했다. "그의 파티가 아니야. 그의 부인이 친구들과 벌이는 파티라잖아. 게다가 파티가 벌어진 곳도 그들의 집이 아닌 것 같았어."

"정말입니까? 전 아까 제대로 못 봤는데. 그냥 의욕에 찬 두 여자가 하원의원의 옷을 벗기는 모습만 기억에 남아 있습니다." 홈스가 씩 웃으며 말했다.

"뭐가 웃겨?"

"스트립 잭 네이키드(Strip Jack Naked, 상대편의 패를 전부 빼앗을 때까지 둘이서 하는 카드 게임)." 그가 말했다.

"뭐?"

"카드 게임 말입니다." 홈스가 설명했다. "스트립 잭 네이키드. 베거 마이 네이버(Beggar My Neighbour)라는 이름으로도 불리죠."

"그래?" 리버스가 애써 무심한 척하며 말했다. 혹시 누군가가 실제로 그러려고 하는 건 아닐까? 잭에게서 선거구와 말끔한 이미지와 무난한 결혼생활을 앗아가려고(strip)? '베거'라는 별명을 가진 그레고르를 아주 '거지'로 만들려고?

어쩌면 잭은 내가 생각하는 것처럼 결백하지 않을 수도 있어. 제대로 한번 따져보라고. 어떻게 그가 결백하다고 할 수 있지? 사실 하나, 그는 매음굴을 드나들었어. 사실 둘, 그는 '신명나는' 파티에 참석한 증거를 없애려고 했어. 사실 셋, 그의 아내는 여전히 연락이 닿지 않고 있어. 하지만 고작 그것 가지고 사람을 의심해? 리버스는 여전히 그를 믿고 있었다. 그는 장로교회파답지 않게 비관주의자였다. 하지만 어떤 것들에 대해서는 누구도 말리지 못하는 굳건한 믿음을 가지고 있었다.

믿음과 희망. 그에게 부족한 것은 관용뿐이었다.

4
정보

"언론이 냄새를 못 맡게 해야 돼." 왓슨 총경이 말했다. "최대한 시간을 끌어야 한다고."

"알겠습니다, 총경님." 로더데일이 말했다. 리버스는 계속 입을 닫고 있었다. 그들은 그레고르 잭에 대해 얘기하고 있는 게 아니었다. 그들은 리스 강 익사 사건의 용의자에 대해 의논하는 중이었다. 그는 녹음기가 갖춰진 취조실에서 두 경관에게 심문을 받고 있었다. 협조적이었지만 많은 걸 털어놓지 않았다.

"아무것도 아닐 수 있으니까."

"알겠습니다, 총경님."

사무실에서는 박하 향기가 진하게 감돌고 있었다. 그래서인지 로더데일 경감의 목소리와 자세는 평소보다 훨씬 경직되어 있는 것 같았다. 왓슨의 시선이 다른 곳을 향할 때마다 그의 코가 실룩거렸다. 리버스는 갑자기 총경이 불쌍해졌다. 제3세계 용병 선수들을 상대로 패배한 스코틀랜드 축구팀이 불쌍히 여겨지는 것처럼.

"술집에서 우연히 들은 얘길 떠벌렸는지도 모르잖아. 게다가 술에 절어 있던 상태였고, 무슨 말인지 알지?"

"물론입니다, 총경님."

"하지만……"

하지만 그들이 취조실에 붙잡아놓은 남자는 분명 사람들이 꽉 들어찬 리스의 한 술집에서 자신이 딘 브리지 밑에 시체를 버렸다고 떠들어댔었다.

"나였어! 응? 어때? 대단하지? 나! 나! 내가 했단 말이야! 그 여잔 죽어 마땅했어. 그들 모두가 그래 마땅하다고!"

그의 말을 들은 열아홉 살 여자 바텐더는 기겁을 하며 경찰에 신고했다.

죽어 마땅했어…… 그녀가…… 그들 모두가…… 하지만 경찰이 술집에 들이닥쳤을 때 이미 평정을 되찾은 그는 한쪽 구석에 샐쭉한 모습으로 서서 담배를 뻐끔대고 있었다. 묵직한 잔에서 흘러내린 맥주가 그의 구두와 나무 바닥에 뚝뚝 떨어졌다.

"자, 선생님, 조금 전에 주장하신 내용 말입니다. 저희에게도 한번 들려주시겠습니까? 저희랑 경찰서로 같이 가시죠. 편하게 앉아 말씀해주시면 됩니다."

그는 편히 앉아 있었지만 입은 열지 않았다. 이름도, 주소도 밝히려 하지 않았다. 술집의 그 누구도 그에 대해 알지 못했다. CID(Criminal Investigation Department, 영국 경찰청 범죄 수사과)의 형사와 제복 경관들 대부분이 그랬듯 리버스도 내려가서 그를 보고 왔다. 하지만 얼굴만 봐서는 알 수 없었다. 슬프고 약해빠진 모습. 남자는 삼십대 후반쯤 되어 보였다. 숱 없는 머리는 희끗거렸고, 까칠한 수염으로 덮인 얼굴에는 주름이 자글거렸다. 손가락 관절은 상처와 딱지로 덮여 있었다.

"그 상처들은 뭡니까? 누구랑 싸운 겁니까? 그녀를 던져 넣기 전에 몇 번 후려친 거 아닙니까?"

무반응. 그는 겁에 질려 있는 듯했다. 그를 경찰서에 붙잡아둘 명분이 점점 사라져가고 있었다. 그는 변호사도 요구하지 않았다. 자신만 입을 닫고 있으면 될 일이었으니까.

"전과가 있나 보지? 상황 파악에 들어가셨나? 응? 그래서 입을 닫고 있는 건가? 아주 현명하시군. 보기보다 똑똑하셔."

검시관 커트 박사는 사인을 밝히기 위해 최대한 서두르는 중이었다. 사고, 자살, 아니면 살인? 하지만 부검 결과가 도착하기 전에 남자의 입이 먼저 열렸다.

"술에 너무 취해 있었습니다." 그가 말했다. "내가 무슨 말을 지껄여대는지 몰랐어요. 내가 왜 그런 헛소리를 늘어놓았는지도 모르겠고요." 그는 계속 그 말만을 반복했다. 그들은 그의 이름과 주소를 다시 물어보았다. "술에 너무 취해 있었어요." 그가 말했다. "그뿐입니다. 이젠 정신이 들어요. 이만 가보겠습니다. 내가 괜한 말을 해서 일이 커졌네요. 집에 가도 되죠?"

술집의 어느 누구도 그를 고발하지 않았다. 덕분에 유력한 용의자는 계속 동네를 활보할 수 있게 되었다. 무보수로 일하는 기도들. 리버스는 생각했다. 그게 바로 우리야. 이대로 보내줘야 하나? 이런 기회는 또 없을 텐데. 여기서 손을 뗄 순 없어.

"보내줄 테니 이름과 주소를 말해요."

"그땐 술에 너무 취해 있었습니다. 제발 보내줘요. 네?"

"이름!"

"제발, 보내달라고요."

커트는 아직도 답을 내놓지 않고 있었다. 한두 시간은 더 걸릴 것 같았다. 확실한 결과를 얻으려면.

"이름만 말해요. 장난 그만 치고."

"내 이름은 윌리엄 글래스입니다. 그랜턴의 셈플 가 48번지에 살아요."

순간 여기저기서 한숨이 터져 나왔다. "가서 확인해봐." 한 경관이 동료에게 말했다. "봐요. 막상 해보니 생각처럼 괴롭지(painful) 않죠, 글래스(Glass) 씨?"

또 다른 경관이 씩 웃었다. "괴로운(painful)…… 글래스(glass, 유리)…… 창유리(pane of glass)네?"

"가서 체크나 해봐. 응?" 그의 동료가 지끈거리는 머리를 문지르며 말했다.

"그냥 보내줬다더군요." 홈스가 리버스에게 말했다.

"결국 그렇게 됐군. 하긴, 애초에 가망이 없었던 케이스야."

홈스가 사무실로 들어와 빈 의자에 털썩 주저앉았다.

"격식 차릴 거 없어." 리버스가 말했다. "내가 자네 상관이라는 건 신경 쓰지 말라고. 그냥 편히 앉아도 돼, 경사."

"감사합니다, 경위님." 앉은 채로 홈스가 말했다. "말씀대로 하겠습니다. 참, 그가 주소를 불었다죠? 그랜턴의 셈플 가?"

"그랜턴 가에서 좀 떨어진 곳이지?"

"맞습니다." 홈스가 주위를 둘러보았다. "꼭 오븐 안에 들어온 것 같군요. 왜 창문을 열지 않으십니까?"

"열리질 않아. 그리고 히터도 계속……"

"알고 있습니다. 풀가동 시키든지 그냥 꺼놓든지. 여긴 정말……" 홈스가 고개를 저었다.

"관리를 좀 해주면 나아지겠지."

"놀랍군요." 홈스가 말했다. "경위님이 이토록 감상적인 분이라는 거 처음 알았습니다."

"감상적?"

"이곳에 대해 말씀하시는 걸 들어보니 그런 것 같은데요. 아무튼 여기보단 세인트 레너즈나 페츠가 훨씬 나을 겁니다."

리버스가 코를 찡그렸다. "너무 밋밋하잖아." 그가 말했다.

"참, 그 남성 회원(the male member, 직역하면 '남성 회원'이지만 '남성의 생식기'라는 뜻도 있다. 앞서 잭이 언급한 아내의 난잡한 파티 참가자들을 빗대 말한 것) 관련해선 아무 소식이 없습니까?"

"제발 썰렁한 농담은 자제해주게, 브라이언. 좀 참신한 아이디어는 없나?" 리버스가 뜨거운 콧김을 뿜으며 손에 쥔 펜을 요란하게 내려놓았다. "잭 부인 문제 말이지? 아직 무소식이야. 그녀의 차를 공개 수배 해놓았어. 그녀가 묵고 있을 만한 고급 호텔들도 체크 중이고. 곧 소식이 들려오겠지 뭐."

"그럼 이 상황을 어떻게 해석해야……"

"해석하고 말고 할 게 어디 있나? 아이오나 섬에서 칩거 중이거나 게일인(Gaelic, 스코틀랜드 켈트어의 일종인 게일어를 쓰는 사람) 소작농과 놀아나고 있거나 먼로 커플을 흉내 내고 있는 거겠지. 어쩌면 남편에게 단단히 화가 나 있는지도 몰라. 아직 아무것도 모르고 있거나."

"그럼 제가 찾아낸 섹스 토이들은요?"

"그게 뭐?"

"그게 저……" 홈스는 마땅한 답을 떠올리지 못했다. "아무것도 아닙니다."

131

"거봐. 아무것도 아니라는 걸 자네도 인정하잖아. 내겐 이것 말고도 신경 써야 할 일이 산더미처럼 쌓여 있다고." 리버스가 책상에 수북이 쌓인 보고서와 사건 파일들을 가리켰다. "자넨 어떤가, 경사?"

홈스가 자리에서 벌떡 일어났다. "아, 저도 마찬가집니다, 경위님. 그러니 제 걱정일랑 제발 하지 말아주십시오."

"그래도 걱정이 되는 걸 어쩌겠나, 브라이언. 자넨 내게 아들이나 다름없는데."

"경위님도 제겐 아버지(father)나 다름없으십니다." 홈스가 문 쪽으로 걸어 나가며 말했다. "경위님으로부터 멀리(farther) 떨어질수록 제가 편해지죠."

리버스가 종이 한 장을 공처럼 구겼다. 하지만 정조준을 마치기도 전에 문은 닫혀버리고 말았다. 흠, 그냥 웃어넘겨야지 뭐. 그게 안 되면 쓴웃음이라도. 그레고르 잭이 계속 뇌리에 맴도니 분위기 전환이 안 되는군. 지금쯤 잭은 어디 있을까? 하원 의사당? 무슨 위원회라도 열렸나? 어쩌면 기업가와 로비스트들에게 에워싸여 있는지도 몰라. 어쨌든 모든 건 리버스의 사무실과 그의 인생에서 아득히 멀게만 느껴졌다.

윌리엄 글래스…… 생소한 이름인데. 빌 글래스, 빌리 글래스, 윌리 글래스, 윌 글래스…… 들어본 적이 없어. 셈플 가 48번지라…… 잠깐. 그랜턴의 셈플 가. 그가 서류 캐비닛으로 다가가 파일 하나를 꺼내 들었다. 그래. 지난달, 그랜턴에서 발생했던 칼부림 사건. 심각한 부상을 입었음에도 다행히 목숨을 건진 피해자. 바로 그 피해자가 셈플 가 48번지에 살았었다. 리버스는 그곳의 단칸 셋방들을 떠올려보았다. 만약 윌리엄 글래스가 셈플 가 48번지에 살고 있다면 그의 거처는 보나마나 그 셋방들 중 하나일 것이다. 리버스는 로더데일에게 전화를 걸어 그 사실을 알렸다.

"경관들이 집까지 태워다줬어. 그곳의 누군가가 그의 신원을 확인해주었다더군. 이름도 윌리엄 글래스가 맞고."

"하지만 그곳 셋방들은 대부분 단기 계약을 합니다. 세입자들은 정부 보조금 수표를 받자마자 그 절반을 집주인에게 넘기죠. 어쩌면 절반 이상을 방세로 날리는 경우도 있을 겁니다. 뭐 아무튼 그걸 제대로 된 주소로 볼 순 없을 것 같습니다. 그가 언제 자취를 감춰버릴지 모르거든요."

"왜 갑자기 그를 의심하게 된 거지, 존? 자넨 우리가 아까운 시간을 허비하고 있다고 했잖아."

로더데일은 늘 리버스가 쉽게 답할 수 없는 질문만을 골라 던지곤 했다.

"경감님." 그가 말했다. "전 그저 흥미로운 사실을 전해드리고 싶었을 뿐입니다."

"그 점에 대해선 고맙게 생각하고 있네, 존. 좋은 정보야." 그가 잠시 뜸을 들였다. "그건 그렇고, 코스텔로 교수가 도난당한 책들은 찾았나?"

리버스가 한숨을 내쉬었다. "아직 못 찾았습니다, 경감님."

"그 사건 수사하느라 바쁠 텐데 난 이만 끊겠네. 다음에 또 통화하세나."

"들어가십시오, 경감님." 리버스가 손바닥으로 땀방울 맺힌 이마를 훔쳤다. 사무실 안은 후텁지근했다. 꼭 칼뱅주의자들의 지옥에 들어와 있는 기분이었다.

새로 설치한 선풍기가 맹렬히 돌아가고 있었다. 한 시간쯤 뒤, 커트 박사가 부검 결과를 알려주었다.

"예상했던 대로 살인사건이 맞습니다." 그가 말했다. "동료들과 얘길 해봤는데 다들 같은 의견이었습니다. 살인이 거의 확실합니다." 그는 거품과 꼭 쥐어진 주먹과 규조에 대해 긴 설명을 이어나갔다. 단순 잠김과 익사를 구분하는 게 얼마나 힘든 일인지도 알려주었다. 이십대 후반에서 삼십대 초반 사이인 여성 피해자는 사망 전 많은 술을 마셨으며, 몸이 물에 닿기도 전에 이미 사망했던 것으로 확인되었다. 용의자는 오른손잡이일 가능성이 높았고.

하지만 그녀는 대체 누구였을까? 그들이 현장에서 촬영해온 숨진 여성의 사진은 끔찍했다. 그녀의 인상착의가 공개된 후로도 신속한 신원 확인은 이루어지지 않았다. 시체에서는 어떠한 신분증도 나오지 않았다. 핸드백과 지갑도 없었고, 주머니도 텅 빈 상태였다.

"현장을 다시 수색해봐야겠군. 가방이든 지갑이든 분명 지니고 있었을 텐데."

"강도 살펴봐야 할까요, 경위님?"

"이미 늦었을 거야. 그래도 한 번 더 뒤져보는 게 좋겠지."

"알코올." 커트 박사가 말했다. "그게 물을 탁하게 만들었습니다." 그가 미소를 살짝 지어 보였다. "그리고 물고기들이 신나게 축제를 벌였고요. 물고기 손가락, 물고기 발, 물고기 배……"

"네, 그렇군요."

리버스는 언젠가 커트 박사보다 더 역겨운 말장난을 선보이는 치명적인 실수를 저지른 적이 있었다. 검시관은 자신과 같은 타입이라며 리버스를 아예 말장난 상대로 삼아버렸다. 리버스는 하루 빨리 그 자리를 홈스에게 물려주고 싶어 안달이 나 있었다. 홈스가 조금만 더 애써주면 커트의 멋진 파트너가 될 수 있을 거라 믿었다. 그래서 리버스는 검시관을 피해 로더데일의 사무실로 향했다. 로더데일은 누군가와의 통화를 마치고 수화기를 내려놓는 중이었다. 리버스를 보자 그의 표정이 이내 굳어졌다. 리버스는 그 이유를 짐작할 수 있었다.

"글래스의 셋방으로 사람을 보내봤네."

"그 친구, 이미 사라졌죠?" 리버스가 말했다.

"그래." 로더데일이 말했다. "방에 아무것도 남기지 않았다더군."

"쉽게 찾을 수 있을 겁니다, 경감님."

"그럼 당장 찾아보게, 존. 아직 도시를 뜨지 못했을 거야. 사라진 지 한 시간밖에 안 됐다니까. 그랜턴 지역 어딘가에 숨어 있지 않겠어?"

"당장 가보겠습니다, 경감님." 리버스가 말했다. 그는 그걸 핑계로 잠시나마 경찰서를 벗어날 수 있게 된 걸 행운으로 여겼다.

"아, 그리고 존?"

"네, 경감님?"

"벌써부터 너무 의기양양해 하지 말게. 알겠나?"

날은 놀라운 속도로 저물었다. 하지만 그들은 여전히 윌리엄 글래스를 찾아 헤매고 있었다. 글랜턴에도, 필뮤어에도, 뉴헤이븐에도, 인버리스에도, 캐넌밀스에도, 리스에도, 데이비드슨스 메인스에도 그는 없었다. 모든 버스와 술집과 해변과 식물원과 칩 숍(chip shop, 튀김 음식 전문점)과 경기장들을 뒤져보았지만 헛수고였다. 그에게는 가족도 친구도 없는 듯했다. DHSS(Department of Health and Social Security, 보건 사회 보장부)도 쓸 만한 정보를 제공해주지 못했다. 어쩌면 경찰이 잘못 짚었는지도 몰랐다. 리버스도 그랬을 가능성이 적지 않음을 알고 있었다. 하지만 지금 그들이 잡을 수 있는 지푸라기는 이것뿐이었다.

"못 찾았습니다, 경감님." 리버스가 로더데일에게 보고했다. 종종 이렇게 일이 잘 풀리지 않을 때가 있었다. 아무 소득도 없는 데다가 리버스는 무척 지쳐 있었다. 몸도 정신도. 홈스가 한잔 하자고 제안했지만 그는 정중히 거절했다. 목적지를 정하는 데 괜히 시간을 끌지도 않았다. 그는 페이션스 에이트킨 박사와 고양이 럭키와 아직 본 적 없는 고슴도치가 기다리는 옥스퍼드 테라스로 향했다.

수요일 아침, 리버스는 가장 먼저 그레고르 잭의 집에 전화부터 걸어보았다. 잭이 진 빠진 목소리로 응답했다. 그는 어제 하루 종일 의회와 짜증나는 행사에서 시달렸다고 했다. 하지만 쓰레기통 내용물에 대한 비밀 공유 때문인지 그의 목소리에서는 다정함이 묻어나왔다. 물론 리버스는 그것이 연기라는 걸 알고 있었다.

피곤하기는 리버스도 마찬가지였다. 월급은 리버스가 훨씬 적었지만.

"사모님께 연락이 있으셨습니까?"

"아직요."

예상했던 대답이었다. 아직.

"그쪽은 어떻습니까, 경위님? 무슨 소식 없었습니까?"

"없었습니다, 의원님."

"무소식이 희소식이라는 얘기가 있지 않습니까. 그렇게 믿어봐야죠. 참, 아까 조간신문에서 봤습니다. 딘 브리지에서 떨어진 그 불쌍한 여자가 살인사건 피해자라고요?"

"그렇습니다."

"오늘 오전에 선거구 미팅이 있을 겁니다. 무척 골치 아픈 하루가 될 것 같습니다. 무슨 소식이라도 들려오면 알려주시겠습니까? 아무거나 상관 없습니다."

"물론입니다."

"감사합니다. 그럼 이만."

"안녕히 계십시오."

정중하고 적절한 태도. 그들 관계가 그래야 하듯이. 아직은 "미팅 잘 하십시오" 따위의 인사말도 건넬 수 없었다. 그는 그것이 어떤 미팅인지 대충 짐작할 수 있었다. 지역구 하원의원이 스캔들에 휘말리는 걸 달가워할 주민이 과연 있을까? 그는 부담스러운 질문 공세를 받게 될 것이다. 만약 그것들에 제대로 답변하지 못한다면······

리버스가 책상 서랍을 열고 명단을 꺼냈다. 엘리자베스 잭의 친구들. 그녀의 서클. 골동품상이자 보나마나 작위 받은 집안의 골칫덩어리일 게 분명한 제이미 킬패트릭, 각료 출신 남자와 염문을 뿌리며 악명을 높인 마틸다 메리먼 의원, 예술가로만 알려진 줄리언 케이머, 지주인 마틴 인먼, 백만장자 소매상과 별거 중인 루이즈 패터슨-스콧······

수많은 이름들이 쏟아졌다. 그리고 그들 대부분은 방탕한 행어-온 (hanger-on, 무슨 이득을 노리고 유명인이나 중요한 행사의 주위를 어슬렁거리는 사람)들이었다. 명단을 작성하는 동안 잭이 설명했듯이. 부모를 잘 만나 떵떵대며 사는 사람들. 크리스 켐프는 그렇게 말했었다. 그레고르 잭과 어울리는 무리와는 거리가 먼 계층. 하지만 그들 중에는 예외로 보이는 인물도 끼어 있었다. 그레고르 잭이 지우려고 애쓰는 동안 리버스는 그 이름을 똑똑히 확인할 수 있었다.

"이게 누구죠? 제가 아는 그 바니 바이어스, 맞습니까? 그 추잡한 트럭 운송업자?"

"네, 그 화물 수송업자가 맞습니다."

"그 서클과는 전혀 어울리지 않는 사람인데요. 안 그렇습니까?"

잭은 순순히 인정했다. "사실 바니는 제 학교 친구였습니다. 하지만 언제부터인가 그 친구는 리즈와 더 친하게 지내더군요. 뭐, 그럴 수도 있지 않습니까?"

"아무리 생각해도 그들과는 전혀 어울릴 것 같지가……"

"이 정도로 놀라는 건 이릅니다, 리버스 경위님. 이보다 훨씬 놀라운 사실이 한둘이 아닙니다." 그가 힘주어 말했다. 리버스가 더 이상 의심을 품지 못할 만큼의 단호함이었다. 하지만 그래도 그렇지. 바이어스는 파이프(Fife, 영국 스코틀랜드 동부의 주)에서도 약삭빠르기로 소문이 자자한 인물 아닌가. 못 말리는 히치하이커로 이름을 떨치던 학창 시절, 그는 종종 돈 한 푼 들이지 않고 런던에 다녀온 사실을 자랑스레 떠벌리곤 했었다. 졸업 후에도 그는 히치하이킹으로 프랑스, 이탈리아, 독일, 그리고 스페인 전역을 누비고 다녔다. 그가 대형 트럭의 매력에 흠뻑 빠지게 된 것도 바로 그즈음이었다. 그는 대형 트럭 운전면허를 취득하고 악착같이 돈을 모아 첫 트럭을 장만했다. 현재 그는 스코틀랜드 최대 규모의 독립 화물 수송회사를 운영하고 있다. 리버스는 작년 런던의 피커딜리 광장에서도 바이어스의 트레일러 트럭을 본 기억이 났다.

어쨌든 알 만한 사람들을 찾아다니며 리즈 잭의 행방을 묻는 건 리버스가 해야 할 일이었다. 제이미 킬패트릭과 줄리언 케이머 같은 사람들의 인터뷰는 남들에게 맡겨도 상관없었다. 하지만 바니 바이어스만큼은 그가 직접 만나보고 싶었다. 앞으로 몇 주 동안 이런 사람들을 차례로 만나고 다녀야 하는 건가? 그는 생각했다. 일일이 사인을 받아 모아도 굉장하겠는데.

마침 바이어스는 에든버러에 있었다. 리버스는 사무실 여직원에게 전화번호를 남겨놓고 기다렸다. 한 시간쯤 지났을 때 바이어스가 전화를 걸어왔다. 그는 오후 내내 바쁘다고 했고, 저녁에는 '뚱보 친구' 몇몇과 식사를 하기로 되어 있다고 했다. 하지만 급한 일이라면 6시쯤 잠깐 만나 한잔하는 게 어떻겠느냐고 덧붙였다. 호화로운 호텔 바를 기대했던 리버스는 바이어스가 자신의 단골 술집인 서덜랜드 바를 선택하자 기운이 쫙 빠져버렸다.

"알겠습니다." 그가 말했다. "6시까지 가겠습니다."

그것은 근무시간이 몇 시간 늘었다는 뜻이었다. 물론 그에게는 해결해야 할 희귀 서적 도난 사건이 남아 있었다. 하지만 리버스는 큰 기대를 걸고 있지 않았다. 보나마나 그 책들은 지금쯤 대서양을 건너 가버렸을 테니까. 살인사건 용의자 윌리엄 글래스 문제도 그냥 넘길 수 없었다. 그놈은 또 어디 숨어 있는 건지. 실업 수당이 지급되면 나타날까? 설마 그렇게 미련하려고. 아니야. 아주 교활한 놈일 거야. DHSS 사무실을 얼씬거리거나 셋방으로 돌아가는 일은 없을 거라고. 그렇다면 다른 데서 돈을 조달해 쓰고 있다는 뜻인데.

그럼 가서 부랑자들을 만나봐야지. 거지들 말이야. 글래스는 돈을 훔치거나 구걸을 하고 있을 거야. 구걸하고 있다면 분명 거지들 틈에서 그러는 중일 거고. 그 친구 인상착의를 알려야겠어. 필요하다면 10파운드를 현상금으로 걸어놓고. 자기들끼리 알아서 찾아내도록. 그래, 로더데일에게 한 번 건의해봐야겠어. 하지만 경감이 뭐가 예쁘다고 내가 이렇게까지 해야하지? 오히려 아첨꾼으로 찍힐 수도 있잖아.

"차라리 알세이션(Alsatian, 흔히 경찰견·맹도견 등으로 훈련받는 독일 종 셰퍼드 개)의 목이나 긁어주는 게 낫지." 그가 중얼거렸다.

때마침 브라이언 홈스가 하얀 종이 봉지와 길쭉한 비커를 들고 사무실로 들어왔다.

"그게 뭔가?" 갑자기 배가 고파진 리버스가 물었다.

"경위님은 경찰이시지 않습니까. 한번 맞혀보십시오." 홈스가 봉지에서 샌드위치를 하나 꺼내 리버스 앞으로 들어 보였다.

"절인 어깨살?" 리버스가 말했다.

"틀렸습니다. 파스트라미와 호밀 빵입니다."

"뭐?"

"이건 카페인 없는 커피고요." 홈스가 비커에서 뚜껑을 비틀어 열고 내용물의 향기를 맡으며 만족스러운 미소를 지었다. "신호등 옆에 새로 생긴 델리카트슨 있죠? 거기서 사온 겁니다."

"넬이 샌드위치를 싸주지 않나?"

"요즘엔 여자들에게도 동등한 권리가 있지 않습니까."

리버스도 알고 있었다. 그는 질 템플러와 그녀의 심리학 서적들과 그녀의 페미니즘을 떠올렸다. 늘 요구가 많은 페이션스 에이트킨 박사와 자유로운 영혼을 가진 엘리자베스 잭도 떠올려보았다. 남자에게 한없이 강하기만 한 여자들. 그때 캐스 키눌이 그의 뇌리에 스쳤다. 아직도 존재하는 피해자들.

"그건 맛이 어떤가?" 그가 물었다.

홈스가 샌드위치를 한입 베어 물고 대답했다. "나쁘지 않습니다." 그가 말했다. "흥미로운 맛이에요."

파스트라미. 과연 서덜랜드 바에선 언제쯤이나 저걸 맛볼 수 있을까?

바니 바이어스는 약속 시간에 맞춰 나타나지 않았다. 리버스는 6시 5분 전에 도착했지만 바이어스는 25분이나 지나서 도착했다. 하지만 기다린 보람이 아주 없지만은 않았다.

"경위님, 늦어서 죄송합니다. 어떤 쓰레기 같은 놈이 4대 관리 계약에서 5퍼센트나 깎으려들잖아요. 그거로도 모자라 60일 안에 지불하랍니다. 그게 회사 자금 운용에 얼마나 부담을 주는지 모르나? 그래서 제가 '이건 인력거 사업이 아니라 트럭 사업이라고요!'라고 말했습니다."

억센 파이프 말씨와 시끌벅적한 술집의 소음마저 단숨에 제압해버리는 엄청난 성량. 리버스는 바에서 일어나 테이블로 자리를 옮기자고 제안했다. 하지만 바이어스는 이미 옆자리에 앉아 묵직해 보이는 두 팔을 카운터에 걸쳐놓은 채 줄지어 늘어선 맥주통 꼭지들을 훑어보는 중이었다. 그가 리버스의 잔을 가리켰다.

"그거 괜찮습니까?"

"뭐 나쁘지 않습니다."

"같은 걸로 한 잔 줘요." 바텐더는 이미 주문된 브랜드 꼭지에 손을 얹어놓은 상태였다. 경외감 때문인지 두려움 때문인지, 아니면 순전히 융통성이 좋아서인지 알 길은 없었지만.

"한 잔 더 하시겠습니까, 경위님?"

"전 괜찮습니다."

"위스키도 한 잔 가져와요." 바이어스가 주문했다. "당연히 더블로."

바이어스가 50파운드 지폐 하나를 꺼내 바텐더 앞으로 밀어냈다. "잔돈은 필요 없습니다." 그가 말했다. 그리고 이내 큰 소리로 웃음을 터뜨렸다. "농담입니다. 농담."

젊은 바텐더는 신참인 듯했다. 그가 조심스레 돈을 집어 들었다. "저, 소액권은 없으신가요?" 그는 여성적인 서부 해안 말씨를 썼다. 리버스는 그가 서덜랜드에서 얼마나 버틸 수 있을지 궁금했다.

리버스가 지갑을 꺼내려 하자 바이어스가 짜증을 내며 주머니에서 구겨진 1파운드 지폐 두 장과 동전들을 꺼냈다. 그가 50파운드 지폐를 도로 집어넣고 나서 동전들을 바텐더 앞으로 밀어내며 리버스를 향해 윙크를 날렸다.

"비밀 하나 가르쳐드리죠, 경위님. 만약 10파운드 다섯 장과 50파운드 한 장 중 하나를 선택해야 하면 전 매번 50파운드 한 장을 선택할 겁니다. 그 이유가 궁금하십니까? 10파운드 지폐를 주머니에 잔뜩 넣고 다니면 사람들이 알아주지 않습니다. 하지만 보란 듯이 50파운드를 꺼내놓으면 모두가 부자로 봐주죠." 그가 여전히 동전을 세고 있는 바텐더를 돌아보았다. "이봐요, 여기서 식사도 가능합니까?" 바텐더는 총에 맞기라도 한 듯 몸을 움찔했다.

"어…… 점심 때 팔다 남은 스카치 브로스(Scotch broth, 채소와 보리를 넣어 걸쭉하게 끓인 것)가 있을 겁니다." 그는 모음을 길게 끌어 발음하는 습관이 있는 듯했다. 바이어스가 고개를 저으며 물었다. "파이나 샌드위치는요?"

바텐더가 주방에서 마지막 남은 샌드위치를 가져왔다. 파스트라미 같아 보였지만 알고보니 로스트 비프였다.

"1파운드 10펜스입니다." 바텐더가 말했다. 바이어스가 다시 50파운드 지폐를 꺼냈다가 피식 웃으며 5파운드로 바꾸어 냈다. 그런 다음, 리버스를 돌아보며 잔을 번쩍 들었다.

"건배." 두 남자는 일제히 각자의 술을 들이켰다.

"정말 나쁘지 않은데요." 바이어스가 말했다.

리버스가 샌드위치를 가리켰다. "저녁 약속이 있다고 하셨던 것 같은데요."

"맞아요. 하지만 오늘은 제가 사기로 했습니다. 이때 조금만 먹으면 돈이 덜 나가게 되니 좋은 거 아닙니까." 그가 다시 윙크를 했다. "아예 책을 써볼까요? 개인 사업자들을 위한 성공 팁. 뭐 그런 거요. 팁 얘기가 나와서 말입니다만, 언젠가 웨이터에게 '팁'이 무슨 뜻이냐고 물어본 적이 있습니다. 그랬더니 그가 뭐라고 했는지 아십니까?"

리버스는 대충 짐작해보았다. "신속한 서비스를 위한 보험?"

"아뇨. 수프에 오줌 누는 일이 없도록 하기 위한 보험이라더군요." 바이어스의 목소리는 확성기에 대고 말하는 것처럼 우렁찼다. 그가 웃음을 터뜨리고 나서 샌드위치를 한입 베어 물었다. 씹으면서도 깔깔거림은 멈추지 않았다. 그는 키가 크지 않았다. 170센티미터는 될까? 하지만 체구는 다부져 보였다. 그는 새것으로 보이는 청바지와 검은 가죽 재킷 차림이었고, 안에는 하얀 폴로셔츠를 걸치고 있었다. 이런 술집에서 흔히 볼 수 있는 옷차림이었다. 리버스는 고급 호텔과 비즈니스 바에서 다른 고객들의 심기를 건드리는 그의 모습을 상상해보았다. 거친 사람, 허튼짓을 하지 않는 사람, 열심히 일하고 남들에게도 자신만큼 열심히 일하기를 요구하는 사람.

샌드위치를 다 먹어치운 그가 무릎에 떨어진 빵부스러기를 툭툭 털어냈다. "파이프 출신이시죠?" 그가 잔 속의 위스키 냄새를 맡으며 물었다.

"네." 리버스가 말했다.

"척 보니 알겠더군요. 그레고르 잭도 파이프 출신입니다. 그 친구에 대해 얘기하고 싶다고 하셨죠? 혹시 그 매음굴 사건 때문인가요? 저도 그 소식을 받아들이기가 힘들었습니다." 그가 턱으로 앞에 놓인 빈 접시를 가리켰다. "저 샌드위치만큼은 아니었지만요."

"아뇨, 잭 씨와는 별 상관없는 문제입니다. 그보단…… 잭 부인과 관련된 문제라고 할 수 있죠."

"리지? 그녀가 왜요?"

"그녀의 행방이 묘연합니다. 혹시 짚이는 데가 있으십니까?"

바이어스가 어리둥절한 표정을 지어 보였다. "리지가 사라졌다면 인터폴에 신고해 찾는 수밖에 없을 겁니다. 이스탄불에 있을지 인버네스에 있을지 아무도 모르거든요."

"인버네스?"

바이어스가 잠시 머리를 굴렸다. "거기가 가장 먼저 떠올랐습니다." 그가 고개를 끄덕였다. "무슨 생각을 하시는지 압니다. 그녀가 디어 로지에 가 있을 거라고 생각하시는 거죠? 별장이 그쪽에 있으니까? 그곳은 살펴보셨습니까?"

리버스가 고개를 끄덕였다. "잭 부인을 마지막으로 보신 게 언제였습니까?"

"2주쯤 된 것 같습니다. 3주 전이었나? 원하시면 확인해드리겠습니다. 그때도 별장에서 만났었죠. 주말 파티가 있었거든요. 늘 뭉치는 사람들끼리." 그가 잔에서 눈을 떼고 고개를 들었다. "자세히 설명을 드리자면……"

"괜찮습니다. 그 무리에 대해선 알고 있습니다. 3주 전 주말이라고 하셨나요?"

"네. 정확한 날짜는 확인해서 알려드리겠습니다."

"주말 파티라…… 그 파티가 주말 내내 이어졌습니까?"

"그냥 친구 몇몇이 모여서…… 교양 있게 놀았습니다." 그의 눈이 살짝 번뜩였다. "아하. 경위님이 무슨 생각을 하시는지 알겠습니다. 리지의 파티에 대해 이미 알고 계시죠? 하지만 이번엔 시시한 자리였습니다. 저녁 먹고 술 몇 잔 하고, 일요일에 시골길 산책도 하고…… 제 스타일은 아니지만 리지가 절 초대하는 바람에……"

"그녀가 여는 다른 스타일의 파티를 좋아하시나요?"

바이어스가 웃음을 터뜨렸다. "당연하죠! 청춘은 한 번뿐이지 않습니까, 경위님. 누구나 그렇듯이…… 안 그렇습니까?"

그는 진정으로 의아해하는 듯했다. 경찰은 왜 그녀의 파티에 관심을 보이는가? 대체 그레고르는 무슨 얘기를 떠들어댔나?

"그렇죠. 그러니까 잭 부인이 갑자기 자취를 감추실 이유가 전혀 없다는 말씀이신 거죠?"

"뭐, 이유야 몇 가지 있죠." 바이어스가 잔을 모두 비웠다. 하지만 추가 주문은 없을 듯했다. 그는 앉은 채로 연신 몸을 뒤틀어댔다. 아무리 애를 써도 편한 자세가 나오지 않는다는 듯이. "그 신문기사도 그렇고요. 저 같아도 세상과 멀리 떨어져 있고 싶겠습니다. 경위님도 그렇지 않겠습니까? 이럴 때일수록 곁을 지키고 있어야 할 아내가 사라졌으니 그레고르의 이미지가 말이 아니겠죠. 하지만 그녀 입장도 생각해줘야……"

"다른 이유는 없습니까?"

바이어스가 주춤 일어났다. "연인." 그가 말했다. "어쩌면 그가 그녀를 테네리페 섬으로 데려갔는지도 모르죠. 욕정에 눈이 멀어서." 그가 다시 윙크를 했다. 하지만 그의 표정은 이내 심각해졌다. 갑자기 무언가가 머릿속에 떠오른 모양이었다. "이상한 전화가 걸려왔었습니다." 그가 말했다.

"이상한 전화요?"

그는 의자에서 완전히 일어난 상태였다. "익명의 전화였습니다. 리지에게 들었어요. 그녀가 아니라 그레고르에게 걸려온 전화였다더군요. 하긴, 정치인에게 그런 전화가 걸려오는 건 흔한 일이겠죠. 그런 전화가 오면 그레고르는 어쩔 수 없이 응답할 수밖에 없는 운명이고요. 하지만 그가 전화를 받는 순간 상대는 그냥 끊어버렸습니다. 적어도 그녀에게 들은 얘기로는 그렇습니다."

"그런 전화 때문에 그녀가 걱정을 많이 했나요?"

"오, 물론이죠. 아주 언짢아했습니다. 내색하지 않으려 애썼지만 빤히 보이더군요. 그레고르는 그냥 웃어넘길 뿐이었는데 말입니다. 고작 그런 걸로 흔들리면 큰일을 어떻게 하겠습니까. 그녀가 편지 얘기도 했던 것 같습니다. 그레고르가 이상한 편지를 받고 북북 찢어버리는 걸 봤다더군요. 남들이 보기 전에 말입니다. 하지만 자세한 건 리지에게 직접 물어보셔야할 겁니다." 그가 잠시 머뭇거렸다. "아니면 그레고르 본인에게 직접 물어보시든가요."

"알겠습니다."

"자, 그럼……" 바이어스가 손을 내밀었다. "제 번호 갖고 계시죠? 필요하실 때 언제든 연락 주십시오, 경위님."

"그렇게 하겠습니다." 리버스가 그의 손을 잡았다. "협조해주셔서 감사합니다."

"별말씀을요. 아, 혹시 나중에라도 런던에 가실 일 있으시면 연락주세요. 매주 네 차례 로리(lorry, 대형 트럭)가 내려갑니다. 출장비도 아끼고, 얼마나 좋습니까."

그가 또다시 윙크를 했다. 그리고 미소를 흘리며 문으로 향했다. 들어왔을 때와 똑같은 거만한 모습으로. 바텐더가 다가와 접시와 잔을 치우기 시작했다. 리버스는 그의 목에 걸린 클립식 나비넥타이를 눈여겨보았다. 서덜랜드 바 직원이라면 무조건 그것을 걸쳐야 했다. 고객이 움켜잡으려 하면 넥타이를 뽑아 들고……

"아까 그분이 제 얘길 하셨나요?"

리버스가 눈을 깜빡였다. "네? 왜 그런 생각을 했죠?"

"그분이 제 이름을 언급하신 것 같아서요."

리버스가 잔에 남은 맥주를 마저 입에 털어 넣었다. 설마 이 친구 이름이 그레고르나 리즈는 아니겠지. "이름이 뭔데요?"

"로리(Lawrie)."

반 이상 왔을 때 리버스는 자신이 페이션스 에이트킨이 사는 스톡브리지가 아닌, 자신의 방치된 마치몬트 아파트로 향하고 있다는 사실을 깨달왔다. 이렇게 된 거 어쩔 수 없지 뭐. 그는 서늘하고 퀴퀴한 아파트로 들어 갔다. 전화기 옆 커피 머그잔이 그로 하여금 글래스고를 떠올리게 만들었 다. 문화 도시. 녹색과 백인 문화의 흥미로운 조화.

거실의 곰팡이가 이 정도면 주방은 최악의 상태일 것이 분명했다. 리버 스는 가장 아끼는 의자에 앉아 자동 응답기를 향해 손을 뻗었다. 부재중 전화는 몇 통 되지 않았다. 질 템플러는 그가 요즘 어디서 주로 지내는지 궁금해 했다. 마치 그걸 모른다는 듯이. 그의 딸 사만다는 런던에 마련한 새 아파트의 주소와 전화번호를 알려주었다. 메시지를 남기지 않은 채 끊 어버린 전화도 두어 통 있었다.

"너흰 그냥 그렇게들 살아." 리버스가 자동 응답기를 끄고 주머니에서 수첩을 꺼내들었다. 그는 그 안에서 그레고르 잭의 번호를 찾아 전화를 걸 었다. 어째서 익명의 전화에 대해 아무 말 없었는지 물어보기 위해서였다. 스트립 잭…… 베거 마이 네이버…… 누군가가 그레고르 잭을 빈털터리 로 만들려고 하나? 정작 잭은 신경 쓰지 않는 것 같은데. 체념해버린 것 같 지도 않고. 나랑 게임을 하고 있는 게 아니라면. 그리고 랩 키눌, 그 화면 속 킬러는? 아내를 두고 밖으로 나돌아 다니며 대체 뭘 하는 거지? 그리고 로널드 스틸은? 그도 정신없이 바쁘다고 했잖아. 다들 작당이라도 하고 있나? 리버스의 의심은 불신 때문도, 비관 때문도 아니었다. 그의 직감은 분명 심상치 않은 기운을 감지하고 있었다. 그 정체는 알 수 없었지만.

그는 집을 비운 모양이었다. 일부러 응답하지 않는 것이거나. 또 전화선 을 뽑아놓았나? 아니면……

"여보세요?"

리버스는 손목시계를 들여다보았다. 7시 15분. "그레이그 씨?" 그가 말했다. "리버스 경위입니다. 오늘도 야근인가요?"

"경위님도 늦게까지 일하시네요. 이번엔 무슨 일로 전화 주셨죠?"

그녀의 목소리에서 조바심이 묻어나왔다. 어쩌면 어커트가 더 이상 상냥하게 경찰을 대하지 말라고 경고해놓았는지도 몰랐다. 어쩌면 그녀가 리버스에게 디어 로지 주소를 넘겼다는 사실이 발각되었는지도……

"잭 씨 계십니까?"

"지금 안 계시는데요." 그녀가 퉁명스럽게 말했다. 살짝 재수 없는 톤이었다. "행사에 참석 중이시거든요."

"네…… 오늘 아침 미팅은 어떻게 됐습니까?"

"미팅?"

"선거구 미팅이 있으시다고……"

"아, 그 미팅 말씀이시군요. 별일 없이 잘 끝난 것 같았어요."

"그럼 이번 일로 사퇴하실 일은 없겠군요."

그녀가 어색하게 웃었다. "노스와 사우스 에스크가 미치지 않고서야 그런 일이 있겠어요?"

"어쨌든 한시름 놓으셨겠네요."

"그건 모르겠어요. 오후 내내 골프장에 계셨거든요."

"그렇군요."

"의원님도 일주일에 하루 정도는 푹 쉬셔야죠. 안 그렇습니까, 경위님?"

"오, 그럼요. 물론이죠. 제 말이 그 뜻이었습니다." 리버스가 잠시 머뭇거렸다. 더 이상 할 말은 없었다. 하지만 헬렌 그레이그의 주절거림을 듣다보면 왠지 건질 게 있을 것만 같았다. 그가 모르는 무언가가. "참," 그가 말했다. "그 전화 말인데요……"

"전화라뇨?"

"잭 씨에게 걸려왔다는 익명의 전화 말입니다."

"무슨 말씀인지 모르겠는데요. 죄송합니다. 이만 가봐야 할 것 같아요. 어머니가 7시 45분까지 오라고 하셨거든요."

"알겠습니……" 하지만 그녀는 이미 전화를 끊어버린 후였다.

골프? 오늘 오후에? 골프광인 모양이군. 정오부터 에든버러에 비가 내렸었는데. 그는 먼지 낀 창문을 내다보았다. 비는 그친 상태였지만 거리는 아직도 빗물로 번들거렸다. 아파트는 그 어느 때보다 춥고 공허하게 느껴졌다. 리버스는 수화기를 집어 들고 페이션스 에이트킨에게 전화를 걸었다. 그가 곧 가겠다고 하자 그녀는 어디 있느냐고 물었다.

"집이에요."

"그래요? 더 가져올 짐이 남았어요?"

"네."

"양복 한 벌 더 가져올래요? 그러는 게 좋겠는데."

"알겠어요."

"그리고 읽을 책도요. 나랑은 독서 취향이 너무 달라서."

"아무리 애써 봐도 로맨스와는 친해지지 않더군요." 소설도 그렇고 현실에서도 그렇고. 그는 생각했다. 거실 바닥에는 수많은 책들이 널브러져 있었다. 그는 그중 하나를 집어 들었다. 언제, 어디서 샀는지도 기억나지 않는 책이었다.

"아무거나 가져와요, 존. 기왕이면 많이. 우리 공간은 넉넉하니까요."

우리. 우리 공간.

"그럴게요, 페이션스. 이따 봐요." 그는 한숨을 내쉬며 수화기를 내려놓은 뒤 주위를 슥 둘러보았다. 많은 세월이 흘렀지만 그의 아내 로나의 물건들이 있던 자리는 여전히 빈틈으로 남겨져 있었다. 주방도 마찬가지였다. 회전식 건조기가 있던 자리, 그리고 그녀가 무척 아끼던 식기 세척기가 있던 자리. 그녀가 포스터와 그림들을 걸어두었던 자리마다 직사각형의 흔적이 남아 있었다. 그들이 마지막으로 아파트를 새로 꾸몄던 게 언제였더라? 81년? 아니, 82년? 그럼에도 불구하고 실내 분위기는 그럭저럭 봐줄만 했다. 아니, 지금 장난해? 오히려 불법 거주지 같아 보이는데?

"지금껏 살아오면서 성취한 게 뭐가 있지, 존 리버스?" 답은…… 별로 없다. 그레고르 잭은 나보다 어리지만 훨씬 성공했잖아. 바니 바이어스도 마찬가지고. 나보다 나이는 많지만 덜 성공한 사람은 없나? 시내 노숙자들은 빼고. 아무리 생각해도 없는 것 같은데.

지금 무슨 생각을 하는 거야? 넌 병적인 노인네가 되어가고 있잖아. 자기 연민은 답이 아니야. 페이션스와 살림을 합치는 게 답이지. 그런데 왜 그렇게 느껴지지 않는 거지? 어째서 그 자체가 또 다른 문제로 느껴지는 걸까?

그는 의자 등받이에 몸을 붙였다. 가운데 끼어버렸군. 그는 생각했다. 쿠션과 물렁거리는 부분 사이에. 그는 아주 오랫동안 그렇게 앉아 천장을 올려다보았다. 밖은 어둡고 안개가 끼어 있었다. 북해에서 차가운 바다 안개가 몰려온 것이었다. 안개에 파묻힌 에든버러는 마치 과거의 모습으로 돌아가버린 듯했다. 왠지 리스 거리에 나가보면 강제 징집대와 맞닥뜨릴 수도 있을 것 같았다. 자갈길을 따라 달려 나가는 사륜마차와 하이 가에서 가르디루(gardyloo, '물이다, 조심해!'라는 뜻으로 스코틀랜드에서 2층 창문에서 구정물을 버릴 때 보행자에게 주의를 주기 위해 외치던 말)를 외치는 소리를 듣게 될지도 모르고.

아파트를 팔면 새 차를 사야겠어. 사만다에게도 돈을 조금 보내주고. 아파트가 팔리면…… 페이션스의 집에 들어가 살게 되면……

"만약 똥이 금이라면……" 그의 아버지는 말했었다. "네 똥구멍은 타이크(tyke)로 막혀 있을 거야." 그 노인네는 끝내 타이크가 무엇인지 설명해주지 않았었다.

맙소사. 왜 갑자기 그 사람이 떠오른 거지?

아무래도 안 되겠어. 여기 있으니 자꾸 이상한 생각만 떠올라. 이 아파트에 너무 많은 추억이 담겨 있기 때문인가? 좋은 기억이든 나쁜 기억이든. 아니, 오늘 저녁만 이런 건지도 몰라.

어쩌면 머릿속에 자꾸 아른거리는 질 템플러의 얼굴 때문인지도 모르고……

5
상류

절도와 폭행. 우울한 목요일 아침에 잘 어울리는 사건이었다. 피해자는 병원으로 실려갔다. 머리에는 붕대가 칭칭 감겨 있었고, 얼굴에는 멍 자국이 가득했다. 리버스는 그녀를 인터뷰하고 나서 작스 로지의 사건 현장으로 나가보았다. 현장에서는 지문 채취와 조서 작성 작업이 한창이었다. 그새 그레이트 런던 가까지 소식이 전해졌는지 브라이언 홈스가 전화를 걸어왔다.

"뭔가, 브라이언?"

"익사 사건이 또 발생했습니다."

"익사 사건?"

"강에 또 누가 빠져 죽었다고요."

"오, 맙소사. 이번엔 어디서?"

"도시 밖입니다. 퀸스페리 근처. 이번 피해자도 여성입니다. 아침에 산책 나온 사람이 발견했다고 합니다." 그는 누군가로부터 무언가를 건네받고 있었다. 리버스는 그가 자그마한 소리로 고맙다고 인사하는 소리를 똑똑히 들을 수 있었다. "이번에도 글래스의 소행일까요?" 홈스가 또다시 말을 멈추고 커피를 한 모금 넘겼다. "우린 지금껏 그가 도시에 머물고 있을 거라 짐작했는데 이제 보니 북쪽으로 빠져나갔을 수도 있겠다는 생각이 드네요. 퀸스페리는 걸어서도 쉽게 갈 수 있지 않습니까. 확 트인 데다가 큰길에서도 멀리 떨어져 있고. 만약 제가 도망자 신세였다면 보나마나 그쪽으로……"

그곳은 리버스도 잘 아는 지역이었다. 며칠 전에도 그곳을 지나쳐 달렸었고. 차량 통행이 거의 없는 조용한 뒷길. 지나는 사람도 없고…… 잠깐, 거기 개울이 있었던 것 같은데. 아니, 강에 더 가까웠지. 키눌의 집 뒤편으로 흐르던……

"브라이언." 그가 다시 입을 열었다.

"그게 다가 아닙니다." 홈스가 그의 말을 끊었다. "시체를 발견한 여자가 누군지 아십니까?"

"캐스 고우." 리버스가 말했다.

홈스는 잠시 어리둥절해했다. "그게 누구죠? 아무튼 그 여자는 아닙니다. 랍 키눌의 아내였어요. 아시죠? 랍 키눌이라고, 그 왜, 있지 않습니까. 배우. 그런데 캐스 고우는 대체 누구죠?"

현장은 키눌의 집에서 더 올라가야 했다. 먼 거리는 아니었지만 주변 분위기는 꽤 음산했다. 물살 빠른 강에서 45미터쯤 떨어진 곳에는 좁은 길이 나 있었다. 그 길을 따라 나아가다 보면 해안으로 통하는 큰길에 접어들 수 있었다. 누구라도 이곳 현장에 이르려면 키눌의 집을 지나 걸어 올라오든가, 아니면 그 길에서 내려오는 수밖에 없었다.

"범인이 차를 몰고 온 흔적은 없고?" 리버스가 홈스에게 물었다. 두 남자는 거센 바람과 옅은 안개에 재킷 지퍼를 끝까지 올려놓은 상태였다.

"특별히 짐작하시는 차가 있습니까?" 홈스가 물었다. "길은 포장이 돼 있습니다. 제가 직접 가서 살펴봤는데요, 바퀴 자국은 보지 못했습니다."

"그 길이 어디로 통하지?"

"농장 길로 통하더군요. 물론 계속 들어가면 농장이 나오고요." 홈스는 쌀쌀한 날씨에 연신 꼼지락거렸다.

"아무래도 그 농장을 살펴보는 게……"

"이미 그렇게 하고 있습니다."

리버스가 고개를 끄덕였다. 홈스는 리버스의 작업 방식에 많이 익숙해 져 있었다. 그가 무언가를 먼저 해놓으면 나중에 리버스가 체크하는 패턴.

"키눌 부인은?"

"집에 있습니다. 여성 경관 하나가 곁에 붙어서 홍차를 챙겨주고 있답 니다."

"진정제는 너무 많이 먹이지 말라고 해. 곧 조서를 작성해야 하니까."

리버스는 무슨 뜻인지 몰라 어리둥절해하는 홈스를 위해 지난번 그녀 를 만나고 왔던 일을 들려주었다. "키눌 씨는 어쩌고 있나?"

"아침 일찍 나갔답니다. 그래서 키눌 부인이 산책을 나갔던 거고요. 혼 자 오전을 보낼 때마다 산책을 다녔다고 합니다."

"그가 어디로 갔는진 알아봤고?"

홈스가 어깨를 으쓱였다. "볼일을 보러 갔을 거라고 하던데요. 정확히 어디로 갔는지, 언제쯤 돌아오는지는 모르겠답니다. 하지만 저녁엔 돌아 올 거라더군요. 키눌 부인의 말에 의하면."

리버스는 다시 고개를 끄덕였다. 그들은 도로변에 서서 강을 내려다보 고 있었다. 나머지는 기슭에 삼삼오오 모여 있었다. 얼마 전에 내린 비 때 문인지 강은 크게 불어나 있었다. 덕분에 개울보다 강에 가까운 모습을 갖 출 수 있게 되었다. 긴 장화를 신은 경관들은 차가운 강물에 손을 넣고 흘러 내려왔을지 모르는 증거를 찾아보고 있었다. 카메라와 비디오 장비로 무장한 현장감식반은 시체 주변을 맴돌고 있었다. 펄럭거리는 레인코트 차림의 커트 박사는 깃을 바싹 세운 상태였다. 그가 리버스와 홈스가 있는 쪽으로 터덕터덕 걸어왔다.

"다음엔 좀 따뜻한 데서 만나는 게 어떻겠습니까, 경위님?"

"어서 오십시오, 커트 박사님. 뭐 알아내신 게 있습니까?"

커트가 안경을 벗어 쥐고 렌즈에 튄 빗방울을 닦아냈다. "이러다 폐렴에 걸려 죽을지도 모르겠습니다." 그가 다시 안경을 걸치며 말했다.

"사고입니까, 자살입니까, 아니면 살인입니까?" 리버스가 물었다.

커트가 혀를 차며 고개를 저었다. "그런 건 현장에서 대번에 판단할 수 없습니다. 게다가 저 불쌍한 여자는 저번 피해자만큼 오래 잠겨 있지 않았습니다."

"얼마나 오래 잠겨 있었죠?"

"길게 잡아도 하루입니다. 하지만 물살도 세고…… 여기저기 부딪친 흔적이 많이 남아 있습니다. 이렇게 발견된 것도 기적이죠."

"그게 무슨 뜻입니까?"

"경사가 보고 드리지 않았습니까? 그녀의 손목이 나뭇가지에 걸려 있었습니다. 그러지 않았다면 강을 따라 바다로 흘러가버렸을 겁니다."

리버스는 강이 흐르는 방향을 생각해보았다. 마을들을 우회해서…… 그래. 이 강에 빠지면 흔적도 없이 사라져버릴 거야.

"피해자의 신원은 확인이 가능합니까?"

"신분증을 지니고 있지 않더군요. 손가락에 반지가 많이 끼워져 있고, 옷도 잘 차려입긴 했는데…… 직접 한번 보시겠습니까?"

"그러죠. 자, 가보자고, 브라이언."

하지만 브라이언은 꿈쩍도 하지 않았다. "전 아까 보고 왔습니다, 경위님. 혼자 가서 보시죠."

그래서 리버스 혼자 검시관을 따라 비탈을 내려갔다. 그의 머리는 빠르게 돌고 있었다. 시체를 여기까지 끌고 내려오는 게 쉽지 않았을 텐데. 하지만 그냥 굴려버린다면…… 그래, 위에서 굴려버렸을 거야. 물 튀는 소리를 듣고 강에 빠졌을 거라 짐작했겠지. 손목이 나뭇가지에 걸린 것도 모르고. 하지만 죽었든 살았든 피해자를 이곳까지 끌고 오려면…… 분명 차에 싣고 왔을 거야. 윌리엄 글래스가 차를 훔칠 만한 위인이 되나? 뭐 못할 것도 없지. 요즘은 개나 소나 다 하던데. 아마 초등학교 다니는 애들도 거뜬히 할 수 있을걸……

"아까 말씀 드린 대로," 커트가 말했다. "시체의 상태가 말이 아닙니다. 사후에 그렇게 됐는지 생전에 그랬던 것인지는 아직 알 수 없습니다만. 아, 저번 딘 브리지 익사 사건 말인데요."

"네."

"최근에 성관계를 가진 흔적이 남아 있었습니다. 질에서 정액이 검출됐어요. 곧 DNA 정보를 확인할 수 있을 겁니다. 자, 다 왔습니다."

시체는 커다란 비닐 위에 누워 있었다. 정말 잘 차려입었군. 여름에 어울리는 독특한 스타일. 비록 지금은 갈가리 찢기고 진흙에 뒤덮였지만. 얼굴에도 진흙이 잔뜩 묻어 있고 베어지고 붓고…… 머리에선 두개골이 살짝…… 리버스는 마른침을 한 번 삼켰다. 예상 가능한 일이었나? 잘 모르겠어. 하지만 분명해. 바로 그 여자야.

"이 여자를 알아요." 그가 말했다.

"네?" 현장감식반 대원들마저도 믿을 수 없다는 표정으로 그를 올려다보았다. 현장 분위기가 심상치 않았는지 홈스가 허둥지둥 달려 내려왔다. "아는 여자입니다. 적어도 내 생각엔 그래요. 아니, 분명합니다. 이 여자 이름은 엘리자베스 잭입니다. 그녀 친구들은 리즈나 리지라고 부르죠. 이 여자는…… 그레고르 잭 하원의원의 부인입니다."

"맙소사." 커트 박사가 말했다. 리버스는 홈스를 돌아보았다. 홈스도 그를 쳐다보고 있었다. 두 사람 모두 할 말을 잊은 표정이었다.

확실하게 짚어봐야 할 것들이 적지 않았다. 우선 죽음 자체가 무척 수상했다. 지방 검찰관 사무실에서 나온 남자가 공식적으로 확인해주기 전까지는 그 무엇도 단정 지을 수 없었다. 남자는 커트 박사와 심각한 대화를 나누는 중이었다. 커트가 흥분한 이탈리아인처럼 손을 휘저어대는 동안 그는 말없이 고개만 끄덕여댔다. 커트는 시체 안 규조류의 움직임에 대해 반복적으로 설명했고, 그걸 듣는 남자의 얼굴은 점점 창백해져갔다.

현장감식반 대원들은 구석구석을 촬영하느라 정신이 없었다. 30초에 한 번씩 렌즈를 닦는 것도 잊지 않았다. 빗줄기가 점점 굵어졌다. 하늘은 짙은 회색 구름으로 완전히 뒤덮여 있었다. 시체는 에든버러 카우게이트의 영안실로 보내지게 될 것이다. 그리고 그녀가 살았을 때 알았던 두 사람과 죽은 후에 알게 된 두 형사도 신원 확인을 위해 모이게 될 것이다. 만약 엘리자베스 잭이 아니라면 리버스는 큰 곤경에 빠지게 될 것이다. 리버스는 시체 옮기는 걸 지켜보다가 재채기를 했다. 어쩌면 폐렴이라는 커트 박사의 진단이 맞는지도 몰랐다. 그는 키눌의 집에 가보기로 했다. 운이 좋다면 그곳에서 따뜻한 차를 얻어 마실 수도 있을 것이다. 현장감식반 대원들은 각자의 차에 젖은 몸을 싣고 페츠의 경찰서로 속속 떠났다.

"자, 브라이언." 리버스가 말했다. "가서 키눌 부인의 상태가 어떤지 살펴보자고."

캐스 키눌은 여전히 충격을 떨쳐내지 못하고 있었다. 리버스와 홈스가 현장에 도착했을 때 왕진 온 의사는 이미 돌아간 후였다. 그들은 현관에서 비에 젖은 재킷을 벗었다. 리버스가 여성 경관을 불러 나지막이 물었다.

"남편은?"

"안 돌아오셨습니다."

"부인의 상태는?"

"안정을 조금 되찾으신 것 같습니다."

리버스는 최대한 불쌍해 보이려 애썼다. 비에 쫄딱 젖은 몰골 덕분에 그건 어려운 일이 아니었다. 그의 생각을 읽었는지 경관이 미소를 지었다.

"차 한 잔 가져올까요?"

"뜨거운 거라면 뭐든 좋아."

캐스 키눌은 거실의 커다란 안락의자에 앉아 있었다. 그녀의 체구는 리버스가 마지막으로 보았을 때보다 반쯤 줄어든 것 같았다.

"또 뵙게 됐군요." 그가 애써 미소를 지어 보였다.

"리버스 경위님?"

"그렇습니다. 그리고 이쪽은 홈스 경사입니다. 농담이 아닙니다. 아마 지금껏 이름 때문에 숱한 농담을 들어왔을 겁니다. 안 그런가, 경사?"

홈스는 상관이 키눌 부인의 긴장을 풀어주려 애쓰는 중이라는 걸 알고 있었다. 그가 의욕적으로 고개를 끄덕였다. 사실 그는 뜨겁게 달구어진 벽난로를 찾아 주위를 두리번거리던 중이었다. 장작이든 석탄이든 맹렬히 타고 있기를. 하지만 거실에는 그 흔한 가스난로조차 볼 수 없었다. 그나마 보이는 거라곤 소형 전기난로 하나와 라디에이터 두 개뿐이었다. 그는 한 라디에이터 앞으로 다가가 다리에 달라붙은 젖은 바지를 떼어냈다. 벽에 걸린 사진들을 찬찬히 들여다보는 척하면서. 랍 키눌의 TV 배우 시절 사진, 그가 TV 코미디언과 함께 찍은 사진, 그가 게임쇼 진행자와 함께 찍은 사진……

"남편은……" 키눌 부인이 설명했다. "방송 일을 하고 있어요."

리버스가 입을 열었다. "오늘은 어디 가셨는지 모르십니까, 키눌 부인?"

"몰라요." 그녀가 나지막이 말했다. "정말 몰라요."

피해자가 살아 있을 때 알았던 두 목격자…… 이젠 캐스 키눌을 지워버려도 되겠군. 리버스는 생각했다. 만약 자신이 발견한 시체가 리즈 잭이라는 걸 알면 그녀는 더 큰 충격을 받게 될 거야. 신원 확인을 요청하는 건 아무래도 무리겠지? 이미 그레고르 잭에게 연락이 닿았을 텐데 뭐. 보나마나 잭은 이언 어커트나 헬렌 그레이그를 데리고 영안실로 달려오고 있을 거야. 그들이면 충분해. 캐스 키눌까지 끌어들일 거 없어.

"옷이 흠뻑 젖었군요." 그녀가 말했다. "뭐 마실 거라도 내올까요?"

"경관에게 차를 부탁해뒀습니다." 하지만 리버스는 그녀의 제안이 무엇을 암시하는지 이내 알아차렸다. "위스키 있으시면 한 잔 부탁드려도 되겠습니까?"

그녀가 턱으로 찬장을 가리켰다. "오른쪽에 있어요." 그녀가 말했다. "편하게 꺼내 드세요."

리버스는 그녀에게도 한 잔 권하려다 멈칫했다. 의사가 무슨 약을 주고 갔을까? 그녀가 원래 먹던 약은 뭐고? 그는 길고 가는 잔 두 개에 글렌모렌지(Glenmorangie, 싱글 몰트 위스키의 일종)를 따르고 그중 하나를 약삭빠르게 라디에이터 앞에 붙어 서 있는 홈스에게 건넸다.

"그러다 불이 붙겠어." 리버스가 속삭였다. 그때 거실 문이 열리고 차 쟁반을 든 여성 경관이 들어왔다. 두 남자의 손에 쥐어진 술잔을 본 그녀가 인상을 찌푸렸다.

"자, 마시자고." 리버스가 말했다. 그리고 단숨에 잔을 비워냈다.

영안실에 도착한 그레고르 잭은 리버스를 거의 알아보지 못했다. 이언 어커트는 잭이 선거구 주민들과 면담하던 중이었다고 귀띔해주었다. 원래 매주 금요일에 마련되는 자리였지만 같은 날 발의해야 할 법안이 생겨 부득이하게 면담 스케줄을 목요일로 옮기게 되었다고 했다. 마침 수요일에 그레고르 잭이 인근 지역을 방문할 일도 생겼고 해서.

그 설명을 묵묵히 듣고 있던 리버스는 생각했다. 누가 물어봤나? 이 얘길 왜 들려주는 거지? 어커트는 무척 긴장한 모습이었다. 무의식적인 나불거림. 하긴, 영안실이 사람을 그렇게 만들기도 하지. 이미 스캔들로 몸살을 앓고 있는 고용주가 또 다른 스캔들에 휘말리게 생겼으니 초조해졌을 테고. 결국 나중에 자신이 모든 걸 수습해야 할 테니까.

"골프는 잘 치고 오셨습니까?" 리버스가 물었다.

"골프라뇨?"

"어제 말입니다."

"아……" 어커트가 고개를 끄덕였다. "그레고르 씨 말씀이군요. 잘 모르겠어요. 아직 물어보지 않았습니다."

어커트는 동행하지 않았던 모양이군. 그는 한동안 침묵을 지켰다. 하지만 리버스가 대화 연장에 대한 희망을 버리려는 찰나 그의 입이 다시 열렸다.

"주로 수요일 오후에 골프를 칩니다." 어커트가 말했다. "그레고르와 로널드 스틸."

아, 수이. 십대 시절 자살을 기도했었다는······

리버스는 최대한 농담처럼 들리도록 다음 질문을 던졌다. "그럼 잭 씨는 대체 언제 일을 하십니까?"

어커트는 흠칫 놀라는 표정이었다. "그는 항상 일만 합니다. 그 골프 약속은······ 그가 유일하게 쉴 수 있는 시간이죠."

"하지만 런던엔 자주 가시는 것 같지 않던데요."

"아무래도 지역구 챙기는 게 우선이니까요. 그게 그레고르 씨의 스타일입니다."

"유권자들을 잘 챙기면 그들이 나중에 잘 챙겨주니까?"

"뭐 그렇죠." 어커트가 말했다. 신원 확인 작업이 막 시작되었기 때문에 더 이상 대화를 이어나갈 수 없었다. 시체를 눈으로 확인하고 난 그레고르 잭은 꼭 속이 반만 채워진 헝겊 인형 같아 보였다.

"오, 맙소사, 저 드레스······" 그가 실신할 것처럼 휘청거리자 어커트가 잽싸게 달려가 붙잡아주었다.

"얼굴을 좀 봐주시겠습니까?" 누군가가 말했다. "그래야 좀 더 확실하게 신원을······"

그들 모두 시체의 얼굴로 시선을 가져갔다. 그래. 리버스는 생각했다. 그녀가 분명해.

"맞아요." 그레고르 잭이 흔들리는 목소리로 말했다. "제 아내…… 리즈가 맞아요."

그제야 리버스의 입에서 안도의 한숨이 터져 나왔다.

누구도 예상치 못했던, 누구도 상상하지 못했던 건 휴 페리 경의 반응이었다.

"그러니까 말이야……" 왓슨 총경이 말했다. "한마디로 얘기해서…… 압력이 조금 들어왔다는 거야."

언제나 그렇듯 리버스는 이번에도 입을 닫고 있지 못했다. "압력이 들어오다뇨? 저흰 이미 최선을 다하고 있지 않습니까?"

"휴 경은 우리가 진작 윌리엄 글래스를 체포했어야 한다고 생각하는 모양이네."

"하지만 그가 범인인지는 아직……"

"휴 경이 얼마나 성마른 사람인지 자네도 잘 알지 않나. 하지만 그의 말에도 일리는 있다고."

그가 유력자들과 친분이 있다는 뜻이겠지? 리버스는 생각했다.

"괜히 언론의 관심을 끌어 득이 될 게 없잖나. 난 그저 조금만 더 밀어붙여보자는 것뿐이야. 일단 글래스를 잡아다놓고 언론에 알려야겠어. 그다음 일은 부검 결과를 보고 나서 결정하기로 하고."

"익사 사건이라 시간이 좀 걸릴 겁니다."

"존, 자넨 커트 박사를 잘 알지?"

"그냥 뭐 좀."

"자네가 계속 독촉해봐."

"꿈쩍도 안 하면요?"

왓슨의 반응은 조숙한 조카에게 짜증을 내는 삼촌과 비슷했다. "그럼 더 강하게 독촉을 하면 되지. 그가 얼마나 바쁜진 나도 알고 있어. 강의도 나가야 하고, 학교에도 할 일이 쌓여 있을 거야. 하지만 우리가 시간을 끌면 언론은 제멋대로 추측성 기사를 쏟아낼 걸세. 가서 잘 얘기해봐, 존. 응? 넌지시 우리 메시지를 전해보란 말이야."

메시지? 무슨 메시지? 예상대로 커트 박사는 평소와 같은 답만 내놓을 뿐이었다. 이런 작업은 절대 서둘러선 안 되고…… 단순 잠김과 익사를 구분해내는 건 아주 까다로운 일이고…… 직업적 평판이 걸린 문제고…… 조금의 실수도 용납될 수 없고…… 서두를수록 작업이 더뎌질 거고…… 인내는 미덕이고…… 티끌 모아 태산이라고.

박사는 리버스가 테비엇 플레이스 사무실을 찾아갈 때마다 이런 말을 늘어놓았다. 의학부와 법학부가 얽힌 병리과의 법의학부는 테비엇 플레이스의 의과대학에 사무실을 두고 있었다. 리버스는 위치 선정이 꽤 적절했다고 생각했다. 상법을 배우는 학생들과 시체들은 잘 어울릴 수 없을 테니.

"규조류……" 커트 박사가 말했다. "세탁부의 손 같은 피부, 피 섞인 거품, 팽창된 폐……" 장황한 설명이 이어졌지만 진척은 조금도 없었다. 조직 검사…… 조사…… 규조류…… 독성학…… 골절…… 규조류. 커트는 그 자그마한 조류에 특히 집착하는 모습이었다.

"단세포 조류(unicellular algae)입니다." 그가 바로잡았다.

리버스가 고개를 살짝 끄덕였다. "자," 그가 자리에서 일어서며 말했다. "힘드시겠지만 최대한 빨리 부탁드립니다. 제가 사무실에 없으면 제 셀룰러(cellular) 폰으로 연락 주십시오."

"최대한 서둘러보겠습니다." 커트 박사가 싱긋 웃으며 말했다. 그도 천
천히 몸을 일으켰다. "참, 한 가지 말씀 드릴 게 있습니다." 그가 리버스를
위해 사무실 문을 열어주었다.

"뭡니까?"

"잭 부인은 제모가 된 상태였습니다. 그녀의 음모는 어디서도 발견되지
않을 겁니다."

테비엇 플레이스는 버클루 가에서 얼마 떨어지지 않았다. 그래서 리버
스는 수이 북스까지 슬슬 걸어가보기로 했다. 늘 정신없이 바쁘다는 로널
드 스틸을 만날 수 있을 거라고는 기대하지 않았다. 보이지 않는 막후에서
뭐가 그리도 바쁜 건지…… 가게는 영업 중이었다. 밖에는 낡은 자전거 하
나가 쇠사슬로 묶여 있었다. 리버스는 조심스레 문을 열고 들어가 보았다.

"걱정 말아요." 가게 뒤편에서 목소리가 말했다. "라스푸틴은 밖에 있
으니까."

리버스는 문을 닫고 책상 앞으로 다가갔다. 지난번의 그 여자가 자리를
지키고 앉아 가격표를 붙이고 있었다. 책꽂이들은 여전히 조금의 빈틈도 보
이지 않고 있었다. 리버스는 새 책들이 과연 어디로 향하게 될지 궁금했다.

"내가 온 걸 어떻게 알았죠?" 그가 물었다.

"저 창문." 그녀가 턱으로 가게 앞쪽을 가리켰다. "밖에선 지저분해 보
일지 몰라도 안에선 밖이 잘 보여요. 일종의 양면거울인 셈이죠."

리버스가 창문을 바라보았다. 거리보다 실내가 어두워 밖이 잘 내다보
였다. 밖에서는 안을 전혀 볼 수 없었지만.

"말씀하신 책들은 들어오지 않았어요."

리버스가 천천히 고개를 끄덕였다. 사실 그게 궁금했던 건 아닌데.

"로널드는 여기 없어요." 그녀가 커다란 손목시계를 들여다보며 말했다. "30분 전에 도착했어야 하는데. 오는 길에 무슨 일이 있었나 보죠, 뭐."

리버스는 계속 고개만 끄덕였다. 스틸이 이 여자 이름을 알려주었었는데. 뭐였더라…… "어젠 계셨습니까?"

그녀가 고개를 저었다. "어젠 가게 문을 열지 않았어요. 하루 종일. 몸이 좀 좋지 않았거든요. 개강하면 수요일이 많이 바빠요. 강의가 특히 많은 날이라. 하지만 지금은 별로……"

리버스는 바셀린을 떠올렸다. 바셀린…… 배니싱 크림…… 바네사! 그래, 기억났어!

"고마워요. 그 책들이 들어오는지 계속 눈여겨……"

"오! 저기 로널드가 들어오네요."

리버스가 몸을 틀고 열린 정문을 바라보았다. 로널드 스틸이 거칠게 문을 닫고 중앙 통로로 걸어 들어왔다. 바닥에 쌓인 책무더기에 발이 걸린 그가 잠시 휘청대다가 잽싸게 옆의 책장을 붙잡았다. 그 짧은 순간에 책 하나가 그의 시선을 잡아끄는 데 성공했다. 그가 그 책을 능숙하게 뽑아 들었다.

"『물 밖에 나온 물고기』." 그가 말했다. "물 밖에……" 그가 책을 멀리 던져버렸다. 던져진 책은 책장에 맞고 떨어졌다. 그가 무작위로 책을 몇 권 더 골라 들었다. 그리고 그것들을 차례로 던져버렸다. 그의 벌게진 눈에는 눈물이 맺혀 있었다.

바네사가 빽 소리치며 책상을 돌아 나왔다. 스틸은 자신에게 성큼 다가

온 여직원과 리버스를 밀치고 가게 뒤편에 난 문으로 쏙 들어가버렸다. 그 문도 거칠게 닫혔다.

"저긴 뭐하는 곳입니까?"

"화장실이에요." 바네사가 바닥에 떨어진 책들을 주우며 대답했다. "대체 왜 저러는지 모르겠어요."

"어디서 나쁜 소식을 듣고 온 모양입니다." 리버스는 짐작했다. 그는 그녀를 거들어주고 나서 『물 밖에 나온 물고기』의 뒤표지 광고문을 훑어보았다. 앞표지에는 긴 의자에 얌전히 앉은 여자와 그녀 뒤로 몸을 숙인 구혼자가 그려져 있었다. 다부지게 생긴 남자의 입술은 그녀의 맨 어깨에 닿을락말락했다. "이걸 사서 읽어봐야겠군요." 그가 말했다. "왠지 내 취향일 것 같아서요."

책을 받아든 그녀가 리버스를 빤히 쳐다보았다. 방금 전 펼쳐진 상황 때문인지 그녀는 별로 놀라는 기색이 없었다. "50펜스예요." 그녀가 나지막이 말했다.

"50펜스, 알겠습니다." 리버스가 말했다.

형식적인 확인 절차를 마치고 나서 본격적인 부검이 시작되었다. 작업은 매우 꼼꼼하게 진행되었다. 그 덕분에 답이 궁금한 질문들이 빠르게 쌓여갔다.

캐스 키눌에게도 심문을 해야 했다. 물론 아주 살살. 진정제로 정신이 몽롱해진 그녀 곁에는 남편이 붙어 있었다. 그녀는 시체를 가까이서 보진 못했다고 했다. 먼발치에서 흘끔 보고 시체인 줄 알았다고 했다. 그 드레스 때문에 알 수 있었다나. 그녀는 곧장 집으로 돌아가 경찰에 신고했다고

했다. 999(영국의 긴급 전화 번호). 위급 상황 시 누구나 그래야 하는 것처럼. 그녀는 다시 강가로 나가지 않았다고 했다. 아마 앞으로도 영영 못 가게 될 것 같다고 했다.

그리고 키눌 씨의 차례. 첫 질문은 오늘 아침 어디에 있었는지였다. 업무 회의. 그는 대답했다. 잠재적 파트너, 그리고 후원자들과 미팅을 가졌다고 했다. 독립 방송사를 설립하려고. 그는 그 정보를 비밀로 해달라고 신신당부했다. 그럼 전날 밤에는? 그는 집에서 아내와 보냈다고 대답했다. 수상한 걸 보거나 듣지 못했는지? 전혀. 그들은 저녁 내내 TV를 보았다고 했다. 키눌이 나오는 옛 프로그램들…… 「나이프 레지」. 화면 속 킬러.

"그 배역 덕분에 트릭을 좀 익히셨을 것 같은데요, 키눌 씨."

"연기 말씀입니까?"

"아뇨. 제 말은 살인……"

그리고 난처한 그레고르 잭 문제. 리버스는 당분간 그에게 신경 쓰지 않기로 했다. 인터뷰 녹취록은 나중에 훑어봐도 늦지 않았다. 아직은 그가 나설 때가 아니었다. 그는 이미 너무 많은 것을 알고 있었고, 그 때문에 성급한 예단을 내릴 우려도 높았다. 불필요한 편견을 갖게 될 수도 있었고. 잭 씨와 이언 어커트, 헬렌 그레이그, 그리고 엘리자베스 잭의 모든 친구들에 대한 조사는 CID의 다른 형사들이 맡고 있었다. 더 이상 한 여자가 실종된 자잘한 사건이 아니었다. 제이미 킬패트릭, 마틸다 메리먼 의원, 줄리언 케이머, 마틴 인먼, 루이즈 패터슨-스콧, 바니 바이어스. 이제는 그 모두가 수사 대상이었다. 이미 심문을 받은 이들도 있고, 자신의 차례를 기다리는 이들도 있었다. 어쩌면 나중에 그들 모두를 대상으로 2차 심문이 진행될 수도 있었다. 리즈 잭의 인생에서 마지막 일주일간의 미스터리를 푸는 것은 결코 만만한 작업이 아닐 것이다. 그녀가 어디 있었는지, 누구를 만났는지, 언제 사망했는지(좀 서둘러줘요, 커트 박사님. 빨리빨리!), 그녀의 차는 어디 있는지.

하지만 리버스는 참지 못하고 모든 녹취록을 훑어보고야 말았다. 그레고르 잭과 로널드 스틸의 심문 내용에 특히 집중했다. 경장이 브레이드워터 골프장에 직접 찾아가 수요일 오후 게임에 대해 조사를 했다고 적혀 있었다. 리버스는 스틸의 심문 녹취록을 또다시 읽어보았다. 엘리자베스 잭에 대해 물었을 때 스틸은 이렇게 대답한 것으로 되어 있었다. "그녀는 늘 내게 재미없는 친구라고 놀렸습니다. 뭐 그게 틀린 말은 아니죠. 전 파티광이 아니니까요. 그렇다고 형편이 넉넉한 것도 아니고. 그녀는 돈 많은 사람들을 좋아했어요. 돈이 없어도 있는 척하며 사는 사람들."

뒤끝이 좀 느껴지는데. 아니면, 쓰라린 진실일 뿐인가?

리버스를 괴롭히는 질문 하나가 있었다. 만약 엘리자베스 잭이 애초에 에든버러를 뜬 적이 없었다면?

그리고 그것과 무관한 사냥. 윌리엄 글래스. 그가 퀸스페리로 간 게 맞다면 다음 행선지는 어디일까? 서쪽? 배스게이트나 린리스고나 보네스? 아니, 북쪽으로 갈 수도 있잖아. 포스를 지나 파이프로. 이미 많은 경찰 인력이 투입된 상태야. 그의 인상착의도 널리 알려져 있고. 리즈 잭이 디어 로지에 들르긴 했을까? 윌리엄 글래스는 어떻게 홀연히 사라질 수 있었지? 잭 부인의 죽음과 그녀 남편이 에든버러 매음굴을 찾은 것에는 무슨 관련이 있을까?

언론도 그 두 사건의 연결고리를 찾기 위해 애를 쓰는 중이었다. 그들은 엘리자베스 잭의 죽음을 자살로 보는 분위기였다. 휴가 중에 남편의 부끄러운 소식을 듣고 집으로 돌아가던 중 도저히 내키지 않아 친구인 랍 키눌을 만나러 갔고, 절망이 점점 깊어지자 딘 브리지 살인사건을 떠올리며 랍 키눌의 집 너머 강에 몸을 던졌다⋯⋯ 끝.

문제는 그것이 끝이 아니라는 사실이었다. 오히려 그것은 시작이었다. 이번 사건에는 모든 게 담겨 있었다. TV 배우, 하원의원, 섹스 스캔들, 죽음. 기자들은 어떤 순서로 표제를 써야 할지 막막할 것이다. 섹스 스캔들 하원의원의 부인, TV 스타의 집에서 익사? TV 스타, 하원의원 부인인 친구의 자살에 괴로워해? 누가 봐도 부자연스러울 것이다. 소유형의 남발⋯⋯

그리고 비통해하는 남편은? 언론은 방어적인 친구와 동료들에 막혀 그에게 접근할 수 없었다. 하지만 경찰은 언제든 그를 인터뷰할 수 있었다. 반면에, 그의 장인은 언론 노출을 무척 즐기는 듯했다. 경찰은 통렬하게 비난하면서.

"왜 날 찾아온 겁니까? 가서 범인이나 잡아와요. 사건이 해결되면 얼마든지 시간을 내줄 테니까. 난 그 짐승 같은 놈을 하루 빨리 감방에 처넣고 싶을 뿐입니다. 내 손으로 죽여버릴 수 있으면 더 좋겠고요."

"최선을 다하고 있습니다. 믿어주십시오, 휴 경."

"하지만 내 눈엔 당신들 노력이 부족해 보입니다."

"저희가 할 수 있는 모든 걸 다⋯⋯"

그래. 모든 걸 다 하고 있긴 하지. 하지만 아직 풀리지 않은 의문이 하나 남아 있잖아. 정말 살인이었을까? 그건 조만간 커트 박사가 답해주겠지 뭐.

6
하일랜드 게임

리버스는 작은 여행가방을 꾸렸다. 그의 건강을 우려한 페이션스 에이트킨이 언젠가 선물해준 운동 가방이었다. 그들은 헬스클럽에 함께 등록했고, 필요한 운동복과 장비들도 다 구입했었다. 하지만 지금껏 그들이 헬스클럽을 찾은 횟수는 네댓 번에 불과했다. 스쿼시를 치고, 마사지를 받고, 사우나와 냉탕을 오가고, 수영을 하고, 고가의 운동기구들이 갖춰진 체육관을 누리고, 조깅을 하고…… 하지만 실제로 따져보면 운동을 하는 시간보다 헬스클럽 바에서 술을 마시는 시간이 월등히 많았다. 훨씬 분위기 좋은 동네 술집보다 두 배나 비싼 가격을 기꺼이 치르면서.

그것은 더 이상 운동 가방이 아니었다. 이제는 어엿한 여행가방으로 제역할을 충실히 하고 있었다. 리버스는 많은 걸 챙겨 넣지 않았다. 갈아입을 셔츠, 양말과 속옷, 칫솔, 카메라, 수첩, 카굴(kagoul, 비바람을 막기 위해 입는 모자 달린 긴 상의). 상용 회화집도 가져가야 하나? 필요할 것 같긴 한데 찾을 수가 없군. 그리고 읽을거리…… 자기 전에 잠깐 읽을 책들. 그는 『물 밖에 나온 물고기』를 찾아 가방에 쑤셔 넣었다. 잠시 후, 전화벨이 울렸다. 그는 페이션스의 아파트에 와 있었고, 전화는 그녀의 자동 응답기가 받았다.

그가 거실로 나가 전화 건 이의 메시지를 들어보았다. "브라이언 홈스입니다. 혹시 거기……"

리버스가 수화기를 집어 들었다. "브라이언, 무슨 일인가?"

"아, 계셨군요. 이미 출발하신 줄 알았습니다."

"막 나가려던 참이었어."

"서에 잠깐 들르실 겁니까?"

"왜?"

"커트 박사님이 부검 결과를……"

익사 사건이 까다로운 이유는 익사와 잠김을 구분해야 하기 때문이었다. 피해자가 -의식이 있든 없든- 물에 빠져 -아니면 떠밀려- 익사했을 수도 있고, 이미 숨진 상태에서 물에 버려졌을 수도 있었다. 시체를 숨기려거나 경찰을 혼란에 빠뜨리려고. 사인과 사망 시간을 규명하는 건 쉬운 일이 아니었다. 사후 경직이 나타날 수도 있고, 그렇지 않을 수도 있었다. 시체에 남겨진 타박상과 훼손된 흔적은 바위나 물속의 다른 물체들이 원인일 수도 있었다.

하지만 입과 코에 거품이 묻어나왔다는 것은 피해자가 산 채로 물에 빠졌다는 뜻이다. 뇌, 골수, 신장 등에서 규조류가 검출되어도 같은 의미로 해석할 수 있다. 커트 박사는 규조류가 폐막을 뚫고 스며들 수 있을뿐더러, 아직 멎지 않은 심장에 의해 혈류를 타고 온몸으로 퍼져나갈 수 있는 미생물이라고 설명했다.

다른 징후들도 있다. 기관지에 남은 토사물은 물을 흡입한 증거다. 살아있는 이가 물에 빠지면 본능적으로 무엇이라도 잡아보려 -말 그대로 지푸라기라도 잡아야 하는 상황이니- 애를 쓰게 된다. 그 때문에 익사한 피해자들은 대부분 주먹을 꼭 쥔 상태로 발견된다. 세탁부의 손 같은 피부, 뽑

176

혀나간 손톱과 머리, 부어오른 몸…… 이 모든 것들이 피해자가 물속에 얼마나 오래 잠겨 있었는지 짐작하게 해준다.

커트는 여러 테스트가 아직 진행 중이라고 강조했다. 피해자가 숨지기 전 음주나 마약을 했는지 여부를 확인시켜줄 독성학 검사 결과도 며칠 더 기다려야 받아볼 수 있다고 했다. 질에서는 정액이 검출되지 않았다. 피해자의 남편은 아내가 피임약 대신 콘돔 사용을 선호했다고 알려주었다.

맙소사. 리버스는 생각했다. 잭에게 그걸 물어보면 어떤 반응을 보일까? 하긴, 그가 받게 될 곤란한 질문이 어디 한두 가지겠어?

"현재 분명히 말씀드릴 수 있는 건……" 커트가 계속 뜸을 들이며 말했다. "음성으로 나온 검사 결과들입니다. 입과 코에 거품이 묻어 있지 않았고, 토사물도 없었고, 주먹을 쥐고 있지도 않았습니다. 사후 경직이 나타난 것으로 보아 피해자는 물속에 잠기기 전 숨졌을 가능성이 높습니다. 아마 좁은 공간에 갇혀 있었을 겁니다. 현장 사진을 보셨죠? 시체의 양쪽 다리가 부자연스럽게 꺾여 있지 않았습니까."

그들은 그게 무슨 뜻인지 알고 있었다. 하지만 박사는 계속 결론을 미루고 있었다.

"시체가 물속에 잠겨 있었던 시간은 대충 여덟 시간에서 스물네 시간 사이로 보고 있습니다. 사망 시간은 방금 말씀드린 대로 물에 빠지기 전이었고요. 아마 물속에 잠기기 몇 시간 전이었을 겁니다."

"그럼 사인은요?"

커트 박사가 미소를 지었다. "두개골 사진으로도 확인할 수 있지만 머리 오른편에 골절의 흔적이 남아 있습니다. 뒤편에서 뭔가로 세게 얻어맞은 겁니다. 보나마나 습격을 받자마자 즉사했을 거예요."

확인된 부분은 더 있었지만 성에 찰 정도는 아니었다. 형사들은 서로 의견을 나누느라 분주했다. 리버스는 그들이 무슨 생각을 하고 있는지, 또 어떤 대화를 나누고 있는지 짐작할 수 있었다. 딘 브리지 사건과 같은 범행 수법. 하지만 엄밀히 따져보면 그렇지 않다는 걸 알 수 있었다. 딘 브리지 사건 피해자는 바로 거기에서 살해되었다. 사후에 그곳으로 옮겨진 것이 아니라. 리즈 잭은 어디서 죽은 거지? 아직은 알 수 없지. 어디라도 될 수 있지 않겠어? 모두가 윌리엄 글래스를 서둘러 체포해야 한다고 목소리를 높이는 동안 리버스는 전혀 다른 생각을 하고 있었다. 잭 부인의 BMW를 찾아야 해. 최대한 빨리. 그는 이미 짐을 꾸려놓았고, 로더데일의 허락도 받아놓은 상태였다. 모팻 순경이 마중을 나오기로 되어 있었고, 그레고르 잭이 열쇠를 내주기로 했다.

"자, 현재로서는 이게 전부입니다, 신사 숙녀 여러분." 커트가 말했다. "제 생각엔 살인이 맞는 것 같습니다. 이젠 법의학자와 형사님들이 마무리 지으실 차례예요."

"거기로 가는 건가?" 가방을 짊어진 리버스를 보고 로더데일이 물었다.
"네, 경감님."
"잘 다녀오게, 경위." 로더데일이 말했다. "참, 거기 이름이 뭐랬지?"
"그 왜 프리메이슨의 집회소(lodge) 있지 않습니까."
"그게 무슨 소리…… 아, 디어 로지(lodge)!"
리버스가 상관에게 윙크를 한 뒤 밖으로 나갔다.

스코틀랜드는 50킬로미터를 이동할 때마다 모든 게 변했다. 풍경, 개성, 그리고 사투리. 물론 차 안에만 틀어박혀 있으면 전혀 눈치 챌 수 없지만. 도로는 어디를 가나 차이가 없었다. 도로변 주유소들도 마찬가지였다. 소도시들, 길고 곧은 중심가, 슈퍼마켓, 구둣방, 털실 가게, 칩 숍…… 그런 것들조차도 다 비슷비슷했다. 하지만 그 이면을 보면 색다른 느낌이 있었다. 조그만 땅덩이가 뭐 이리 잡다해? 리버스는 생각했다. 학창 시절 그의 지리 선생은 스코틀랜드를 세 개 지역으로 나눌 수 있다고 했었다. 남부고지, 저지, 그리고 북부고지. 뭐 그렇다고 했던 것 같다. 그는 지금 북쪽으로 향하고 있었다. 남부 도시나 연안 도시들과는 전혀 다른 사람들이 살고 있는 곳으로.

그는 퍼스에 들러 장을 보았다. 사과, 초콜릿, 위스키 반 병, 껌, 대추 한 상자, 우유…… 왠지 북쪽으로 더 올라가면 그런 것들을 쉽게 구할 수 있을 것 같지 않았다. 관광코스라면 몰라도 거길 벗어나면……

블레어고우리에 들러서는 피시 앤 칩스를 사먹었다. 칩 숍의 포마이카 테이블에 앉아, 소금과 식초와 브라운소스를 듬뿍 뿌려서. 흰 빵은 마가린을 살짝 발라 먹었다. 목은 짙은 갈색을 띠는 차로 축였다. 리버스는 해덕(대구와 비슷하나 그보다 작은 바다 고기)을 덮은 튀김옷부터 벗겨 먹었다.

"잘 드시네요." 주방장의 아내가 그의 옆 테이블을 행주로 닦으며 말했다. 잘 먹을 수밖에. 오늘 저녁엔 페이션스가 내 입 냄새를 맡고 콜레스테롤이 어쩌고 나트륨과 탄수화물이 저쩌고 잔소리해댈 일이 없으니까. 그는 카운터 위에 붙은 메뉴를 올려다보았다. 빨강, 하양, 그리고 검정 푸딩, 해기스(haggis, 양의 내장으로 만든 순대 비슷한 스코틀랜드 음식), 훈제 소시지, 소시지 튀김, 스테이크 파이, 민스 파이(mince pie, 잘게 썬 고기를 넣어 작게 만든 동그란 파이), 식초에 절인 양파와 달걀을 곁들인 치킨. 리버스는

179

꿈을 꾸고 있는 듯했다. 그는 감자튀김을 한 봉지 더 사들고 차로 돌아갔다.

오늘은 화요일. 엘리자베스 잭의 시체가 발견된 지 어느덧 닷새가 지나 있었다. 그녀가 죽은 지는 엿새쯤 될 것이다. 벌써 기억이 가물가물하네. 리버스는 생각했다. 거의 모든 신문이 그녀의 사진을 1면에 실어놓았다. 텔레비전과 수백 장에 달하는 경찰 포스터도 온통 그녀 얼굴로 도배되어 있었다. 그럼에도 불구하고, 정보를 가진 이는 아직도 나타나지 않고 있었다. 주말 내내 일을 하느라 페이션스를 거의 보지 못했던 리버스는 마지막 지푸라기라도 잡아보겠다는 심정으로 이번 출장을 결심하게 되었다.

주위 풍경은 점점 거칠고 조용하게 변해갔다. 그는 글렌시를 최대한 빨리 가로질러나갔다. 마을이 발산하는 불길하고 공허한 기운이 영 마음에 들지 않았기 때문이다. 하지만 데블스 엘보는 그가 기억하고 있는 것과 달리 위험해 보이지 않았다. 도로는 평평했고, 코너 길도 곧게 펴진 상태였다. 브래마…… 발모럴…… 발라터가 나오기 전 콕브리지와 토민톨 쪽으로 방향을 틀었다. 겨울처럼 음산한 분위기가 느껴졌다. 암울한 분위기. 하지만 한편으로는 꽤 인상적이기도 했다. 한없이 이어지는 길. 빙하에 깎인 깊은 계곡들과 수많은 자갈 비탈들. 리버스의 지리학 선생은 대단히 열성적이었다.

목적지가 코앞으로 다가와 있었다. 그는 모팻 순경과 그레고르 잭이 알려준 길로 차를 몰아나갔다. 그레고르 잭……

잭은 그에게 무언가 얘기하고 싶어 하는 눈치였지만 리버스는 끝내 기회를 주지 않았다. 그가 관여하기에는 너무 위험한 일이기 때문이었다. 리버스는 잭을 의심하지 않았다. 하지만 다른 이들은…… 랍 키눌과 로널드 스틸과 이언 어커트…… 분명 무언가가, 말로 표현하기 힘든 무언가가 분명 있었다. 하지만 그는 별로 생각하고 싶지 않았다. 모든 순열과 가능성과 가정들…… 그 모든 게 그의 머리를 핑핑 돌게 만들었다.

"좌회전, 그리고 우회전, 전나무 숲 옆으로 난 길을 따라 언덕을 넘어 입구로 들어서면 된다고 했지? 꼭 보물찾기를 하는 기분이군." 차는 나무랄 데 없이 잘 굴러갔다. 행운이 지속되도록(touch wood) 나무를 만질까('touch wood'의 직역으로, 영국에서는 행운의 지속이나 불운의 정지를 바라며 '나무를 만진다'고 한다)? 그건 어려운 일이 아니었다. 차를 멈춰 세우고 창밖으로 손만 내밀면 얼마든지 만질 수 있었다. 조림지는 지나쳤지만 사방은 자연림으로 우거져 있었다. 길에는 바퀴 자국들이 깊이 팬 상태였고, 그 틈틈이 잡초가 높이 자라나 있었다. 움푹 팬 곳들은 자갈로 채워놓았지만 시속 10킬로미터 이상 달리는 건 무리였다. 차가 덜컹거릴 때마다 리버스의 뼈가 진동하고, 고개가 거칠게 꺾였다. 왠지 사람이 살 만한 곳 같지는 않아 보였다. 그는 순간 길을 잘못 든 게 아닌지 의심해보았다. 하지만 길의 바퀴 자국들은 최근에 생긴 것들이었다. 게다가 길이 좁아 차를 돌리는 것도 불가능했다.

한참 뒤에야 도로 상태가 조금씩 나아졌다. 이제 그는 자갈길을 달려나가고 있었다. 긴 굽잇길을 지나자 마침내 그가 찾던 집이 모습을 드러냈다. 잔디 깔린 앞뜰에는 경찰의 미니 메트로 한 대가 세워져 있었다. 집 앞으로는 폭 좁은 개울이 흐르고 있었다. 집은 정원 대신 목초지와 숲으로 에워싸인 상태였다. 바람을 타고 송진 냄새가 풍겨왔다. 집 뒤편으로는 경사진 넓은 땅이 펼쳐져 있었다. 차에서 내린 리버스는 신경이 살짝 곤두서 있음을 느꼈다. 메트로의 문이 열리면서 경찰 제복을 걸친 농장 노동자가 내렸다.

기네스북에 알려야 하나? 저런 덩치가 어떻게 미니 메트로 앞좌석에 들어갈 수 있지? 남자는 무척 젊어 보였다. 십대 후반이나 이십대 초반쯤 된 듯했다. 얼굴이 불그레한 그가 환히 미소를 지었다.

"리버스 경위님? 저 모팻 순경입니다." 리버스는 남자가 내민 손을 잡았다. 석탄 삽만 한 그의 손은 놀라울 만큼 부드러웠다. "녹스 경사님도 곧 도착하실 겁니다. 갑자기 일이 좀 생기셨다네요. 죄송하다는 메시지를 전해달라고 하셨습니다. 경사님 오실 때까지 제가 모시도록 하겠습니다. 참고로 전 이곳 출신입니다."

리버스는 목을 문지르며 미소를 지었다. 그가 엄지손가락으로 허리를 마사지하며 숨을 길게 내쉬었다. 척추에서 두둑 소리가 났다.

"먼 길 오시느라 고생하셨네요." 모팻 순경이 말했다. "그래도 시간을 딱 맞춰 도착하셨습니다. 저도 5분 전에 도착했거든요."

"한 번 더 살펴봤나?"

"아뇨. 아직요. 그냥 기다렸다가 경위님과 같이 둘러보는 게 좋을 것 같았습니다."

리버스가 고개를 끄덕였다. "자, 그럼 바깥부터 시작하지. 집이 꽤 크군. 안 그런가? 솔직히 많이 소박할 줄 알았는데."

"처음에는 이 집뿐이었습니다. 그땐 소나무 정원이 있었고, 진입로가 잘 관리됐었죠. 저기 보이는 숲은 나중에 생긴 겁니다. 제가 태어나기 전에 말이죠. 이 집은 1920년대에 지어진 것으로 알고 있습니다. 켈먼 사유지의 일부이고요. 이곳 땅은 그 후로 야금야금 팔려나갔습니다. 한때 토지 관리인들이 들락거리면서 보살펴왔는데 이젠 보다시피 이런 꼴을 하고 있습니다."

"그래도 내 눈엔 굉장해 보이는데."

"아, 아무래도 처음 보시는 거라서. 하지만 자세히 보시면 평가가 달라질 겁니다. 슬레이트도 몇 개 떨어져나갔고, 홈통도 고칠 데가 많아요."

모팻은 집수리에 대해 해박한 듯했다. 그들은 집을 찬찬히 둘러보았다. 이층집은 무척 단단해 보이는 석조건물이었다. 에든버러 변두리에서 흔히 볼 법한 스타일이었지만 이런 황무지 빈터와는 전혀 어울리지 않는 모습이었다. 집 뒤편에도 문이 나 있었고, 그 옆에는 쓰레기통 하나가 놓여 있었다.

"쓰레기는 종종 치워가고?"

"길가에 내다놓으면 치워갑니다."

리버스가 뚜껑을 열어보았다. 순간 역겨운 악취가 확 풍겨 올라왔다. 썩어가는 연어, 그리고 닭고기에서 나왔는지 오리고기에서 나왔는지 알 수 없는 뼈들.

"짐승들이 건드리지 않았다니 놀라운데요." 모팻이 말했다. "사슴이나 살쾡이들이……"

"버려진 지 꽤 된 것 같아 보이는데. 안 그런가?"

"지난주에 내다버린 건 아닐 겁니다, 경위님. 지금 그 생각을 하고 계신 거죠?"

리버스가 모팻을 돌아보았다. "맞아. 그 생각을 하고 있었어." 그가 시인했다. "잭 부인은 지난주 내내 이곳을 떠나 있었어. 검은 BMW를 몰고 어딘가로 갔겠지. 모두들 그녀가 이곳에 머물고 있다고 짐작했을 때."

"그녀를 본 사람은 없었습니다."

리버스가 현관문 열쇠를 들어 보였다. "자, 이제 안을 살펴보자고. 혹시

알아? 뭔가 결정적인 단서를 찾게 될지." 그는 차로 돌아가 투명한 폴리
에틸렌 장갑을 꺼냈다. 그리고 그중 한 켤레를 순경에게 건넸다. "이게 그
손에 맞을지 모르겠군." 그가 말했다. 하지만 놀랍게도 장갑은 딱 맞았다.
"안에 들어가서는 아무것도 만지면 안 돼. 장갑을 끼고 있긴 하지만 그래
도 안 된다고. 지문이 훼손되면 안 되니까. 명심해. 이건 살인사건이야. 우
린 폭주족이나 소도둑을 쫓고 있는 게 아니라고. 이해하겠나?"

"알겠습니다, 경위님." 모팻이 코를 킁킁거렸다. "감자튀김은 맛있게 드
셨습니까? 여기까지 식초 냄새가 나네요."

리버스가 차문을 거칠게 닫았다. "들어가 보자고."

집에서는 눅눅한 냄새가 풍겼다. 적어도 좁은 현관에서는 그랬다. 복도
끝에 난 문은 활짝 열려 있었다. 리버스가 먼저 그 안으로 들어갔다. 집 뒤
편까지 이어지는 큰 방이었다. 아늑하게 꾸며진 방에는 소파 세 개와 안락
의자 두 개, 그리고 빈백(beanbag, 커다란 부대 같은 천 안에 작은 플라스틱
조각들을 채워 의자처럼 쓰는 것)과 쿠션이 각각 몇 개씩 놓여 있었다. TV와
비디오와 하이파이 시스템이 갖춰져 있었고, 스피커 하나는 옆으로 쓰러
진 상태였다. 전혀 정돈되지 않은 모습.

머그잔, 컵, 그리고 유리잔들. 리버스는 머그잔 하나를 집어 들고 냄새
를 맡아보았다. 와인 향이었다. 잔에 남아 있는 시큼한 물질은 와인이 분
명했다. 바닥을 드러낸 버건디(Burgundy, 프랑스 부르고뉴 산 포도주), 샴폐
인, 아르마냐크(Armagnac, 프랑스산 브랜디의 일종) 병들. 카펫과 작은 쿠
션, 그리고 벽에 남겨진 얼룩들. 냅다 던져진 유리잔들이 만들어놓은 흔
적이었다. 재떨이들은 담배꽁초로 넘쳐났고, 작은 쿠션 밑으로는 누군가

의 손거울이 살짝 삐져나와 있었다. 리버스는 몸을 숙이고 거울을 내려다 보았다. 가장자리에 하얀 가루가 묻어 있는 게 보였다. 코카인. 그는 거울을 내버려둔 채 오디오 쪽으로 다가가 그들이 무엇을 듣고 놀았는지 살펴보았다. 대부분 카세트였다. 플리트우드 맥, 에릭 클랩튼, 심플 마인즈…… 그리고 오페라 《돈 조반니》와 《피가로의 결혼》.

"파티가 벌어졌던 것 같군요, 경위님."

"그런 것 같군. 언제 이랬을까?" 리버스는 단 하룻밤의 흔적이 아닐 거라고 생각했다. 많은 빈 병들이 한쪽으로 치워져 있었고, 방 한복판에는 술병 하나와 머그잔 두 개가 덩그러니 놓여 있었다. 머그잔 하나에는 립스틱이 묻어 있었다.

"대체 몇 명이나 모여서 논 거지?"

"최소한 대여섯 명은 됐던 것 같은데요."

"그럴지도 모르지. 하지만 여섯 명이 마신 걸로 보기엔 술병이 너무 많지 않나?"

"청소를 하지 않는 모양이죠, 뭐."

리버스도 같은 생각이었다. "좀 더 둘러보자고."

현관 반대편에는 임시변통으로 꾸며놓은 침실이 자리하고 있었다. 한때 식당이나 거실로 쓰였을 것 같은 공간이었다. 매트리스가 바닥 면적의 반 정도를 차지했고, 나머지 반은 침낭들로 채워져 있었다. 이곳에도 빈 술병이 두어 개 나뒹굴고 있었다. 하지만 컵이나 유리잔은 보이지 않았다. 벽에는 그림 몇 점이 걸려 있었다. 매트리스 위에는 260mm쯤 되어 보이는 남자 구두 한 켤레가 놓여 있었고, 구두 안에는 파란 양말이 쑤셔 넣어져 있었다.

이제 남은 곳은 주방뿐이었다. 그곳에서 단연 눈에 띄는 것은 전자레인지였다. 그 옆에는 빈 통조림과 전자레인지용 팝콘 몇 개가 놓여 있었다. 통조림은 바닷가재 비스크와 사슴고기 스튜였다. 싱크대는 접시들과 구정물로 가득 차 있었다. 접이식 테이블에는 뚜껑을 따지 않은 레모네이드와 오렌지 주스와 사과주가 몇 병 놓여 있었다. 소나무로 만든 커다란 아침식사용 테이블에는 수프가 몇 방울 떨어져 있을 뿐 접시나 쓰레기는 없었다. 테이블 주변 바닥은 감자칩 봉지, 엎어진 재떨이, 막대 모양 빵, 날붙이류, 비닐 앞치마, 그리고 냅킨 등으로 뒤덮인 상태였다.

"테이블을 꽤 쉽고 효과적으로 치워놨군요." 모팻이 말했다.

"그런 것 같군." 리버스가 말했다. "혹시 「포스트맨은 벨을 두 번 울린다」를 본 적 있나? 오리지널 말고, 잭 니콜슨 버전으로?"

모팻이 고개를 저었다. "하지만 「샤이닝」은 봤습니다."

"그 둘은 전혀 다른 영화들이라고, 순경. 아무튼 그 영화에서 보면, 아마자네도 들어본 적이 있을 거야. 잭 니콜슨과 보스의 아내가 식탁을 이렇게 치워버리고 그 짓을 벌이는 장면이 나와."

모팻이 수상해하는 눈빛으로 식탁을 내려다보았다. "설마요." 그가 말했다. 그는 믿어지지 않는다는 반응이었다. "그 영화 제목이 뭐라고 하셨죠?"

"그냥 내 짐작일 뿐이야." 리버스가 말했다.

그리고 2층. 화장실은 집에서 가장 깨끗한 공간이었다. 변기 옆에는 오래된 잡지가 수북이 쌓여 있었다. 두 개의 침실 중 하나는 아래층의 것과 마찬가지로 임시변통으로 만들어놓은 듯해 보였다. 하지만 나머지 하나는 제대로 꾸며놓은 티가 났다. 새것으로 보이는 사주식 침대(네 모서리에 기둥이 있고 덮개가 달린 큰 침대), 옷장, 서랍장, 그리고 화장대. 침대 위에는 어울리지 않는 하일랜드 암소의 머리가 걸려 있었다. 리버스는 화장대를 유심히 살펴보았다. 파우더, 립스틱, 향수, 그리고 색조 화장품. 옷장 속 여성복들 사이로 남성용 청바지와 코르덴 바지가 몇 벌 보였다. 그레고르 잭은 집을 나설 당시 아내의 옷차림이 어땠는지 기억하지 못했었다. 그녀의 작은 초록색 여행가방이 사라졌다는 사실도 뒤늦게 알아차렸다고 했다.

침대 밑으로 초록색 여행가방이 살짝 드러나 있었다. 리버스는 그것을 끌어와 열어보았다. 가방은 텅 비어 있었다. 서랍들도 대부분 비어 있는 상태였다.

"우린 갈아입을 옷을 거기 보관해둡니다." 잭이 형사들에게 말했었다. "만약의 경우에 대비해서 말이죠."

리버스는 침대를 빤히 응시했다. 베개들은 푹신하게 부풀려져 있었고, 이불은 그 밑으로 반듯하게 깔려 있었다. 최근에 이 침대를 쓴 사람이 있었나? 그걸 무슨 수로 확인하지? 집에는 더 이상 살펴볼 방이 남아 있지 않았다. 고작 이걸 보려고 이 먼 길을 달려온 건가? 리버스는 잭 부인의 여행가방이 이곳에 있다는 걸 확인했다. 하지만 다른 건? 아무것도 없었다. 그가 침대로 다가가 털썩 주저앉았다. 그의 밑에서 바스락거리는 소리가 났다. 그가 다시 일어나 이불을 걷어냈다. 침대는 신문으로 덮여 있었다. 일요일자 신문. 그것들 전부 같은 기사를 펼쳐 보이고 있었다.

매음굴 급습 현장에서 발견된 하원의원.

그녀가 이곳에 있었어. 그녀는 모든 걸 알고 있었어. 급습에 대해서. 크리퍼 작전에 대해서. 다른 누군가가 이렇게 꾸며놓지 않았다면…… 아니야. 명백한 사실에만 집중해야 돼. 또 다른 무언가가 그의 눈을 사로잡았다. 그가 베개 하나를 옆으로 밀어냈다. 침대 기둥에 묶여 있는 검은 팬티스타킹이 드러났다. 반대편 기둥에도 하나 묶여 있었다. 모팻이 어리둥절한 표정으로 쳐다보고 있었다. 하지만 리버스는 이미 충분히 복잡해진 청년의 머릿속을 더 혼란스럽게 만들고 싶지 않았다. 그의 뇌리에 흥미로운 시나리오가 스쳤다. 그녀가 이 침대에 묶여 있었나? 저번에 이 집을 찾아왔을 때 모팻은 왜 그 사실을 알지 못했지? 하지만 말이 안 되잖아. 그녀를 침대에 단단히 붙잡아두려 했다면 이깟 팬티스타킹으로 묶어놓지 않았을 텐데. 손쉽게 풀고 도망칠 수 있으니. 팬티스타킹은 섹스 게임에나 쓰이는 거잖아. 상대를 구속해놓으려 했다면 이보다 튼튼한 걸 썼겠지. 노끈이나 수갑 같은 것들…… 그레고르 잭의 쓰레기통에서 발견된 수갑처럼.

그녀는 남편의 소식을 알고 있었다. 리버스는 그렇게 확신했다. 하지만 어째서 남편에게 연락을 취하지 않았지? 그야 별장에 전화기가 없었으니까.

"이 근처에 공중전화가 있나?" 그가 모팻에게 물었다. 젊은 순경은 여전히 침대 기둥에 묶인 팬티스타킹에서 시선을 떼지 못하고 있었다.

"2킬로미터쯤 나가면 있습니다. 크랙스톤 농장 밖 도로변에요."

리버스는 손목시계를 들여다보았다. 4시. "좋아. 거기 한번 가봐야겠어. 오늘은 그걸로 마무리하지. 이 집 구석구석 지문 채취하는 거 잊지 말고. 나중에 반경 30킬로미터 내 모든 상점, 주유소, 술집, 호텔들도 꼼꼼히 살펴봐야 할 거야."

모팻이 흠칫 놀라는 표정을 지었다. "그 많은 데를 다요?"

리버스가 그의 반응을 무시하고 말했다. "검은 BMW. 곧 유인물이 배

포될 거야. 어떻게 생겼는지, 번호는 뭔지. 그녀가 이곳에 왔었다면 누군가
본 사람이 분명 있을 거야."

"이곳 사람들 대부분이 은둔자들이라……"

"은둔자들이라고 눈까지 멀진 않았겠지. 안 그런가? 운이 좋으면 기억
상실증에 걸리지 않은 목격자를 찾을 수 있을 거야. 자, 시간이 없어. 빨리
가보자고. 공중전화를 살펴보자마자 숙소를 알아봐야 해서 말이야."

사실 리버스는 차에서 밤을 보낼 생각이었다. 그렇게 아낀 숙박비는 꿀
꺽해버릴 속셈이었고. 하지만 날씨가 심상치 않았다. 반쯤 접힌 주머니칼
처럼 비좁은 차에 갇혀 잠을 청할 생각을 하니…… 그는 공중전화로 향하
던 길에 아침식사를 제공하는 민박집을 찾아 잠시 들러보았다. 그가 노크
를 하자 나이 든 여자가 문을 열어주었다. 노파는 잠시 수상쩍어하더니 내
키지 않는 얼굴로 빈 방이 있음을 시인했다. 리버스는 한 시간 뒤에 돌아
올 테니 그때까지 침실을 준비해달라고 부탁했다. 다시 차로 돌아온 그는
모팻의 조심스러운 리드에 따라 크랙스톤 농장으로 향했다.

크랙스톤 농장은 생각보다 볼품없었다. 짧은 진입로를 따라 들어가자
건물 몇 개가 나타났다. 집, 외양간, 그리고 헛간들. 공중전화는 농장에서
45미터쯤 떨어진 도로변에 자리하고 있었다. 그들은 빨간 공중전화 박스
옆에 마련된 일시 정차 가능 구역에 차를 세워놓았다.

"낡은 부스를 교체하는 건 불가능합니다." 모팻이 말했다. "코르비 부
인이 절대 용납하지 않으실 테니까요." 리버스는 그것이 무슨 뜻인지 궁
금했다. 하지만 공중전화 박스 문을 여는 순간 이해가 되었다. 바닥에는
카펫이 깔려 있었다. 그것도 두꺼운 고급 카펫. 안에서는 방향제 냄새가

풍겼고, 전화기 옆 선반에는 들꽃 한 다발이 꽂힌 작은 유리병이 놓여 있었다.

"내 아파트보다 훨씬 잘 관리되고 있군." 리버스가 말했다. "내가 언제 들어와서 살면 되지?"

"코르비 부인이 관리하고 계십니다." 모팻이 환히 웃으며 말했다. "공중전화 박스가 지저분하면 자신이 욕을 먹는다고 생각하시는 것 같아요. 아무래도 자신이 이곳에서 가장 가까운 곳에 살고 계시니. 이렇게 관리해 오신 지 꽤 오래된 것으로 알고 있습니다."

리버스는 진이 빠졌다. 여기서 쓸 만한 단서라도 찾을 수 있을 거라 생각했는데. 단서가 있었어도 이미 깔끔히 정리가 된 상태일 것이 분명했다.

"코르비 부인을 만나 뵈어야겠군."

"화요일이지 않습니까." 모팻이 말했다. "부인께선 화요일마다 동생분 댁에 가십니다." 리버스가 급브레이크를 밟으며 농장 진입로로 들어서는 차 한 대를 가리켰다. "저 사람은 누구지?"

차를 바라보는 모팻의 얼굴에 차가운 미소가 떠올랐다. "부인의 아들, 알렉입니다. 불량배죠. 아마 수사에 협조하지 않을 겁니다."

"문제를 많이 벌이는 모양이지?"

"과속으로 걸릴 때가 많습니다. 이 동네에서 유명한 폭주족이죠. 아무래도 십대 애들이 할 만한 게 없는 곳이라."

"내 눈엔 자네도 십대로 보이는데. 자넨 저렇지 않잖아."

"전 교회에 다닙니다, 경위님. 신을 두려워하는 사람이 어떻게 저러고 살 수 있겠습니까?"

민박집 주인, 월키 부인은 좀 이상했다. 문제는 리버스가 방에서 옷을 갈아입으려 했을 때 시작되었다. 방은 잘 꾸며져 있었다. 불필요한 장식이 곳곳에 많이 보이기는 했지만 포근한 침대와 12인치짜리 흑백 텔레비전 만으로 충분히 만족스러웠다. 윌키 부인은 주방을 보여주며 언제든 들어와 차와 커피를 만들어 마셔도 좋다고 했다. 그런 다음, 화장실로 안내하며 목욕을 위한 뜨거운 물이 준비되어 있다고 했다. 다시 주방으로 돌아온 그녀는 또 한 번 언제든 차와 커피를 만들어 마셔도 좋다고 했다.

리버스는 방금 전 같은 말을 들었음을 알려주고 싶었지만 차마 용기가 나지 않았다. 그녀는 체구만큼이나 목소리가 작았다. 민박집 주인다운 옷차림을 했고, 목에는 진주 목걸이를 걸고 있었다. 리버스의 눈에는 칠십대 후반으로 보였다. 그녀는 1982년, 남편 앤드류를 떠나보낸 뒤 지금껏 과부로 살아왔다고 했다. 그리고 자신에게 민박집은 생계수단이기 이전에 든든한 벗이라고 강조했다. 또한 그녀는 지금껏 흥미로운 투숙객을 여럿 보아왔다고 했다. 지난가을에는 잼을 구매하러 온 독일인이 며칠 묵었었고……

"자, 여기가 침실입니다. 환기를 좀 시켜놨어요."

"아주 마음에 듭니다. 감사합니다." 리버스가 침대에 가방을 내려놓았다. 하지만 집주인의 심상치 않은 표정을 확인하고는 이내 가방을 바닥에 떨어뜨렸다.

"내가 직접 만든 침대보예요." 그녀가 미소를 지으며 말했다. "언젠가 침대보를 만들어 팔아보라는 권유를 많이 받았지만 내 나이가 벌써……" 그녀가 빙그레 웃었다. "그걸 권한 사람이 바로 그때 그 독일인이었어요. 잼을 사러 스코틀랜드에 왔다고 했는데. 믿어지나요? 그가 여기서 며칠 묵었고……"

한참 뒤, 자신의 의무를 상기해낸 그녀가 저녁 준비를 하러 침실을 나갔다. 저녁. 리버스가 손목시계를 확인했다. 아직 5시 30분도 채 되지 않은 시간이었다. 시계가 고장난 게 아니라면. 아침식사만 제공되는 민박집에서 저녁까지 챙겨준다면 그것은 기분 좋은 보너스일 것이다. 모펫은 더프타운으로 돌아가기 전 그에게 근처 술집의 위치를 가르쳐주었다. 관광객들은 관광지 가격으로 술을 마실 수 있다나.

그가 바지를 막 벗었을 때 윌키 부인이 침실 문을 벌컥 열고 들어왔다.

"당신이에요, 앤드류? 무슨 소리가 난 것 같은데." 그녀의 눈은 흐릿하고 멍했다. 리버스는 바짝 얼어붙은 채 서서 마른침을 삼켰다.

"가서 저녁 준비를 하셔야죠." 그가 나지막이 말했다.

"오, 그렇지." 윌키 부인이 말했다. "배 많이 고프죠? 너무 오랜만에 돌아와서……"

그런 일이 있고 나서 리버스는 목욕을 하러 침실을 나섰다. 그는 주방에 들러 저녁 준비에 한창인 윌키 부인을 잠시 지켜보았다. 그녀는 스토브 앞에 서서 콧노래를 흥얼거리고 있었다. 그는 화장실로 향했다. 화장실 문에는 불안하게도 자물쇠가 없었다. 아니, 자물쇠는 있었지만 제대로 기능하지 않았다. 그는 주변을 빠르게 살펴보았다. 빗장 대용으로 쓸 만한 물건은 보이지 않았다. 그는 포기하고 물을 틀었다. 수압은 놀라울 만큼 셌고, 그 덕분에 욕조가 금세 채워졌다. 리버스는 옷을 벗고 뜨거운 물에 몸을 담갔다. 그리고 장시간 운전에 뭉쳐버린 어깨를 마사지했다. 그가 무릎을 높이 들자 그의 어깨와 목과 얼굴이 물속에 잠겼다. 잠김. 그는 커트 박사를 떠올렸다. 익사와 잠김. 주름 생긴 피부…… 뽑혀나간 머리카락과 손톱…… 토사물이 검출된 기관지……

갑자기 들려온 소음에 그가 수면 위로 올라왔다. 그가 눈을 깜빡이며 자신을 빤히 응시하고 있는 윌키 부인을 올려다보았다. 그녀의 손에는 행주가 쥐어져 있었다.

"이런!" 그녀가 말했다. "오, 맙소사, 미안해요." 그녀는 잽싸게 밖으로 나가버렸다. 잠시 후, 문 뒤에서 그녀의 목소리가 들려왔다. "당신이 와 있다는 걸 깜빡했어요! 난 그냥…… 저…… 신경 쓰지 말아요. 급한 일이 아니니까."

리버스는 눈을 질끈 감고 다시 물속으로 들어갔다.

준비된 식사는 놀랍게도 맛있었다. 조금 묘한 부분도 있었지만. 치즈 푸딩, 삶은 감자, 그리고 당근. 후식은 통조림 푸딩과 낱개로 포장된 커스터드 과자였다.

"아주 간편해요." 윌키 부인이 후식을 내오며 말했다. 화장실에서 남자의 알몸을 본 충격이 완전히 가시지 않은 듯했다. 그들은 식사를 하는 내내 날씨와 관광객과 정부에 대해 수다를 떨어댔다. 리버스는 설거지를 하겠다고 나섰지만 그녀는 괜찮다고 했다. 그는 윌키 부인에게 현관문 열쇠를 받아 들고 헤더 후스로 향했다. 배도 든든히 채웠고, 목욕에 깨끗한 속옷까지, 모든 게 만족스러웠다.

술집 이름이 헤더 후스(Heather Hoose, 스코틀랜드 영어로 '산적의 집'이라는 뜻)라니. 그는 황당해 하며 라운지 문을 열고 들어갔다. 하지만 그를 맞아준 것은 정적뿐이었다. 그가 또 다른 문을 열고 들어서자 그제야 평범해 보이는 바가 나타났다. 두 남자와 한 여자가 바 앞에 서서 서로에게 농담을 던지고 있었다. 바텐더는 위스키가 담긴 옵틱(optic, 술의 양을 재는 기구)을 쥐고 신중하게 잔을 채워나가는 중이었다. 리버스가 다가가자 그들이 일제히 돌아보았다.

"안녕하세요."

그들이 고개를 살짝 끄덕여 화답했다. 바텐더도 인사를 하며 잔 세 개를 바에 내려놓았다.

"당신도 한 잔 해요." 한 손님이 10파운드 지폐를 내밀며 말했다.

"감사합니다." 바텐더가 말했다. "나중에 한 잔 하겠습니다."

줄지어 놓인 옵틱과 술병과 잔들 뒤로 대형 거울이 보였다. 리버스는 거울을 통해 옆의 세 사람을 지켜보았다. 바텐더에게 팁을 준 남자는 잉글랜드인인 듯했다. 리버스는 술집 주차장에 세워진 차 두 대를 떠올렸다. 낡은 르노5와 다임러. 리버스는 어느 게 누구 차인지 대충 알 것 같았다.

"뭘로 하시겠습니까?" 바텐더가 르노5 주인에게 물었다.

"엑스포트(Export, 수출용으로 생산된 질 좋은 맥주) 500cc 한 잔."

"알겠습니다."

부유한 잉글랜드 관광객들이 이런 허름한 술집엔 왜 온 거지? 호화로운 라운지를 예상하고 들어와본 건가? 세 사람은 술에 거나하게 취해 있었다. 여자는 인상적인 얼굴을 가지고 있었다. 염색한 머리는 백금색을 띠고 있었다. 그녀의 볼은 새빨갰고, 속눈썹은 새까맸다. 그녀는 담배를 빨 때마다 고개를 젖히고 천장을 향해 연기를 뿜어냈다. 리버스는 그녀 목에 주름이 몇 줄이나 되는지 찬찬히 세어보았다.

"자, 나왔습니다." 남자 앞에 잔이 놓여졌다. 그가 5파운드 지폐를 바텐더에게 건넸다.

"오늘 밤은 조용하네요."

"주중이니까요. 아직 휴가철도 아니고," 바텐더가 오랜 연습을 거친 것처럼 말했다. "점점 나아질 겁니다." 그는 다시 계산대로 돌아갔다.

"한 잔씩 더 부탁해요." 어느새 위스키를 깨끗이 비워낸 잉글랜드 남자가 말했다. 그는 삼십대 후반이었고, 여자보다는 어린 듯했다. 다부진 체격에 여유로워 보였지만 왠지 평판이 좋을 것 같지는 않았다. 어딘지 불안해 보이는 구부정한 자세 때문일까? 당장이라도 고꾸라질 것만 같았다. 아니면 그러고 있다가 갑자기 상대를 덮치든지. 그의 고개가 좌우로 살살 흔들렸고, 졸음이 쏟아지는지 눈꺼풀은 축 늘어져 있었다.

그룹의 세 번째 멤버는 그보다도 어렸다. 삼십대 중반쯤 되었을까? 그는 프랑스제 담배를 뻐끔대며 바에 줄지어 늘어선 술병들을 응시하고 있었다. 어쩌면 그도 거울로 날 지켜보고 있는지 몰라. 내가 그를 지켜보듯이. 리버스는 생각했다. 충분히 그럴 법했다. 남자는 튀는 담배를 튀는 동작으로 두드려 재를 털어내는 습관이 있었다. 리버스는 그가 연기를 들이마시지 않는다는 걸 알아차렸다. 그냥 입에 연기를 물고 있다가 길게 뿜어낼 뿐이었다. 서 있는 두 동지와 달리 그는 혼자서 높고 둥근 의자에 앉아 있었다.

리버스는 인정할 수밖에 없었다. 그 남자에 대한, 그리고 어울리지 않는 3인조에 대한 강한 호기심이 생겼다는 사실을.

라운지 바로 두어 명이 더 들어왔다. 바텐더가 그들의 주문을 받기 위해 자리를 비우자 두 남자와 여자가 기다렸다는 듯 대화를 재개했다.

"뻔뻔하군. 우리 주문은 받지도 않고."

"제이미, 그래도 숨넘어갈 정도로 급하진 않잖아. 안 그래?"

"넌 그런지 몰라도 난 아니라고. 첫 잔은 간에 기별도 안 갔어. 이럴 줄 알았으면 아까 네 잔을 한꺼번에 시킬걸 그랬어."

"내 술 마셔." 여자가 말했다. "계속 짜증 낼 거면."

"짜증을 내는 게 아니야." 구부정하게 서 있는 남자가 짜증을 내며 말했다.

"지랄하고 자빠졌네."

리버스는 미소가 머금어지려는 걸 애써 참았다. 여자는 무척 정중하게 그 말을 내뱉었다.

"너나 지랄 마, 루이즈."

"쉬." 프랑스 담배를 피우던 남자가 말했다. "여기 우리만 있는 게 아니잖아."

나머지 남자와 여자가 리버스를 돌아보았다. 리버스는 태연하게 정면을 응시하며 잔을 입으로 가져갔다.

"우리만 있는 게 맞아." 남자가 말했다. "자, 보라고."

대화를 끝내자는 명백한 신호였다. 그때 바텐더가 돌아왔다.

"같은 걸로 줘요, 바텐더. 바쁘지 않다면."

술집 분위기는 금세 뜨겁게 달아올랐다. 지역 주민으로 보이는 세 남자가 들어와 근처 테이블에서 도미노 게임을 시작했다. 리버스는 그들이 지방색을 더하기 위해 술집이 고용한 사람들일 수도 있다고 생각했다. 물론 메도우뱅크 시슬(Meadowbank Thistle, 스코틀랜드 프로 축구팀 리빙스턴 FC의 전 이름) 대 레이스 로버스 FC(Raith Rovers, 스코틀랜드 커콜디의 축구 클럽) 경기에서보다는 지방색이 덜했지만. 술꾼 두 명이 더 들어와 리버스와 3인조 사이에 자리를 잡고 앉았다. 그들은 자신들보다 먼저 온 손님이 있다는 사실이 못마땅한 듯했다. 어쩌면 자신들의 지정석을 위협받게 된 것이 기분 나빴는지도. 그들은 시무룩하게 앉아 술을 마셨다. 잉글랜드 남자와 그의 두 친구가 입을 열 때마다 그들은 서로 눈빛을 교환했다.

"어쩔 거야?" 여자가 말했다. "오늘 밤에 돌아갈 거야? 그게 아니라면 숙소를 알아봐야 하잖아."

"별장에서 자면 돼."

리버스가 잔을 내려놓았다.

"그걸 말이라고 해?" 여자가 쏘아붙였다.

"그래서 여기 온 거 아니었어?"

"거기선 못 잘 것 같아."

"그래서 그걸 경야(죽은 사람을 장사 지내기 전에 가까운 친척이나 친구들이 관 옆에서 밤을 새워 지키는 일)라고 부르는 거겠지."

잉글랜드 남자의 웃음소리가 조용한 술집에 쩌렁쩌렁 울려댔다. 한쪽 테이블에서는 도미노 패가 요란하게 쓰러지고 있었다. 리버스는 술잔을 내버려두고 3인조에게 다가갔다.

"방금 별장이라고 하셨습니까?"

잉글랜드 남자가 천천히 눈을 깜빡였다. "그건 왜 묻습니까?"

"전 형사입니다." 리버스가 신분증을 꺼내 내밀었다. 옆에서 조용히 술을 마시던 두 손님이 슬그머니 일어나 술집을 나갔다. 경찰 신분증의 이 기묘한 힘이라니.

"리버스 경위입니다. 방금 어떤 별장을 말씀하신 겁니까?"

세 사람은 술에서 완전히 깬 모습이었다. 꽤 훌륭한 연기였다. 한두 번 해본 솜씨가 아닌 듯했다.

"형사님⋯⋯" 잉글랜드 남자가 말했다. "왜 그게 궁금하신 겁니까?"

"어떤 별장인지 그냥 궁금했을 뿐입니다. 여기서 알려주시겠습니까, 아니면 저랑 같이 더프타운 경찰서로 가서서……"

"디어 로지." 프랑스제 담배를 피우던 남자가 말했다. "거기 주인이 저희 친구입니다."

"친구였었죠." 여자가 친구의 답변을 바로잡아주었다.

"잭 부인의 친구분들이신가요?"

그들은 그렇다고 했다. 이내 자기소개가 이어졌다. 알고 보니 잉글랜드 남자는 스코틀랜드인이었다. 골동품상, 제이미 킬패트릭. 여자는 식료품 잡화업계 대부의 -별거 중인- 아내, 루이즈 패터슨-스콧이었다. 그리고 나머지 한 명은 화가, 줄리언 케이머였다.

"경찰 조사는 이미 받았는데요." 줄리언 케이머가 말했다. "어제 전화가 왔었습니다."

그들 모두 조사를 받은 상태였다. 잭 부인의 행방을 묻는 질문에는 모두 몇 주 동안 그녀를 보지 못했다고 대답했다.

"그녀와 통화를 했었어요." 패터슨-스콧 부인이 말했다. "그녀가 휴가를 떠나기 며칠 전에. 어디로 간다는 말은 없었어요. 그냥 혼자서 며칠 떠나 있고 싶다고만 했죠."

"여긴 무슨 일로 오신 겁니까?" 리버스가 물었다.

"친구가 죽었으니 경야를 해야죠." 킬패트릭이 대답했다. "우정을 생각해서. 그냥 애도하러 온 것뿐입니다. 그러니까 이만 꺼져주세요. 가서 술이나 마저 드시라고요."

"이 친구 얘긴 무시하세요, 경위님." 줄리언 케이머가 말했다. "지금 상태가 말이 아니거든요."

"그냥 좀······" 킬패트릭이 말했다. "힘들어서요."

"감정적으로 말씀이시죠?" 리버스가 말했다.

"그렇습니다, 경위님."

케이머가 계속 이어나갔다. "아무튼 제가 경야를 제안했습니다. 이번 일로 다들 넋이 나가 있는 상태였죠. 충격이 장난 아니었습니다. 그래서 통화를 하던 중 별장에 잠깐 다녀오자고 먼저 제안했습니다. 우리 모두가 마지막으로 뭉쳤던 곳이니까요."

"파티 말씀입니까?" 리버스가 물었다.

케이머가 고개를 끄덕였다. "한 달쯤 전이었습니다."

"아주 진탕 마시고 망나니들처럼 놀았죠." 킬패트릭이 말했다.

"뭐 아무튼······" 케이머가 말했다. "저흰 이곳에서 리지를 기리며 한잔 하기로 했습니다. 그리고 곧장 돌아가기로. 애석하게도 멤버들이 다 모이진 못했습니다. 선약들이 있다고 해서요. 그래서 저희 셋만 모여 이러고 있는 겁니다."

"그렇군요." 리버스가 말했다. "저랑 같이 가서 집을 봐주셨으면 합니다. 오늘은 날이 저물었으니 다음에요. 죄송하지만 세 분이 가서 밤을 보내시는 건 곤란합니다. 아직 지문 채취를 못했거든요."

그 말에 그들이 어리둥절한 표정을 지었다. "아직 못 들으셨습니까?" 리버스가 말했다. 그는 그날 아침에야 커트 박사가 부검 결과를 알려왔다는 사실을 깨달았다. "그건 살인사건이었습니다. 잭 부인은 살해되신 겁니다."

"오, 이런!"

"맙소사······"

"도저히 못 참겠……"

루이즈 패터슨-스콧이 말도 끝맺지 못하고 카펫 깔린 바닥에 속을 비워냈다. 줄리언 케이머는 흐느끼기 시작했고, 킬패트릭의 얼굴은 창백해졌다. 바텐더는 휘둥그레진 눈으로 그들을 쳐다보았고, 옆 테이블의 도미노 게임도 뚝 멎어버렸다. 누군가가 데려온 개 한 마리는 테이블 밑에 웅크리고 앉아 전혀 신선해 보이지 않는 토막살을 뜯고 있었다.

지방색 한번 독특하군. 리버스는 생각했다.

그들은 더프타운 변두리에서 호텔을 찾아냈다. 세 사람은 그곳에서 하루 묵기로 했다. 리버스는 윌키 부인에게 여분의 침실이 있는지 물어볼까 하다가 마음을 접었다. 그들은 아침에 별장에서 리버스와 만나기로 했다. 최대한 이른 시간에. 모두 볼일이 있는 사람들이었다.

리버스가 민박집에 돌아왔을 때 윌키 부인은 가스난로 옆에 앉아 TV로 영화를 보며 뜨개질을 하고 있었다. 그가 거실 문 안으로 고개를 내밀었다.

"안녕히 주무세요, 윌키 부인."

"잘 자, 아들. 자기 전에 기도하는 거 잊지 말고. 이따 가서 이불 덮어줄게."

리버스는 차를 한 잔 만들어 들고 침실로 들어갔다. 그리고 의자를 끌어와 문손잡이에 빗장 대신 받쳐놓았다. 그는 창문을 열어 환기를 시키고 나서 작은 텔레비전을 켜보았다. 화면 속 이미지가 이상했다. 아무리 두드려도 고쳐지지 않았다. 수직 동기 조절 손잡이(텔레비전에서 수직 편향 발진기의 자주 주파수를 조절하여 수직 방향으로 화상이 정지하도록 하기 위한 조절 손잡이)도 보이지 않았다. 하는 수 없이 그는 텔레비전을 끄고 가방을 뒤

적였다. 그의 손에 『물 밖에 나온 물고기』가 잡혔다. 그는 전혀 졸리지 않았고, 그것 외에는 읽을거리가 없었다. 그는 책을 펼쳐 들고 첫 장을 읽어 내려가기 시작했다.

다음 날 아침 눈을 뜬 리버스는 불길한 기운에 휩싸였다. 왠지 몸을 틀면 바로 옆에 누워 있는 윌키 부인을 보게 될 것만 같았다. -자, 앤드류, 오랜만에 우리 사랑이나 나눠요.- 그가 용기를 내어 몸을 돌려보았다. 다행히 윌키 부인은 그의 옆에 누워 있지 않았다. 그녀는 문밖에 서서 안으로 들어오려 낑낑대는 중이었다.

"리버스 씨, 리버스 씨!" 부드러운 노크가 이내 거칠어졌다. "문이 걸린 것 같아요, 리버스 씨! 일어났어요? 차를 가져왔어요!"

리버스는 어느새 침대를 내려와 황급히 옷을 걸치고 있었다. "잠깐만요, 윌키 부인."

노파는 공황 상태에 빠진 듯했다. "당신이 갇혀버렸어요, 리버스 씨. 문이 걸려버렸다고요! 가서 목수를 불러와야겠어요. 오, 맙소사."

"잠시만요, 윌키 부인. 제가 열 수 있을 것 같습니다." 그는 셔츠에 단추도 채우지 못한 채 문으로 달려가 빗장 대용으로 받쳐놓은 의자를 멀리 치웠다. 그리고 문틀을 꾹꾹 눌러대는 척하며 문을 열었다.

"괜찮아요, 리버스 씨? 오, 맙소사. 지금껏 이런 적이 없었는데. 이걸 어째……"

리버스가 그녀의 손에서 컵과 받침을 넘겨받았다. 그리고 받침에 흘린 차를 다시 컵에 따라 부었다. "감사합니다, 윌키 부인." 그가 코를 킁킁대기 시작했다. "맛있는 냄새가 나는데요."

"참, 아침 준비 하는 걸 깜빡했네." 그녀가 아장아장 걸어 계단을 내려갔다. 리버스는 자기 때문에 걱정했을 그녀에게 살짝 미안한 생각이 들었다. 아침을 먹을 때 침실 문에 정말로 아무 이상이 없다고 안심시켜주어야 할 것 같았다. 그러니 목수를 부를 필요가 없다고. 그는 완전히 잠에서 깬 상태가 아니었다. 7시 30분. 차는 식어 있었지만 날씨는 계절에 맞지 않게 포근하게 느껴졌다. 그는 침대에 걸터앉아 머릿속을 정리해보았다. 오늘이 무슨 요일이지? 수요일. 오늘 할 일은? 그것들을 어떤 순서로 처리해야 하지? 그는 세 얼간이와 별장을 살펴보게 될 것이다. 그런 다음, 코르비 부인을 만나러 가야 할 거고. 그게 다가 아닐 텐데…… 어젯밤 선잠이 들었을 때 문득 떠올랐던 것. 그래, 못할 것도 없지 뭐. 어차피 근처에 와 있기도 하고. 그는 아침을 먹고 전화를 걸어보기로 했다. 냄새를 맡아보니 무언가를 기름에 지지고 있는 것 같았다. 페이션스가 주로 내놓는 뮤즐리나 브랜 크런치 시리얼과는 차원이 다른 메뉴였다. 참, 페이션스에게도 전화를 해야 하는데…… 어젯밤 못했으니 오늘은 꼭 해야 돼. 그는 잠시 그녀를 생각했다. 페이션스와 그녀의 애완동물들. 그리고 옷을 마저 걸친 뒤 아래층으로 내려갔다.

그가 가장 먼저 별장에 도착했다. 그는 안으로 들어가 거실을 살펴보았다. 무언가가 달라져 있었다. 살짝 정리된 느낌. 정리? 아니, 어제보다 잔해가 좀 줄어들었다는 게 더 적절한 표현일 것이다. 술병들도 절반 가까이 줄어 있었다. 그는 또 사라진 게 없는지 궁금했다. 그가 작은 쿠션들을 차례로 들고 손거울을 찾아보았다. 그것 역시 사라진 후였다. 빌어먹을. 그는 황급히 주방으로 들어갔다. 뒤창은 깨져 있었고 싱크대와 바닥에는 유리

파편이 흩뿌려져 있었다. 주방의 상태는 어제와 다르지 않았다. 전자레인지가 사라진 것만 빼면. 그는 위층으로 올라가보았다. 천천히. 집은 텅 빈 듯했지만 그렇다고 마음을 놓을 수는 없었다. 화장실과 작은 침실은 어제와 같은 모습이었다. 안방도 마찬가지였고. 아니, 잠깐. 침대 기둥에 묶여 있었던 팬티스타킹은 이제 바닥을 뒹굴고 있었다. 리버스는 몸을 숙이고 그것을 집어 들었다가 이내 떨어뜨렸다. 그는 잠시 머리를 굴리다가 다시 아래층으로 내려갔다.

빈집털이. 그래. 누군가가 침입해 전자레인지를 가져가버렸다. 빈집털이가 현장으로 꾸며놓기 위해. 하지만 세상에 빈 병과 거울을 훔쳐가는 좀도둑이 어디 있어? 침대 기둥에 묶여 있던 팬티스타킹은 왜 풀어놓았고? 하지만 그런 건 아무래도 상관없잖아. 증거만 없앨 수 있다면. 이제 내세울 건 리버스의 주장밖에 없었다.

"그렇습니다. 분명 거실에 거울이 있었습니다. 바닥을 뒹굴고 있었죠. 작은 손거울인데요, 가장자리에 수상한 하얀 가루가 묻어 있었습니다."

"자네가 잘못 본 건 아닌가, 경위? 그랬는지도 모르잖아. 안 그런가?"

아니. 그랬을 리 없어. 내가 잘못 보다니. 하지만 이미 늦어버렸다. 대체 빈 병들은 왜 챙겨간 거지? 그것도 전부 다가 아니라 일부만. 자기들 지문이 묻어 있어서? 그럼 거울은? 혹시 거기에도 지문이?

어제 이럴 가능성에 대비해둬야 했는데. 존, 이 어리석은 놈. 바보, 바보, 바보!

"바보, 바보, 바보!"

모든 건 그가 자초한 일이었다. 어젯밤 세 얼간이에게 별장에 가선 안 된다고 했었지? 지문 채취가 아직 안 끝났다고. 보초라도 세워놓을걸. 순경을 시켜 밤새 지키게 했어야 했는데.

"바보, 바보!"

그들 중 하나겠지? 여자나 두 남자 중 하나. 하지만 왜? 그것들을 왜 가져갔을까? 자신들이 이곳에 왔던 흔적을 지우려고? 대체 왜? 도무지 이치에 닿지 않잖아. 도무지.

"바보!"

밖에서 차가 다가오고 있었다. 리버스는 그 소리를 듣고 밖으로 나가보았다. 다임러. 운전석에는 제이미 킬패트릭, 조수석에는 루이즈 패터슨-스콧, 뒷좌석에는 줄리언 케이머가 각각 앉아 있었다. 킬패트릭은 어제보다 상태가 많이 나아 보였다.

"경위님, 좋은 아침입니다."

"좋은 아침입니다. 호텔은 어땠습니까?"

"뭐 나쁘지 않았습니다. 특별히 좋지도 않았지만."

"보통 이상이었습니다." 케이머가 덧붙였다.

킬패트릭이 친구를 돌아보았다. "줄리언, 네가 나 같은 인생을 살고 있다면 '보통'이니 '이상'이니 하는 표현은 쓰지 못할걸."

케이머가 혀를 빼꼼 내밀었다.

"어린이 여러분, 이제 그만들 해요." 루이즈 패터슨-스콧이 나무라듯 말했다.

"활기가 넘치는 것 같군요." 리버스가 말했다.

"잠도 푹 잤고, 배도 든든히 채웠습니다." 킬패트릭이 배를 토닥이며 말했다.

"어젯밤 호텔에 계셨습니까?"

그들은 그 단순한 질문을 이해하지 못하는 듯했다.

"드라이브를 하러 나오거나 하진 않으셨고요?"

"아뇨." 킬패트릭이 경계하는 톤으로 말했다.

"이게 당신 차 맞습니까, 킬패트릭 씨?"

"네……"

"어젯밤 열쇠를 지니고 계셨나요?"

"이봐요, 경위님……"

"묻는 질문에만 대답하시죠."

"지니고 있었습니다. 주머니에 넣어뒀어요."

"옷은 방에 걸어두셨겠죠?"

"그렇습니다. 이봐요, 실없는 소리 그만하고 이제 안으로……"

"당신 방을 찾은 방문자는 없었습니까?"

"경위님." 루이즈 패터슨-스콧이 끼어들었다. "무슨 일로 그러시는지 말씀해주시면……"

"간밤에 누군가가 별장에 침입했습니다. 잠재적 증거가 될 만한 것들을 훼손해놨더군요. 그건 심각한 범죄입니다."

"그러니까 우리 중 누군가가 그랬다고 생각하시는……"

"아직은 아닙니다. 하지만 분명한 건 범인이 차를 타고 왔다는 사실입니다. 킬패트릭 씨도 차가 있으셔서요."

"줄리언과 난 언제든 차를 몰고 나올 수 있어요, 경위님."

"맞아요." 케이머가 말했다. "하지만 우린 어젯밤 늦게까지 제이미의 방에서 브랜디를 마셨습니다."

"그러니까 세 분 중 누구라도 마음만 먹으면 차를 몰고 나올 수 있었다는 말씀인 거죠?"

킬패트릭이 어깨를 으쓱였다. "전 아직도 그게 왜 문제가 되는지 모르겠습니다." 그가 말했다. "왜 저희가 이런 의심을 받아야 하는 겁니까?"

"아직은 아무 의심도 하지 않고 있다고 말씀드리지 않았습니까. 살인사건 수사가 진행되고 있고, 이곳은 잭 부인이 살해되기 전 찾으셨던 장소입니다. 게다가 누군가가 증거를 훼손하려들기까지 했습니다." 리버스가 잠시 뜸을 들였다. "제가 아는 건 그것뿐입니다. 자, 이제 안으로 들어가봅시다. 아무것도 만지면 안 된다는 거 아시죠? 찬찬히 살펴보면서 몇 가지 질문을 드리도록 하겠습니다."

사실 그가 정말로 묻고 싶었던 질문은 이것이었다. 별장이 마지막 파티가 벌어졌을 당시와 같은 상태로 남겨져 있는가? 하지만 그는 온갖 자질구레한 질문들만 연달아 던져댈 뿐이었다. 저흰 코가 비뚤어질 때까지 샴페인과 아르마냐크와 와인을 마셨습니다. 전자레인지로 팝콘을 튀겨 먹은 기억이 나요. 몇몇은 술에 거나하게 취한 채로 차를 몰고 떠났습니다. 나머지는 사방으로 흩어져 곯아떨어졌고요. 그레고르는 파티에 오지 않았습니다. 그 친구는 파티를 싫어하거든요. 특히 자기 아내가 벌이는 파티를.

"정말 재미없는 친굽니다. 그레고르 말이에요." 제이미 킬패트릭이 말했다. "그런 친구가 매음굴을 들락거렸다니. 그 소식을 접하고 엄청 놀랐습니다. 정말 사람 일은 알 수 없는 것 같아요."

하지만 분명히 또 다른 파티가 있었을 것이다. 그것도 최근에. 술집에서 만났을 때 바니 바이어스가 들려준 얘기가 사실이라면. 그레고르의 친구들의 파티. 잭의 무리. 내가 이곳으로 오고 있다는 걸 누가 또 알았을까?

내가 이곳에서 뭔가를 찾을까 봐 두려웠던 걸까? 누가 나를 막고 싶어 했을까? 그레고르 잭. 그가 안다는 건 그의 무리도 알고 있다는 뜻이겠지? 이들 셋이 아닌, 전혀 다른 인물일 수도 있어.

"씁쓸하네요." 루이즈 패터슨-스콧이 말했다. "더 이상 여기서 파티를 즐길 수 없게 됐으니…… 그녀가 우리 곁을 영영 떠났다고 생각하니……" 그녀가 눈물을 뚝뚝 흘리며 흐느끼기 시작했다. 제이미 킬패트릭이 다가가 그녀의 어깨를 감싸 안았다. 그녀는 그의 가슴에 얼굴을 파묻었다. 그녀가 손을 뻗어 줄리언 케이머를 끌어왔다. 세 사람은 그렇게 서로를 부둥켜안았다.

모팻 순경이 별장에 도착했을 때까지도 그들은 서로에게서 떨어지지 않았다.

리버스는 도망치듯 별장을 나왔다. 감시 임무는 내켜하지 않는 모팻에게 떠넘기기로 했다. 녹스 경사가 이끄는 과학수사대는 점심시간 전에 도착할 예정이었다.

"화장실에 잡지가 쌓여 있어. 심심하면 그거라도 봐." 리버스가 모팻에게 말했다. "아니면 이거……" 그가 차문을 열고『물 밖에 나온 물고기』를 집어 들었다. "다 읽고 돌려주지 않아도 돼. 내가 선물로 주는 거니까."

다임러는 이미 돌아가버린 후였다. 리버스는 자신의 차에 올라 모팻 순경에게 손을 흔들며 그곳을 떴다. 그는 전날 밤『물 밖에 나온 물고기』를 읽었다. 그것도 엄청 집중해서. 젊은 이탈리아인 조각가와 권태기에 빠진 부유한 유부녀의 비운의 사랑을 그린 지독한 로맨스 소설이었다. 조각가는 여자의 남편에게 작업을 의뢰받아 영국으로 오게 된다. 그를 노리개처럼 부리던 그녀는 어느새 조각가와 사랑에 빠진다. 하지만 조각가는 그녀보다 그녀의 조카에게 더 관심을 갖게 되고…… 뭐 그렇게 이어지는 내용이었다.

리버스는 제목만 보고 책을 던져버린 로널드 스틸의 심정을 조금은 이해할 수 있을 것 같았다. 소설의 제목은 젊은 조각가의 작품 제목과 같았다. 이 사건에서 물 밖에 나온 물고기는 리즈 잭이었다. 하지만 리버스는 그녀가 물 밖에 나온 것인지, 아니면 자신의 능력 밖에 빠지게 된 것인지 궁금했다.

크랙스턴 농장에 도착한 그는 본채 뒤뜰에 차를 세워놓았다. 사방에 닭과 오리들이 흩어져 있었다. 마침 코르비 부인은 집에 있었다. 그녀는 그를 주방으로 안내했다. 무언가를 굽는 냄새가 리버스를 경탄하게 만들었다. 하얀 밀가루로 덮인 커다란 식탁에서는 둥글둥글한 페이스트리 반죽 몇 개가 뒹굴고 있었다. 순간 리버스의 머릿속에 「포스트맨은 벨을 두 번 울린다」가 떠올랐다.

"앉아요." 그녀가 명령하듯 말했다. "방금 차를 만들었어요."

그녀가 차와 전날 만들어둔 스콘, 그리고 신선한 버터와 걸쭉한 딸기잼을 내왔다.

"혹시 민박집을 운영해보실 생각은 없으신가요, 코르비 부인?"

"내가요? 그럴만한 인내심은 없는 것 같은데요." 그녀는 연신 하얀 면 앞치마에 손을 문질러댔다. "공간이 부족해서 그런 건 아니에요. 작년에 남편이 세상을 떴거든요. 이제 이 집엔 나랑 알렉만 살고 있어요."

"네? 아드님과 둘이서 이 큰 농장을 관리하신다고요?"

그녀의 얼굴이 살짝 일그러졌다. "관리가 전혀 안 되고 있어요. 알렉은 농장일에 아무 관심이 없거든요. 황당하지만 사실이에요. 일꾼이 두 명 있는데 일하는 걸 보면 영 시원치 않아요. 아무래도 알렉이 저렇게 겉돌고 있으니. 차라리 팔아치우는 게 낫겠다는 생각도 들고. 알렉은 보나마나 그걸 바라고 있을 거예요. 그래서 내가 이렇게 버티고 있는 거고요." 그녀가 자신의 두 손을 내려다보다가 허벅지를 가볍게 내리쳤다. "맙소사. 내가 지금 무슨 소릴 하고 있는 거야? 경위님, 날 찾아온 이유가 뭐죠?"

리버스는 지금껏 형사로 살아오면서 코르비 부인만큼 양심에 거리낌이 없는 사람을 본 적이 없었다. 일반적으로 사람들은 경찰을 대면하기가 무섭게 자신들을 찾아온 이유를 물었다. 시간을 오래 끈다는 것은 그 이유를 이미 알고 있거나 아무것도 숨길 게 없다는 뜻이었다. 리버스는 방문의 목적을 털어놓았다.

"밖에서 보니 공중전화 박스 관리를 꽤 잘 해오셨더군요, 코르비 부인. 혹시 뭔가 수상한 점을 느끼지 못하셨습니까? 그 박스에서 말입니다."

"흠, 글쎄요." 그녀가 한 손을 올려 볼을 살살 문질렀다. "잘 모르겠는데요. 수상한 점이라면 어떤······"

리버스는 그녀의 눈을 똑바로 쳐다보지 못했다. 그녀가 거짓말을 하고 있음을 알아차렸기 때문이다.

"여자. 전화를 걸러 온. 박스 안에 뭔가 두고 간 게 있다든지······ 메모나 전화번호 같은······ 뭐 그런 거 말입니다."

"아뇨. 박스엔 아무것도 없었는데요."

그의 목소리가 살짝 굳어졌다. "그럼 박스 밖에선 못 보셨습니까, 코르비 부인? 한 일주일 전쯤. 지난 수요일이나 화요일에요."

그녀는 고개를 저었다. "스콘 하나 먹어봐요, 경위님."

그는 시키는 대로 스콘을 입에 넣고 천천히 씹었다. 코르비 부인은 골똘한 생각에 잠긴 듯했다. 그녀가 일어나 오븐을 체크했다. 그리고 주전자에 남은 차를 컵에 따른 후 식탁으로 돌아와 앉았다. 그녀는 다시 무릎에 얹어진 자신의 손을 유심히 내려다보았다.

한참을 기다려도 그녀는 말이 없었다. 그래서 리버스가 먼저 입을 열었다.

"지난 수요일에 이곳에 계셨죠?"

그녀가 고개를 끄덕였다. "하지만 화요일엔 아니에요. 화요일마다 동생 집에 가거든요. 하지만 수요일엔 하루 종일 집에 있었어요."

"아드님은요?"

그녀가 어깨를 으쓱였다. "집에 있지 않았다면 더프타운에 나가 있었을 거예요. 여기저기 싸돌아다니길 좋아하거든요."

"지금 아드님은 어디 있습니까?"

"읍내에 나갔어요."

"읍내라면……?"

"말도 없이 나가버려서 저도 잘……"

리버스가 일어나 주방 창가로 다가갔다. 창밖으로 뜰이 내다보였다. 닭 몇 마리가 리버스의 차 바퀴를 쪼아대는 중이었다. 그중 한 놈은 후드에 올라가 앉아 있었다.

"여기서 공중전화 박스를 볼 수 있습니까, 코르비 부인?"

"저…… 네, 거실에선 보여요. 하지만 거기서 시간을 보내는 일이 거의 없어요. 난 여기 주방이 더 편하고 좋거든요."

"제가 가서 살펴봐도 되겠습니까?"

누가 거실을 즐겨 찾았는지는 금세 밝혀졌다. 소파와 탁자와 텔레비전은 직선으로 배치되어 있었다. 작은 탁자에는 고리 모양 자국이 여럿 보였다. 뜨거운 머그잔이 만들어놓은 것들이었다. 소파 옆 바닥에는 재떨이와 커다란 감자칩 봉지가 놓여 있었다. 탁자 밑에는 빈 맥주캔 세 개가 뒹굴고 있었다. 코르비 부인이 혀를 끌끌 차며 빈 캔들을 집어 들었다. 리버스는 창가로 다가가 밖을 내다보았다.

멀리 공중전화 박스가 보였다. 알렉 코르비가 거실에서 무언가를 목격했을 수도 있었다. 충분히 가능한 일이었지만 과연 그랬을지…… 더 이상 농장에 머물 이유가 없었다. 그는 나중에 녹스 경사에게 코르비 부인의 추가 인터뷰를 맡기기로 했다.

"협조해주셔서 감사합니다, 코르비 부인." 그가 말했다.

"네." 그녀의 얼굴에 안도의 표정이 뚜렷하게 떠올랐다. "이제 다 끝난 모양이군요, 경위님."

리버스는 한 가지 확신이 생겼다. 그는 코르비 부인과 뜰에 나와 서 있었다.

"젊은 시절, 농장을 무척 좋아했었습니다. 친구 녀석이 농장에 살았거든요." 그가 거짓말로 둘러댔다. "매일 저녁, 차를 마시고 나서 농장으로 달려갔었죠. 정말 좋았습니다." 그가 환히 미소를 지으며 그녀를 돌아보았다. "잠시 둘러봐도 되겠습니까?"

"어……." 그녀의 얼굴이 금세 공포로 뒤덮였다. 하지만 그렇다고 포기할 리버스가 아니었다. 오히려 의욕이 더 샘솟았다. 그는 그녀의 허락을 기다리지 않고 토끼장과 돼지우리 쪽으로 걸어나갔다. 그곳을 찬찬히 둘러본 후에는 닭과 흥분한 오리들을 지나 외양간으로 들어갔다. 바닥에는 밀짚이 깔려 있었고, 사방에서 소 냄새가 진동했다. 콘크리트 칸막이, 돌돌 감아놓은 호스, 그리고 물이 새는 수도꼭지. 리버스의 발밑에는 물이 흥건했다. 병든 것 같아 보이는 암소 한 마리가 눈을 천천히 끔뻑이며 그를 쳐다보았다. 그러거나 말거나 그의 관심은 오로지 구석의 방수포에만 쏠려 있었다.

"저 밑엔 뭐가 있습니까, 코르비 부인?"

"저건 알렉의 물건이에요!" 그녀가 빽 소리쳤다. "만지지 말아요! 그건 당신과 아무 상관이……"

하지만 그는 이미 방수포를 걷어낸 후였다. 무엇이 숨겨져 있을 거라 예상했지? 그의 눈앞에 모습을 드러낸 것은 다름 아닌, 엘리자베스 잭의 검은 BMW 3시리즈였다. 이제는 리버스가 혀를 찰 차례였다. 그는 환희의 함성이 터져 나오려는 걸 애써 참아냈다.

"코르비 부인," 그가 말했다. "제가 찾던 차가 바로 여기 숨어 있었네요."

하지만 코르비 부인은 듣고 있지 않았다. "걘 나쁜 애가 아니에요. 무슨 해를 끼치려고 그런 게 아니라고요. 그 애가 없으면 난 못 살아요." 그런 주절거림이 이어지는 동안 리버스는 차를 유심히 살펴보았다. 물론 손은 대지 않았다. 마침 과학수사대가 오고 있으니 다행이었다. 오늘 그들은 정신없는 하루를 보내게 될 것이다.

잠깐, 저건 뭐지? 뒷좌석에 웅크리고 있는 형체. 그가 바짝 다가가 색유리 안을 들여다보았다.

"이래서 늘 뜻밖의 일을 예상하고 있어야 하는 거야, 존." 그가 중얼거렸다.

뒷좌석에 실려 있는 것은 전자레인지였다.

7
더틸

리버스는 에든버러에 전화를 걸었다. 수사 진행 상황을 보고하고, 출장 기간을 하루 더 연장해달라고 요청하기 위해서였다. 로더데일은 피해자의 차를 찾았다는 보고에 크게 기뻐했다. 그가 어찌나 흥분을 하던지 리버스는 별장 불법 침입자에 대한 소식을 깜빡 잊고 보고하지 못했다. 경찰은 알렉이 집으로 들어서기가 무섭게 −술에 거나하게 취한 채 음주운전을 했지만 그건 눈감아주기로 했다− 그를 체포해 더프타운으로 데려갔다. 상황이 급변하자 리버스는 지역 경찰을 심하게 몰아붙였다. 별장으로 향하던 녹스 경사도 리버스의 연락을 받고 황급히 농장으로 왔다. 그는 모팻 순경의 형 같아 보였다. 어쩌면 그들은 가까운 친척 관계인지도 몰랐다.

"과학수사대를 시켜 저 차를 꼼꼼히 살펴보도록 해." 리버스가 그에게 말했다. "지금은 별장보다 이게 더 시급한 문제야."

녹스가 턱을 살살 문질렀다. "견인차가 필요할 것 같은데요."

"트레일러가 낫지 않겠나?"

"한번 알아보겠습니다. 차는 어디로 가져갈까요?"

"지붕이 있고 안전한 곳으로."

"경찰서 차고는 어떻습니까?"

"그렇게 해."

"정확히 뭘 찾고 계신 거죠?"

"그건 나도 모르겠어."

리버스는 주방으로 돌아갔다. 코르비 부인은 식탁에 앉아 타버린 케이크를 살펴보고 있었다. 그는 입을 열었지만 차마 아무 말도 할 수 없었다. 그녀는 방조자였다. 아들을 보호하기 위해 거짓 진술을 했으니. 하지만 용의자가 잡힌 마당에 그녀까지 문제 삼을 건 없었다. 슬그머니 본채를 나온 리버스는 차에 올라 시동을 걸었다. 앞 유리 밖 후드에는 닭의 선물이 남겨져 있었다.

그는 더프타운 경찰서에서 알렉 코르비를 심문했다.

"넌 코너에 몰려 있어. 모든 걸 털어놓는 게 신상에 좋을 거야. 하나도 빼놓지 말고."

마주 앉은 리버스와 코르비는 담배를 피우고 있었고, 녹스 경사는 리버스 뒤에 서 있었다. 코르비는 애써 태평한 척하고 있었다. 그걸 보고 가만 있을 리버스가 아니었다.

"이건 살인사건이야. 피해자의 차가 너희 집 외양간에서 발견됐다고. 거기서 네 지문이 검출되면 넌 살인죄로 기소되는 거야. 아는 게 있으면 지금 다 털어놓는 게 좋을걸."

리버스의 경고에 코르비가 진지해졌다.

코르비(Corbie, 까마귀)는 자신의 이름에 걸맞게 쉴 새 없이 재잘거렸다. 왠지 거짓으로 둘러대는 것 같지는 않았다. 잠시 후, 그가 파라세타몰(paracetamol, 진통제) 몇 알을 요청했다.

"머리가 깨질 것 같아요."

"대낮부터 술을 퍼마셔서 그래." 리버스가 말했다. 그는 두통의 원인이 술을 마신 것이 아닌, 마시다 그만둔 것에 있다는 걸 알고 있었다. 약을 건네자 코르비가 물과 함께 단숨에 삼켜버렸다. 그는 기침을 몇 번 하다가 새 담배를 꺼내 물고 불을 붙였다. 리버스는 피우던 담배를 재떨이에 비벼 껐다. 주구장창 담배만 빨아대고 싶지 않았기 때문이다.

"차는 일시 정차 가능 구역에 세워져 있었어요." 코르비가 말했다. "몇 시간째 꿈적도 안 하고 있기에 가서 살펴봤죠. 열쇠가 꽂혀 있더라고요. 그래서 시동을 걸고 농장으로 몰고 왔어요."

"왜 그랬지?"

그가 어깨를 으쓱였다. "하늘이 준 선물을 왜 마다합니까?" 그가 빙그레 웃었다. 두 형사는 아무 반응도 하지 않았다. "묻혀 있는 보물이나 마찬가지잖아요. 찾는 사람이 임자 아닙니까?"

"주인이 돌아올 거라는 생각은 못했나?"

그가 다시 어깨를 으쓱였다. "거기까진 생각 못했어요. 그땐 BMW를 몰고 읍내에 나가 질투의 시선을 한 몸에 받을 생각뿐이었습니다."

"그걸 몰고 경주에 나설 생각이었나?" 이번에는 녹스 경사가 물었다.

"당연하죠."

녹스가 리버스에게 설명했다. "저놈들은 뒷길에서 종종 경주를 벌입니다."

리버스는 모팻에게서도 같은 설명을 들었었다. 소년 레이서. "차 주인은 정말 못 봤어?" 그가 물었다.

코르비가 어깨를 으쓱였다.

"그게 무슨 뜻이지?"

"잘 모르겠다는 뜻입니다. 거기 또 다른 차가 하나 세워져 있었거든요.

커플이 말다툼을 벌이고 있었습니다. 뜰에서도 들릴 정도로 싸우는 소리가 컸죠."

"정확히 뭘 봤는지 얘기해봐."

"그 BMW가 보였고, 또 다른 차가 그 앞에 세워져 있었습니다."

"그 다른 차는 유심히 보지 않았나?"

"네. 그냥 남자와 여자가 싸우는 소리만 들었어요."

"그들이 뭐 때문에 싸웠지?"

"그야 모르죠."

"정말?"

코르비가 고개를 저었다.

"알았어." 리버스가 말했다. "그러니까 그게 언제……"

"수요일이었습니다. 수요일 아침. 아니, 점심시간쯤이었나?"

리버스는 잠시 골똘한 생각에 잠겼다. 알리바이를 다시 확인할 필요가 있을 것 같았다. "그때 어머니는 어디 계셨지?"

"주방에요. 늘 그렇듯이."

"어머니에게 싸우는 커플 얘길 들려드렸나?"

코르비가 고개를 저었다. "그래야 할 이유가 없잖아요."

리버스가 고개를 끄덕였다. 수요일 아침이라. 엘리자베스 잭이 살해된 날인데. 일시 정차 가능 구역에서 커플의 말다툼이 있었다고?

"정말 싸우는 소리였나?"

"저도 많이 싸워봤어요. 그런 거야 척 보면 알죠. 분명 싸우는 소리였습니다. 여자는 소리까지 꽥꽥 질러댔는걸요."

"그게 다야, 알렉?"

리버스가 성 대신 이름을 부르자 코르비는 살짝 긴장을 풀었다. 경찰에 순순히 협조하면 이 답답한 상황에서 벗어날 수 있을 거라 생각한 걸까?

"그 다른 차가 사라진 후에도 BMW는 계속 거기 세워져 있었어요. 안에 누가 타고 있는진 알 수 없었고요. 유리에 선팅이 되어 있어서 말이죠. 하지만 라디오가 켜져 있긴 했어요. 그리고 그날 오후엔……"

"그러니까 그 차가 오전 내내 거기 세워져 있었다 이거지?"

"네. 그리고 그날 오후엔……"

"정확히 몇 시?"

"그건 모르겠어요. 텔레비전으로 경마 중계를 봤던 것 같은데."

"계속해봐."

"한참 뒤에 또 다른 차 하나가 나타났습니다. 사라졌던 그 차가 돌아왔던 것인지도 모르고요."

"잘 안 보였어?"

"두 번째 봤을 땐 그나마 좀 보였어요. 이유는 모르겠지만. 아무튼 그 차는 파란색이었습니다. 밝은 파란색. 분명해요."

차들을 제대로 살펴봐야 했다. 제이미 킬패트릭의 다임러는 파란색이 아니었다. 그레고르 잭의 사브도, 랩 키눌의 랜드로버도 마찬가지였다.

"싸우는 소리는 계속 들려왔어요." 코르비가 말했다. "BMW에서 들려오는 것 같았습니다. 어느 순간엔 라디오 소리도 크게 들렸고요."

리버스는 새로운 정보에 만족하며 고개를 끄덕였다.

"그러고선?"

코르비가 어깨를 으쓱였다. "다시 잠잠해졌어요. 나중에 다시 내다보니 그 차는 사라지고 BMW만 남아 있더군요. 그래서 한참 뒤 밖으로 나가

봤습니다. 좀 살펴보려고요. 조수석 문이 살짝 열려 있었고 문틈으로 보니 아무도 없어서 충동적으로 일을 벌이게 됐습니다. 열쇠도 꽂혀 있었고요."

그가 어깨를 으쓱였다. 그게 전부라는 뜻이었다.

흥미로운 내용이었다. 또 다른 차가 두 대나 더 있었다고? 아침에 왔던 차가 오후에 다시 돌아왔던 걸까? 리즈 잭은 공중전화로 누구와 통화를 했을까? 어떤 문제로 언쟁을 벌였던 걸까? 라디오 소리가 갑자기 커졌다는 건…… 말다툼 소리를 감추기 위해서였나? 몸싸움을 하는 과정에서 볼륨 조절 손잡이가 돌아가버렸던 건 아닐까? 그의 머리가 또다시 핑핑 돌기 시작했다. 그는 잠시 커피를 마시며 쉬자고 했다. 잠시 후, 플라스틱 컵 세 개가 배달되어 왔다. 설탕과 다이제스티브 비스킷도 딸려 왔다.

딱딱한 의자에 앉아 있는 코르비는 긴장이 많이 풀린 상태였다. 그는 한쪽 다리를 접어 다른 쪽에 얹어놓은 채 줄담배를 피워댔다. 비스킷은 녹스 혼자 다 먹어치워버렸다.

"자," 리버스가 말했다. "이제 전자레인지 얘길 좀 해보자고."

코르비는 전자레인지도 도로변에서 발견했다고 주장했다.

"지금 우리더러 그 말을 믿으라는 거야?" 녹스가 비웃듯 말했다. 하지만 리버스는 그것이 사실인지도 모른다고 생각했다.

"정말이에요." 코르비가 흥분하지 않고 말했다. "믿기지 않으시겠지만 말입니다, 녹스 경사님. 오늘 아침에 나가보니 그게 배수로에 버려져 있었어요. 그걸 보자마자 제 눈을 의심했죠. 그걸 버리고 가다니. 쓸 만해 보여서 집으로 가져갔습니다."

"그럼 그걸 왜 숨겨놓은 거지?"

코르비가 앉은 채로 몸을 들썩였다. "어머니가 보시면 제가 훔쳐왔다고

222

넘겨짚으실 테니까요. 밖에서 찾았다는 걸 믿어주실 분이 아니에요. 그래서 그럴듯한 스토리가 떠오를 때까지 숨겨놓기로 했죠."

"어젯밤 불법 침입 사건이 있었어." 리버스가 말했다. "디어 로지에. 알고 있었나?"

"매음굴에서 딱 걸려버린 그 하원의원의 별장 말씀이시죠?"

"알고 있었군. 아무튼 네가 찾은 전자레인지도 거기서 왔을 가능성이 커."

"전 훔치지 않았습니다."

"어떻게 된 일인지 곧 알 수 있을 거야. 지문 채취 작업(being dusted for prints)이 한창이니까."

"청소(dusting)라면 지긋지긋한데." 코르비가 말했다. "형사님들은 저희 어머니보다 더하시군요."

"그걸 이제 알았나?" 리버스가 자리에서 일어났다. "마지막으로 한 가지만 더 물어볼게, 알렉. 차, 그건 어머니에게 어떻게 둘러댔지?"

"뭐 어렵지 않았습니다. 그냥 친구 부탁으로 며칠 맡아주는 거라고 했어요."

그냥 믿어주는 척했겠지. 아들을 잃으면 농장도 잃게 되니.

"좋아, 알렉." 리버스가 말했다. "이제 조서를 작성할 차례야. 지금까지 들려준 얘길 잘 정리해야 돼. 녹스 경사가 도와줄 테니 걱정 마." 그가 문앞에 멈춰 섰다. "순순히 협조하는 게 좋을걸. 그러지 않으면 음주운전을 문제 삼을 테니까. 무슨 얘긴지 알지?"

리버스는 윌키 부인의 민박집까지 먼 길을 달려왔다. 그는 더프타운에서 하룻밤 묵지 않은 것을 후회했다. 하지만 많은 걸 생각할 시간이 주어진 건 다행이었다. 남은 스케줄을 내일 아침으로 미루어놓았으니 오늘은 푹 쉴 수 있었다. 언덕 위로는 구름이 낮게 걸려 있었다. 이놈의 날씨. 하일랜드의 날씨는 늘 이랬다. 험악하고, 으스스하고. 과거 이곳에서는 끔찍한 일들이 벌어졌었다. 대학살, 강제 이주, 유혈이 낭자한 복수, 그리고 식인 행위까지 상상을 초월하는 사건들.

누가 리즈 잭을 죽였을까? 대체 왜? 이런 사건에서 가장 먼저 의심을 받는 건 남편이다. 다들 그를 용의자로 지목하고 있었지만 리버스만은 달랐다.

왜냐고?

증거를 보면 답이 나오니까. 문제의 수요일 아침, 잭은 선거구 미팅에 참석했고, 그 후에는 골프를 쳤다. 저녁에는 어떤 행사에 참석했고. 그걸 누가 확인해줬더라? 잭 본인과 헬렌 그레이그. 게다가 그의 차는 하얀색이었다. 그걸 파란색으로 잘못 볼 가능성은 없었다. 그뿐만이 아니었다. 누군가가 잭을 함정에 빠뜨리려 수작을 부리고 있었다. 리버스가 잡아야 할 사람은 바로 그 사람이었다. 그게 리즈 잭이었다면 얘기가 달라지겠지만. 그는 그럴 가능성도 생각해보았다. 하지만 그 익명의 전화는…… 그건 누구의 주장이었지? 바니 바이어스. 헬렌 그레이그는 모른다고 했었고. 뻔뻔하게 모르는 척했거나. 리버스는 그레고르 잭을 다시 만나보기로 했다. 그의 아내에게 정부가 있었을까? 리버스는 당연히 있었을 거라 확신했다. 질문을 바꾸어야 했다. 과연 그녀에게는 몇 명의 정부가 있었을까? 한 명? 두 명? 아니면 그 이상? 혹시 내가 잘못 짚은 건 아닐까? 엘리자베스 잭에 대해 아는 것도 없으면서. 그녀의 협력자와 비평가들의 의견만 들어봤을 뿐. 그는 그녀에 대해 무지했다. 생전에 어울리던 친구들과 비치해놓은 가구들을 통해 그녀의 감각이 별로라는 사실만을 확인했을 뿐……

목요일 아침. 시체가 발견된 지도 벌써 일주일이 지나 있었다.

일찍 잠에서 깬 그는 월키 부인이 차를 가져올 때까지 침대에 누워 여유를 부렸다. 지난 밤 그녀는 단 한 번도 그를 오래전에 죽은 자신의 남편이나 오래전에 연락이 끊긴 자신의 아들로 착각하지 않았다. 그래서 그는 안심하고 그녀를 침실에 들이기로 했다. 오늘 아침, 그녀는 차에 생강 쿠키까지 가져와 대접해주었다. 차는 뜨거웠다. 하지만 날은 쌀쌀했다. 여전히 회색을 띤 하늘은 이슬비를 뿌리고 있었다. 내키지 않았지만 다시 문명사회로 나가봐야만 했다. 먼저 다른 데 경의를 표하고 나서.

월키 부인은 서둘러 아침을 먹고 일어난 그의 볼에 살짝 입을 맞추었다.

"나중에 꼭 다시 찾아줘요." 그녀가 현관에 서서 손을 흔들며 말했다. "잼이 많이 팔리길 기도할게요."

와이퍼가 멎어버리기가 무섭게 비가 억수같이 쏟아졌다. 그는 차를 멈춰 세우고 지도를 잠시 들여다보다가 밖으로 뛰쳐나가 와이퍼를 몇 번 흔들었다. 처음 겪는 일이 아니었다. 이런 문제는 약간의 힘만 가하면 손쉽게 해결되었다. 하지만 이번에는 꽤 단단히 걸려버린 듯했다. 아무리 둘러봐도 정비소는 보이지 않았다. 최대한 천천히 몰고 가는 수밖에 없었다. 빗줄기가 굵고 거세어질수록 때 긴 앞 유리는 점점 깨끗해져갔다. 오히려 느리고 가늘게 떨어지는 빗줄기가 문제였다. 바깥세상을 너무 흐려놓으니까. 하지만 빠르고 굵게 떨어지면 앞 유리가 청소되는 효과가 있어 운전하는 데 별 지장이 생기지 않았다.

폭우는 그가 더틸에 도착할 때까지 그치지 않았다.

더틸 전문 병원은 원래 정신이 온전치 않은 범죄자들의 치료를 위해 지어진 곳이었다. 영국 제도의 여느 '전문 병원'들과 마찬가지로 이곳 역시 그냥 병원에 불과했다. 교도소가 아니라. 이곳으로 호송되는 이들은 재소자가 아닌, 환자로서 대우 받았다. 새 건물에서, 그것도 최신 기술로. 이 병원의 설립 목적은 치료이지 처벌이 아니었다.

이 모든 건 병원장인 프랭크 포스터 박사가 자신의 아늑하면서도 진지한 분위기가 풍기는 사무실에서 리버스에게 들려준 내용이었다. 전날 밤, 리버스는 페이션스에게 전화를 걸어 이 병원과 관련해 오랫동안 통화를 했다. 그녀도 포스터 박사와 같은 얘기를 늘어놓았다. 뭐 그렇다고 치지. 리버스는 생각했다. 하지만 어찌됐든 이곳이 구금 시설이라는 건 부인할 수 없잖아. 비록 환자들이 시한과 선고의 굴레에서는 자유롭겠지만. 정문은 전자 작동식이었고, 경비요원들에 의해 삼엄히 감시되고 있었다. 리버스가 지날 때마다 문들이 착착 닫혔다. 하지만 포스터 박사는 오락시설과 스태프 대 환자 비율과 매주 열리는 디스코 파티 따위에 대해서만 열을 내어 설명할 뿐이었다. 그는 병원이 무척 자랑스러운 모양이었다. 이토록 오버를 해대는 걸 보면. 박사는 병원의 대외적인 간판 구실을 하고 있었다. 그는 이곳에서 누릴 수 있는 모든 혜택과 가족 같은 분위기, 그리고 치료의 탁월한 기능에 대해 신나게 떠들어댔다. 지난 몇 년간 브로드무어(Broadmoor, 잉글랜드 남부에 위치한 특수 병원으로 정신적 장애가 있는 흉악범들을 수용해 치료하는 곳)와 같은 병원들은 비판의 대상이었다. 비판을 피하려면 홍보에 각별한 신경을 쏟아야 했다. 지금 포스터 박사가 그러듯이. 그는 리버스보다 몇 살 어려 보였다. 건강해 보이는 얼굴에서는 미소가 끊이지 않고 있었다.

그는 리버스로 하여금 그레고르 잭을 떠올리게 만들었다. 의욕과 에너지, 그리고 대중적 이미지. 미국 대통령 선거에서나 볼 법한 모습을 정신병원에서도 보게 되다니. 병원을 장악해버린 건 미치광이들이 아니라 이미지에 집착하는 사람들이었다.

"이곳에선 300명이 넘는 환자가 치료를 받고 있습니다." 포스터가 말했다. "직원들은 그들의 얼굴뿐만 아니라 이름까지 줄줄 외우고 있죠. 그것도 성이 아니라 이름을 말입니다. 여긴 사람들이 생각하는 그런 아수라장이 아닙니다, 리버스 경위님. 그런 시절은 이미 오래전에 지났죠. 다행히도."

"그래도 보안이 철저한 시설이지 않습니까."

"그렇습니다."

"이곳 환자들은 제정신이 아닌 상태에서 범죄를 저지른 사람들이고요."

포스터가 다시 미소를 지었다. "환자들 대부분은 전혀 그렇게 보이지 않습니다. 그들 대부분이 평균 이상의 아이큐를 갖고 있다는 거 아십니까? 환자들 중 60퍼센트 이상이 그런 것으로 알고 있습니다. 그중엔 저보다 훨씬 똑똑한 이들도 여럿 있을 겁니다." 그가 웃음을 터뜨렸다가 이내 진지한 표정으로 돌아왔다. "많은 환자들이 혼란에 빠져 있습니다. 우울증과 조현병을 앓고 있죠. 하지만 그렇다고 영화에 나오는 그런 미치광이들은 아닙니다. 앤드류 맥밀런의 경우를 한번 보십시오." 포스터의 책상에는 이미 관련 파일이 놓여 있었다. 그가 파일을 펼쳤다. "그는 이 병원이 문을 열었을 때부터 저희와 함께 지내왔습니다. 그 전까진 이보다 훨씬 못한 곳을 전전해야 했었죠. 그의 상태는 이곳에 오고 나서 눈에 띄게 호전됐습니다. 말도 많아지고, 여러 프로그램에도 적극적으로 참여하기 시작했죠. 체스도 굉장히 잘 둡니다."

"그래도 아직은 위험인물이지 않습니까."

포스터는 잠시 뜸을 들였다. "가끔 공황 발작을 일으키긴 합니다. 과호흡 증후군. 하지만 예전처럼 통제 불능 상태에 빠지는 경우는 없었습니다." 그가 파일을 덮었다. "전 앤드류 맥밀런이 완전히 회복될 거라 확신하고 있습니다, 경위님. 그건 그렇고, 그에 대해 궁금한 게 있으시다고요?"

리버스는 자신이 알고 있는 '무리'에 대해 설명해주었다. '맥'으로 불리는 맥밀런과 그레고르 잭의 관계에 대해서. 엘리자베스 잭 살인사건에 대해서. 또한 그녀가 살해되기 전, 더틸에서 60킬로미터도 채 떨어지지 않은 곳에 머물렀다는 사실도 들려주었다.

"그녀가 병원을 찾은 적이 있었습니까?"

"한번 체크해보겠습니다." 포스터가 다시 파일을 열고 찬찬히 훑어나갔다. "흥미롭군요. 이 파일 어디에도 맥밀런 씨가 잭 씨와 친분이 있었다거나 그가 '맥'이라는 별명으로 불렸다는 사실은 기록돼 있지 않습니다." 그가 연필을 향해 손을 뻗었다. "여기 메모를 해둬야겠네요." 그는 새로운 정보를 기록한 뒤 계속 파일을 훑었다. "과거에 맥밀런 씨가 몇몇 하원의원에게 편지를 보낸 적이 있었군요. 다른 유명 인사들에게도 편지를 띄운 적이 있었고요. 잭 씨도 언급이 됐는데……" 한동안 입을 닫고 내용을 살피던 그가 파일을 닫고 수화기를 집어 들었다. "오드리, 방문자 기록을 가져다줘요. 최근 것으로."

더틸은 관광 명소와 거리가 먼 곳이었다. 덕분에 방명록은 썰렁했다. 리버스는 단 몇 분 만에 원하던 것을 찾아낼 수 있었다. 토요일에 찾아왔던 방문자. 크리퍼 작전 바로 다음 날. 하지만 그것이 세상에 알려지기 전.

"엘리자 페리." 그가 방명록에 적힌 이름을 읽었다. "방문한 환자는 앤드류 맥밀런, 환자와의 관계는 친구, 방문 시간은 3시부터 4시 30분까지였군요. 아, 그게 저희 면회 시간입니다." 포스터가 말했다. "방문자들은 주로 레크리에이션 룸에서 환자들을 면회할 수 있습니다. 하지만 경위님은 그의 병동에서 앤드류를 면회하실 수 있습니다."

"그의 병동?"

"그냥 큰 방입니다. 침대 네 개가 갖춰져 있죠. 저희가 그곳을 병동이라고 부르는 이유는 좀 더 병원 분위기를 내기 위해서입니다. 앤드류는 키눌 병동에 있습니다."

리버스가 흠칫 놀랐다. "왜 키눌입니까?"

"네?"

"왜 그곳을 키눌 병동이라고 부르시는 거죠?"

포스터가 미소를 지었다. "유명한 배우의 이름을 따서 지은 겁니다. 랍 키눌이라고, 당연히 들어보셨겠죠? 키눌 부부는 이 병원의 후원자입니다."

리버스는 캐스 키눌도 '무리'에 포함되어 있다는 사실은 굳이 밝히지 않았다. 그녀와 맥밀런이 학창 시절 친구였다는 사실도. 그건 그가 상관할 문제가 아니었다. 하지만 이번에도 그의 짐작이 맞아떨어졌다. 캐스는 한때 친구였던 그를 잊지 않고 있었던 것이다. 더 이상 누구도 절 고욱이라고 부르지 않아요. 리즈 잭도 이곳을 찾아왔었다. 방명록에는 결혼 전 이름으로 서명을 했고. 물론 그는 이해할 수 있었다. 하원의원의 아내가 미치광이 킬러를 면회하러 정신병원을 방문한 사실이 언론에 알려지면 큰일이니까. 하지만 그녀는 자신이 또 다른 일로 언론의 주목을 받게 되리라는 걸 미처 예상하지 못했을 것이다.

"나중에 면회를 마치시면," 포스터 박사가 말했다. "저희 병원 구석구석을 보여드리겠습니다. 수영장, 체육관, 작업장……"

"작업장?"

"단순한 기계를 다루는 곳이죠. 자동차 정비, 뭐 그런 것들 말입니다."

"환자들에게 스패너와 드라이버를 내준다는 말씀입니까?"

포스터가 웃음을 터뜨렸다. "물론 작업 시간이 끝나면 전부 회수합니다."

리버스의 머릿속에 아이디어 하나가 떠올랐다. "방금 자동차 정비라고 하셨죠? 혹시 제 차 앞 유리 와이퍼를 좀 봐주실 수 있겠습니까?"

포스터가 다시 웃음을 터뜨리려 하자 리버스가 고개를 저었다.

"진지하게 드리는 말씀입니다." 그가 말했다.

"한번 알아보겠습니다." 포스터가 자리에서 일어났다. "자, 준비되셨습니까, 경위님?"

"준비됐습니다." 리버스가 대답했다. 아닐 수도 있었지만.

리버스는 키눌 병동을 향해 한없이 이어지는 복도를 묵묵히 걸어 나갔다. 안내를 맡은 간호사는 문을 지날 때마다 자물쇠를 풀고 다시 채우느라 정신이 없었다. 그의 허리 밴드에는 묵직한 열쇠꾸러미가 걸려 있었다. 리버스가 말을 걸 때마다 간호사는 무성의한 짧은 답만을 내놓았다. 복도를 따라 이동하던 중 작은 사건이 발생했다. 한쪽 문간에서 누군가의 손이 불쑥 튀어나와 리버스를 움켜잡은 것이었다. 왜소한 노인이 눈을 번뜩이며 무언가를 얘기하려 했다.

"방으로 돌아가세요, 호머." 간호사가 리버스의 재킷에 얹어진 손가락을 우악스럽게 비틀어 떼어냈다. 남자는 잽싸게 방으로 들어가버렸다. 리버스는 쿵쾅거리는 가슴이 진정될 때까지 기다렸다. "왜 저분을 호머라고 부르는 겁니까?"

간호사가 그를 빤히 쳐다보았다. "그게 저분 성함이니까요." 그들은 다시 침묵을 지키며 걸음을 옮겨나갔다.

포스터가 경고했던 그대로였다. 사방에서 들려오는 신음, 예고 없이 터져 나오는 오싹한 비명, 그리고 필요 이상으로 과격한 동작들. 그들은 환자들이 모여 TV를 보고 있는 커다란 방을 가로질러나갔다. 포스터는 통제가 불가능한 일반 텔레비전 프로그램은 일절 틀어주지 않는다고 설명했다. 대신 신중히 고른 비디오를 틀어준다나. 환자들은 「사운드 오브 뮤직」을 특히 좋아한다고 했다.

"다들 약을 먹은 상태인가요?" 리버스가 물었다.

간호사가 갑자기 수다스러워졌다. "목구멍에 쑤셔 넣을 수 있는 만큼 먹입니다. 그래야 이렇게 조용하거든요."

환자들을 정성껏 돌보지는 않는다는 뜻이었다.

"하지만 문제 될 건 없습니다." 간호사가 말했다. "환자들에게 약을 먹이는 건 MHA가 허락한 일이니까."

"MHA?"

"정신보건법(Mental Health Act) 말입니다. 진정제 투여도 치료 과정의 일부입니다."

간호사의 답변은 마치 리버스처럼 호기심 많은 방문자들에 대비해 오랫동안 연습해온 멘트같이 느껴졌다. 그는 건장한 체구를 가지고 있었다. 큰 키는 아니었지만 어깨는 떡 벌어졌고, 팔뚝은 두꺼웠다.

"웨이트 트레이닝을 합니까?" 리버스가 물었다.

"누구 말씀이죠? 저 환자들?"

리버스가 미소를 지었다. "당신 말입니다."

"아." 그가 씩 웃었다. "네. 역기를 좀 듭니다. 대부분의 정신병원에선 환자들만 신나게 누릴 수 있습니다. 직원들을 위한 시설은 기대할 수 없고요. 하지만 이곳엔 꽤 괜찮은 체육관이 마련돼 있습니다. 정말 마음에 드는 곳이죠. 자, 이쪽입니다."

또 다른 문이 열리면서 또 다른 복도가 나타났다. 복도 끝에는 키눌 병동으로 안내하는 표지판이 붙어 있었다. "들어가시죠." 병동으로 통하는 문을 열어주며 간호사가 말했다. "벽 앞으로 가요."

리버스는 그것을 간호사가 자신에게 한 말로 착각했다. 하지만 알고 보니 방 안의 키 크고 빼빼 마른 남자에게 내린 지시였다. 남자가 침대에서 일어나 벽 앞으로 다가갔다. 그가 몸을 틀고 그들을 쳐다보았다.

"두 손을 벽에 갖다 붙여요." 간호사가 지시했다. 앤드류 맥밀런이 두 손바닥을 등 뒤의 벽에 붙였다.

"이봐요." 리버스가 말했다. "이렇게까지 할 필요가……."

맥밀런이 쓴웃음을 지었다. "염려 마십시오." 간호사가 리버스에게 말했다. "물진 않을 겁니다. 약을 충분히 먹여놨으니. 경위님은 저쪽에 앉으시면 됩니다." 그가 체스판이 놓인 테이블을 가리켰다. 테이블 앞에는 의자 두 개가 놓여 있었다. 리버스는 그중 하나를 골라 앉고 앤드류 맥밀런을 돌아보았다. 침대가 네 개 있었지만 주인은 없었다. 벽은 옅은 레몬 색으로 칠해져 있었다. 쇠창살이 쳐진 폭 좁은 창문으로 햇살이 조금 스며들었다. 간호사는 면회를 계속 지켜볼 모양이었다. 그를 등진 리버스는 더프타운 경찰서에서의 취조실을 떠올렸다. 코르비, 그리고 녹스와 함께했던 시간을.

"안녕하세요." 맥밀런이 나지막이 말했다. 그의 머리는 조금씩 벗어져가는 중이었다. 보아하니 꽤 오래전부터 탈모가 진행되어 온 듯했다. 얼굴은 길었지만 수척해 보이지는 않았다. 리버스가 보기에 인상은 좋은 편이었다.

"안녕하십니까, 맥밀런 씨. 저는 리버스라고 합니다."

그 말에 맥밀런이 살짝 흥분했다. 그가 앞으로 반걸음 내딛었다.

"벽에 붙어 있어요." 간호사가 말했다. 맥밀런이 움찔하며 다시 벽에 몸을 붙였다.

"병원 조사관인가요?" 그가 물었다.

"아닙니다, 선생님. 전 형사입니다."

"아……" 그의 얼굴이 살짝 어두워졌다. "병원 조사관이길 바랐는데…… 이곳 직원들이 환자들을 학대하거든요." 그가 잠시 머뭇거렸다. "이런 얘길 떠벌렸으니 보나마나 징계를 받을 겁니다. 독방에 감금될 수도 있고요. 여기서 이런 문제는 절대 그냥 넘어가지 않습니다. 하지만 난 개의치 않아요. 계속 폭로할 겁니다. 그러지 않으면 바뀌지 않을 테니까요. 내겐 영향력 있는 친구가 많습니다, 경위님." 리버스는 그것이 간호사들으라고 하는 소리임을 알고 있었다. "높은 자리에 있는 친구들."

이제 포스터 박사도 그걸 알게 되었다. 리버스 덕분에.

"신뢰할 수 있는 친구들. 이 문제는 세상에 널리 알려져야 합니다. 저들은 우리 우편물까지 일일이 검열한다고요. 우리가 읽어도 되는 것과 그렇지 않은 것을 구분해 전달합니다. 난 여기서 『자본론』조차도 읽지 못해요. 그뿐 아니라 저들은 내게 약까지 먹입니다. 정신이 병들었다나요? 정신이 온전한 철면피 대량 학살자들도 이런 학대는 받지 않을 겁니다. 이게 정당합니까? 이게, 인도적인 건가요?"

리버스는 뭐라 할 말이 없었다. 곁길로 새고 싶은 마음도 없었고.

"엘리자베스 잭이 면회를 왔었죠?"

맥밀런이 골똘한 생각에 잠겼다가 고개를 끄덕였다. "그랬죠. 하지만 면회 올 땐 페리라는 이름을 씁니다. 잭이 아니라. 그건 우리만의 비밀이죠."

"두 분이 어떤 말씀을 나누셨습니까?"

"그게 왜 궁금한 겁니까?"

맥밀런은 리즈 잭 살인사건에 대해 모르고 있는 듯했다. 적어도 리버스는 그렇게 짐작했다. 하긴, 여기 갇혀서 어떻게 알 수 있겠어? 뉴스를 볼 방법도 없고. 리버스는 체스의 말을 만지작거렸다.

"잭 씨가 연루된 어떤 사건을 수사 중입니다."

"그 친구가 뭘 어쨌는데요?"

리버스가 어깨를 으쓱였다. "저도 그게 궁금합니다, 맥밀런 씨."

맥밀런이 창문으로 스며든 햇살을 돌아보았다. "바깥세상이 그립습니다." 그가 웅얼거리는 소리로 말했다. "밖에 친구도 많은데……"

"그들과 계속 연락을 주고받으십니까?"

"오, 물론이죠." 맥밀런이 말했다. "가끔 날 집으로 데려가 주말 파티를 벌이곤 합니다. 같이 공연이나 영화를 보러 가기도 하고요. 물론 술집에서 놀기도 합니다. 그 친구들과 몰려다니면 정말 재밌어요." 그가 씁쓸하게 미소를 지었다. 그의 손가락이 자신의 머리를 톡톡 두드렸다. "이 안에서 말이죠."

"벽에서 손 떼지 말아요."

"왜요?" 그가 쏘아붙였다. "왜 계속 벽에 붙어 있어야 합니까? 왜 의자에 앉아 평범하게 대화를 나눌 수 없는 거죠, 보통 사람들처럼?" 그는 화가 나 있었지만 언성은 높이지 않았다. 그의 양쪽 입가에는 침방울이 묻어 있었고, 오른쪽 눈 위로는 핏줄이 툭 튀어나와 있었다. 그가 심호흡을 몇 번 한 뒤 고개를 살짝 숙였다. "미안합니다, 경위님. 저들이 먹인 약 때문에 이런 겁니다. 난 그게 무슨 약인지도 모릅니다. 그것만 먹으면…… 이렇게 돼버려요."

"괜찮습니다, 맥밀런 씨." 리버스가 말했다. 하지만 그는 속으로 떨고 있었다. 정말 미친 건가, 아니면 정상인가? 온전한 정신을 사슬로 묶어두면 어떻게 될까? 그것도 보이지 않는 사슬로?

"아까 뭐라고 했죠?" 맥밀런이 말했다. "아까…… 엘리자…… 페리에 대해 물어봤었죠? 맞습니다. 그녀가 면회를 왔습니다. 깜짝 놀랐죠. 그들이 이 근처에 살고 있다는 걸 압니다. 하지만 이때까지 한 번도 같이 찾아온 적이 없었어요. 리지…… 엘리자…… 그녀는 오래전 면회를 왔었습니다. 하지만 그레고르는…… 그 친구는 워낙 바쁘지 않습니까. 그녀도 바쁘긴 마찬가지고요. 적어도 내가 듣기로는……"

보나마나 캐스 키눌에게 들었겠지. 리버스는 확신했다.

"그래요. 그녀가 왔었습니다. 정말 좋은 시간이었죠. 우린 과거 얘길 했습니다. 그러니까, 친구들 얘기. 우정. 혹시 그들 부부에게 무슨 문제라도 생긴 겁니까?"

"왜 그럴 거라 생각하시죠?"

그가 다시 씁쓸한 미소를 지었다. "그녀가 혼자 왔으니까요, 경위님. 혼자서 휴가를 보내고 있다고 했습니다. 어떤 남자가 밖에서 그녈 기다리고 있었고요. 그게 그레고르였을 수도 있고, 그녀의 친구였는지도 모릅니다."

"밖에 남자가 기다리고 있다는 건 어떻게 아셨습니까?"

"저 간호사가 알려줬어요. 오늘 밤 잠을 이루고 싶지 않다면 말입니다, 경위님, 저 친구에게 징계 구역을 보여달라고 해봐요. 포스터 박사가 징계 구역 얘긴 쏙 빼놨을 겁니다. 어쩌면 저들이 날 거기 가둘지도 몰라요. 함부로 입을 나불거렸다고."

"닥쳐요, 맥밀런."

리버스가 간호사를 돌아보았다. "이 말이 사실입니까?" 그가 물었다. "정말 밖에서 누군가가 잭 부인을 기다리고 있었습니까?"

"네. 차에서 누군가가 기다리고 있었습니다. 어떤 남자였어요. 창밖으로 봤습니다. 차에서 내려 스트레칭을 하더군요."

"어떻게 생긴 사람이었죠?"

간호사가 고개를 저었다. "뒷모습만 봐서 잘 모르겠습니다."

"차가 뭐였습니까?"

"검은색 3시리즈였습니다. 분명해요."

"오, 저 친구는 눈이 아주 좋습니다. 자기가 필요할 때만 말이죠."

"닥치라니까, 맥밀런."

"이상하지 않습니까, 경위님? 여긴 병원이잖아요. 그런데 소위 '간호사'

라고 하는 사람들이 어째서 교도관 협회 멤버들인 거죠? 여긴 병원이 아닙니다. 창고죠. 포장용 상자 대신 정신병자들로 가득 찬 창고. 책임자들도 죄다 미치광이들이고 말입니다."

그가 다시 벽에서 떨어져 나와 천천히 걸음을 내딛었다. 그의 다리는 위태롭게 휘청대고 있었다. 무척 불안정해 보이는 모습이었다.

"벽에 붙어요."

"미치광이들! 내가 그녀의 머리를 잘랐어요! 맹세코 내가……"

"맥밀런!" 간호사도 그를 따라 움직였다.

"하지만 너무 오래전 일입니다. 지금과는 아주 다른……"

"경고했습니다."

"난 그저, 그저……"

"나도 참을 만큼 참았습니다." 간호사가 그의 팔뚝을 움켜잡았다.

"흙을 만져보고 싶을 뿐이에요."

간호사는 저항 없는 맥밀런의 팔과 다리를 끈으로 꽁꽁 묶었다. 그런 다음, 그를 바닥에 눕혔다. "침대에 눕혀 놓으면 말입니다." 그가 리버스에게 말했다. "굴러 떨어져 부상을 입을 수 있습니다."

"속이 아주 깊으시군." 맥밀런이 차분하게 말했다. "맞아요, 간호사님. 그러면 큰일이죠."

리버스가 나가려고 문을 열었다.

"경위님!"

그가 뒤를 돌아보았다. "네, 맥밀런 씨?"

맥밀런이 고개를 쭉 뽑아 문 쪽을 쳐다보았다. "나 대신 흙을 만져줘요. 제발……"

리버스는 후들거리는 다리를 이끌고 병원을 나섰다. 수영장과 체육관은 구경하고 싶지 않았다. 그는 간호사에게 징계 구역을 보여달라고 요청했지만 거절당했다.

"경위님." 그가 말했다. "이곳 운영 방식이 마음에 안 드실지도 모릅니다. 저 역시도 이곳에서 벌어지는 모든 일이 다 마음에 드는 건 아니에요. 하지만 여기가 어떤 곳인지 직접 보셨지 않습니까. 저들이 평범한 환자로 보이십니까? 마음 편히 등을 보일 수도 없고, 한 순간도 그냥 내버려둘 수 없는데요? 저들은 전구를 씹어 먹고 펜과 연필과 크레용을 똥으로 싸고 그거로도 모자라 텔레비전에 머리를 쑤셔 박을 사람들입니다. 그러니까 제 말은…… 그럴 수도 있고, 아닐 수도 있겠지만…… 보다시피 예측이 불가능한 사람들이지 않습니까. 부디 열린 마음으로 봐주시기 바랍니다, 경위님. 쉬운 일은 아니겠지만 그래도 한번 노력해보세요."

리버스는 웨이트 트레이닝 열심히 하라는 덕담을 남기고 밖으로 나와버렸다. 병원 앞뜰로 들어선 그가 화단에 멈춰 섰다. 그는 웅크리고 앉아 땅에 손가락을 쑤셔 넣고 엄지와 검지로 흙을 문질렀다. 밖에 나오니 정신이 맑아지는 것 같았다. 흙과 신선한 공기와 자유로운 몸놀림. 지금껏 이 소중한 것들을 당연시하며 살아왔다니.

그가 병원 창문들을 올려다보았다. 어느 곳이 맥밀런의 방인지 알 길이 없었다. 어느 창문에서도 밖을 살피는 얼굴이 보이지 않았다. 그가 천천히 몸을 일으키고 차로 돌아갔다. 그의 시선이 한동안 앞 유리 바깥 쪽에 고정되었다. 어느새 햇살은 자취를 감추어버린 후였다. 이슬비가 그의 시야를 흐려놓고 있었다. 리버스는 버튼을 눌러보았다. 앞 유리 와이퍼가 정상적으로 작동되었다. 그리고 그것은 멎지 않았다. 핸들에 손을 얹는 그의 얼굴에 미소가 머금어졌다. 그가 속으로 자문했다.

"온전한 정신을 사슬로 묶어두면 어떻게 될까?"

남쪽으로 돌아오는 길에 리버스는 중앙 분리대가 있는 킨로스의 고속도로로 빠져나왔다. 그는 한때 소풍지로 각광받았던 리벤 호를 지나 다음 교차로에서 오른쪽으로 방향을 틀었다. 그리고 볼 것 없는 광산마을, 파이프로 차를 몰아나갔다. 그가 잘 아는 지역이었다. 그가 태어나 자란 곳이었으니. 회색 집들과 모퉁이 상점들과 실용적인 펍(pub)들. 그에게는 그 모든 것이 익숙했다. 외지인뿐 아니라 친구와 이웃들마저 경계하는 사람들. 주먹다짐만큼이나 거친 길거리 말투. 그의 부모는 주말마다 그와 그의 동생을 데리고 파이프를 훌쩍 떠났었다. 토요일에는 커콜디에서 쇼핑을 했고, 일요일에는 리벤 호에서 소풍을 즐겼다. 리버스는 연어 맛이 나는 샌드위치와 오렌지 주스와 플라스틱 냄새를 풍기는 차를 챙겨 집을 나서던 때를 떠올렸다.

여름휴가는 주로 세인트 앤드류스의 이동식 주택이나 블랙풀의 민박집에서 보냈다. 휴가지에서 말썽을 부리는 동생 마이클을 챙기는 것은 리버스의 몫이었다.

"뭐 누구 하나 내 고충을 알아주진 않았지만."

리버스는 계속 차를 몰아나갔다.

바이어스 화물 수송은 마을의 가장 가파른 언덕의 중턱에 자리하고 있었다. 그 건너편에는 학교가 있었다. 책가방을 휘두르며 집으로 향하는 아이들이 보였다. 그들은 서로에게 욕을 찍찍 해대는 중이었다. 세월이 흘러도 결코 바뀌지 않는 게 있었다. 바이어스 화물 수송 사옥 앞에는 트레일러 트럭들이 줄지어 늘어서 있었다. 그리고 한쪽에는 별 특징 없는 차들과 포르쉐 카레라 한 대가 세워져 있었다. 그중 파란색을 띤 차는 보이지 않았다. 사무실은 포터캐빈(Portakabin, 임시 사무실 등으로 쓸 수 있도록 차량에 달고 이동 가능한 작은 건물)에 마련되어 있었다. 그는 '중앙 사무실'이라고 적힌 쪽으로 향했다. ─그 밑에는 누군가가 크레용으로 '보스'라고 적어 놓았다.─ 그가 문에 노크를 했다.

안에서 워드 프로세서로 타이프를 치던 비서가 그를 올려다보았다. 실내는 숨 막힐 듯 답답했다. 책상 옆에는 캘러 가스(calor-gas, 가정용 액화가스) 난로가 놓여 있었다. 비서 뒤로 또 하나의 문이 보였다. 리버스는 그 뒤에서 흘러나오는 바이어스의 요란한 목소리를 똑똑히 들을 수 있었다. 상대의 목소리가 들리지 않는 걸로 보아 그는 통화 중인 듯했다.

"그 얼간이 자식에게 빨리 나오라고 해." 잠깐 침묵. "아파? 아파? 아프다는 건 마누라랑 그 짓거릴 하고 있다는 뜻일 텐데. 하긴, 뭐 그건 그 자식 탓이 아니지."

"저기요?" 비서가 리버스에게 말했다. "어떻게 오셨죠?"

"그놈이 뭐라든 상관없어." 문 뒤에서 바이어스의 목소리가 말했다. "어제 리버풀에 도착했어야 하는 화물이 아직도 여기 남아 있다고."

"바이어스 씨를 뵈러 왔습니다." 리버스가 말했다.

"잠시 앉아계세요. 손님이 오셨다고 전할게요. 성함이 어떻게 되시죠?"

"리버스. 리버스 경위입니다."

바로 그때 바이어스의 사무실 문이 벌컥 열리고 그가 걸어 나왔다. 그의 한 손에는 휴대전화가, 또 한 손에는 서류 한 장이 각각 쥐어져 있었다. 그가 서류를 비서에게 건넸다.

"그래, 이 친구야. 내일도 런던에서 물건이 들어오기로 돼 있어." 바이어스의 언성이 점점 높아졌다. 그의 눈은 비서의 다리에 고정되어 있었지만 그녀는 그 사실을 전혀 모르는 듯했다. 어쩌면 알면서 모르는 척하는 것인지도.

잠시 후, 바이어스는 리버스가 와 있다는 걸 깨닫고 살짝 목례했다. "그 자식에게 내가 단단히 화가 나 있다고 전해." 그가 휴대 전화에 대고 말했다. "진단서가 있으면 몰라도 그게 아니라면 당장 나오라고 해. 잘리고 싶지 않으면." 그가 전화를 끊고 리버스 앞으로 손을 내밀었다.

"리버스 경위님, 이 누추한 곳까지 어쩐 일로 오셨습니까?"

"그게 저," 리버스가 말했다. "마침 근처를 지나다가."

"그럴 리가요! 뭔가 용건이 있으셨겠죠. 아무 이유 없이 들를 만한 곳은 아니지 않습니까. 참, 경위님도 이곳 출신이시죠? 안 그렇습니까? 자, 제 사무실로 들어오십시오. 5분 정도 짬을 낼 수 있을 것 같습니다." 그가 비서를 돌아보며 그녀의 어깨에 손을 얹었다. "쉬나, 그 얼간이 자식에게 전화해서 내일 아침까지 무조건 리버풀에 도착해야 한다고 알려줘요."

"알겠습니다, 바이어스 씨. 커피를 갖다 드릴까요?"

"아뇨, 괜찮아요, 쉬나. 경찰이 뭘 좋아하는진 나도 잘 아니까." 그가 리버스를 쳐다보며 윙크했다. "자, 들어가시죠, 경위님. 이쪽입니다."

바이어스의 사무실은 지저분한 서점의 뒷방과 비슷한 분위기였다. 벽은 누드 달력과 센터폴드(centrefold, 잡지 중앙에 접혀 있는 반나체 여자 사진)들로 도배되어 있었다. 달력들은 차량 정비소와 부품 공급 업체들이 선물로 보내온 것들이었다. 바이어스는 그것들을 슥 훑고 있는 리버스를 쳐다보았다.

"제 이미지와 잘 맞지 않습니까?" 그가 말했다. "목에 문신을 한 털북숭이 트럭 운전사가 들어와서 이걸 보면 내 성향을 대번에 파악할 수 있겠죠."

"여자가 들어와서 보면요?"

바이어스가 혀를 쯧쯧 찼다. "그럼 그녀도 파악하겠죠. 그걸 굳이 숨길 이유도 없고." 바이어스는 서류 캐비닛에 위스키를 보관해두지 않았다. 놀랍게도 그것은 고무 장화 안에 숨겨져 있었다. 그가 또 다른 장화에서 잔 두 개를 꺼내 냄새를 맡아보았다. "아침 이슬만큼이나 신선하군요." 그가 잔에 술을 따랐다.

"감사합니다." 리버스가 말했다. "차가 멋지더군요."

"네? 아, 밖에 세워둔 거 말씀이시군요. 나쁘지 않죠? 어디 한 곳 긁힌 데 없이 조심스레 몰고 다닙니다. 차는 괜찮은데 보험료가 장난 아니에요. 정말 터무니없이 비쌉니다. 자, 건배." 그가 단숨에 잔을 비우고는 요란하게 숨을 내쉬었다.

리버스는 위스키를 한 모금 넘기고 나서 잔과 술병을 차례로 살펴보았다. 바이어스가 씩 웃었다.

"제가 글렌리벳(Glenlivet, 싱글 몰트 위스키의 일종)이라도 내올 줄 아셨습니까? 전 사업가입니다. 사마리아인이 아니라. 여길 찾는 사람들은 하나같이 술병을 살펴봅니다. 죄다 고급 위스키인 줄 알고 흡족해하죠. 그놈의 허세 때문에. 벽에 붙은 천박한 사진들과 다를 게 없습니다. 제가 대접하는 술은 사실 싸구려 위스키입니다. 하지만 그걸 알아차리는 사람은 많지 않죠."

리버스는 그 말을 칭찬으로 받아들였다. 허세. 바이어스는 그것으로만 똘똘 뭉친 사람이었다. 허울과 이미지. 국회의원과 배우들처럼. 경찰도 마찬가지고. 술책 뒤에 저의를 숨겨놓는 사람들.

"무슨 일로 여기까지 오셨습니까?"

리버스는 디어 로지에서 벌어진 파티에 대해 물어볼 게 있다고 했다. 특히 마지막 파티에 대해서.

"좀 썰렁했습니다." 바이어스가 말했다. "막판에 불참을 통보한 사람이 몇몇 있었어요. 오기로 했던 톰 폰드도 끝내 나타나지 않았고요. 그 친구는 이미 미국으로 떠난 상태였습니다. 수이는 왔었고요."

"로널드 스틸 말씀입니까?"

"그렇습니다. 리즈와 그레고르도 당연히 참석했었고요. 저는 말할 것도 없고. 캐스 키눌은 남편을 데려오지 않았습니다. 어디 보자…… 또 누가 왔었더라? 아, 그레고르 캠프에서 온 커플도 있었습니다. 어커트랑……"

"이언 어커트?"

"네. 그리고 어떤 젊은 여자도."

"헬렌 그레이그?"

바이어스가 웃음을 터뜨렸다. "이미 다 알고 계신데 왜 물으신 겁니까? 제 생각엔 딱 거기까지였던 것 같습니다."

"그레고르 캠프에서 온 커플이라고 하셨죠? 그들이 커플 맞습니까? 그렇게 보이던가요?"

"전혀요. 다들 그녀를 꼬시지 못해 안달이었지만 어커트만은 달랐습니다."

"그녀의 마음을 여는 데 성공한 사람이 있었습니까?"

"아마 없었을 걸요. 샴페인에 취해 있었을 때라 그들을 눈여겨보지 못했습니다. 그날은 리지의 파티답지 않았어요. 전혀 와일드하지 않았다는 뜻이죠. 다들 술만 퍼마셨을 뿐 미쳐 날뛰진 않았습니다."

"정말입니까?"

"그게 저, 리지의 무리는 늘 과격하게 놀았습니다." 바이어스가 벽에 걸린 달력 하나를 응시했다. 깊은 회상에 잠겨 있는 듯한 모습이었다. "아주 과격하게 말이죠."

리버스는 바니 바이어스가 패터슨-스콧, 킬패트릭, 그리고 나머지 무리와 어울려 노는 모습을 상상해보았다. 그들이 깡패 같은 바이어스를 관대히 받아들이는 모습도. 보나마나 바이어스는 파티의 분위기를 띄우는 익살꾼이었을 것이다. 친구들은 속으로 그를 비웃었겠지만.

"도착하셨을 때 별장 상태는 어땠습니까?" 리버스가 물었다.

바이어스의 미간이 찌푸려졌다. "아주 지저분했습니다. 2주 전 파티 이후로 청소를 한 적이 없었거든요. 그레고르의 파티 말고 리즈의 파티 말입니다. 그레고르는 노발대발했습니다. 당연히 리즈나 누군가가 깨끗이 청소를 해놓았을 거라 믿었기 때문이죠. 별장은 꼭 60년대 불법 거주 건물 같아 보였습니다." 그가 미소를 지었다. "형사님을 앞에 두고 할 얘긴 아니지만, 전 그날 밤 거기서 묵지 않았습니다. 술에 거나하게 취한 채로 차를 몰고 돌아왔죠. 어차피 길에 차도 없었고. 그런데 말입니다. 집에 도착해서 보니 발이 너무 시려운 겁니다. 차고 문을 열려고 차에서 내렸더니, 글쎄 신발이 없지 뭡니까! 양말도 한쪽에만 신고 있었고요. 어떻게 그걸 눈치 채지 못했는지……"

8
악의와 적의

존 리버스는 열광적인 환영을 받지 못했다. 오히려 그가 이번 사건에 불필요한 혼란만을 가중시켰다고 생각하는 분위기였다. 어쩌면 그것은 사실인지도 몰랐다. 왓슨 총경은 아직도 윌리엄 글래스를 범인으로 지목하고 있었다. 그는 말없이 앉아 리버스의 보고에 귀를 기울이고 있었다. 또 다른 의자에 앉아 몸을 앞뒤로 흔들고 있는 로더데일 경감은 가끔 명상하듯 천장을 올려다보거나 완벽하게 각이 잡힌 바짓가랑이를 내려다보곤 했다. 금요일 아침. 어디선가 커피향이 풍겨왔다. 보고를 이어나가는 리버스의 신경계에서도 이미 커피가 흐르고 있었다. 왓슨은 가끔 리버스의 말을 끊고 식후에 집어 드는 담배처럼 가느다란 목소리로 질문을 던졌다. 보고가 끝나자 뻔한 질문이 튀어나왔다.

"자네 생각은 어떤가, 존?"

리버스도 뻔하지만 솔직한 답을 내놓았다.

"잘 모르겠습니다, 총경님."

"자, 처음부터 제대로 짚어보자고." 로더데일이 바지에서 눈을 떼고 말했다. "그녀는 공중전화를 썼어. 차에서 어떤 남자를 만났고, 두 사람은 언쟁을 벌였지. 그리고 남자는 차를 몰고 떠나버렸어. 그녀는 홀로 남았고, 나중에 또 다른 차가 나타났어. 아까 그것과 같은 차였는지도 모르고, 아무튼 그들은 또 언쟁을 벌였어. 한참 뒤, 그 차마저 떠나자 그녀는 또다시 일시 정차 가능 구역에 홀로 남겨졌어. 그리고 남편 친구 집 근처 강에서 숨진 채 발견됐지." 로더데일이 잠시 말을 멈추고 리버스의 반론을 기다렸다. "우린 아직도 그녀가 언제, 어디서 살해됐는지 모르고 있어. 숨진 후 퀸스페리로 옮겨졌다는 것만 확실히 알고 있을 뿐. 아까 배우의 아내가 그레고르 잭의 오랜 친구라고 했었지?"

"그렇습니다."

"그들이 평범한 친구, 그 이상의 관계는 아니었을까?"

리버스가 어깨를 으쓱였다. "그건 모르겠습니다."

"그 배우는? 랍 키눌 말이야. 그와 잭 부인의 관계는?"

"그랬는지도 모르죠."

"편하긴 했을 거야. 안 그런가?" 총경이 블랙 데스 보드카를 한 잔 더 따라오기 위해 자리에서 일어났다. "그러니까 내 말은, 만약 랍 키눌이 시신을 없애려 했다면 자기 집 근처의 물살 센 강보다 더 좋은 장소가 없었을 거라는 얘기야. 거기 버리면 알아서 바다로 떠내려가버릴 테니. 몇 주 안에 떠오르지 않으면 영영 못 찾을 거고. 게다가 그는 TV와 영화에서 킬러를 숱하게 연기해왔지 않은가. 어쩌면 그게 그의 머리를 좀 이상하게……"

"하지만," 로더데일이 끼어들었다. "키눌은 수요일 내내 여러 미팅을 가졌습니다."

"수요일 밤엔?"

"아내와 집에 있었다고 하고요."

왓슨이 고개를 끄덕였다. "또다시 키눌 부인 얘기로 돌아왔군. 그녀가 거짓 증언을 했던 건 아닐까?"

"그녀는 남편에게 좀 휘둘리는 분위기였습니다." 리버스가 말했다. "우울증 치료제도 먹고 있고요. 퀸스페리 집에서 보낸 수요일과 런던데리에서 보낸 7월 12일도 구분하지 못할 겁니다."

왓슨이 미소를 지었다. "말 잘했네, 존. 하지만 우선은 사실에만 집중해보자고."

"사실이라고 해봤자 몇 가지 안 됩니다." 로더데일이 말했다. "우린 이미 유력한 용의자를 알고 있습니다. 잭 부인의 남편. 남편이 매음굴에서 바지를 내린 채 들켜버렸으니 그 충격이 오죽했겠습니까. 보나마나 부부가 대판 싸웠을 겁니다. 그는 홧김에 아내에게 손찌검을 했을 거고, 그녀는 어딘가를 잘못 맞아 그 자리에서 죽어버린 거죠."

"적발되었을 당시 그는 바지를 제대로 입고 있었습니다." 리버스가 상관의 말을 바로잡았다.

"아무튼," 왓슨이 덧붙였다. "잭 씨에겐 완벽한 알리바이가 있지 않은가." 그가 앞에 놓인 보고서를 읽어 내려가기 시작했다. "아침엔 선거구 미팅. 오후엔 골프 회동. 브룸 경장이 그의 라운딩 파트너를 만나보고 왔어. 알리바이는 탄탄해. 저녁에는 센트럴 에든버러의 실업계 멤버들 앞에서 연설을 했고."

"게다가 그는 하얀 사브를 몰고 다니죠." 리버스가 말했다. "이번 사건에 연루된 모든 이의 차 색깔을 확인해볼 필요가 있을 것 같습니다. 잭 부인과 잭 씨의 친구들 말입니다."

"그건 이미 홈스 경사에게 맡겨뒀어." 로더데일이 말했다. "과학수사대는 내일 아침까지 BMW 분석 결과를 보고하기로 했고. 하지만 난 궁금한 게 하나 더 있어." 그가 리버스를 쳐다보았다. "잭 부인이 일주일 내내 디어 로지에 머물렀을까?"

리버스는 로더데일의 예리함에 살짝 놀랐다. 오늘은 정신 상태가 나쁘지 않은 것 같군. 왓슨은 마치 똑같은 의문을 품고 있었다는 듯이 고개를 끄덕였다. 뻔뻔하게. 하지만 리버스는 경감과 같은 생각을 하고 있었다.

"아마 아닐 겁니다." 그가 말했다. "거기서 며칠 지내긴 했을 거예요. 그렇지 않았다면 일요일자 신문과 초록색 여행가방이 현장에 널브러져 있을 리 없었을 테니 말입니다. 하지만 그녀가 일주일 내내 그곳에 틀어박혀 있었을 가능성은 희박합니다. 최근에 뭘 만들어 먹은 흔적이 없지 않습니까. 거기서 발견된 모든 음식은 그들이 파티 때 먹은 겁니다. 거실에서는 누군가가 정리를 시도한 흔적이 발견됐고요. 아마 한 사람, 또는 두 사람이 거기 앉아 술을 마셨을 겁니다. 보나마나 마지막 파티 때였겠죠. 아무래도 지문을 받으러 다닐 때 파티에 참석했던 손님들에게 물어봐야겠습니다."

"지문을 받아?" 왓슨이 물었다.

로더데일이 격분한 목소리로 말했다. "현장에서 채취된 지문들과 대조해 한 명씩 지워나가야 하지 않겠습니까, 총경님. 확인되지 않은 지문이 있는지 봐야 하니까요."

"그런다고 우리가 뭘 알 수 있겠나?" 왓슨이 말했다.

"중요한 건 바로 이겁니다." 로더데일이 계속 이어나갔다. "만약 잭 부인이 디어 로지에 머물지 않았다면 그녀는 과연 누구와 함께 있었을까요? 그리고 또 어디에 머물렀을까요? 정말로 그 기간 내내 북쪽에만 틀어박혀 있었을까요?"

"아……" 왓슨이 모든 게 이해된다는 듯 고개를 끄덕였다.

"그녀는 토요일에 앤드류 맥밀런을 면회하러 갔습니다." 리버스가 덧붙였다.

"나도 알아." 로더데일이 말했다. "하지만 농장의 그 얼간이놈이 수요일에 그녀를 목격했다고 했잖아. 그사이에 대체 무슨 일이 있었던 걸까?"

"일요일엔 분명 디어 로지에 있었을 겁니다. 신문이 그걸 증명하지 않습니까." 리버스가 말했다. 하지만 순간 로더데일이 무슨 말을 하고 있는지 깨달음이 찾아들었다. "문제의 기사를 접한 그녀는……" 그가 계속 이어나갔다. "다시 남쪽으로 내려왔는지도 모릅니다."

로더데일은 자신의 손톱을 유심히 살펴보는 중이었다. "그냥 내 의견일 뿐이야." 그가 말했다.

"빌어먹을 의견들만 난무하는군." 왓슨이 두툼한 손으로 책상을 탁 내리쳤다. "우리에겐 확실한 물증이 필요해. 글래스 그 친구도 잊어선 안 되고, 최소한 딘 브리지 사건 만이라도 해결해야 할 거 아닌가. 그리고 이번 사건 수사는……" 그가 잠시 뜸을 들였다. 상관으로서 지시든 영감이든, 무엇이라도 내주어야 한다는 부담감 때문인 듯했다. 그가 남은 커피를 마저 들이켰다. "이번 사건 수사는……" 그가 다시 말했다. 리버스와 로더데일은 귀를 쫑긋 세운 채 기다렸다. "최대한 조심스레 진행해보자고(Let's be careful out there)."

농부도 많이 늙었군. 「힐 스트리트 블루스」(1981년부터 1987년까지 방영된 경찰 드라마 「Hill Street Blues」에 나오는 노래 〈Let's be careful out there〉를 인용한 것)가 언제 적 드라마인데. 리버스는 생각했다. 그는 로더데일이 사무실을 나오기를 기다리는 중이었다. 문을 닫고 밖으로 나온 로더데일이 리버스의 팔뚝을 붙잡고 흥분된 목소리로 속삭였다.

"총경이 곧 물러날 것 같지 않나? 위에서 이 상황을 얼마나 더 두고 보겠어? 보나마나 명예퇴직 시켜버릴 거야." 그는 신나 있었다. 하긴. 리버스는 생각했다. 한두 번 더 일을 망치면 옷을 벗어야지. 그리고 그는 궁금했다. 음흉한 로더데일이 무언가 꿍꿍이를 갖고 있는 건 아닌지. 크리퍼 작전에 관한 정보를 언론에 흘린 제보자. 맙소사. 그게 왜 이리 먼 옛날처럼 느껴지는 거지? 참, 크리스 켐프가 계속 파헤쳐보겠다고 하지 않았었나? 리버스는 나중에 켐프에게 연락을 해보기로 했다. 그게 아니라도 할 일이 태산 같은데.

왓슨의 방문이 벌컥 열리자 리버스는 로더데일로부터 황급히 떨어져 나왔다. 왓슨이 문간에 서서 두 사람을 빤히 응시했다. 리버스는 최대한 태연한 척하려 애썼다. 왓슨의 시선이 그에게로 돌아왔다.

"존." 그가 말했다. "전화가 왔어. 잭 씨야. 자넬 빨리 만나고 싶다더군. 뭔가 중요한 할 얘기가 있는 모양이야."

리버스는 굳게 닫힌 정문에서 초인종을 눌렀다. 인터컴에서 어커트의 목소리가 흘러나왔다.

"누구십니까?"

"리버스 경위입니다. 잭 씨를 뵈러 왔습니다."

"알겠습니다, 경위님. 잠시만 기다려주십시오."

리버스는 정문 너머를 살펴보았다. 집 앞에는 하얀 사브가 세워져 있었다. 그는 천천히 고개를 저었다. 나중에 곤란한 일을 당해봐야 정신을 차릴 건가? 골목에 차를 세워놓고 기다리던 기자들 중 하나가 다가와 리버스에게 누구인지 물었다. 나머지 기자와 사진사들은 각자의 차에 남아 라디오를 듣거나 신문을 훑고 있었다. 보온병에 담아온 수프나 커피를 홀짝이는 이들도 있었다. 사건이 종결될 때까지 이곳을 지켜야 할 그들은 무척이나 따분해 보였다. 찬바람이 리버스의 재킷과 셔츠 깃 사이의 미세한 틈으로 파고들어왔다. 그는 얼음물이 목을 타고 흘러내리는 듯한 기분을 느꼈다. 먼발치로 열쇠 꾸러미를 만지작거리며 다가오는 어커트의 모습이 보였다. 정찰을 나온 기자는 아직도 리버스 곁을 떠나지 않고 있었다. 그는 어커트에게 질문 공세를 퍼부을 채비에 들어갔다.

"나라면 가만히 있겠어요." 리버스가 말했다.

어커트가 정문 앞으로 성큼 다가왔다.

"어커트 씨." 기자가 불쑥 말했다. "저번 성명에 덧붙이실 내용은 없습니까?"

"없습니다." 어커트가 문을 열며 쌀쌀맞게 말했다. "하지만 원한다면 한 번 더 말씀드리겠습니다. 여기서 꺼져요!"

리버스가 열린 문틈으로 들어서자 어커트가 문을 거칠게 닫고 자물쇠를 걸었다. 그는 제대로 잠겼는지 확인하기 위해 문을 몇 번 흔들어보기까지 했다. 기자는 씁쓸한 미소를 흘리며 차로 돌아갔다.

"아직도 포위당한 상태군요." 리버스가 말했다.

어커트는 수면 부족에 시달리고 있는 듯한 모습이었다. "이젠 정말 진저리가 납니다." 그가 리버스를 집으로 이끌며 말했다. "밤낮 할 것 없이 저러고들 있습니다. 대체 뭘 얻어가려고 저러는 건지."

"자백?" 리버스가 말했다. 어커트의 얼굴에 희미한 미소가 머금어졌다.

"그런 일은 결코 없을 겁니다, 경위님." 그는 다시 얼굴에서 미소를 지워냈다. "하지만 전 그레고르 씨가 걱정입니다. 이 난관을 어떻게 헤쳐 나갈지. 그분은 지금…… 뭐 그건 직접 들어가서 보시죠."

"의원님이 왜 절 부르셨는지 아십니까?"

"제게도 말씀해주지 않으시더군요." 어커트가 걸음을 멈추었다. "그분은 지금 매우 불안정한 상태입니다. 그러니까 제 말은, 그분의 입에서 어떤 말이 튀어나올지 모른다는 뜻입니다. 무엇이 진실이고 무엇이 허구인지 경위님께서 잘 판단해 들어주셔야 합니다." 그가 다시 걸음을 옮겨나갔다.

"요즘도 그분의 위스키에 물을 섞으십니까?" 리버스가 물었다.

어커트가 그를 빤히 쳐다보다가 고개를 끄덕였다. "그건 답이 아닙니다, 경위님. 그분에게 필요한 건 술이 아니에요. 그분에겐 친구들이 필요합니다."

앤드류 맥밀런도 친구들 얘기만 했었는데. 리버스는 잭에게 앤드류 맥밀런에 대해 묻고 싶었다. 하지만 그건 급한 일이 아니었다. 그가 갑자기 사브 옆에 멈춰 서자 어커트도 다시 걸음을 멈추었다.

"왜 그러시죠?"

"저도 사브를 좋아합니다." 리버스가 말했다. "하지만 돈이 없어서 늘 동경만 해왔죠. 운전석에 한번 앉아보고 싶은데 잭 씨가 싫어하실까요?"

어커트는 잠시 어리둥절해했다. 그가 고개를 저으며 어깨를 으쓱했다. 정확한 의미를 알 수 없는 애매한 제스처였다. 리버스는 운전석 문을 열어보았다. 문은 잠겨 있지 않았다. 그가 운전석에 올라 핸들에 손을 얹어놓았다. 열린 문틈으로 어커트가 그를 지켜보았다.

"아주 편안하군요." 리버스가 말했다.

"그런가요?"

"이걸 직접 몰아보신 적이 없습니까?"

"없습니다."

"음……" 리버스는 앞 유리 밖을 내다보다가 조수석과 바닥을 차례로 살펴보았다. "디자인도 좋고, 무엇보다 편안합니다. 실내 공간도 넓고요." 그는 앉은 채로 몸을 틀어 뒷좌석과 그 바닥을 훑어보았다. "정말 넓군요." 그가 말했다. "아주 마음에 듭니다."

"그레고르 씨가 한 바퀴 돌고 오시라고 차를 내줄지도 모릅니다."

리버스가 그를 올려다보았다. "정말 그렇게 해주실까요? 물론 이 사건이 다 해결된 후에 말입니다." 그가 차에서 내렸다. 어커트는 코웃음을 쳤다.

"해결? 이런 일은 절대 해결되지 않습니다. 다른 사람도 아니고, 하원의 원에게 벌어진 일이니까요. 매음굴…… 언론의 혐의 제기만으로도 치명상을 입었습니다. 그런데 이젠 살인사건에까지 엮이게 됐으니……" 그가 고개를 저었다. "이건 쉽게 해결될 일이 아닙니다. 그냥 지나가는 비구름이 아니란 말입니다. 그분은 수렁에 빠졌습니다. 헤어나려 필사적으로 발버둥치고 있죠."

리버스는 차문을 닫았다. "문 닫히는 소리도 마음에 드네요. 안 그런가요? 어커트 씨는 잭 부인을 잘 아셨습니까?"

"아주 잘 알았죠. 거의 매일 봐왔으니까요."

"잭 씨 부부가 거의 따로 살아오신 걸로 알고 있습니다만."

"그 정도까진 아니었습니다. 그분들은 부부였는걸요."

"서로 사랑도 했고요?"

어커트는 잠시 뜸을 들였다. "그런 것 같았습니다."

"다른 점이 많았는데도 말이죠?" 리버스가 차의 외관을 찬찬히 뜯어보왔다. 마치 구매할지 여부를 놓고 고민하는 사람처럼.

"무슨 말씀인지 모르겠습니다."

"각자 어울리는 친구들도 달랐고, 생활방식도 달랐고, 휴가도 따로따로……"

"그레고르 씨는 하원의원입니다, 경위님. 언제든 즉흥적으로 휴가를 떠날 수 있는 입장이 아닙니다."

"그 반면에," 리버스가 말했다. "잭 부인은…… 즉흥적인 면이 있었죠? 변덕도 심했고. 거침없이 척척 행동에 옮기는 타입 말입니다."

"네, 그렇습니다. 정확히 짚으셨네요."

리버스는 고개를 끄덕이며 트렁크를 톡톡 두드렸다. "이 안도 구경할 수 있을까요?"

어커트가 다가와 트렁크를 열어주었다.

"맙소사." 리버스가 말했다. "예상대로 공간이 꽤 넓군요. 깊기도 하고. 안 그렇습니까?"

트렁크 안은 깨끗했다. 진흙이나 긁힌 흔적 따위는 찾아볼 수 없었다. 오히려 새 차처럼 깔끔하게 정리되어 있었다. 작은 휘발유 탱크, 빨간 안전 삼각대, 그리고 하프 세트 골프채.

"골프를 아주 좋아하시나 보네요."

"네."

리버스가 트렁크를 닫았다. "전 골프가 왜 재밌는지 모르겠습니다. 공은 너무 작고, 코스는 너무 크고. 자, 들어가 볼까요?"

그레고르 잭은 LRT(Light-Rail Transit, 경량전철)에서 죽을 고생을 하고 돌아온 사람 같아 보였다. 머리도 어제나 그제 빗고 만 것 같았고, 옷도 며칠째 갈아입지 않은 듯했다. 면도는 했지만 면도기가 미치지 못한 부분은 까칠한 검은 수염으로 덮여 있었다. 리버스를 보고도 그는 일어나지 않았다. 그냥 고개를 끄덕이며 인사를 할 뿐이었다. 그가 손에 쥔 잔으로 빈 의자를 가리켰다. 리버스는 조심스레 그쪽으로 다가갔다.

잭의 크리스털 텀블러에는 위스키가 담겨 있었고, 그 옆에는 4분의 1쯤 남은 술병이 놓여 있었다. 방에서는 퀴퀴한 냄새가 풍겼다. 잭이 술을 들이켠 뒤 잔 가장자리를 이용해 벌게진 손가락을 긁었다.

"드릴 말씀이 있어서 오시라고 했습니다, 리버스 경위님."

리버스는 푹신한 의자에 앉았다. "네, 의원님."

"저에 대해 몇 가지 들려드리고 싶습니다. 리즈에 대해서도 그렇고요."

미리 준비해놓은 대사였다. 첫 부분도 많은 고민 끝에 작성된 듯했다. 방에는 두 사람뿐이었다. 어커트는 커피를 가져오겠다며 자리를 비운 상태였다. 왓슨의 커피 때문에 신경이 예민해져 있는 리버스는 커피 대신 차를 가져다줄 것을 정중히 요청했다. 헬렌 그레이그는 집에서 병든 어머니를 챙기고 있는 모양이었다. 주방으로 향하기 전, 어커트는 그녀의 어머니가 병을 얻은 게 이번이 처음이 아니라고 귀띔해주었다. 충직한 여자들. 헬렌 그레이그와 캐스 키눌. 병적으로 충직한 여자들이었다. 그리고 엘리자베스 잭은 개처럼 충직한 스타일…… 맙소사, 내가 지금 무슨 생각을 하는 거지? 죽은 사람을 두고. 한 번 만나본 적도 없는데. 침대 기둥에 사지가 묶이는 걸 좋아했던 여자……

"이 얘긴 이번 일과 아무런 상관이…… 글쎄요, 잘 모르겠습니다. 상관이 있을 수도 있고, 아닐 수도 있겠네요." 잭이 잠시 입을 닫고 골똘한 생각에 잠겼다. "경위님, 만약 리즈가 저에 대한 기사를 봤다면, 그리고 그것 때문에 충격을 받았다면, 분명 무슨 짓이라도 벌였을 겁니다. 아니면 최대한 멀리 떨어져 있으려 했거나…… 그래서 말인데요. 어쩌면……" 그가 자리에서 일어나 창가로 다가갔다. 그의 흐릿한 눈이 창밖 풍경을 훑어나 갔다. "그러니까 제가 드리고 싶은 말씀은, 만약 그 모든 게 제 책임이라 면……"

"책임이라고요, 의원님?"

"리즈의…… 살인사건 말입니다. 만약 우리가 함께 있었더라면, 우리가 이곳에 함께 있었더라면, 그녀는 살해되지 않았을지 모릅니다. 이런 일이 벌어지지 않았을 수도 있었다고요. 무슨 말인지 이해하시겠습니까?"

"너무 자책하지 마십시오, 의원님."

잭이 그를 확 돌아보았다. "하지만 사실인 걸 어쩌겠습니까. 다 제 책임 입니다."

"자, 다시 앉으시죠, 잭 씨."

"그냥 그레고르라고 불러주십시오. 부탁입니다."

"그러죠…… 그레고르, 앉아서 흥분을 가라앉히십시오."

잭은 시키는 대로 했다. 사별은 살아남은 배우자들을 그렇게 만든다. 약한 사람은 강해지고, 강한 사람은 약해지고. 로널드 스틸은 책을 집어던졌 고, 그레고르 잭은 무기력해졌다. 그가 다시 손가락을 긁었다. "너무 아이러니합니다." 그가 말했다.

"뭐가 그렇단 말씀입니까?" 리버스는 주문한 차가 빨리 도착하기를 기다렸다. 어커트가 돌아오면 잭이 안정을 되찾을지 몰랐다.

"그 매음굴……" 잭이 리버스의 눈을 빤히 쳐다보며 말했다. "다 그것 때문에 벌어진 일입니다. 내가 거기 갔던 이유는……"

리버스가 앉은 채로 몸을 앞으로 기울였다. "거긴 왜 가셨던 겁니까, 그 레고르?"

그레고르 잭이 뜸을 들이며 마른침을 한 번 삼켰다. 천천히 숨을 들이 쉬는 그는 답변을 해야 할지를 놓고 고민에 빠진 듯했다. 마침내 그의 입 이 다시 열렸다.

"여동생을 보러 갔던 겁니다."

순간 방 안으로 압도적인 정적이 스며들었다. 리버스의 손목시계 초침 소리가 뚜렷이 들릴 정도였다. 바로 그때 문이 벌컥 열렸다.

"차를 가져왔습니다." 이언 어커트가 게걸음으로 들어오며 말했다.

어커트를 간절히 기다렸던 리버스는 이제 그가 빨리 꺼져주기를 바랐 다. 리버스가 자리에서 일어나 벽난로 위 선반 앞으로 다가갔다. '무리'가 보내온 카드 양옆으로 열 개 남짓 되는 조문 카드가 줄지어 놓여 있었다. 동료 하원의원들이 보낸 것도 있고, 친척과 친구들이 보낸 것도 있었으며, 선거구 주민들이 보낸 것들도 있었다.

어커트는 심상치 않은 분위기를 금세 감지해냈다. 그가 테이블에 쟁반 을 내려놓고 아무 말 없이 방을 나갔다. 문이 닫히기가 무섭게 리버스가 말했다. "그게 무슨 말씀입니까? 여동생을 보러 가셨다뇨?"

"말 그대로입니다. 제 여동생이 그 매음굴에서 일하고 있었습니다. 아 니, 그렇다는 얘길 전해 들었습니다. 처음엔 누군가의 짓궂은 농담일 거라 생각했었죠. 절 매음굴로 끌어들이려는 누군가의 계략이거나. 함정, 아니 면 트릭. 전 오랜 고민 끝에 직접 찾아가보기로 했습니다. 제보자가 확신에 차 있었기 때문에 그냥 넘겨버릴 수가 없었습니다."

"그 제보자가 누굽니까?"

"익명의 전화를 받았습니다." 아, 그래. 리버스는 생각했다. 마침 나도 그게 궁금했는데. "자꾸 전화를 걸어와 제가 받기도 전에 끊어버리길 반복했습니다. 하지만 어느 날 밤, 제보자는 제삼자를 거치지 않고 저랑 연결이 됐습니다. 그때 제게 소식을 전해주더군요. '당신 여동생이 뉴 타운의 매음굴에서 일하고 있습니다.' 그는 그곳 주소를 알려주며 자정쯤 찾아가면 동생을 볼 수 있을 거라고 했습니다." 그는 마치 원치 않는 음식을 우물거리고 있는 사람 같아 보였다. 뱉고 싶어도 그럴 수 없어 억지로 삼켜야 하는 상황. "그래서 찾아가봤고, 그곳에서 동생을 만났습니다. 허위 제보가 아니었던 거죠. 제가 동생을 간곡히 타이르고 있을 때 경찰이 들이닥쳤습니다. 전 함정에 빠진 겁니다. 기자들까지 나타났으니……"

리버스는 침대에 누워 허공을 걷어차던 여자를 떠올렸다. 사진사들을 향해 티셔츠를 들춰 보였던 여자.

"왜 그때 그 사실을 밝히지 않으셨습니까?"

잭이 큰 소리로 웃음을 터뜨렸다. "제가 그곳에 있었다는 사실만으로도 충분히 암담했으니까요. 제 동생이 매춘부라는 사실까지 굳이 세상에 떠벌릴 필요는 없지 않습니까."

"그런데 왜 지금 제게 그 비밀을 털어놓으시는 겁니까?"

그가 한층 차분해진 목소리로 말했다. "경위님이 보시는 대로 전 지금 궁지에 몰려 있습니다. 부담스러운 짐은 이렇게라도 하나씩 벗어낼 수밖에요."

"그럼 의원님께서는 진작부터 누군가가 의원님을 함정에 빠뜨렸다는 걸 알고 계셨다는 말씀이군요."

잭이 미소를 지었다. "네, 물론입니다."

"그게 누구일까요? 혹시 의심이 가는 인물이 있습니까? 의원님과 원한 관계인 사람?"

그가 또 미소를 지었다. "전 하원의원입니다, 경위님. 제게 친구가 하나라도 있다면 그게 더 충격적인 일이겠죠."

"그 '무리' 중에 범인이 있진 않을까요?"

"경위님, 그간 머리를 쥐어짜내 봤습니다만 짚이는 게 없었습니다." 그가 고개를 들고 리버스를 쳐다보았다. "정말입니다."

"제보자의 목소리가 귀에 익지 않았습니까?"

"걸걸한 소리였습니다. 전화가 너무 웅웅거려 알아듣기가 힘들었어요. 남자인 것 같은데 왠지 아닐 수도 있다는 생각이 드는군요."

"좋습니다. 자, 이제 동생분에 대해 들려주십시오."

잭은 망설임 없이 모든 걸 털어놓았다. 어릴 적 가출한 그녀는 지금껏 가족과 연락을 끊고 살아왔다. 결혼해서 런던에 산다는 소문도 있었고, 몇 년 전 북쪽으로 돌아왔다는 소문도 들려왔었다. 그녀에 대한 정보는 딱 거기까지였다. 그리고 익명의 제보.

"그걸 제보자가 어떻게 알았을까요? 그가 동생분에 대한 정보를 어떻게 입수했던 걸까요?"

"저도 그게 궁금합니다. 전 누구에게도 게일에 대해 얘기한 적이 없었거든요."

"하지만 의원님의 학교 친구분들은 그녀에 대해 알고 있었을 텐데요."

"조금은요. 하지만 아무도 기억하지 못할 겁니다. 동생이 우리보다 두

살 적었으니까."

"동생분이 복수를 위해 돌아왔을 거라고 생각해보신 적은 없습니까?"

잭이 두 손을 펼쳐 보였다. "무슨 복수를 말씀하시는 겁니까?"

"그게 아니라면 질투심 때문에?"

"그런 거라면 그냥 제게 연락을 하면 될 일 아닙니까."

하긴. 리버스는 그 답을 찾기 위해 그녀를 한번 만나보기로 했다. 아직 잠적하지 않았다면. "그 후로 동생분의 연락은 없었습니까?"

"그 전에도 없었고, 후에도 마찬가지였습니다."

"왜 그녀를 만나러 가셨던 겁니까, 그레고르?"

"너무 궁금했기 때문입니다." 그가 말했다.

"그뿐입니까?"

"또…… 글쎄요, 잘 타일러서 그 일을 관두게 하고 싶은 마음도 있었습니다."

"동생분을 위해서였습니까, 아니면 의원님 자신을 위해서였습니까?"

잭이 미소를 지었다. "동생이 매춘부라는 사실이 알려지면 제 이미지에 엄청난 타격이 있겠죠."

"단순 오입보다 더 나쁜 매춘 형태도 많지 않습니까."

잭이 고개를 끄덕였다. "하긴, 그렇죠. 경위님이 방금 하신 말씀을 제가 연설에 써먹어도 되겠습니까? 뭐 앞으로 연설을 할 기회도 몇 번 없겠지만요. 정치인으로서의 제 인생은 끝난 걸로 봐도 무방하지 않겠습니까."

"끝까지 포기하지 마십시오, 의원님. 로버트 1세(Robert I, 거미의 끈기에 감명 받아 바녹번 전쟁을 승리로 이끈 스코틀랜드의 해방자)를 생각하시고."

"그리고 거미도. 그 말씀이죠? 전 거미를 싫어합니다. 리즈도 마찬가지고." 그가 멈칫했다. "그 사람도 *마찬가지였고.*"

리버스는 대화를 계속 이어가고 싶었다. 위스키에 절어 있는 잭이 언제 뒤로 뻗어버릴지 몰랐다. "디어 로지에서 있었던 마지막 파티에 대해 여쭤봐도 되겠습니까?"

"뭐가 궁금하십니까?"

"우선 누가 참석했었는지 알려주십시오."

머리를 짜내야 하는 상황이 잭의 정신을 조금이나마 맑게 해준 것 같았다. 하지만 그의 답변은 바니 바이어스의 것과 크게 다르지 않았다. 술과 수다로 가득했던 저녁. 인근 산에서의 아침 하이킹. 헤더 후스에서의 점심 식사. 그리고 귀가. 잭은 헬렌 그레이그를 초대했던 게 가장 후회된다고 덧붙였다.

"우리가 망나니짓을 해대는 걸 그녀에게 고스란히 보여줬어요. 바니 바이어스는 코끼리 흉내를 냈고…… 그 왜 있지 않습니까. 바지 주머니를 밖으로 밀어내서……"

"네, 뭔지 압니다."

"헬렌이 내색하진 않았지만 아무래도 그런 장난들이……"

"꽤 참해 보이더군요."

"저희 어머니가 좋아하시는 타입입니다."

우리 어머니의 타입이기도 한데. 리버스는 생각했다. 위스키는 잭의 말씨를 완전히 바꾸어놓았다. 세련됨이 걷히면서 커콜디, 리벤, 그리고 메틸 지역의 말씨만이 남겨졌다.

"그 파티, 2주 전이었죠? 맞습니까?"

"3주 전이었습니다. 저희가 이곳에 돌아온 지 닷새가 됐을 때 리즈가 좀 쉬어야겠다면서 짐을 꾸려 떠났습니다. 그때 아내를 본 게 마지막이었죠." 그가 주먹 쥔 손을 들고 부드러운 가죽 소파를 툭 내리쳤다. "왜 제게 이러는 걸까요? 전 이 선거구가 누려본 최고의 하원의원입니다. 못 믿으시겠다면 나가서 한번 물어보십시오. 광산 마을이든 농장이든 공장이든 다과회든, 어디든 상관없습니다. 다들 제게 같은 평가를 내리고 있습니다. '아주 잘하고 있어요, 그레고르. 계속 수고해줘요.'" 그가 다시 일어났다. 그의 몸이 불안정하게 흔들렸다. "수고, 수고, 계속 수고해달라고? 이 이상 어떻게 더 수고를 하라는 건지 원." 그의 언성이 조금씩 높아져갔다. "내가 자기들을 위해 얼마나 고생을 했는데! 대체 내가 뭘 잘못했다고 이런 짓을 벌이는 거지? 왜 하필 나냐고? 왜 하필? 리즈와 나, 리즈……"

어커트가 노크를 두 번 한 뒤 문을 열고 그 틈으로 고개를 내밀었다. "무슨 문제라도 있습니까?"

잭이 괴기해 보이기까지 하는 미소를 지었다. "아무 일도 아니에요, 이언. 설마 지금까지 문밖에서 엿듣고 있었던 건 아니겠죠?"

어커트가 리버스를 흘끔 쳐다보았다. 리버스는 고개를 끄덕여 보였다. 아무 일 없었어. 정말이야. 어커트는 다시 문을 닫았다. 그레고르 잭이 소파에 풀썩 주저앉았다. "모든 게 엉망이 돼버렸습니다." 그가 한 손으로 얼굴을 문지르며 말했다. "이언은 좋은 친구입니다."

아, 그래. 친구.

"익명의 제보 전화 말고도 뭔가 더 있었을 텐데요. 그렇죠?" 리버스가 말했다.

"네?"

"누군가로부터 편지 얘길 들었습니다."

"오…… 맞아요, 편지. 장난 편지였습니다."

"그걸 아직 갖고 계십니까?"

잭이 고개를 저었다. "보관해둘 가치가 있어야죠."

"그걸 남들에게 보여주셨습니까?"

"읽을 가치도 없었고."

"정확히 어떤 내용이 적혀 있었습니까, 잭 씨?"

"그레고르." 잭이 말했다. "제발, 그레고르라고 불러주십시오. 편지에 어떤 내용이 적혀 있었는지 물으셨죠? 그냥 쓰레기였습니다. 알아들을 수도 없는 얘기들. 헛소리……"

"그렇지 않았을 겁니다."

"네?"

"누군가로부터 들었습니다. 의원님께서 남들이 열어보는 걸 허락하지 않으셨다면서요? 그는 그게 연애편지였을 거라고 했습니다."

잭이 웃음을 터뜨렸다. "연애편지!"

"저는 그게 연애편지였을 거라 생각하지 않습니다. 하지만 궁금한 게 하나 있습니다. 이언 어커트나 다른 사람들은 자신들이 열어봐도 되는 편지와 그렇지 않은 것을 어떻게 구분해 의원님께 전달한 겁니까? 필적을 보고? 그건 쉬운 일이 아니지 않습니까. 보나마나 소인을 보고 구분할 수 있었을 겁니다. 그건 봉투만 봐도·알 수 있으니까요. 그 편지들이 어디서 왔는지 제가 한번 맞혀볼까요, 잭 씨? 더틸. 그것들은 의원님의 오랜 친구인 앤드류 맥밀런이 보낸 편지들일 겁니다. 그리고 그 내용도 헛소리가 아니었죠? 알아들을 수 없는 말도, 터무니없는 말도, 쓰레기 같은 말도 아니었을걸요. 그는 의원님이 전문 병원 시스템에 대해 뭔가 해주기를 바랐을 겁니다. 제가 틀렸습니까?"

잭은 안절부절못하며 잔만 노려보고 있었다. 마치 못된 짓을 하다가 들킨 아이처럼.

"제가 잘못 짚은 겁니까?"

잭이 퉁명스러운 표정으로 고개를 끄덕였다. 리버스도 고개를 끄덕였다. 매춘부 동생을 둔 것은 분명 수치스러운 일이다. 하지만 미치광이 살인마 친구를 둔 것은 그보다 훨씬 더 수치스러운 일이 아닌가. 그레고르 잭은 갖은 고생을 겪으면서 지금의 긍정적인 이미지를 만들어왔다. 하지만 그런 대중적 이미지를 유지하는 건 몇 배 더 어려운 일이다. 무성의한 미소와 적당한 힘이 들어간 형식적인 악수. 그는 그렇게 주민들 틈에서 선거구를 관리해왔다. 하지만 그의 사생활은 심각할 만큼 지저분했다. 그리고 잭이 은폐하려들수록 점점 더 지저분해질 뿐이었다. 옷장에 해골을 숨겨둔 정도가 아니라 아예 화장장을 갖춰놓은 것이나 다름없었다.

"절더러 그 문제 관련해서 캠페인을 벌여달라고 했습니다." 잭이 웅얼거렸다. "하지만 차마 그럴 수 없었습니다. 왜 갑자기 이런 운동을 벌이신 겁니까, 잭 씨? 옛 친구를 돕기 위해서입니다. 옛 친구라면 정확히 누굴 말씀하시는 겁니까, 잭 씨? 자기 아내의 목을 자른 친구입니다. 자, 질문은 여기까지만 받겠습니다. 오, 다음 선거에서도 잘 부탁드리겠습니다." 그가 통곡에 가까운 웃음을 터뜨렸다. 꼭 조울증 환자를 보는 듯했다. 웃음은 이내 울음으로 바뀌었고, 강줄기처럼 흘러내린 눈물은 그가 쥐고 있는 잔으로 뚝뚝 떨어졌다.

"그레고르." 리버스가 나지막이 말했다. 그는 그 이름을 몇 번 반복해

불렀다. 잭이 코를 훌쩍거리며 흐릿해진 눈으로 그를 쳐다보았다. "그레고르." 리버스가 말했다. "아내분을 살해하신 겁니까?"

잭이 셔츠 소매로 눈가를 훔쳤다. 그는 천천히 고개를 저었다.

"아닙니다." 그가 말했다. "아니에요. 난 아내를 죽이지 않았습니다."

그녀를 죽인 건 윌리엄 글래스였다. 딘 브리지 밑에서 여자를 죽인 것도, 엘리자베스 잭을 죽인 것도 바로 그였다.

리버스는 그런 소란이 벌어진 것도 모른 채 도시로 돌아갔다. 그레이트 런던 가 경찰서 계단을 오를 때까지도 그는 알지 못했다. 경찰서 안은 무척 산만하고 소란스러웠다. 맙소사, 갑자기 왜들 이러지? 이전 계획이 무산되기라도 한 건가? 세인트 레너즈로 가지 않아도 되는 거야? 이젠 정말 페이션스 에이트킨과 살림을 합치게 되는 건가? 하지만 아니었다. 경찰서가 이곳에 남게 된 것도, 완전히 문을 닫게 된 것도 아니었다. 윌리엄 글래스. 그가 바로 이 들뜬 분위기의 원인이었다. 순찰 중이던 반턴의 경관이 한 슈퍼마켓 뒤편 쓰레기통 틈에서 자고 있던 그를 발견해 체포해왔다고 했다. 경찰서로 끌려온 그는 순순히 입을 열었다. 그들은 협조적인 그에게 수프와 차와 담배를 무제한 제공해주었다.

"그가 뭐라고 했는데?"

"자기가 다 죽였대. 두 사람 다!"

"뭐라고?"

순간 리버스의 머리가 잽싸게 돌아갔다. 반턴…… 퀸스페리에서 얼마 떨어지지 않은 곳인데. 그들은 그가 북쪽이나 서쪽으로 달아났을 거라 짐작했었다. 하지만 그는 모두의 예상을 깨고 도시로 되돌아오던 중이었다.

일단 퀸스페리를 찍고 나서……

"두 사건 모두 자기가 그런 거라더군."

"누가 심문하고 있지?"

"로더데일 경감과 딕 경위."

로더데일! 맙소사. 아주 제대로 물었군. 총경의 관 뚜껑에 이렇게 못을 치다니. 하지만 리버스에게는 다른 할 일이 있었다. 우선 잭의 여동생부터 찾아봐야 했다. 게일 잭. 물론 지금은 다른 이름을 쓰고 있겠지만. 그는 크리퍼 작전의 사건 기록을 훑어보았다. 게일 크롤리. 그녀가 분명했다. 물론 그녀는 진작 풀려난 후였다. 석방되기 전 그녀는 런던 주소를 불러주었다. 그는 그녀를 심문했던 형사를 찾아냈다.

"그래, 분명 남쪽으로 간다고 했는데. 그녀를 잡아둘 순 없었어. 뭐 그러고 싶지도 않았지만. 두 번 다시 돌아오지 말라고 경고하고 내쫓아버렸어. 그건 그렇고, 정말 놀랍지 않아? 글래스를 그렇게 쉽게 붙잡다니!"

"나도 놀랐어." 리버스가 말했다. 그는 사건 기록과 게일 크롤리의 사진을 복사한 뒤 그것들에 몇 가지 내용을 메모해놓았다. 그런 다음, 런던에 있는 옛 친구에게 전화를 걸었다.

"플라이트 경위입니다."

"안녕, 조지. 대체 은퇴 파티는 언제 할 거지?"

상대가 웃음을 터뜨렸다. "그야 자네가 알지. 날더러 계속 남으라고 했잖아."

"자네 같은 훌륭한 형사를 잃으면 큰일이니까."

"뭔가 부탁이 있어서 연락한 것 같은데."

"맞아. 공무 때문에 연락한 거야, 조지. 좀 급한 일인데."

"당연히 그렇겠지. 좋아, 무슨 일인가?"

"팩스 번호를 알려줘. 자세한 내용을 보내줄 테니까. 만약 그곳이 그녀의 거처가 맞다면 자네가 가서 만나봐주면 좋겠어. 내 번호를 두어 개 가르쳐줄 테니까 뭔가 알아내면 아무 때나 연락 줘."

"두어 개씩이나? 패나 궁지에 몰려 있는 것 같군."

궁지…… 부담스러운 짐은 이렇게라도 하나씩 벗어낼 수밖에……

"맞아, 조지."

"어떤 여자지?" 물론 그는 게일이 아닌, 페이션스에 대해 묻는 것이었다.

"아주 가정적이야, 조지. 애완동물도 많이 키우고 촛불과 벽난로는 절대 꺼뜨리지 않아."

"대단한데." 조지 플라이트가 말했다. "오래 버텨봐야 3개월일 거야."

"나쁜 자식." 리버스가 미소를 머금으며 말했다. 플라이트가 다시 웃음을 터뜨렸다.

"그럼 4개월로 늘려주지." 그가 말했다. "그 이상은 절대 안 돼."

통화를 마친 리버스는 곧장 중추부로 향했다. 경찰서에서 오직 그 혼자만이 누릴 수 있는 유일한 공간. 남자 화장실. 누군가가 내려앉은 천장에 받쳐둔 갈색 판지에 눈을 그려놓았다. 리버스는 손을 씻고 나서 동료 형사들과 담배를 나누며 수다를 떨었다. 공중 화장실이었다면 경찰에 체포되어도 할 말이 없는 상황이었다. 잠시 후, 문이 벌컥 열렸다. 빙고. 심문을 할 때 누구보다도 화장실을 즐겨 찾는 로더데일이었다.

"이렇게 계속 들락거려줘야 해." 언젠가 그가 리버스에게 설명했었다. "그래야 용의자가 불안해하거든. 똥줄 좀 타게 만들어야지."

"잘돼 가십니까?" 리버스가 물었다. 로더데일이 미소를 흘리며 세면대로 다가갔다. 그는 얼굴을 적시고 관자놀이와 목덜미를 차례로 마사지했다. 그의 얼굴에는 만족의 표정이 떠올라 있었다. 근심의 흔적은 조금도 찾아볼 수 없었다.

"이번만큼은 총경이 제대로 짚었던 것 같아." 로더데일이 말했다. "계속 글래스에게 집중해야 한다고 했었잖아."

"그가 자백했습니까?"

"자백한 거나 다름없어. 이미 어떻게 방어할지 작전을 짜둔 것 같더라고."

"뭐라던가요?"

"언론." 로더데일이 손을 말리며 대답했다. "언론이 자극해서 그랬다나. 두 번째 살인 말이야. 자신은 그저 모두가 기대하고 있던 일을 했을 뿐이라더군."

"그럼 뭐 더 몰아붙일 것도 없겠군요."

"자네가 오해하고 있는 것 같은데, 난 그놈을 전혀 몰아붙이지 않았어. 다 녹음해뒀으니 직접 들어보라고."

리버스가 고개를 저었다. "아니, 그런 얘기가 아니라, 만약 그가 그렇게 자백했다면 그걸로 충분하다는 뜻입니다. 참, 저도 자백하겠습니다. JFK를 암살한 건 바로 저였습니다."

로더데일이 물 튀긴 거울 속 자신의 얼굴을 빤히 들여다보았다. 그는 여전히 의기양양한 모습이었다. 셔츠 깃 위로 곧게 솟은 목과 티에 얹어진 골프공처럼 붙어 있는 머리.

"자백." 그가 말했다. "그것보다 더 확실한 증거가 있나, 존?"

"저 친구는 지금껏 노숙을 해왔습니다. 브라소(brasso, 금속 광택제) 냄새에 중독된 상태로 에든버러 경찰에 쫓겨 온 놈이라고요. 그의 자백은 우리가 챙겨준 수프 한 그릇과 차 몇 잔의 가치밖에 없을 겁니다."

로더데일이 리버스를 돌아보았다. "자넨 비관주의자였군, 존."

"글래스가 답변할 수 없는 모든 질문들을 한번 떠올려보십시오. 그리고 그중 몇 개만 추려 저 친구에게 물어보십시오. 잭 부인이 어떻게 퀸스페리로 갔는지, 그가 왜 그녀를 그곳에 버려뒀는지, 가서 물어보시라니까요, 경감님. 아마 대화가 일방통행으로 진행될 걸요. 전 나중에 녹취록으로 확인해보겠습니다."

리버스는 이가 빠진 흔적을 직접 살피는 조각상처럼 매무새를 고쳐대는 로더데일 경감을 남겨두고 화장실을 나왔다.

"이걸로는 부족해요, 존."

그들은 침대에 나란히 누워 있었다. 리버스, 페이션스, 그리고 고양이 럭키. 리버스가 미국 말씨를 흉내 내며 말했다.

"난 당신에게 모든 걸 쏟아 부었어요, 베이비."

페이션스는 미소를 지었지만 여전히 실망한 상태였다. 베개를 짚고 일어나 앉은 그녀가 무릎을 끌어와 그 위에 턱을 얹어놓았다. "내 말은," 그녀가 말했다. "당신 계획을 알고 싶다는 얘기예요. 이제 우린 어떻게 해야 하는지. 난 당신이 나랑 살림을 합치려 하는지, 아니면 갈라서려 하는지 알고 싶어요."

"뭐 그렇게 들락거리며 사는 거죠." 그가 장난 섞인 목소리로 말했다. 그녀가 그의 어깨를 툭 쳤다. 평소보다 조금 세게. 그가 긴 숨을 들이쉬었다. "난 멍이 잘 드는 타입이라고요." 그가 말했다.

"나도 마찬가지예요!" 그녀의 눈에 눈물이 글썽였다. 하지만 그녀는 끝내 울지 않았다. 그에게 만족감을 주지 않기 위해서였다. "혹시 다른 여자가 생긴 건가요?"

그는 화들짝 놀랐다. "아뇨. 왜 갑자기 그런 생각을 한 거죠?"

고양이가 페이션스의 무릎으로 올라가 발톱으로 이불을 긁어대기 시작했다. 그녀는 고양이의 머리를 살살 쓰다듬었다. "왠지 당신이 내게 뭔가를 고백하려 하는 것처럼 보여서 말이에요. 용기가 나지 않아 말 못하고 있는 것처럼. 그게 무엇이든 상관없으니 속 시원히 털어놔 봐요."

대체 뭘 고백하라는 거지? 살림을 합치는 문제에 대해 결정을 못했다는 거? 아직도 질 템플러를 향한 묘한 감정을 품고 있다는 거? 대체 뭐가 알고 싶은 거냐고!

"당신도 잘 알잖아요, 페이션스. 경찰의 삶이 이렇다는 거."

"왜 그토록 일에 집착하는 거죠?"

"네?"

"그 빌어먹을 사건들에 말이에요. 왜 그토록 집착하는 거냐고요, 존. 그것도 그냥 직업일 뿐인데. 난 집에 오면 환자들에 대해 까맣게 잊어버린다고요. 왜 당신은 그러지 못하죠?"

그는 솔직하게 대답할 수밖에 없었다. "나도 모르겠어요."

그때 전화벨이 울렸다. 페이션스가 바닥에서 전화기를 집어 들었다. "당신 전화인가요, 내 전화인가요?" 그녀가 물었다.

"당신 전화예요."

그녀가 수화기를 집어 들었다. "여보세요? 네, 에이트킨 박사예요. 네,

안녕하세요, 레어드 부인. 정말요? 그래요? 그냥 독감이 아닐까요?"

리버스는 손목시계를 들여다보았다. 9시 30분. 오늘은 페이션스가 당직을 서는 날이었다.

"아하." 그녀가 말했다. "아하." 상대의 설명은 계속 이어졌다. 그녀가 얼굴에서 수화기를 멀리 떼고 천장을 향해 소리 없는 비명을 질러댔다. "알겠습니다, 레어드 부인. 아뇨, 일단 좀 두고 보는 게 좋겠어요. 최대한 빨리 가겠습니다. 주소를 불러주시겠어요?"

통화를 마친 그녀가 씩씩대며 침대를 내려가 옷을 걸치기 시작했다. "레어드 부인의 남편이 다 죽어간대요." 그녀가 말했다. "이게 벌써 세 번째예요, 젠장."

"내가 태워다줄까요?"

"아뇨, 괜찮아요. 그냥 혼자 갈래요." 그녀가 침대로 다가와 그의 볼에 살짝 입을 맞추었다. "말만으로도 고마워요."

"고맙긴요, 뭐." 아늑한 분위기가 깨지자 럭키가 리버스 쪽 이불을 신경질적으로 치대기 시작했다. 리버스가 손을 뻗어 녀석의 머리를 살살 쓰다듬었다. 고양이는 귀찮은 듯 멀리 도망쳐버렸다.

"이따 봐요." 페이션스가 또다시 입을 맞추며 말했다. "이 얘긴 아직 안 끝난 거예요. 알았죠?"

"알았어요."

"그럼." 그녀는 거실로 나가 필요한 것들을 챙겼다. 그는 그녀가 집을 나설 때까지 묵묵히 기다렸다. 현관문 닫히는 소리가 들려오자 고양이는 페이션스가 데워놓은 매트리스에 자리를 잡고 엎드렸다. 리버스는 일어날까 하다가 그냥 더 누워 있기로 했다. 또다시 전화벨이 울렸다. 이번에도 환자인가? 그럼 받지 말아야지. 하지만 아무리 기다려도 전화벨은 멎지 않았다. 마침내 그는 내키지 않는 톤으로 응답했다. "여보세요."

"전화 받는 데 왜 이리 오래 걸려?" 조지 플라이트가 말했다. "내가 오붓한 시간을 방해한 건 아니겠지?"

"뭔가 알아냈어, 조지?"

"그보다도 설사 때문에 엄청 고생하고 있어. 어젯밤 경가스에서 카레를 먹었는데 그것 때문인 것 같아. 참, 자네가 요청한 정보도 입수했어."

"그래? 그럼 빨리 보고하지 않고 뭐해?"

플라이트가 코웃음을 쳤다. "최소한 감사의 표시 정도는 해야 하는 거 아닌가? 이걸 얻으려고 얼마나 고생(graft)했는데."

"런던 경찰청이 부정 이득(graft)에만 관심이 많다는 거 잘 알아, 조지."

플라이트가 혀를 끌끌 찼다. "누가 들으면 어쩌려고 그래, 존? 뭐 아무튼, 자네가 알려준 주소지를 찾아가봤는데 거기 없더라고. 크롤리의 친구가 살고 있어. 크롤리를 마지막으로 본 건 몇 주 전이었고, 그녀가 에든버러에 있다는 소문을 들었다더군." 그는 일부러 에든버러를 헤딘버로(head-in-burrow, 굴 속 머리)로 발음했다.

"그게 다야?"

"크로프트와 엮여 있는 몇 놈을 만나봤어."

"크로프트가 누구지?"

플라이트가 한숨을 내쉬었다. "그 매음굴 운영자 말이야."

"오, 그렇지."

"사실 우리도 그녀를 눈여겨봐왔어. 그녀가 사업장을 북쪽으로 옮긴 것도 어쩌면 그래서였는지 몰라. 아무튼 그녀의 전 동료 두어 명을 만나봤어."

"만나봤는데?"

"아무 소득이 없었어. 동업자 할인조차도 안 해주더군."

"뭐 어쩔 수 없지. 수고했어, 조지."

"미안, 존. 그건 그렇고, 여긴 또 언제 내려올 거야?"

"이번엔 자네가 올라와야지."

"기분 나쁘게 듣지 마, 존. 거긴 스퀘어 소시지와 거품만 많은 맥주밖에 없잖아. 난 생각 없어."

"그럼 가서 훈제 연어와 스카치 위스키나 실컷 드시게. 다음에 또 통화하자고, 조지."

그는 수화기를 내려놓고 잠시 머리를 굴리다가 침대를 내려왔다. 고양이는 그제야 만족스러운 표정을 지으며 옷을 챙겨 입는 그를 쳐다보았다. 리버스는 종이와 펜을 찾아와 페이션스를 위해 메시지를 남겨놓았다. 당신이 없어 외로워요. 드라이브하러 나갑니다. 존. 그는 키스도 몇 개 찍어놓을지 고민에 빠졌다. 그래. 키스가 빠지면 안 되지. xxx

그는 자동차 열쇠와 아파트 열쇠와 돈을 챙겨 들고 집을 나섰다. 물론 현관문에 자물쇠를 채우는 것도 잊지 않았다.

모르면 보이지 않는다.

드라이브하기에 나쁘지 않은 밤이었다. 구름이 공기를 포근하게 만들어놓은 데다가 바람도 없고, 비가 내릴 것 같지도 않았다. 드라이브하기에 딱 좋은 밤. 인버리스, 그리고 그랜턴. 해안으로 통하는 완만한 경사의 내리막 코스. 윌리엄 글래스의 셋방을 지나, 그랜턴 가…… 그리고 뉴헤이븐. 부두.

모르면 보이지 않는다.

리버스는 외로운 남자였다. 그냥 바람을 쐬러 드라이브를 나온. 그들이 어두운 문간을 걸어 나왔다. 그들은 길을 건너고, 또 되돌아가기를 반복했다. 신호등 아래에서 패션쇼라도 벌이는 듯이. 운전자들은 천천히, 아주 천천히 차를 몰아나갔다. 리버스는 끝내 원하는 것을 보지 못하고 살라만더가를 빠져나왔다. 오, 그는 너무 예민했다. 수줍음 많고, 외롭고, 조용하고, 거기다 예민하기까지. 낡은 차를 몰고 밤거리를 달리며 뭘 찾고 있는 거지? 그냥 구경만 하겠다는 건가? 딱히 끌리지 않아서?

리버스는 차를 멈춰 세웠다. 그녀가 잽싸게 걸어왔다. 그녀는 칙칙한 싸구려 옷을 걸치고 있었다. 한 사이즈 큰 옅은 색 레인코트, 선홍색 블라우스, 그리고 미니스커트. 미니스커트는 좀 아닌데. 리버스는 생각했다. 다리가 너무 가늘어서 매력이 없잖아. 그녀는 추워 보였다. 그리고 감기에 걸린 듯해 보였다. 하지만 애써 미소를 지었다.

"타요." 그가 말했다.

"손으로 하는 건 15파운드, 입으로 하는 건 25파운드, 또 다른 건 35파운드예요."

순진해 빠졌군. 내가 당장 체포해도 할 말이 없을걸. 고객이 맞는지 확인하기도 전에 돈 얘길 꺼내다니.

"타라니까." 그가 다시 말했다. 그녀는 아직 배울 게 많았다. 그녀가 차에 오르자 리버스가 신분증을 꺼내 보였다. "리버스 경위입니다. 나랑 얘기 좀 해요, 게일."

"포기를 모르는군요, 당신이란 사람." 그녀는 런던내기 말씨를 썼다. 고

향인 파이프로 돌아온 지 꽤 되었을 텐데도. 하지만 몇 주만 더 지나면 원래 말씨로 되돌아갈 게 분명했다.

그녀는 학습 속도가 느렸다. "어떻게 내 이름을 알아요?" 마침내 그녀가 물었다. "그날 우릴 급습했을 때 거기 있었나요? 그걸 꼬투리 잡아 공짜 서비스라도 받으려고요?"

전혀 그런 게 아니었다. "그레고르에 대해 할 얘기가 있어요."

순간 그녀의 얼굴이 창백해졌다. 새까만 눈 화장과 새빨간 입술이 더 도드라져 보였다. "그가 누군데요?"

"당신 오빠잖아요. 경찰서에 가서 얘기할까요, 아니면 당신 아파트에 가서 얘기할까요? 난 어디든 상관없습니다." 그녀가 차에서 내리려 하자 리버스가 잽싸게 손을 뻗어 그녀를 붙잡았다.

"내 집으로 가요." 그녀가 차분하게 말했다. "대신 빨리 끝내야 해요. 알았죠?"

작은 방은 침실 겸 살림방이었다. 왠지 남자를 데려올 만한 곳 같지는 않았다. 그러기에는 그녀의 흔적이 너무 많았다. 화장대 위에는 아기 사진이 놓여 있었다. 벽에는 신문에서 오려낸 기사들이 덕지덕지 붙어 있었다. 전부 그레고르 잭의 몰락을 다룬 기사들이었다. 그는 그것들을 애써 무시한 채 사진을 집어 들었다.

"내려놔요!"

그는 시키는 대로 했다. "이게 누굽니까?"

"굳이 알아야겠다면 가르쳐주죠. 그건 내 사진이에요." 그녀는 두 팔을 뒤로 뻗은 채 침대에 앉아 있었다. 그녀는 피부 톤이 고르지 못한 다리를 꼬고 있었다. 방은 추웠지만 난방 기구는 어디에도 보이지 않았다. 서랍장에서는 많은 옷가지가 삐져나와 있었고, 바닥에는 화장품들이 뒹굴고 있었다. "왔으니 용건을 얘기해요." 그녀가 말했다.

리버스는 여전히 서 있었다. 앉을 만한 곳을 찾지 못했기 때문이다. 그는 재킷 주머니에 손을 넣고 있었다. "오빠가 당신을 만나기 위해 그 매음굴을 찾았다는 거 알고 있죠?"

"네."

"당신이 그걸 솔직히 인정했다면……"

"내가 왜 그래야 하는데요?" 그녀가 툭 내뱉었다. "난 오빠에게 빚진 거 없다고요!"

"왜 오빠를 증오하죠?"

"겉만 번지르르한 얼간이니까요. 요즘 보니 팔자가 늘어졌더군요. 안 그런가요? 엄마와 아빠는 늘 오빠만 좋아했어요. 난……" 그녀는 말을 잇지 못했다.

"그래서 가출을 한 겁니까?"

"내가 가출을 하든 말든 그게 당신이랑 무슨 상관이죠?"

"옛 친구들과도 연락하고 지냅니까?"

"옛 친구는 없어요."

"오빠와 다시 맞닥뜨릴 가능성이 있다는 걸 알면서도 북쪽으로 돌아온 건가요?"

그녀가 코웃음을 쳤다. "어차피 서로 노는 물이 달라서 괜찮아요."

"정말 그렇습니까? 하원의원과 판사들이 매춘부의 최고 고객 아닌가요?"

"그냥 내겐 다 같은 손님일 뿐이에요."

"언제부터 그 일을 해온 겁니까?"

그녀가 팔짱을 꼈다. "이제 그만 꺼져줘요." 그녀가 울먹였다. 오늘 밤, 리버스는 두 명의 여자가 울음을 참는 걸 보았다. 그는 집으로 돌아가 씻고 싶은 마음뿐이었다. 하지만 내 집이 어디지?

"딱 한 가지만 더 물을게요, 게일."

"크롤리 양이라고 불러줘요."

"한 가지만 더 물을게요, 크롤리 양."

"뭐죠?"

"당신이 그 매음굴에서 일한다는 걸 누군가가 알고 있었습니다. 그 누군가가 그 사실을 당신 오빠에게 귀띔해주었고요. 그게 누구였는지 짐작이 가나요?"

그녀는 잠시 골똘한 생각에 잠겼다. "모르겠어요."

물론 그건 거짓말이었다. 리버스가 턱으로 벽에 붙은 신문 기사들을 가리켰다. "오빠 문제에 아직 관심이 많은 모양이군요. 그날 밤 그가 당신을 찾아간 건……"

"그 얘기라면 듣고 싶지 않아요!"

리버스는 어깨를 으쓱였다. 난처한 상황이었다. 그녀를 그레고르 잭의 편에 세우지 못하면 이 지저분한 사건의 배후 인물을 찾아낼 수 없다.

"알겠어요, 게일. 혹시라도 마음이 바뀌면 날 찾아요. 그레이트 런던 가 경찰서로 연락하면 돼요." 그가 자신의 이름과 연락처가 적힌 명함을 꺼냈다.

"헛된 기대는 버려요."

"그야 두고 보면 알겠죠." 그가 성큼 걸어 문 앞으로 다가갔다.

"그 자식이 곤란해질수록 난 좋아요." 하지만 그녀의 목소리에서는 아까와 같은 기운이 느껴지지 않았다. 갑자기 애매해진 태도. 마음의 벽이 조금씩 허물어지고 있는 것이었다.

9
레인지 안

월요일 아침, 더프타운에서 조사 중인 엘리자베스 잭의 BMW에 대한 과학수사대의 보고가 속속 들어왔다. 운전석 바닥 카펫에서 발견된 혈흔은 잭 부인의 것과 일치했다. 계기판과 앞문 안쪽, 그리고 라디오 카세트에는 신발 굽 따위에 찍힌 자국이 남아 있었다. 그녀가 저항한 흔적이었다.

리버스는 로더데일 경감의 사무실에서 보고서를 훑은 뒤 다시 책상에 내려놓았다.

"어떤가?" 로더데일이 하품을 참으며 물었다.

"제가 무슨 생각을 하고 있는지 아시잖아요." 리버스가 말했다. "잭 부인은 그 일시 정차 가능 구역에서 살해됐을 겁니다. 차 안에서나 밖에서. 어쩌면 달아나는 과정에서 공격을 받았는지도 모릅니다. 범인이 그녀를 기절시킨 후 일부러 뒤에서 가격했는지도 모르고요. 딘 브리지 살인범의 소행인 것처럼 꾸미기 위해서 말이죠. 아무튼 전 윌리엄 글래스가 범인이 아니라고 생각합니다."

로더데일이 어깨를 으쓱이고 나서 자신의 턱을 살살 문질렀다. 면도 상태를 확인하려는 듯이. "자기가 했다고 주장하잖아. 녹취록이 있으니 의심이 되면 한번 읽어봐. 그는 우리가 쫓고 있다는 걸 알고 지금껏 숨어 지냈다고 했어. 그러다가 먹을 게 없어서 강도짓을 벌이게 됐는데 마침 잭 부인과 맞닥뜨리게 된 거야. 그녀의 머리를 내리쳤다고 자기 입으로 털어놨다니까."

"뭘로 내리쳤답니까?"

"돌."

"그녀의 소지품은요? 그것들은 어떻게 처리했죠?"

"강에 던져버렸대."

"그 말을 곧이곧대로 믿으십니까, 경감님?"

"그녀에겐 돈이 없었어. 그래서 그 친구가 흥분한 거야."

"그가 거짓말로 둘러댄 겁니다."

"내겐 꽤 그럴듯하게 들렸는데."

"아니라니까요! 대단히 죄송합니다만, 경감님, 그 자식 진술엔 허점이 너무 많습니다. 꼭 이렇게까지 해서 휴 페리 경의 비위를 맞춰야 하는 겁니까? 어떻게든 진실을 파헤치는 게 우선 아니겠습니까?"

"이봐, 경위." 로더데일의 얼굴이 금세 붉어졌다. "그럼 자넨 어떤가? 대체 무슨 근거로 그렇게 주장하는 거지? 확실하고 구체적인 증거도 없으면서. 법원엔 빈손으로 들어가려고?"

"그녀가 어떻게 퀸스페리까지 갔을까요? 누가 그녀를 그곳까지 태워줬을까요? 당시 그녀는 어떤 상태였을까요?"

"그놈 진술에 아직 허점이 많다는 건 나도 알아. 하지만,"

"허점! 작고 사소한 허점들이 아니지 않습니까!"

로더데일이 미소를 지었다. "또 오버하는군. 존, 이 사건은 자네가 생각하는 만큼 복잡하지 않아."

"경감님, 원하시면 딘 브리지 살인사건의 범인으로 글래스를 기소하십시오. 전 상관없습니다. 하지만 잭 부인 사건은 좀 더 열린 마음을 갖고 접근하는 게 좋을 것 같습니다. 차에 대한 과학수사대의 보고서가 마저 들어올 때까지만이라도요."

로더데일은 잠시 고민에 빠졌다.

"차에 대한 분석이 끝날 때까지만." 리버스가 말했다. 그는 조금도 양보할 마음이 없었다. 월요일 아침이면 로더데일의 짜증은 극에 달했다. 그는 리버스를 사무실에서 쫓아낼 수만 있다면 그 어떤 조건도 흔쾌히 수용하고도 남을 사람이었다.

"좋아, 존." 로더데일이 말했다. "어디 자네 마음대로 해보게. 하지만 적당히 하라고. 나중에 곤란해지지 않으려면. 자네가 열린 마음으로 임하겠다면 나 역시 그럴 용의가 있어. 알아듣겠나?"

"네."

로더데일은 그제야 긴장을 풀었다. "오늘 아침에 총경을 봤나?" 리버스는 보지 못했다. "아직 출근 전인 모양인데. 주말에 진탕 놀았나보군."

"그건 저희가 신경 쓸 문제가 아닌 것 같습니다, 경감님."

로더데일이 그를 빤히 쳐다보았다. "그래. 우리가 신경 쓸 문제가 아니지. 하지만 총경의 개인적 문제가 그의 판단력을 흐려놓으면……"

그때 전화벨이 울렸다. 로더데일이 수화기를 집어 들었다. "네?" 그의 구부정한 허리가 이내 꼿꼿하게 펴졌다. "네, 그렇습니다. 제가 그랬습니까?" 그가 탁상용 메모장을 펼쳤다. "아, 그렇군요. 10시." 그가 손목시계를 들여다보았다. "지금 당장 출발하겠습니다. 네, 죄송합니다." 그가 상기된 얼굴로 수화기를 내려놓았다.

"총경님이십니까?" 리버스가 물었다. 로더데일은 고개를 끄덕였다.

"그와 미팅이 있다는 걸 깜빡했어. 정신이 하도 없어서." 로더데일이 자리에서 일어났다. "자넨 오늘도 바쁘겠군. 안 그런가, 존?"

"그렇습니다. 홈스 경사가 차를 몇 대 보여주기로 했습니다."

"그래? 자네의 그 고물차를 이제야 처분하는 건가? 진작 그랬어야 하는데."

로더데일은 자신의 번뜩이는 재치가 마음에 들었는지 웃음을 터뜨렸다.

브라이언 홈스는 준비된 차들을 보여주었다. 보나마나 직접 발로 뛴 사람은 경장이었을 것이다. 홈스는 그냥 뒤에서 지휘만 했을 거고. 잭의 친구들이 소유한 차들의 목록. 제조사, 등록 번호, 그리고 색깔. 리버스는 목록을 빠르게 훑어나갔다. 젠장, 파란 차를 모는 건 앨리스 블레이크-무리에서의 별명이 '섹스턴'인-뿐이었다. 그리고 그녀는 런던에 살고 있었다. 직장도 그곳이었고. 하얀 차, 빨간 차, 검은 차, 그리고 초록 차. 그래, 로널드 스틸은 초록 시트로앵 BX를 몰고 다녔어. 리버스는 홈스가 쓰레기통을 뒤졌던 날, 그레고르 잭의 집 밖에 세워져 있었던 차를 떠올렸다. 초록? 그래, 초록이 분명해. 파란색을 띤 초록. 아니면 초록색을 띤 파랑. 열린 마음으로 임하겠다고 했지? 좋아, 초록. 하지만 파랑과 구분이 잘 안 되는 건 사실이잖아. 빨강과 하양이라면 몰라도. 하양과 검정이나.

수요일 문제도 확실히 짚고 넘어가야 했다. 경찰은 모두에게 똑같은 질문을 던졌다. 그날 오전과 오후에 어디 계셨습니까? 애매한 답변도 있었고, 그렇지 않은 답변도 있었다. 그레고르 잭의 알리바이는 특히 빈틈이 없었다. 반면, 스틸은 그날 오전 일을 제대로 기억하지 못했다. 그의 조수 바네사는 결근했었고, 스틸은 자신이 가게에 나갔었는지 기억이 나지 않는다고 했다. 수첩에도 그의 기억을 상기시켜줄 만한 내용은 적혀 있지 않았다. 제이미 킬패트릭은 그날 하루 종일 숙취로 고생했었다. 찾아온 방문자도, 걸려온 전화도 없었다. 줄리언 케이머는 자신의 작업실에서 '창작'에 몰두했다고 했고, 랍 키눌은 그날의 기억이 가물가물하다고 했다. 키눌은 미팅 자체를 기억하고 있을 뿐 그 자리에서 누구를 만났는지는 답변하지 못했다. 확인은 해보겠지만 시간이 좀 걸릴 거라나.

문제는 리버스에게 시간이 없다는 사실이었다. 세상의 협조가 절실한 때였다. 그는 두 명을 용의 선상에서 제외시켰다. 외국에 나가 있는 톰 폰드, 그리고 더틸에 감금되어 있는 앤드류 맥밀런. 폰드는 골칫거리였다. 그는 여전히 미국에 머물러 있었다. 인터뷰는 전화로 해결했지만 지문 샘플은 받지 못했다.

디어 로지에 한 번이라도 발을 들인 사람이라면 누구도 예외 없이 지문 샘플을 받아야 했다. 그래야 확인 절차를 걸쳐 용의 선상에서 제외할 수 있었다. 지문을 모으고 대조하는 작업은 꽤 고생스러웠다. 하지만 모든 살인사건 수사가 이런 식으로 진행되기에 불평을 할 수도 없었다. 물론 사건 현장에 뚜렷한 증거나 단서가 널려 있다면 얘기는 달라진다. 리버스는 엘리자베스 잭이 일시 정차 가능 구역에서 살해되었다는 데 의심을 품지 않았다. 혹시 알렉 코르비가 뭔가를 목격하지 않았을까? 보고서도 모른 척 잡아떼고 있는 건 아닐까? 뭔가 알고 있으면서도 대수롭지 않게 기억에서 지워냈을 가능성은 없을까? 별 중요성을 느끼지 못해서? 리즈 잭이 앤드류 맥밀런에게 뭔가 들려주었을 가능성은? 그게 결정적인 단서인지도 모르고 그가 한 귀로 흘려버렸다면? 맙소사. 맥밀런은 아직도 그녀가 죽었는지 모르고 있잖아. 그 소식을 들려주면 과연 어떤 반응을 보일까? 혹시 지워버린 기억을 다시 재생시켜낼 수 있지 않을까? 어쩌면 정반대의 효과를 낼지도 몰라. 그가 주절대는 말을 곧이곧대로 믿을 수도 없고. 만약 그가 그레고르 잭에게 원한을 품고 있다면? 게일 크롤리가 그런 것처럼? 어쩌면 그에게 원한을 품은 이가 더 있을 수도……

대체 그레고르 잭이란 사람은 정체가 뭐지? 타락한 성자? 아니면 원래부터 행실이 나빴던 악인? 그는 맥밀런의 편지를 외면해왔어. 자신의 체면에 먹칠을 하려는 동생을 막으려 했고. 또한 아내 때문에 난처해지기까지 했어. 과연 그의 친구들은 정말 친구일까? 그들은 진정한 '무리'일까? 늑대들은 무리를 지어 다녀. 사냥개들도 그렇고. 기자들도 마찬가지잖아. 아무래도 크리스 켐프를 만나봐야겠어. 그러면 뭔가 알고 있을지 몰라. 어쩌면 그건 그에 대한 충격적인 비밀일 수도 있고……

이제 그의 차는 클러치까지 말썽이었다. 기어를 중립에서 1단으로 옮길 때마다 불길한 소음들이 들려왔다. 하지만 차는 멈추지 않고 달려주었다. 앞 유리 와이퍼가 또다시 걸려버린 건 문제였지만. 북쪽에 출장을 다녀왔을 때까지만 해도 괜찮았는데. 하지만 오히려 그 점이 그를 더 불안하게 만들었다. 말기 환자의 최후의 발악과도 같은 상황이었으니까. 생명 유지 장치에 운명을 맡기기 직전에 내보이는, 삶에 대한 마지막 의지.

다음에는 버스를 타고 가도 괜찮을 것 같았다. 어차피 크리스 켐프의 아파트는 그레이트 런던 가에서 15분 거리에 있으니까. 리버스는 뉴스 담당 부서의 진 빠진 여직원으로부터 비번인 켐프의 주소와 집 전화번호를 제공받을 수 있었다.

"그의 연락처는 전화번호부만 들춰봐도 찾으실 수 있어요." 그녀는 쌀쌀맞게 쏘아붙이고 나서 전화를 끊었다.

"고마워요." 그는 끊어진 전화에 대고 말했다.

켐프의 아파트는 2층에 자리하고 있었다. 리버스는 정문 옆에 붙은 인터컴 버튼을 누르고 기다렸다. 아무리 기다려도 응답이 없었다. 오기 전에 전화를 걸어봤어야지, 존. 그때 인터컴 스피커에서 치직 소리가 흘러나왔다. "누구세요?" 기운 빠진 목소리가 말했다. 리버스는 손목시계를 들여다보았다. 1시 45분.

"내가 깨운 건가요, 크리스?"

"누구시죠?"

"존 리버스. 빨리 바지만 걸치고 나와요. 내가 파이와 맥주를 살 테니."

신음. "지금 몇 시나 됐죠?"

"거의 2시가 다 됐습니다."

"맙소사…… 술은 괜찮습니다. 그보다도 커피가 필요해요. 모퉁이에 가게가 있습니다. 죄송하지만 거기서 우유 좀 사다주실 수 있습니까? 제가 물을 끓여놓겠습니다."

"금방 다녀올게요."

인터컴이 치직거리며 끊어졌다. 리버스는 달려가 우유를 사왔다. 그리고 다시 인터컴 버튼을 눌렀다. 문 뒤에서 윙윙 소리가 요란하게 들렸다. 그가 문을 밀고 들어가자 어둑한 계단통이 나타났다. 그는 숨을 헐떡거리며 2층으로 올라갔다. 페이션스의 지하 아파트가 그리워지는 순간이었다. 켐프의 아파트 현관문은 조금 열려 있었다. 문에 접착테이프로 붙여놓은 또 다른 이름이 리버스의 눈에 들어왔다. V. 크리스티. 여자친구인가보군. 리버스는 생각했다. 현관 벽에는 고무 타이어 빠진 자전거 바퀴가 기대어져 있었다. 한쪽에는 수십 권에 달하는 책이 위태롭게 쌓여 있었다. 그는 발끝으로 조심스레 걸어 그것들을 피해 들어갔다.

"우유 배달 왔습니다!" 그가 큰 소리로 말했다.

"이쪽입니다."

거실은 현관 끝에 자리하고 있었다. 작지 않은 공간이었지만 발 디딜 틈이 없었다. 지난주 티셔츠와 그 전주 청바지 차림의 켐프는 손가락으로 머리를 쓸어 올리고 있었다.

"어서 오십시오, 경위님. 때마침 잘 오셨습니다. 3시에 누군가와 미팅이 있거든요."

"오래 걸리지 않을 겁니다. 그냥 지나던 길에 들른 거예요."

켐프가 의심의 눈초리로 그를 쳐다보다가 싱크대로 다가가 머그잔을 박박 닦아댔다. 방은 거실과 주방 겸용이었다. 벽난로 안에는 오래된 조리용 레인지가 놓여 있었다. 하지만 지금은 화초와 장식용 상자들을 위한 진열대로 쓰이고 있는 듯했다. 실제로 음식을 할 땐 싱크대 옆에 놓인 기름투성이 전기레인지를 사용하는 듯했다. 식탁에는 워드 프로세서와 종이 한 상자, 그리고 파일들이 널려 있었다. 식탁 옆에는 금속으로 된 초록색 서류 캐비닛이 놓여 있었다. 4층짜리 캐비닛의 맨 아래 서랍은 뽑혀 나와 있었다. 소파, 안락의자, TV, 비디오, 그리고 하이파이 사이사이마다 책과 잡지와 신문들이 수북이 쌓여 있었다.

"아주 아늑하게 꾸며놨군요." 리버스가 말했다. 그것은 빈말이 아니었다. 켐프가 침울한 표정으로 주위를 둘러보았다.

"그렇지 않아도 오늘 정리하려고 했어요."

"행운을 빌어요."

켐프는 머그잔에 커피와 우유와 끓는 물을 차례로 부어넣었다.

"설탕은요?"

"괜찮아요." 리버스가 말했다. 그가 소파 팔걸이에 걸터앉았다. 오래 머물 생각이 없다는 뜻이었다. 켐프가 머그잔을 건네자 그가 고개를 살짝 끄덕였다. 켐프는 안락의자에 풀썩 주저앉아 커피를 홀짝이기 시작했다. 뜨거운 액체에 입과 목구멍을 데었는지 그의 얼굴이 이내 일그러졌다.

"젠장." 그가 말했다.

"어젯밤에 무리를 한 모양이죠?"

"일주일 내내 무리했어요."

리버스가 일어나 식탁으로 다가갔다. "별로 좋은 술이 아니네요."

"그렇죠. 근데 전 제 작업을 말씀드린 거였습니다."

"오, 미안해요." 그가 돌아서서 싱크대로 다가갔다. 그리고 레인지로. 그의 걸음이 냉장고 앞에 멈추었다. 켐프의 냉장고 위에는 우유가 방치되어 있었다. "여기 두면 상하죠." 그가 우유를 집어 들고 냉장고 문을 열었다. "음, 이게 뭐죠?" 그가 냉장고 안을 가리키며 말했다. "우유가 있었군요. 오래된 것 같진 않은데. 왜 내게 심부름을 시킨 겁니까?"

그가 새로 사 온 우유를 그 옆에 나란히 놓아두고는 신경질적으로 문을 닫았다. 그런 다음, 소파로 돌아와 팔걸이에 걸터앉았다. 켐프의 얼굴에는 어색한 미소가 머금어져 있었다.

"월요일인데도 아주 예리하시군요."

"필요할 땐 한없이 둔해지죠. 대체 내게 뭘 숨기려 했던 겁니까? 코카인이라도 하고 있었나요? 아니면 다른 거? 밤새도록 뭔가 작업했던 모양인데 그게 뭔지 내게 들려줄 수 있어요?"

"제가 경위님의 부탁을 들어드리는 입장이 아니었습니까?"

"그게 무슨 소리죠?"

"매음굴 문제를 좀 더 파헤쳐달라고 부탁하셨지 않습니까. 어떻게 일요일자 신문들이 냄새를 맡고 몰려들었는지 알아봐달라고 하셨잖아요."

"하지만 지금껏 내게 연락 한 번 안 했잖아요, 크리스."

"그동안 시간에 쫓겼습니다."

"그건 지금도 마찬가지죠. 3시에 중요한 미팅이 있다면서요? 빨리 아는 걸 털어봐요. 나도 바쁜 몸이니까." 리버스는 팔걸이에서 스르르 미끄러져 내려가 소파에 제대로 앉았다. 무늬 있는 커버 밑으로 스프링이 느껴졌다.

켐프가 몸을 앞으로 기울였다. "누군가가 언론에 제보를 뿌린 모양입니다. 다들 특종을 잡았다고 흥분했죠. 하지만 현장에 도착하고 나서야 자기들이 속았다는 걸 깨달았습니다."

"그게 무슨 소립니까?"

"누구든 기삿거리가 있으면 당연히 게재하지 않겠습니까? 그들이 버리면 라이벌들이 주워갈 테고."

"그렇지만 편집장들이 그런 특종거리를 그냥 흘려버릴 리 없겠죠."

"바로 그겁니다. 제보자는 그런 수법으로 광범위한 노출이라는 목적을 달성한 거죠."

"대체 누가 제보한 겁니까?"

켐프가 고개를 저었다. "그건 아무도 모릅니다. 익명의 제보였어요. 목요일에 모든 신문사의 뉴스 담당 부서로 제보 전화가 걸려왔답니다. 금요일 밤에 경찰이 에든버러의 매음굴을 급습할 거라고. 그곳 주소까지 알려 줬대요. 자정쯤 오면 하원의원을 볼 수 있을 거라고 했다나요."

"제보자가 정말 그랬대요?"

"정확히는 이랬답니다. '적어도 하원의원 한 명은 안에 들어가 있을 겁니다.'"

"그게 누군지 이름은 밝히지 않았고요?"

"그럴 필요가 없었겠죠. 왕족, 하원의원, 배우, 그리고 가수들. 신문사에 그 정도 정보만 흘리면 게임 끝 아니겠습니까? 제가 비유를 좀 섞었습니다만 무슨 말씀을 드리는지 대충 이해하시겠죠?"

"물론이죠, 크리스. 무슨 말인지 알겠습니다. 당신이 보기엔 어떻습니까?"

"누군가가 잭을 함정에 빠뜨린 것 같습니다. 제보자는 그의 이름을 언급하지 않았지만요."

"그럼에도 불구하고……"

"네, 그럼에도 불구하고."

리버스의 머리가 빠르게 돌아갔다. 소파에 웅크려 앉아 있지 않았으면 그는 거실을 빙빙 맴돌았을 것이다. 그는 고민에 빠져 있었다. 그레고르 잭의 사정을 봐줄 것인지 말 것인지. 그는 잭에게 빚진 것이 없었다. 경찰로서 객관적인 입장을 유지할 필요도 있었고, 로더데일이 늘 강조해온 것처럼. 하지만 엄밀히 따지면 이것은 잭의 사정을 봐주는 게 아니었다. 오히려 잭을 함정에 빠뜨린 비열한 놈을 잡아 족치려는 것이었다. 그는 결정을 내렸다.

"크리스, 당신에게 들려줄 게 있어요."

켐프가 순간 움찔했다. "개인적인 의견인가요?"

하지만 리버스는 고개를 저었다. "그건 아니에요."

"그럼, 사실?"

"음, 맞아요. 사실."

"말씀해보세요."

포기할 수 있는 마지막 기회. 아니, 난 포기할 생각이 없어. "난 그레고르 잭이 왜 매음굴을 찾았는지 알고 있어요."

"왜 그랬는데요?"

"하지만 그 전에 알고 싶은 게 있어요. 혹시 내게 뭔가 숨기고 있나요?"

켐프가 어깨를 으쓱였다. "그런 거 없습니다."

리버스는 그 말을 믿을 수 없었다. 하지만 켐프는 그걸 리버스에게 솔직히 털어놓을 의무가 없었다. 리버스도 모든 걸 속속들이 들려줄 마음이 없었고, 두 사람은 30초 동안 침묵을 지켰다. 그들은 적도, 동지도 아니었다. 그저 언제 파편이 날아들지 몰라 숨죽이고 있는 참호 속 군인들일 뿐이었다. 리버스는 켐프가 궁금해 하는 한 가지를 알고 있었다. 로널드 스틸이 어떻게 그 별명을 갖게 됐는지.

"말씀해보세요." 켐프가 말했다. "그가 왜 거기 있었던 겁니까?"

"누군가가 그에게 귀띔해주었거든요. 그의 동생이 그곳에서 일하고 있다고."

켐프의 입술이 오므려졌다.

"매춘부로 말이죠." 리버스가 설명했다. "누군가가 그에게 익명으로 전화를 걸어 그 사실을 알려준 겁니다. 그래서 그는 제 발로 거길 찾아갔던 거고요."

"어리석은 짓이었어요."

"동감입니다."

"정말로 거기에 그녀가 있었나요?"

"네. 그녀는 게일 크롤리라는 이름을 쓰고 있었습니다."

"철자가 어떻게 되죠?"

"C-r-a-w-l-e-y."

"이거 믿어도 되는 정보죠?"

"물론이죠. 난 그녀를 만나보기까지 했어요. 그녀는 아직도 에든버러에서 일을 하고 있습니다."

켐프의 목소리는 차분했지만 눈은 번뜩이고 있었다. "이게 엄청난 특종 감이라는 거 아시죠?"

리버스는 말없이 어깨만 으쓱여 보였다.

"절더러 그걸 기사로 써달라는 말씀인 거죠?"

또다시 으쓱.

"왜죠?"

리버스는 손에 쥔 빈 머그잔을 물끄러미 내려다보았다. 왜냐고? 그게 세상에 알려지면 제보자의 계략이 물거품이 돼버릴 테니까. 그걸 깨닫고 또 다른 무모한 일을 벌이려 시도할 테니까. 그리고 그때쯤이면 리버스도 만반의 준비를 마쳐두었을 테니까.

켐프가 고개를 끄덕였다. "감사합니다. 한번 생각해보겠습니다."

리버스도 고개를 끄덕였다. 그는 벌써부터 켐프에게 비밀을 털어놓기로 한 자신의 결정을 후회하고 있었다. 켐프는 기자였다. 그것도 이 바닥에서 평판을 쌓기 위해 바둥대고 있는 기자. 그가 이 기삿거리를 어떻게 다룰지 추측하는 건 쉬운 일이 아니었다. 그가 펜을 어떻게 놀리느냐에 따라 잭은 착한 사마리아인으로 비칠 수도 있고, 인간쓰레기로 비칠 수도 있었다.

"아무래도," 켐프가 의자에서 일어서며 말했다. "샤워를 해야 할 것 같습니다. 미팅에 나가려면."

"그래요." 리버스도 일어나 싱크대에 머그잔을 내려놓았다. "커피 잘 마셨어요."

"우유 감사했습니다."

욕실은 현관 쪽에 자리하고 있었다. 리버스가 갑자기 손목시계를 들여다보았다. "들어가서 샤워해요." 그가 말했다. "난 내가 알아서 나갈게요."

"그러시죠."

"다음에 또 봅시다." 그는 조심스레 걸어 현관문으로 향했다. 켐프가 먼저 욕실로 들어갔다. 안에서 물소리가 흘러나왔다. 리버스는 잠금장치를 'OFF' 위치에 놓고 문을 열었다. 그런 다음, 밖으로 나와 요란하게 문을 닫았다. 그는 문손잡이를 꼭 붙잡고 계단통에 서 있었다. 문이 다시 열리지 않도록. 문에는 안을 들여다볼 수 있는 작은 구멍이 나 있었지만 그는 벽에 등을 붙인 채 미동도 하지 않았다. 만약 켐프가 현관으로 나와 걸쇠가 풀려 있는 것을 확인한다면…… 그렇게 1분이 흘러갔다. 아무도 현관으로 접근하지 않았다. 계단을 올라오는 사람도 없었다. 그는 누구에게도 문손잡이를 붙잡고 어색하게 서 있는 이유를 설명하고 싶지 않았다.

2분이 지났다. 그가 웅크려 앉아 우편함을 열고 안을 들여다보았다. 욕실 문이 살짝 열려 있었다. 문틈으로 물소리와 켐프의 콧노래가 흘러나왔다. 잠시 후, 그가 욕조에 몸을 담그는 소리가 들려왔다. 멈추지 않는 물소리가 그의 발소리를 완벽히 감춰줄 것 같았다. 그는 조심스레 문을 열고 다시 안으로 들어갔다. 문틈에는 수북이 쌓인 책탑에서 집어온 양장본 한 권을 끼워놓았다. 잠시 위태롭게 휘청이던 책탑은 이내 안정을 되찾았다. 리버스는 긴 숨을 내쉬고 거실로 향했다. 이어지는 물소리, 그리고 켐프의 콧노래. 지금까지는 어려울 게 없었다. 문제는 아무 대책 없이 탈출을 시도하는 것이었다.

그는 거실을 가로질러 들어가 책상을 살펴보았다. 파일들에서는 수상한 점을 찾을 수 없었다. 취재 중인 '특종거리'는 없는 듯했다. 컴퓨터 디스크에는 의미를 알 수 없는 숫자만이 적혀 있었다. 열린 서류 캐비닛 서랍에서도 관심을 끄는 건 보이지 않았다. 그는 다시 책상으로 다가갔다. 눈에 띄는 메모는 없었다. 그는 스테레오 옆에 놓인 LP판들을 차례로 들추어보았다. 기대했던 비밀문서는 감춰져 있지 않았다. 소파 밑도, 찬장도, 서랍 안도, 깨끗했다. 빌어먹을. 그는 커다란 강철 레인지 앞으로 다가갔다. 화초들 너머로 흉측한 트로피 하나가 보였다. 올해의 젊은 기자상. 레인지 앞에는 장식용 상자들이 줄지어 놓여 있었다. 그는 그중 하나를 열어보았다. CND(Campaign for Nuclear Disarmament, 핵무기 폐기를 주장하는 영국의 단체) 배지와 ANC(African National Congress, 아프리카 민족회의) 귀걸이가 담겨 있었다. 또 다른 상자에는 '넬슨 만델라에게 자유를'이라는 구호가 새겨진 배지와 상아를 깎아 만든 듯한 반지가 담겨 있었다. 여자친구의 물건들인 듯했다. 그리고 세 번째 상자. 마약이 담긴 작은 셀로판 패키지. 그의 얼굴에 미소가 머금어졌다. 당장 체포해도 무방할 정도의 양은 아니었다. 고작 이걸 감추려고 그 난리를 부렸던 건가? 하긴, 이걸로 걸려 들어가면 '캠페인 전문 기자'라는 평판에 큰 오점이 남겠지. 작은 비행을 꼬투리 잡아 공인을 괴롭히는 건 바람직한 일이 아니야.

젠장. 소리 없이 여길 빠져나가야 하는데. 그때 물소리가 뚝 멎었다. 더 이상 그의 발소리를 감춰줄 소음이 없었다. 그는 레인지 옆에 쪼그리고 앉아 머리를 굴렸다. 기왕 이렇게 된 거, 얼굴에 철판을 깔고 당당히 걸어 나가는 게 최선책일 것 같았다. 열쇠를 놓고 나왔다고 둘러대 볼까? 켐프가 과연 그런 거짓말에 휘둘릴까? 차라리 카우덴비스(Cowdenbeath F.C., 1881년에 창단된 스코틀랜드 카우덴비스의 축구 클럽)가 리그 우승을 차지하는 걸 바라는 게 훨씬 더 현실적이지.

그의 시선은 레인지의 작은 오븐에 고정되어 있었다. 그 위에는 자주달개비 화분이 놓여 있었다. 그것의 길게 갈라진 잎 두 개는 오븐 문 안에 갇혀 있었다. 맙소사, 저걸 그냥 두고 볼 순 없지. 그가 문을 살짝 열고 안에 갇힌 잎들을 빼냈다. 오븐 안에는 책 몇 권이 담겨 있었다. 오래된 양장본들. 그는 그중 하나를 집어 들고 책등을 살펴보았다.

예정론에 대해 존 녹스가 쓴 책. 도난당한 책들 중 하나. 단순한 우연의 일치로 보기에는 무리가 있었다.

리버스가 욕실 문을 벌컥 열었다.

"깜짝이야!" 욕조에 누워 있던 크리스 켐프가 벌떡 일어나 앉았다. 리버스는 변기 앞으로 성큼 다가가 뚜껑을 내리고 앉았다.

"신경 쓰지 말고 하던 거 계속해요, 크리스. 난 그저 책 몇 권을 빌려가려고 했을 뿐이에요." 그가 무릎에 얹어놓은 책 일곱 권을 톡톡 두드렸다. "난 독서가 취미거든요."

켐프의 얼굴이 금세 상기되었다. "수색 영장 가져오셨습니까?"

리버스가 흠칫 놀라는 척했다. "수색 영장? 수색 영장이 왜 필요하죠? 그냥 책 몇 권 빌리려는 것뿐인데. 정말 그게 다예요. 옛 친구 코스텔로 교수에게 보여주려고요. 당신도 코스텔로 교수를 알죠? 이게 그의 전문 분야거든요. 설마, 몇 권 빌려가는 걸 문제 삼진 않겠죠? 정 원한다면 가서 수색 영장을 받아올 수도 있어요."

"개자식."

"말조심해." 리버스가 쏘아붙였다. "잊지 마. 자넨 기자야. 언어의 수호자가 되어야 할 사람이 오히려 격을 낮춰놓으면 되겠어? 자기 얼굴에 먹칠하는 일이라고."

"날더러 도와달라고 했잖아요."

"뭐? 잭과 그의 여동생 얘기 말인가?" 리버스가 어깨를 으쓱였다. "난 오히려 내가 의욕에 찬 젊은 기자 놈을 돕고 있다고 생각했는데."

"원하는 게 뭡니까?"

리버스가 몸을 앞으로 기울였다. "이 책들은 다 어디서 났지, 크리스?"

"그 책들이요?" 켐프가 손으로 윤기 나는 머리를 쓸어 넘겼다. "여자친구가 대학 도서관에서 빌려온 것들이에요."

리버스가 고개를 끄덕였다. "그럴듯하게 들리는데. 곤경을 모면하기엔 턱없이 부족하지만 말이야. 여자친구가 빌려온 거라면 왜 숨겨놨던 거지? 내가 보면 안 되는 거였나?"

"숨겨놨다고요? 그게 무슨 소리죠?"

리버스가 씩 웃었다. "알았어, 크리스. 계속 그렇게 나온다면 기꺼이 속아주지. 가만히 생각해 보니까 내가 자넬 위해 할 수 있는 게 한 가지 더 있더군."

"그게 뭐죠?"

리버스가 다시 책을 탁 내리쳤다. "아무도 모르게 이것들을 주인에게 돌려주는 것."

켐프는 잠시 고민에 빠졌다. "그 대가로 내가 뭘 하면 되는 겁니까?"

"내게 숨기고 있는 걸 다 털어놔줘. 난 자네가 뭔가 알고 있다는 걸 알아. 기자로서 의무를 다할 수 있게 도와주는 거라고."

"의무?"

"경찰 수사에 협조하는 것 말이야. 그게 자네 의무잖아, 크리스."

"주인 허락도 받지 않고 남의 집을 뒤지는 게 당신의 의무인 것처럼 말이죠?"

리버스는 굳이 대꾸하지 않았다. 그럴 가치가 없었기 때문이다. 이제 그는 느긋이 기다리기만 하면 되었다. 이 책들을 손에 넣었으니 기자에게는 빠져나갈 구멍이 없었다.

켐프의 입에서 한숨이 터져 나왔다. "물이 식어버렸어요. 이제 나가도 되겠습니까?"

"그건 자네 마음대로 해. 난 밖에서 기다리지."

파란 가운을 걸친 켐프가 거실로 들어왔다. 그는 가운과 같은 색 수건으로 머리를 말리는 중이었다.

"여자친구에 대해 들려줘." 리버스가 말했다. 켐프는 다시 주전자에 물을 채웠다. 체념하고 모든 걸 털어놓기로 마음을 굳힌 모양이었다.

"바네사 말인가요?" 그가 말했다. "그녀는 학생이에요."

"신학생인가? 코스텔로 교수의 사무실에 들락거릴 수 있는?"

"코스텔로 교수의 사무실은 누구나 들락거릴 수 있잖아요. 그가 그렇게 얘기하지 않던가요?"

"하지만 희귀본을 한눈에 알아볼 수 있는 사람은 많지 않지."

"바네사는 수이 북스에서 파트타임으로 일하고 있어요."

"아." 리버스가 고개를 끄덕였다. 책에 가격을 적어 넣던 여자. 귀걸이와 자전거.

"코스텔로가 그곳 단골이었답니다. 바네사가 그를 잘 알 수밖에 없는 이유죠." 켐프가 덧붙였다.

"얼마나 잘 알기에 그에게서 이런 책까지 훔쳤을까?"

크리스 켐프가 한숨을 내쉬었다. "그녀가 왜 그런 짓을 했는지 내게 묻지 말아요. 그것들을 팔아치울 생각이었는지, 아니면 그냥 소장하려 했던 건지, 난 정말 몰라요. 궁금해서 물어본 적이 있는데 답을 안 하더군요. 어쩌면 그냥…… 순간적인 분위기에 휩쓸려 그랬는지도 모르죠."

"그래, 그랬는지도 모르지."

"그녀는 코스텔로가 별로 아쉬워하지 않을 거라고 했어요. 그에게 책은 그저 책일 뿐이라나요. 나중에 나온 문고판 버전만으로도 충분히 만족해할 거라고 했어요."

"하지만 그녀는 문고판 버전으로 만족할 사람이 아니었던 모양이군."

"긴 얘기 할 거 없이 그냥 다 가져가요. 당신이 갖든지. 난 상관없어요."

전기 주전자가 찰칵 소리를 냈다. 켐프가 커피를 한 잔 더 하겠는지 물었고, 리버스는 사양했다. "음," 커피를 타는 켐프에게 그가 말했다. "내게 들려줄 얘기가 있지, 크리스?"

"바네사가 자기 보스에 대해 들려준 얘기가 있었어요."

"로널드 스틸?"

"네."

"그가 어쨌는데?"

"그가 랍 키눌의 아내와 바람을 피우고 있대요."

"정말?"

"네. 하지만 그건 당신이 신경 쓸 일이 아니잖아요. 법질서와는 아무 상관도 없는 일인데."

"그래도 흥미롭잖아. 안 그래?" 리버스의 머릿속이 다시 핑핑 돌기 시작했다. 새로운 가능성, 새로운 구성. "그녀가 그걸 어떻게 알았지?"

"이 사실을 알게 된 지는 좀 됐어요. 우리 신문 연예부 기자가 키눌 씨를 인터뷰하러 간 적이 있었어요. 하지만 날짜가 꼬이는 바람에 만나지 못했답니다. 그의 집에 가보니 키눌 씨는 없고, 키눌 부인과 그녀의 친구만 있었다나요. 바로 그 친구가 로널드 스틸이었습니다."

"친구가 친구 집에 놀러온 게 뭐, 그게 이상한가?"

"바네사가 뭔가 들려준 게 있어요. 2주 전 수요일, 가게에 비상사태가 벌어졌대요. 엄밀히 따지면 비상사태로까지 볼 수 없는 일이었지만. 아무튼 어떤 노파가 죽은 남편의 책 몇 권을 팔려고 가져왔는데 바네사가 보니 희귀본이 좀 있었답니다. 그래서 보스를 찾아 나섰는데 마침 신성불가침의 수요일 오후라서……"

"매주 수요일마다 골프……"

"그레고르 잭과 함께 말이죠. 하지만 바네사는 손님을 그냥 보낼 수가 없었대요. 그래서 그녀는 골프장에 연락을 해봤답니다. 그 왜, 브레이드워터에 있는."

"나도 알아."

"그들은 스틸과 잭 씨가 예약을 취소했다고 알려주었습니다.

"그래서?"

"그래서 이것저것 종합해 추측을 해봤습니다. 스틸은 매주 수요일 골프를 치는데 어떤 이유에서인지 내 동료가 찾아갔을 땐 키눌의 집에 있었습니다. 또 다른 수요일에도 골프장에 나타나지 않았다고 하고요. 랍 키눌은 성질이 좀 나쁘다고 알려져 있습니다. 소유욕도 강하고요. 자기가 집을 비울 때마다 스틸이 찾아와 자기 아내를 만난다는 걸 그가 알고 있을까요?"

리버스의 가슴이 쿵쾅대기 시작했다. "자네 말에 일리가 있어, 크리스."

"하지만 그건 경찰이 관여할 문제가 아니지 않습니까."

당연히 경찰이 관여해야 할 문제지. 두 알리바이가 같은 벙커에 빠져버렸으니까. 이제야 실마리를 찾은 것 같군. 18홀 코스가 9홀 코스로 줄어든 느낌이야. 그가 소파에서 벌떡 일어났다.

"크리스, 난 이만 가봐야겠어." 그의 머릿속에서 여러 얼굴들이 휙휙 스쳐지나갔다. 리즈 잭, 그레고르 잭, 랍 키눌, 캐스 키눌, 로널드 스틸, 이언 어커트, 헬렌 그레이그, 앤드류 맥밀런, 바니 바이어스, 루이즈 패터슨-스콧, 줄리언 케이머, 제이미 킬패트릭, 윌리엄 글래스. 자전거 바퀴의 바퀴살들처럼.

"리버스 경위님?"

그가 현관에서 멈춰 섰다. "왜?"

켐프가 소파를 가리켰다. "이 책들 가져 가야죠."

리버스가 멍한 눈으로 책들을 바라보았다. "그렇지." 그가 다시 소파로 돌아왔다. "참." 그가 책들을 챙겨 들며 말했다. "난 스틸이 왜 수이라고 불리는지 알아." 그가 살짝 윙크를 해보였다. "나중에 물어보면 가르쳐주지. 이 사건이 해결된 후에."

그는 상관들에게 보고하기 위해 경찰서로 돌아갔다. 하지만 브라이언 홈스가 총경의 사무실 앞에서 그를 멈춰 세웠다.

"저라면 들어가지 않겠어요."

문에 노크를 하려 주먹을 번쩍 쳐들었던 리버스가 멈칫했다. "어째서?" 그가 홈스의 목소리만큼이나 나지막이 물었다.

"잭 부인의 부친께서 와 계십니다."

휴 페리 경! 리버스가 조심스레 주먹을 내렸다. 그런 다음, 문에서 천천히 물러났다. 페리와 한자리에 남겨지는 것만큼은 피해야 했다. 왜 아직도 못 잡고 있는 겁니까? 대체 뭣들 하고 있는 겁니까? 언제쯤이면 해결되는 겁니까?

"고마워, 브라이언. 자네에게 큰 신세를 졌어. 그런데 안에 또 누가 있지?"

"농부와 그 노인네, 둘뿐입니다."

"그냥 둘을 저렇게 내버려두는 게 낫겠지?" 그들은 문에서 충분히 떨어져 나온 상태였다. "자네가 작성한 차량 목록 말이야. 아주 포괄적이던데. 수고했어."

"감사합니다. 로더데일 경감님이 분명하게 알려주지 않아서……"

"또 다른 일은 없었고?"

"네, 아주 조용했습니다. 참, 넬이 임신을 한 것 같아요."

"뭐?"

홈스가 어정쩡한 미소를 지어 보였다. "아직 확실하진 않지만."

"계획들을 한 거야?"

홈스는 계속해서 미소를 흘렸다. "왜 그런 말이 있지 않습니까. 뜻밖의 일을 기대하라고."

리버스가 휘파람 소리를 냈다. "그녀는 뭐래?"

"확실해질 때까지 내색하지 않으려는 것 같습니다."

"자네는?"

"저요? 아들이면 스튜어트라고 부를 겁니다. 의사로 키울 거고요, 스코틀랜드 국가대표로도 활약할 겁니다."

리버스가 웃음을 터뜨렸다. "만약 딸이면?"

"캐서린이라고 불러야죠. 배우 이름을 따서."

"부디 자네 뜻대로 되길 빌겠네."

"감사합니다. 참, 새로운 소식이 하나 있긴 합니다. 폰드가 돌아왔어요."

"톰 폰드(Pond)?"

"네. 연못(pond)을 건너 돌아왔습니다. 오늘 아침에 그와 연락이 닿았어요. 가서 만나볼까 하는데, 경위님도 같이 가시겠어요?"

리버스는 고개를 저었다. "그 친구는 자네가 알아서 처리해, 브라이언. 어차피 용의 선상에도 올라 있지 않은데 뭐. 그와 맥밀런과 글래스(Glass) 씨, 이 세 사람은 깨끗해."

"인터뷰 녹취록은 보셨습니까?"

"아니."

"경위님께서 로더데일 경감님을 탐탁지 않게 여기신다는 거 압니다. 하지만 보기보다 예리한 사람이에요."

"유리 절단기(Glass-cutter)만큼이나?"

홈스가 한숨을 내쉬었다. "네, 그만큼 예리합니다. 경위님께서 이런 말장난 기회를 그냥 흘려버릴 분이 아니시죠."

에든버러는 다양한 스타일과 코스 난이도를 자랑하는 온갖 종류의 골프장으로 넘쳐났다. 거센 바람에 공이 휩쓸리는 링스 코스. 그린이 비정상적으로 작고 경사지와 도랑으로만 이루어진 힐리 코스. 브레이드워터 코스는 후자에 가까웠다. 그곳 골퍼들은 본능이나 운에 의지해 샷을 날렸다. 언덕 너머의 그린을 볼 수 없었으니. 못된 코스 디자이너는 그런 장애물들마다 벙커를 숨겨놓기까지 했다.

코스에 익숙하지 않은 골퍼들은 신선한 공기를 마시며 운동하는 그 자체에 의미를 두고 라운딩에 임했다. 하지만 라운딩이 끝나면 한결같이 치솟은 혈압을 내려야 한다며 위스키를 찾았다. 클럽하우스는 대조적인 두 건물로 구성되어 있었다. 낡았지만 여전히 건실한 회색 본관. 그리고 브리즈 블록(breeze block, 모래와 석탄재를 시멘트와 섞어 만든 가벼운 블록)과 페블대시(pebble-dash, 건물 외벽에 바르는 자갈 섞은 시멘트)를 써서 증축한 커다란 신관. 본관에는 위원회 회의실과 사무실 등이 자리했고, 바는 신관에 있었다. 클럽 총무가 리버스를 바로 안내했다.

바는 1층에 자리하고 있었다. 한쪽 벽에 난 커다란 창문으로는 18번 그린과 그 너머의 완만하게 경사진 코스를 내다볼 수 있었다. 나머지 벽들에는 액자에 담긴 사진과 명예 전사자 명부, 그리고 모조 양피지 두루마리 따위가 걸려 있었다. 십자로 걸어놓은 아주 오래된 퍼터 두 개도 보였다. 작은 클럽 트로피들은 바 위 선반에 줄지어 놓여 있었다. 크고 오래된 트로피들은 본관 위원회 회의실에 보관되어 있었다. 3년 전, 그것들 중 몇 개가 도난당한 적이 있었다. 리버스는 당시 사건을 수사했던 수사관들 중 한 명이었다. 도난당한 트로피들은 가정 폭력 사건 신고를 받고 출동한 경찰이 용의자의 여행가방 안에서 우연히 찾아냈다.

클럽 총무는 리버스를 알아보았다. "성함은 기억나지 않지만……" 그가 말했다. "얼굴을 보니 알겠어요." 그는 리버스에게 새로 설치한 경보 시스템과 강화 유리로 된 진열장을 보여주었다. 하지만 그 정도 조치로는 아마추어 절도범도 막을 수 없다는 걸 리버스는 굳이 말해주지 않았다.

"뭐 한잔 하시겠습니까, 경위님?"

"위스키 조금, 괜찮으시다면요."

"괜찮고말고요."

바는 한산했다. 늦은 오후는 늘 그렇다고 총무는 설명했다. 오후 라운딩을 예약한 골퍼들은 대개 3시 전에 티오프에 들어갔고, 초저녁 라운딩을 예약한 이들은 5시 30분 이후에야 속속 도착했다.

똑같은 노란색 브이넥 풀오버를 걸친 두 남자가 창가 테이블에 앉아 블러디 메리를 홀짝이고 있었다. 그들의 시선은 창밖에 고정되어 있었다. 바에도 남자 손님 두 명이 앉아 있었다. 한 명은 김빠진 맥주, 또 한 명은 우유를 마시는 중이었다. 두 사람 모두 사십대로 보였다. 죄다 내 또래들이군. 리버스는 생각했다.

"빌이 도와드릴 겁니다, 경위님." 클럽 총무가 턱으로 남자 바텐더를 가리키며 말했다. 빌이 리버스를 향해 살짝 목례했다. 그의 브이넥 셔츠는 선홍색이었고, 배는 볼록 튀어나와 있었다. 그는 전문 바텐더 같아 보이지 않았다. 몸은 굼뜨지만 나름 최선을 다하고 있는 듯했다. 리버스는 그 또한 클럽의 회원인지도 모른다고 생각했다.

총무는 계속 리버스를 '경위님'이라고 불렀지만 그걸 듣고도 회원들은 움찔하지 않았다. 다들 법을 준수하는 선한 시민인 모양이었다. 그들은 법과 질서를 믿었다. 범죄자들은 반드시 죗값을 치러야 한다고 생각했고, 문제는 그들이 자신들의 세금 조작을 범죄 행위로 여기지 않는다는 사실이었다. 그들은 모두 편안해 보였다. 아쉬울 것도 없고, 숨길 것도 없는 안정적인 상태. 하지만 리버스는 알고 있었다. 털어서 먼지 안 나는 사람이 없다는 것을.

"물 한 잔 드릴까요, 경위님?" 총무가 주전자를 리버스 앞으로 밀었다.

"감사합니다." 리버스는 위스키에 물을 조금 탔다. 총무가 잠시 주위를 살폈다.

"헥터가 안 보이네요. 여기 있을 줄 알았는데."

바텐더 빌이 불쑥 끼어들었다. "곧 돌아올 겁니다."

"속담 속 지미에게로 갔어요." 우유를 홀짝이던 남자가 덧붙였다. 리버스는 그게 어떤 속담인지 궁금했다.

"아, 저기 오는군요."

리버스는 곱슬머리에 육중한 체구와 오렌지색 브이넥 셔츠를 예상했었다. 하지만 헥터라는 남자는 땅딸막하고, 브라일크림(Brylcreem, 영국의 헤어크림 브랜드)을 바른 검은 머리는 숱이 많지 않았다. 역시 사십대로 보이는 그는 두꺼운 안경을 쓰고 있었다. 그의 입은 전체적인 외모와 어울리지 않게 야무져 보였다. 소개를 받는 동안 그의 눈이 리버스를 위아래로 훑었다.

"안녕하십니까?" 그가 작고 축축한 손을 내밀며 인사했다. 리버스는 가정교육 잘 받은 아이와 악수하는 듯한 기분을 느꼈다. 그의 낙타색 브이넥 셔츠는 꽤 비싸 보였다. 캐시미어인가?

"리버스 경위님은……" 총무가 말했다. "2주 전 수요일에 예약된 라운딩에 대해 궁금한 게 있으시답니다."

"아."

"아무래도 당신에게 물어봐야 할 것 같아서요, 헥터."

"네."

총무는 안절부절못하고 있었다. "왠지 당신이라면……"

하지만 헥터는 이미 상황을 파악한 상태였다. "그걸 확인하려면 말이죠." 그가 말했다. "예약 기록을 살펴보면 됩니다. 그것만으론 모든 내용을 파악할 수 없겠지만 시작은 무조건 거기서부터 해야죠. 예약자가 누구였습니까?"

그것은 리버스에게 던진 질문이었다. "두 명이었습니다." 그가 대답했다. "로널드 스틸 씨와 그레고르 잭 씨."

헥터가 리버스 너머로 바에 앉은 두 남자를 흘끔 살폈다. 리버스는 분위기의 미묘한 변화를 뚜렷이 감지할 수 있었다. 우유를 마시던 남자가 먼저 입을 열었다.

"그 사람들!"

리버스가 그를 돌아보았다. "네, 그 사람들 말입니다. 그런데 왜 그러시죠?"

하지만 답은 헥터의 입에서 나왔다. "잭 씨와 스틸 씨는 단골 고객이십니다. 잭 씨는 하원의원이셨고요."

"아직도 하원의원이시죠. 제가 알기로는."

"이제 얼마 남지 않았습니다." 이번에는 우유를 마시는 남자의 동료가 웅얼거렸다.

"잭 씨가 무슨 범죄라도 저지르셨습니까?"

"그건 아니죠." 헥터가 잽싸게 말했다.

"아주 짜증나는 사람입니다." 우유를 마시는 남자가 말했다.

"어째서요?"

"예약만 하고 나타나질 않으니 말입니다. 그와 그의 친구들." 리버스는 그것이 오랫동안 곪아온 문제임을 알아차렸다. 남자의 불만은 그가 아닌, 클럽 총무와 헥터에게 쏟아낸 것이었다. "어떠한 불이익도 받지 않았고요. 하원의원이 뭐 그리 대단한 자리라고."

"잭 씨에겐 충분히 경고했습니다." 헥터가 말했다.

"질책을 했죠." 클럽 총무가 이내 바로잡았다. 우유를 마시던 남자의 얼굴이 심하게 일그러졌다.

"질책은 무슨. 그에게 굽실거리느라 바빴으면서."

"이봐요, 콜린." 바텐더 빌이 끼어들었다. "그렇게까지 말할 필요는……"

"내가 못할 소리 했습니까?"

"잘했어, 잘했어." 맥주를 마시던 남자가 거들었다. "콜린이 제대로 얘기했네요, 뭘."

리버스는 그들의 언쟁을 지켜보고 싶지 않았다. "그러니까," 그가 말했다. "잭 씨와 스틸 씨가 예약만 하고 나타나지 않은 적이 많다는 얘기죠?"

"바로 그겁니다." 콜린이 말했다.

"그렇게 부풀려서 얘기하는 건 적절치 않습니다." 헥터가 나지막이 말했다. "사실만을 얘기해야죠."

"사실 얘기가 나와서 말인데요." 리버스가 말했다. "지난주 제 동료인 브룸 경장이 이 문제를 알아보러 여기 왔었습니다. 그날 클럽 총무가 아파서 결근했다고 하던데 그럼 당신을 만났겠군요."

"기억하죠, 헥터?" 총무가 잔뜩 긴장한 얼굴로 끼어들었다. "내가 편두통으로 결근했던 날."

헥터가 무뚝뚝하게 고개를 끄덕였다. "기억합니다."

"그날 브룸 경장에게 솔직하게 말하지 않았죠?" 리버스가 말했다. 콜린은 입맛을 다시며 흥미롭게 지켜보고 있었다.

"그렇지 않습니다, 경위님." 헥터가 말했다. "오히려 고지식하게 솔직한 답을 내드렸는걸요. 그날 경장님은 제대로 된 질문을 하지 못하셨습니다. 많이 어설프셨죠. 예약 기록을 대충 훑어보시고 만족해하셨습니다. 좀 서두르는 분위기였다고나 할까요. 아내분을 만나러 가야 한다고 하셨습니다."

그렇군. 리버스는 생각했다. 그 친구를 가만두면 안 되겠어. 하지만 아무리 그래도……

"아무리 그래도 당신이 성실히 협조해줬어야……"

"물어보는 모든 질문에 성실히 답변해드렸습니다, 경위님. 전 거짓말을 하지 않았습니다."

"그럼 당신이 '진실을 다 말하지 않았다' 정도로 정리하면 되겠군요."

콜린이 피식 웃었다. 헥터가 그에게 눈을 흘겼다. 하지만 그의 대꾸는 리버스를 향한 것이었다. "경장님은 꼼꼼하지 않으셨습니다, 경위님. 복잡하게 생각하실 거 없어요. 제 치료가 무성의하면 환자들도 제게 협조해주지 않겠죠. 조사는 경찰이 하는 것이지 제가 대신 해드릴 수 있는 게 아니지 않습니까."

"이건 매우 중대한 형사 사건입니다."

"그럼 이렇게 언쟁하고 있을 필요가 없죠. 궁금하신 걸 빨리 물어보세요."

바텐더가 다시 끼어들었다. "잠시만요. 한 가지 궁금한 게 있어서요." 그가 그들을 차례로 쳐다보았다. "다들 뭘 주문하시겠습니까?"

바텐더 빌이 주문 받은 술을 차례로 내갔다. 첫 잔은 그가 사기로 했다. 그는 합산한 금액을 계산대 서랍 옆에 놓인 작은 수첩에 기록해두었다. 창가에서 블러디 메리를 홀짝이던 남자들이 다가왔다. 맥주를 마시던 남자의 이름은 데이비드 캐시디였다. 그가 리버스에게 다가와 말했다. "이름으로 말장난은 하지 말아 주세요. 부모님이 이름을 지으실 때 동명이인이 70년대 최고 하이틴 스타로 급부상하게 될지 어떻게 아셨겠습니까?" 그리고 콜린이라는 남자는 바에서 우유를 마실 수밖에 없는 이유를 설명해주었다. "위궤양 때문에 어쩔 수 없습니다. 의사가 하라는 대로 해야죠."

헥터는 달지 않은 셰리주(sherry, 알코올 보강 와인)가 가득 담긴 가느다란 잔을 살짝 들고 건배를 제안했다. "모두의 건강을 위하여."

"하지만 국민 건강을 위하는 건 아니죠, 헥터?" 콜린이 말했다. 그는 리버스에게 헥터가 치과의사라는 사실을 귀띔해주었다.

"개인 병원입니다." 캐시디가 덧붙였다.

"이 클럽도 프라이빗 클럽이지 않습니까?" 헥터가 언성을 높였다. "회원의 사생활은 누구도 참견할 문제가 아닙니다."

"그래서……" 리버스가 말했다. "잭 씨와 스틸 씨를 위해 알리바이가 되어주신 겁니까?"

헥터가 한숨을 내쉬었다. "'알리바이'는 좀 과한 표현입니다, 경위님. 그들은 클럽 회원들입니다. 언제든 라운딩을 예약하고 취소할 수 있는 권한

이 있단 말입니다. 미리 양해를 구하면 문제될 게 없습니다."

"그들이 그랬단 말입니까?"

"가끔 그랬습니다."

"늘 그랬던 건 아니고요?"

"그들은 가끔 골프를 쳤습니다."

"가끔이라면 얼마나 자주……?"

"그건 기록을 체크해봐야 알 것 같습니다."

"한 달에 한 번꼴." 바텐더 빌이 말했다. 그는 부적이라도 되는 듯 행주를 꼭 쥐고 있었다.

"그럼," 리버스가 말했다. "네 번 중 세 번은 취소했다고 보면 되겠죠? 취소는 어떻게 했습니까?"

"전화로 하죠." 헥터가 말했다. "주로 잭 씨가 하셨습니다. 아주 미안해하면서 말이죠. 선거구 볼일 때문에 부득이하게 취소할 수밖에 없다고 하거나, 스틸 씨가 몸이 좋지 않다고 하거나…… 몇 가지 이유가 있었습니다."

"이유가 아니라 변명이겠지." 캐시디가 말했다.

"그래도," 이번에는 빌이 입을 열었다. "가끔 잭 씨가 나타나곤 했잖아요. 안 그런가요?"

콜린이 맞장구쳤다. "언젠가 그와 라운딩을 한 적이 있습니다. 스틸 씨가 펑크를 냈을 때."

"그러니까," 리버스가 말했다. "스틸 씨보다 잭 씨가 클럽에 더 자주 나왔다는 말씀인 거죠?"

남자들이 일제히 고개를 끄덕였다. 그들은 그가 예약 취소를 번복하고 클럽에 나타나 바에서 술을 마신 적도 있었음을 알려주었다. 하지만 그렇게 불쑥 나타나서 골프를 친 적은 단 한 번도 없었다고 덧붙였다. 그들에 의하면, 스틸은 잭 없이 혼자 나타난 적이 없었다고 했다. 하지만 문제의 수요일은? 리버스의 관심이 쏠린 그 수요일은?

"그날은 비가 억수같이 왔습니다." 콜린이 말했다. "라운딩에 나선 사람 자체가 없었죠. 그 두 사람도 마찬가지였고."

"그래서 그들이 취소를 했습니까?"

오, 물론이죠. 그들은 예약을 취소했습니다. 그날은 잭 씨마저도 나타나지 않았어요. 그 후로도 클럽에서 본 적이 없었고요.

갑자기 회원들이 몰려들어왔다. 본 게임에 들어가기에 앞서 연습을 하러 일찍 왔거나 귀갓길에 들러 짧게 한 바퀴 돌기 위해 온 사람들일 것이다. 그들은 삼삼오오 모여 악수를 나누고 서로의 근황을 물었다. 한참 뒤, 그들이 하나둘씩 빠지면서 바에는 리버스와 헥터만 남게 되었다. 치과의사가 리버스의 팔뚝에 살며시 손을 얹었다.

"한 가지 말씀드릴 게 있습니다, 경위님." 그가 말했다.

"네?"

"제가 드리는 말씀, 이상하게 듣지 마시고……"

"뭡니까?"

"치과에서 검진을 한번 받아보시는 게 좋을 것 같습니다."

"그 얘긴 들었습니다." 리버스가 말했다. "정말 많이 들었어요. 제가 드리는 말씀 역시 이상하게 듣지 마십시오."

"뭡니까, 경위님?"

리버스가 그의 앞으로 바짝 다가가 속삭였다. "난 기필코 당신을 공무 집행 방해죄로 잡아넣고 말 겁니다." 그가 빈 잔을 바에 내려놓았다.

"안녕히 가십시오." 바텐더 빌이 말했다. 그는 잔을 기계에 넣고 씻은 뒤 플라스틱 컵 받침 위에 놓아두었다. 그가 다시 고개를 들었을 때도 헥터는 여전히 셰리주 잔을 손에 쥔 채 뻣뻣한 자세로 서 있었다. 형사는 이미 바를 나가버린 후였다.

"금요일에 제게 말씀하셨죠?" 리버스가 말했다. "부담스러운 짐은 하나씩 벗어내겠다고 말입니다."

"그랬죠."

"골프장 알리바이는 부담이 아닌가 보군요."

"네?"

"친구분인 로널드 스틸과의 주간 라운딩 말입니다."

"그게 어째서요?"

"웃기지 않습니까? 저는 진술을 하고 의원님은 질문을 하시고. 역할이 바뀐 거 아닌가요?"

"그렇습니까?"

그레고르 잭은 전쟁의 악몽에서 헤어나지 못한 상이군인 같아 보였다. 아직도 그의 집 밖에는 기자들이 진을 치고 있었다. 이언 어커트와 헬렌 그레이그는 여전히 집 안에서 의원을 지키고 있었고, 두 사람이 있는 뒤편 사무실에서 프린터 작동하는 소리가 아득하게 들려왔다. 언론에 뿌릴 보도자료를 준비하고 있는 모양이었다.

"변호사를 불러야 합니까?" 잭이 물었다. 그의 눈은 수면 부족으로 퀭해 보였다.

"그건 의원님 자유입니다. 전 그저 의원님이 골프 라운딩에 대해 거짓 진술을 하신 이유가 궁금할 뿐입니다."

잭이 마른침을 한 번 삼켰다. 작은 탁자에는 빈 위스키 병 하나와 커피 머그잔 세 개가 놓여 있었다. "우정 때문에……" 그가 말했다. "그게…… 그건……"

"변명은 그만두십시오, 의원님. 이젠 사실을 털어놓아야 할 때입니다." 그는 '사실'을 강조했던 헥터의 모습을 떠올렸다. "사실을 들려주십시오." 그가 다시 말했다.

하지만 그레고르 잭은 아직도 우정 어쩌고 하는 헛소리만 웅얼거릴 뿐이었다. 리버스가 마시멜로 의자에서 부자연스럽게 일어났다. 그리고 하원의원 앞에 우뚝 섰다. 하원의원? 이 사람은 하원의원이 아니었다. 이 사람은 그레고르 잭이 아니었다. 그 당당했던 태도는 어디로 갔지? 카리스마는? 자신감 넘치는 얼굴과 맑고 정직했던 목소리는? 이제 그는 요리 프로그램에 나오는 소스 같아 보일 뿐이었다. 졸아들고, 졸아들고, 졸아드는.

리버스는 손을 뻗어 그의 어깨에 얹고는 살살 흔들었다. 잭이 흠칫 놀라며 그를 올려다보았다. 리버스의 목소리는 비처럼 차갑고 날카로웠다.

"그 수요일에 어디 계셨습니까?"

"전 그날…… 전…… 그날…… 아무 데도 없었습니다. 아무 데도. 여기저기 다녔어요."

"정작 계셔야 할 데를 제외한 모든 곳에 계셨었죠."

"그냥 드라이브를 나갔을 뿐입니다."

"어디로요?"

"해안으로요. 아이머스라는 어촌까지 갔었던 것 같습니다. 비가 내리는 날이었고요. 전 해안선을 따라 걸었습니다. 그날 정말 많이 걸었어요. 그러고 나선 차를 몰고 내륙으로 돌아왔습니다. 여기저기 다 들쑤시고 다녔지만 따지고 보면 아무 데도 가지 않았단 거죠." 그가 갑자기 노래를 흥얼거리기 시작했다. "당신은 어디에도 있어요. 어디에도 없고요, 베이비." 리버스가 그의 어깨를 쥐고 다시 흔들었다. 그러자 노래가 뚝 멎었다.

"그날 의원님을 본 사람이 있습니까? 그날 누구랑 대화하신 적이 있나요?"

"술집에 갔었어요…… 술집 두 곳에. 아이머스에서 한 번, 그리고 다른 데서 또 한 번."

"왜 그러셨죠? 그럼, 수이는 어디 있었습니까? 그는 어떻게 된 거죠?"

"수이." 그 이름이 잭으로 하여금 미소 짓게 만들었다. "내 오랜 친구 수이. 그가 어디 있었냐고요? 늘 가는 데 갔었겠죠. 여자랑. 전 그 친구의 커버였습니다. 누가 물어보면 그와 함께 골프를 쳤다고 둘러대는 게 제가 할 일이었죠. 뭐 가끔 진짜로 골프를 치러 가기도 합니다. 물론 예약을 해놓고 취소한 적이 훨씬 많았지만요. 전 별로 개의치 않았습니다. 오히려 모처럼 혼자만의 시간을 가질 수 있어 좋았죠. 저 혼자서 어디든 다닐 수 있고 말입니다. 걷고, 생각도 정리하고……"

"그 여자는 누굽니까?"

"네? 그건 저도 모릅니다. 상대가 몇 명인지도 모르고요."

"혹시 짚이는 인물 없습니까?"

"누구?" 잭이 눈을 깜빡였다. "리즈 말씀입니까? 나의 리즈? 아닙니다, 경위님. 아니에요." 그가 살짝 미소를 머금었다. "아닙니다."

"알겠습니다. 그럼 키눌 부인은 어떻습니까?"

"고욱?" 그가 웃음을 터뜨렸다. "고욱과 수이? 열다섯 살 땐 가능했던 시나리오죠. 하지만 지금은 절대 아닙니다. 경위님도 랍 키눌을 만나보셨지 않습니까. 그 우락부락한 사람을. 설마 수이가 감히 그런 짓을 벌였을라고요."

"그건 수이에게 직접 물어보면 되겠군요."

"그 친구에게 얘기 좀 잘해주십시오. 제가 다 털어놓을 수밖에 없었다고."

"기꺼이 그러죠." 리버스가 냉담한 톤으로 말했다. "그날 오후로 다시 돌아가 봅시다. 의원님이 들르신 곳과 하신 일들을 알려주십시오. 어느 술집에 가셨는지, 누굴 만나셨는지. 기억나는 대로 적어주시면 됩니다."

"진술서처럼 말이죠?"

"의원님의 기억을 돕기 위해서입니다. 직접 써나가면서 머리를 굴리면 기억이 돌아오곤 하거든요."

"그렇군요."

"전 의원님을 공무 집행 방해 혐의로 체포해야 하는지 고민 중입니다."

"뭐라고요?"

그때 문이 열렸다. 어커트였다. 그가 문을 닫고 안으로 들어왔다. "다 됐습니다." 그가 보고했다.

"수고했어요." 잭이 말했다. 어커트의 몰골도 말이 아니었다. 그는 고용주에게 보고하는 동안에도 리버스에게서 시선을 거두지 않았다.

"헬렌에게 사본 100장을 부탁해놨습니다."

"그렇게까지나 많이요? 뭐 그건 당신이 잘 알아서 처리하리라 믿어요, 이언."

어커트가 그레고르 잭을 돌아보았다. 왜? 당신도 그를 흔들어대고 싶어? 리버스는 생각했다. 하지만 못하겠지?

"기운 내세요, 그레고르 씨. 계속 강인한 모습을 보여야 합니다."

"맞아요, 이언. 강인한 모습."

젖은 티슈처럼. 리버스는 생각했다. 나무좀들의 습격처럼. 노인의 뼈처럼.

로널드 스틸을 찾아내는 건 쉬운 일이 아니었다. 리버스는 모닝사이드 끝에 자리한 그의 단층집에도 찾아가보았지만 그를 만나지 못했다. 리버스는 하루 종일 그를 찾아 헤맸다. 전화를 걸면 네 번째 신호음이 지난 후 자동 응답기로 연결되었다. 8시. 마침내 그는 포기했다. 그는 그레고르 잭이 스틸에게 경찰 수사에 대해 귀띔을 해주면 어쩌나 걱정이었다. 그걸 막으려면 밤새도록 스틸에게 전화를 걸어낼 수밖에 없었다. 잭이 자동 응답기에 경고 메시지를 남기지 못하도록. 하지만 정작 울린 것은 그의 전화기였다. 그는 먹을 것도, 마실 것도 없는 마치몬트 아파트에 앉아 있었다.

그는 누구의 전화인지 대번에 알 수 있었다. 페이션스. 언제쯤 올 것인지, 오기는 할 것인지 물어보려고. 단지 걱정이 되어 전화를 했을 것이다. 그들은 모처럼 지난 주말을 함께 보냈었다. 토요일 오후에는 쇼핑, 밤에는 영화. 일요일에는 크래몬드로 드라이브, 그날 밤에는 와인과 주사위 놀이. 모처럼. 그가 수화기를 집어 들었다.

"리버스입니다."

"맙소사. 왜 이렇게 연락이 닿기 힘든 겁니까?" 남자의 목소리였다. 페이션스는 분명 아니었다. 홈스였다.

"안녕, 브라이언."

"몇 시간 동안 경위님께 전화를 걸었었다고요. 통화 중이거나 응답 자체를 안 하셨어요. 그러지 마시고 이참에 자동 응답기를 한 대 장만하시는 게 어떻겠습니까?"

"자동 응답기는 벌써 가지고 있어. 코드 꽂아두는 걸 깜빡했을 뿐이지. 그건 그렇고, 대체 무슨 일인데 그래? 아니, 가르쳐주지 않아도 알겠어. 부업으로 전화 판매를 시작한 거지? 넬은 좀 어떤가?"

"임신이 아니랍니다."

"확실해?"

"확실합니다."

"기회야 앞으로 많겠지. 기운 내."

"좋은 말씀 감사합니다. 하지만 그것 때문에 전화 드린 게 아닙니다. 오늘 폰드 씨와 아주 흥미로운 대화를 나눴습니다."

탐폰이라 불리는 사나이. 리버스는 생각했다. "그래?" 그가 말했다.

"아마 들어보면 믿어지지 않으실 겁니다." 브라이언 홈스가 말했다. 이번만큼은 그가 옳았다.

10
브라들 크리퍼

설명을 들어보니 건축가인 톰 폰드는 실패할 수밖에 없는 운명이거나 성공할 수밖에 없는 운명이었다. 리버스는 그가 후자에 속한다고 믿었다.

"제 또래 건축가들을 많이 알고 있습니다. 같이 학교를 다녔던 친구들도 그렇고요. 다들 지난 5, 6년간 실업수당을 받아왔습니다. 아니면 이 일을 그만두고 좀 더 실용적인 일을 찾아 떠났든지. 건축 부지나 집단농장에서 일하는 것 따위 말입니다. 이 바닥에서 우리처럼 운 좋은 사람은 몇 명 되지 않습니다. 어디서 상이라도 하나 받아놓으니 계약이 줄을 잇더군요. 그것들을 성심껏 처리하니까 미국 기업의 눈에 띄게 됐고요. 덕분에 우린 '국제적'이라는 수식어를 달게 됐습니다. 하지만 안심할 순 없습니다. 언제 상황이 급변할지 모르거든요. 내가 고지식해질 수도 있고, 경제 상황이 내가 짜낸 새로운 아이디어를 지원하지 못하게 될 수도 있고 말입니다. 최고의 건축 설계들은 죄다 서랍 속에 처박혀 있습니다. 그게 현실입니다. 어쩌면 그것들 대부분이 영영 빛을 보지 못하게 될지도 모릅니다. 그래서 전 이런 행운을 그냥 즐기려 애쓰고 있는 겁니다."

톰 폰드는 제한속도를 무려 160킬로미터나 초과한 속도로 포스 로드 브리지를 달려 나갔다. 리버스는 속도계를 확인할 정신조차 없었다.

"이럴 때 마음껏 밟아봐야죠." 폰드는 말했었다. "경찰이 함께 타고 있는데 두려울 게 뭐 있겠습니까. 과속으로 붙잡혀도 무사통과일 텐데." 그가 웃음을 터뜨렸다. 리버스는 따라 웃지 않았다. 차의 속도가 시속 160킬로미터를 넘어선 후로 리버스는 거의 입을 열지 않았다.

톰 폰드는 4만 파운드짜리 이탈리아제 레이싱카를 소유하고 있었다. 생긴 건 꼭 직접 조립한 차 같았고, 소리는 잔디 깎는 기계 같았다. 리버스는 지금껏 이토록 땅에 가깝게 앉아본 적이 없었다. 언젠가 아파트 밖에서 얼음을 밟고 넘어졌던 적을 제외하면.

"제가 좋아하는 게 딱 세 가지 있습니다, 경위님. 빠른 차, 헤픈 여자, 그리고 느린 말." 그가 다시 웃음을 터뜨렸다.

"당장 속도를 줄이지 않으면," 리버스가 요란한 엔진 소음 너머로 소리쳤다. "내가 직접 과속으로 당신을 잡아넣을 겁니다!"

폰드는 불쾌해하는 표정을 지으며 액셀러레이터에서 천천히 발을 뗐다. 저 얼굴은 또 뭐야? 내 덕분에 목숨을 부지했으면서.

"고맙군요." 리버스가 한층 누그러진 목소리로 말했다.

홈스는 직접 보면 믿어지지 않을 거라고 했었다. 리버스는 아직도 믿어보려고 애를 쓰는 중이었다. 폰드는 바로 전날 미국에서 돌아왔다. 집에서 그를 기다리고 있었던 것은 자동 응답기에 남겨진 메시지였다.

"헤거티 부인이었습니다."

"헤거티 부인이 누구죠?"

"제가 없는 동안 집을 관리해주시는 분입니다. 킹유시 근처에 집이 있거든요. 헤거티 부인은 가끔 제 집을 찾아 청소도 하고, 모든 걸 체크해주십니다."

"그런데 뭔가 문제가 발견되었나요?"

"그렇습니다. 처음엔 그냥 침입자가 있었다고만 하셨는데 곧바로 통화를 해보니 더 충격적인 일이 있었더군요. 그들이 제 열쇠로 문을 열고 들어왔답니다. 전 현관문 옆 바위 밑에 그 열쇠를 숨겨두거든요. 그들은 집 안을 엉망으로 만들어놓지도 않았습니다. 하지만 헤거티 부인은 제가 아닌 누군가가 침입했다는 걸 대번에 알아차리셨어요. 아무튼 전 그걸 경사님께 말씀드렸고……"

지리에 훤한 경사. 킹유시는 디어 로지에서 얼마 떨어지지 않은 곳이었다. 더틸과는 더 가까웠고. 홈스는 뻔한 질문을 던져보았다.

"잭 부인이 숨겨진 열쇠에 대해 알고 계셨습니까?"

"어쩌면요. 베거-그레고르 잭-는 알고 있었습니다. 아마 모두들 알고 있었을 겁니다. 제 생각엔요."

홈스는 자신이 알아낸 모든 내용을 리버스에게 전해주었다. 리버스는 곧장 폰드를 만나러 갔고, 그들의 대화는 약 30분간 이어졌다. 대화가 끝나갈 무렵 그는 폰드에게 집을 보고 싶다고 슬쩍 말했다.

"얼마든지요." 폰드는 말했다. 그렇게 리버스는 비좁은 금속 상자에 갇히게 되었다. 그 상자가 어찌나 빠르던지 리버스는 눈알이 다 아플 정도였다. 자정이 지난 시간이었지만 폰드는 별로 개의치 않는 모습이었다.

"제 몸은 아직도 뉴욕 시간에 맞춰져 있습니다." 그가 말했다. "뇌와 몸이 아직도 따로 놀고 있어요. 아무튼 너무 황당해서 말이 안 나올 지경입니다. 그레고르와 리즈, 그리고 고욱이 리즈를 발견했다는 것도 너무 충격적이에요."

고작 한 달 동안 미국을 경험하고 돌아온 폰드였지만 그의 억양과 버릇은 특이하게 변해 있었다. 리버스는 그를 유심히 뜯어보았다. 숱 많고 곱실거리는 금발머리-염색을 했나? 부분 염색?-와 어릴 적엔 꽤 봐줄만 했을 것 같은 통통한 얼굴. 키는 크지 않았지만 자세 때문인지 실제보다 커 보이기는 했다. 그에게서는 그레고르 잭이 한때 지녔었던 당당한 기운이 뿜어져 나왔다. 불붙은 엔진 실린더들처럼.

"이 차, 코너링이 죽이죠? 이탈리아인들은 다른 건 몰라도 아이스크림과 차는 기가 막히게 잘 만듭니다."

리버스는 어금니를 꽉 물었다. 그는 폰드와 진지한 대화를 이어가고 싶었다. 차 안에 단 둘이 갇힌 이 상황을 최대한 이용해야만 했다. 하지만 이를 악문 채 말을 하는 건 쉽지 않았다.

"그러니까 잭 씨와는 학창 시절부터 알고 지내오신 거죠?"

"네. 잘 믿어지지 않죠? 그 친구보단 제가 훨씬 어려보이지 않습니까? 하지만 사실입니다. 저흰 가까이 살았어요. 빌보-빌 피셔-는 베거와 한 동네에 살았고요. 섹스턴과 맥도 마찬가지였습니다. 제 말은, 섹스턴과 맥이 같은 동네에 살았다는 얘깁니다. 베거와 빌보의 동네에 살았다는 게 아니라. 수이와 고욱은 저희와 좀 떨어진 곳에 살았었어요. 학교 반대편에 말이죠."

"무엇이 그 친구들을 한데 모이게 해준 겁니까?"

"글쎄요. 그걸 궁금해한 적이 없네요. 다들 똑똑한 친구들이었습니다. 이 코너에선 기어를 하나 내려야…… 그리고…… 삽으로 똥을 치우듯이 휙!"

리버스는 좌석이 들썩이는 기분을 느꼈다.

"코너링을 할 땐 차보다 오토바이에 가깝습니다. 그렇지 않습니까, 경위님?"

"맥과도 연락을 하나요?" 리버스가 간신히 물었다.

"오, 경위님도 맥을 아시는군요. 그 친구와는…… 아뇨. 연락이 거의 끊겼습니다. 베거가 촉매 역할을 하지 않았으면 저희 모두 이런 관계를 유지해올 수 없었을 겁니다. 하지만 맥이 그렇게 되고 나선…… 그가 정신병원에 들어간 후로는…… 연락한 적이 없습니다. 고욱은 계속 만나온 모양이더라고요. 그녀는 저희 무리에서 가장 머리가 좋았습니다. 하지만 결국 그렇게 돼버리지 않았습니까."

"그렇게 돼버리다뇨?"

"그 얼간이와 결혼하고 나서 바륨에 중독됐잖아요. 약 없인 버티지 못했던 거죠."

"친구들 모두가 그녀의 문제를 알고 있었습니까?"

그가 어깨를 으쓱였다. "전 그녀와 유사한 경우를 많이 봐왔습니다. 그래서 대번에 알 수 있었죠."

"그 문제에 대해 그녀와 얘기해보신 적이 있습니까?"

"그녀 사생활이지 않습니까, 경위님. 제 코가 석 자인데요."

무리. 무리 중 하나가 아프거나 이상해지면 나머지는 어떻게 반응하지? 그냥 혼자 죽게 내버려두잖아. 가장 센 놈이 리더가 되고.

폰드는 리버스의 생각을 꿰뚫어보는 듯했다. "제가 너무 냉정했나요? 죄송합니다. 원래 동정을 잘 못하는 타입이라."

"무리 중 동정적인 타입이 있습니까?"

"섹스턴은 늘 상대의 말에 귀를 기울여주죠. 지금은 남쪽에 내려가 있습니다. 수이도 그런 타입이고요. 그 친구를 한번 만나보시죠. 해결책은 내놓지 못해도 경청은 아주 잘하는 친굽니다."

리버스는 그가 수다도 잘 떠는 타입이기를 바랐다. 질문이 점점 쌓여가고 있으니.

"엘리자베스 잭에게 연인이 있었다면 그게 누구였을 것 같습니까?"

폰드가 차의 속도를 살짝 줄였다. 그는 잠시 골똘한 생각에 잠겼다. "저요." 마침내 그가 대답했다. "다른 놈을 선택하는 건 바보짓이었을 테니까요." 그가 다시 씩 웃어 보였다.

"두 번째 후보는요?"

"소문이 좀 돌았습니다. 늘 그렇듯이 말이죠."

"어떤 소문이었죠?"

"제가 그걸 다 줄줄 읊어드리길 바라십니까? 맙소사. 좋습니다. 그럼 바니 바이어스부터 시작하죠. 그를 아십니까?"

"압니다."

"바니는 괜찮은 친구입니다. 본인의 신분에 콤플렉스가 좀 있긴 했지만 무난했어요. 두 사람이 한때 가깝게 지낸 적이 있었습니다."

"또 다른 후보는요?"

"제이미 킬패트릭, 줄리언 케이머…… 아마 키눌 그 뚱보 자식도 주제넘게 대시해본 적이 있었을 겁니다. 그녀가 그 식료품 잡화상의 전처와 뭔가 있었다는 소문을 들은 적도 있고요."

"루이즈 패터슨-스콧 말씀입니까?"

"상상이 됩니까? 파티 다음 날, 두 사람이 침대에 나란히 누워 있는 걸 본 사람이 있답니다. 하긴 뭐, 그게 흉도 아니고."

"다른 사람은요?"

"그들 외에도 후보는 수백 명쯤 될 겁니다."

"선생님께선 절대?"

"저요?" 폰드가 어깨를 으쓱였다. "몇 번 입을 맞추고 껴안은 적은 있었 습니다만." 당시 기억이 떠오르는지 그가 살며시 미소를 지었다. "하지만 저흰 오래가지 못했습니다. 보나마나 리즈는, 적선하는 셈 치고 저랑 시시 덕거렸을 거예요."

문득 적절한 묘비명이 떠올랐는지 폰드가 고개를 끄덕였다. 헤펐던 여자 엘리자베스 잭, 여기 고이 잠들다.

"전화 좀 써도 되겠습니까?" 리버스가 물었다.

"물론이죠."

그는 페이션스에게 전화를 걸었다. 저녁에 두 차례 시도해보았지만 연 결되지 않았었다. 하지만 이번에는 그녀가 응답했다. 기어이 그녀를 침대 에서 끌어내리는 데 성공한 것이다.

"거기 어디예요?" 그녀가 물었다.

"북쪽으로 가고 있어요."

"언제 들어올 거죠?" 그녀의 목소리에는 어떠한 감정도 묻어나지 않았 다. 마치 그가 무엇을 하든 아무 관심이 없다는 듯이. 리버스는 자신이 잘 못 짚은 게 아닌지 궁금했다.

"내일. 내일은 꼭 갈게요."

"계속 이러면 곤란해요, 존. 이건 농담이 아니에요."

그는 그녀를 안심시켜주고 싶었다. 하지만 폰드 앞에서 체면이 깎이는 일은 없어야 했다. 그의 침묵은 오랫동안 이어졌다.

"안녕, 존." 그렇게 전화는 끊어져버렸다.

그들은 새벽이 되기 전 킹유시에 도착했다. 순찰차 한 대 없는 한산한 도로 덕분이었다. 그들은 굳이 필요하지 않은 손전등을 챙겨 나왔다. 그의 집은 마을 변두리에 자리하고 있었다. 조금 떨어진 큰길의 가로등 불빛이 적당한 조명이 되어주었다. 리버스는 단층집의 현대식 디자인에 살짝 놀랐다. 집은 현관을 제외하고는 높은 산울타리로 완전히 에워싸여 있었다. 현관 앞으로는 자갈 깔린 짧은 진입로가 나 있었다.

"그레고르와 리즈가 집을 샀을 때 말입니다." 폰드가 말했다. "가서 보니 제 취향과는 좀 차이가 있더군요. 전 그보다 더 현대적인 디자인을 원했습니다. 시각적 매력은 좀 떨어져도 훨씬 편하고 쾌적한 스타일."

"동네도 괜찮습니까?"

폰드가 어깨를 으쓱였다. "이웃과는 거의 교류가 없습니다. 보기도 힘들고요. 바로 다음 집은 휴가용 별장입니다. 아마 이 마을의 집들 중 절반 이상은 그런 별장일걸요." 그가 다시 어깨를 으쓱였다.

"헤거티 부인은요?"

"중심가 반대편에 살고 계십니다."

"그렇다면 누군가가 몰래 들어와 지내도……"

"조용히 왔다 조용히 사라지면 알 길이 없겠죠."

폰드는 손전등을 앞세우고 현관문을 열었다. 순간 안에서 환한 조명이 켜졌다. 갑갑한 차에서 해방된 리버스는 마음껏 스트레칭을 했다.

"저게 그 바위입니까?"

"맞습니다." 폰드가 말했다. 분홍색을 띤 자갈 모양의 커다란 돌. 그가 바위를 살짝 들추자 밑에 깔린 여분의 열쇠가 모습을 드러냈다. "누군진 몰라도 열쇠를 제자리에 놔두고 갔군요, 고맙게도. 자, 들어가 볼까요? 제가 구석구석 보여드리겠습니다."

"잠깐만요, 폰드 씨. 아무것도 만지지 마십시오. 나중에 지문을 채취해야 할 수도 있으니까."

폰드가 미소를 지었다. "그러죠. 하지만 이미 제 지문으로 뒤덮여 있을 겁니다."

"물론 그렇겠죠. 그래도 부탁드리겠습니다."

"침입자가 떠난 후 헤거티 부인이 싹 치워놓으셨을 겁니다. 천장부터 바닥까지 아주 깨끗하게 말이죠."

폰드를 따라 집 안으로 들어선 리버스는 가슴이 철렁 내려앉는 기분을 느꼈다. 가구 광택제와 방향제 냄새가 확 풍겨왔기 때문이다. 거실의 쿠션 하나도 흐트러지지 않은 모습이었다.

"집을 나섰을 때와 똑같은 모습이군요." 폰드가 말했다.

"정말 그렇습니까?"

"그런 것 같은데요. 전 리즈와 다릅니다, 경위님. 파티를 별로 좋아하지 않아요. 남의 집 파티는 상관없지만 이 집에선 절대 안 됩니다. 천장에 연어 무스가 달라붙어 있는 것도 싫고, 벤틀리 뒷좌석에서 엉덩이를 까고 흔들어댄 여자가 사실은 국회의원이었다고 마을 사람들에게 설명하기도 싫습니다."

"마틸다 메리먼 의원을 말씀하시는 겁니까?"

"맞습니다. 맙소사, 이제 보니 제 친구들을 다 알고 계시는군요."

"메리먼 의원은 아직 못 만나봤습니다."

"제가 충고 하나 하죠. 그 문제는 신중히 생각하십시오. 인생은 짧으니까요."

하지만 오늘 하루는 살인적으로 길었다고. 리버스는 생각했다. 주방도 깔끔히 정리된 상태였다. 식기 건조대에 줄지어 놓인 유리잔들은 눈부시게 광이 났다.

"왠지 저것들에선 지문이 나오지 않을 것 같은데요, 경위님."

"헤거티 부인은 아주 꼼꼼하신 분 같습니다."

"위층을 보면 아마 생각이 달라지실 겁니다. 자, 같이 가보시죠."

하지만 위층 역시 깔끔하게 정리되어 있기는 마찬가지였다. 두 침실의 침대들도 완벽히 정돈된 상태였다. 어디에도 컵이나 유리잔은 보이지 않았다. 신문도, 잡지도, 읽다 만 책도 널려 있지 않았다. 폰드가 과장된 표정으로 코를 킁킁거렸다.

"아닌 것 같네요." 그가 말했다. "그녀의 향수 냄새가 나지 않습니다."

"누구 말씀입니까?"

"리즈. 그녀는 늘 같은 브랜드만 뿌리고 다녔거든요. 이름은 까먹었지만. 아무튼 그녀에게선 늘 향긋한 냄새가 풍겼습니다. 황홀한 냄새. 그녀가 이곳에 왔을 거라 생각하십니까?"

"분명 누군가가 침입한 흔적이 있지 않습니까? 마침 그녀도 인근에 있었고요."

"하지만 그녀가 누구랑 함께 있었는진 알아내지 못하셨죠?"

리버스가 고개를 끄덕였다.

"전 아니었습니다. 불행하게도. 전 아쉬운 대로 콜걸들과 노닥거렸습니다. 그런데 황당하게도 말입니다, 일을 시작하기 전에 절더러 진단서를 내놓으라고 하더군요."

"에이즈?"

"네. 자, 여긴 다 둘러보셨죠? 괜히 헛걸음하신 것 같네요."

"글쎄요. 아직 욕실이 남아 있지 않습니까."

폰드가 욕실 문을 열고 리버스를 안으로 안내했다. "아하." 그가 말했다. "헤거티 부인이 좀 서두르셨던 모양이네요." 그가 턱으로 바닥에 아무렇게나 내팽개쳐진 수건을 가리켰다. "세탁실에 던져둬야 할 게 여기 방치돼 있다니." 샤워 커튼은 욕조를 완전히 덮어버린 상태였다. 리버스가 다가가 커튼을 걷어냈다. 에나멜로 칠해진 욕조 표면에는 긴 머리카락 두 올이 달라붙어 있었다. 리버스는 잽싸게 머리를 굴려보았다. 이것들을 가져가 분석해봐야겠어. 머리카락만 있어도 신원 확인이 가능하니까. 욕조 가장자리에는 유리잔 두 개가 놓여 있었다. 그는 몸을 숙이고 냄새를 맡아보았다. 화이트 와인. 잔 하나에는 와인이 조금 남아 있었다.

잔이 두 개! 그렇다면 두 명이 있었다는 얘긴데. 같이 목욕을 하며 술을 마셨다는 뜻. "전화기는 아래층에 있겠죠?"

"그렇습니다."

"자, 이만 내려가 볼까요? 이 순간부터 욕실은 사건 현장입니다. 과학수사대에게 잔소리 좀 듣겠는데요."

예상대로 리버스와 통화 중인 상대는 불만이 가득했다.

"그 차랑 또 다른 별장을 살펴보느라 우리가 얼마나 고생했는지 아십니까?"

"그 부분에 대해선 감사한 마음을 가지고 있습니다. 하지만 이곳도 그것 못지않게 중요한 현장입니다. 어쩌면 더 중요할지도 모르고요." 리버스는 작은 주방에 서 있었다. 주방의 인테리어 디자인은 폰드의 성격과 전혀 어울리지 않았다. 한쪽에는 1950년대에 촬영된 젊은 커플의 사진이 놓여 있었다. 그는 그들이 폰드의 부모일 거라 짐작했다. 이곳 가구들의 전 주인. 부모로부터 흉측한 가구들을 물려받은 폰드는 그것들이 헤픈 여자와 느린 말들과 함께 살아가는 자신에게 별로 어울리지 않는다고 생각한 모양이었다. 그래서 이곳 휴가용 별장에 갖다놓았을 게 분명했다. 식당 의자에 앉아 있던 폰드가 천천히 일어났다. 리버스는 다시 수화기에 손을 얹었다.

"어디 가십니까?"

"소변 보러요. 걱정 마십시오. 밖에서 해결하고 올 테니까."

"위층 화장실만 안 쓰시면 됩니다."

"알겠습니다."

수화기에서는 계속 푸념이 흘러나오고 있었다. 리버스는 몸을 바르르 떨었다. 냉기, 아니, 피로가 엄습해왔기 때문이다. 그의 체온은 급격히 떨어져가는 중이었다. "이봐요." 그가 말했다. "무슨 얘긴지 알았으니까 다시 침대로 돌아가요. 하지만 날이 밝자마자 와야 합니다. 주소를 불러줄게요. 눈 뜨자마자 달려와야 해요. 알겠습니까?"

"경위님은 너무 관대해서 탈이십니다."

"나중에 내가 죽으면 묘비명에 이런 말이 새겨질 겁니다. 헤펐던 남자."

폰드는 침실에서 자고 있었다. 리버스는 욕실 문 앞에 진을 치고 앉아 감시를 이어나갔다. 한 번 당해봤으니…… 그는 디어 로지에서의 '실수'를 반복하고 싶지 않았다. 이곳 증거들은 목숨을 걸고 지킬 생각이었다. 그래서 그는 위층 복도에 앉아 있었다. 욕실 문에 등을 기댄 채로. 몸에 담요를 두르고 있으니 잠이 솔솔 왔다. 문에서 스르르 미끄러져 내린 그는 이내 카펫 깔린 바닥에 태아 같은 자세로 누워버렸다. 꿈속에서 그는 술에 거나하게 취해 있었다. 그는 벤틀리를 타고 곳곳을 쏘다니는 중이었다. 운전기사가 창밖으로 엉덩이를 불쑥 내밀었다. 벤틀리 안에서는 파티가 벌어지고 있었다. 홈스와 넬은 기필코 아들을 만들겠다며 섹스에 열중했다. 질 템플러는 리버스의 지퍼를 내리고 있었다. 그는 그 상황을 페이션스에게 들킬까봐 불안했다. 로더데일도 보였다. 그는 그냥 눈앞의 난장판을 말없이 지켜만 볼 뿐이었다. 누군가가 주류 캐비닛을 열었다. 하지만 그것은 책으로 가득 차 있었다. 리버스는 책 한 권을 뽑아 들고 곧바로 읽기 시작했다. 그는 지금껏 이토록 훌륭한 책을 읽어본 적이 없었다. 너무 재미있어 손에서 책을 놓을 수가 없었다. 그가 원하는 모든 요소가 다 들어 있었다……

아침에 눈을 떴을 때 그의 몸은 춥고 뻣뻣했다. 꿈속에서 읽은 책은 한 줄도 기억나지 않았다. 그가 몸을 일으키고 기지개를 켰다. 가볍게 스트레칭을 하자 그의 몸이 다시 인간의 형태로 돌아왔다. 그는 욕실 문을 열고 안으로 들어갔다. 유리잔들은 여전히 제자리를 지키고 있었다.

온몸이 욱신거렸지만 리버스의 입가에는 미소가 머금어졌다.

그는 모처럼 긴 샤워를 즐겼다. 물방울들이 그의 머리와 가슴과 어깨에서 트램펄린을 탔다. 여기가 어디더라? 그는 옥스퍼드 테라스 아파트에 와 있었다. 경찰서에 나가 있을 시간이었지만 그건 얼마든지 해명할 수 있었다. 피곤했지만 죽을 만큼은 아니었다. 그는 용케도 돌아오는 차 안에서 폭 잘 수 있었다.

"클러치가 문제군요." 폰드는 말했었다. 킹유시를 30킬로미터쯤 벗어나왔을 때의 일이었다. 그는 도로변에 차를 세우고 후드 밑 엔진을 살폈다. "어디부터 살펴봐야 하는지 모르겠네요." 그는 순순히 인정했다. 이런 고급 차를 손볼 줄 아는 기술자는 많지 않았다. 그는 차에 문제가 생길 때마다 런던으로 내려가야 한다고 했다. 폰드의 집을 어리벙벙한 녹스 경사와 녹초가 된 현장감식반 대원 두 명에게 맡겨놓은 그들은 느릿느릿 차를 몰아 에든버러로 향했다.

생각보다 일찍 깬 리버스는 목욕 대신 샤워를 선택했다. 샤워 중에는 조는 게 불가능하기 때문이다. 뜨거운 아침 목욕 중에는 너무나 쉬운 일이었지만. 그는 자신의 아파트 대신 페이션스의 아파트를 선택했다. 그것은 쉬운 결정이었다. 옥스퍼드 테라스 쪽 교통 상황이 훨씬 양호했기 때문이다. 그들은 에든버러행 통근 차량들로 꽉 막힌 포스 브리지에서 생지옥을 경험했다. 아스트라스의 영업사원들은 이탈리아제 명차를 야릇한 시선으로 쳐다보았다. 마치 안에 탄 두 남자가 포주나 악독 사채업자라도 되는 것처럼.

그는 물을 잠그고 수건으로 물기를 털어냈다. 좀 더 사람다운 모습으로 변신하기 위해 새 옷으로 갈아입은 그는 면도와 양치질을 마친 후 커피를 만들어 마셨다. 밖에서 럭키가 낑낑거리자 리버스는 창문을 열어 녀석을 들여보내주었다. 그뿐 아니라 사료도 조금 챙겨주었다. 고양이가 의심에 찬 눈으로 그를 올려다보았다. 확 달라진 리버스의 태도에 놀란 것이다.

"언제 또 바뀔지 모르니 누릴 수 있을 때 마음껏 누리라고."

오늘이 무슨 요일이지? 화요일. 어느새 매음굴을 급습한 지 2주가 훌쩍 지나 있었다. 알렉 코르비가 일시 정차 가능 구역에서 싸우는 소리를 듣고 수상한 두어 대의 차를 목격했던 것도 그 즈음이었다. 그동안 수사에는 큰 진전이 있었다. 그리고 그건 다 리버스 덕분이었다. 이제 그가 해야 할 일은 상관들을 설득해 윌리엄 글래스를 석방시키는 것이었다.

벽난로 위 선반에 놓인 시계에는 메모지가 붙어 있었다. 우리 언제 한번 만나야 하는 거 아닌가요? 오늘 밤에 저녁 같이 먹어요. 안 그랬다간…… 페이션스. 이번에는 키스 표시가 찍혀 있지 않았다. 별로 좋은 징조라 할 수 없었다. 그녀 입장에서는 충분히 화가 날만 했다. 그는 어떤 쪽으로든 결정을 내려야 했다. 살림을 합치든지 나가든지. 그녀의 집은 공공 편의 시설이 아니었다. 필요할 때만 찾아와 샤워를 하고, 면도를 하고, 볼일을 보고, 가끔 섹스를 하는 곳이 아니었다. 어떻게 보면 그는 톰 폰드의 집을 러브호텔로 이용해온 리즈 잭과 신비에 싸인 그녀의 연인보다 조금도 나을 게 없었다. 아니, 오히려 더 나빴다. 오늘 밤에 저녁 같이 먹어요. 안 그랬다간…… 안 그랬다가는 영영 페이션스를 잃게 된다는 뜻이었다. 그가 주머니에서 볼펜을 꺼내 메모지 뒤에 답을 적어나갔다.

"오늘 밤에 저녁 같이 먹죠. 안 그랬다간…… 그냥 디저트만 먹게 되겠죠?" 그가 적었다. 애매모호한 메시지였지만 꽤 영리하게 들렸다. 그는 자신의 이름 밑에 키스 표시를 여럿 덧붙여놓았다.

크리스 켐프는 특종을 터뜨렸다. 그것도 제1면 특종. 존 리버스가 다녀간 후로 젊은 기자는 열심히 뛰어다닌 모양이었다. 그는 사진사를 데리고 게일 크롤리를 만나보기까지 했다. 그녀는 인터뷰에 응하지 않았지만 신문은 그녀의 사진 두 장을 게재하는 등 기사에 많은 공을 들였다. 그녀의 현재 모습과 십대 시절의 모습. 열네 살쯤 되어 보이는 게일 잭. 면책 조항 때문에 기사에는 허점이 많았다. 그 허점들은 독자들의 상상력이 채워나가야 할 부분이었다. 정체불명의 매춘부를 만나러 간 하원의원. 그가 숨겨온 비밀 여동생. 대문짝만 하게 걸린 사진들은 결정타나 다름없었다. 사진 속 두 여자는 동일 인물이 분명했다. 똑같이 생긴 코, 똑같이 생긴 눈, 그리고 똑같이 생긴 턱. 의심의 여지가 없었다. 게일 잭의 어린 시절 사진을 게재한 건 천재적인 발상이었다. 리버스는 그것이 이언 어커트의 책략이었을 거라 확신했다. 그렇지 않았다면 켐프가 어떻게 그 사진을 입수할 수 있었겠는가. 그것도 이토록 신속하게. 보나마나 어커트에게 연락해 협조를 구했겠지. 그에게도 좋은 일이 될 거라면서. 어커트가 직접 찾아냈거나, 아니면 그레고르 잭을 설득해 받아냈거나, 둘 중 하나였을 것이다.

오늘 한 조간신문에 실렸으니 내일이면 나머지 신문들도 일제히 각자의 버전으로 같은 내용을 다루게 될 것이다. 그냥 흘려버리기에는 너무 아까운 특종이니. 폰드의 아파트에서 차를 가져온 리버스는 우연히 신문 가판대를 지나다가 문제의 기사를 보게 되었다. 매음굴 하원의원 독점 기사. 그는 도로변에 차를 세워놓고 신문 가판대로 달려갔다. 신문을 사온 후에는 두 번이나 차분히 정독했다. 정말 기발한 책략이 아닐 수 없었다. 그는 다시 차에 시동을 걸고 목적지를 향해 달려 나갔다. 한 부 더 사울걸 그랬어. 리버스는 생각했다. 그는 아직 보지 못했을 텐데.

초록색 시트로앵 BX는 진입로에 세워져 있었고, 그 뒤로는 차고 문이 열려 있었다. 리버스는 차를 세워 진입로 입구를 막았다. 차고 문이 서서히 닫히기 시작했다. 리버스는 한 손에 신문을 접어 쥔 채 차에서 내렸다.

"하마터면 못 뵐 뻔했네요." 그가 말했다.

로널드 스틸이 그를 빤히 쳐다보았다. "네?" 그의 시선이 진입로를 막고 선 리버스의 차로 돌아갔다. "이봐요, 저 차 좀 치워줘요. 내가 많이 늦어서……" 그제야 그가 리버스를 알아보았다. "아, 경위님이시군요?"

"리버스입니다."

"리버스, 네. 라스푸틴의 친구."

리버스가 스틸 앞으로 손목을 들어 보였다. "잘 아물고 있습니다." 그가 말했다.

"경위님," 스틸이 손목시계를 들여다보았다. "중요한 일로 오신 겁니까? 전 고객을 만나러 나가던 중이었습니다. 그만 늦잠을 자버렸어요."

"별로 중요한 일은 아닙니다." 리버스가 활기 넘치는 목소리로 말했다. "그저 선생님께서 주장하신, 잭 부인이 살해당한 수요일의 알리바이가 거짓말투성이라는 걸 확인했을 뿐입니다. 그 부분에 대해 해명을 듣고 싶어서 왔습니다."

스틸의 얼굴에 금세 그림자가 드리워졌다. "아……" 그가 자신의 낡은 구두의 끝을 내려다보았다. "언젠가는 들통날줄 알았습니다." 그가 애써 미소를 지어 보였다. "살인사건이라 그런지 수사를 꽤 꼼꼼히 하시는군요."

"그런 수작은 통하지 않습니다."

"경찰서로 가야 합니까?"

"나중엔 그러셔야 할 겁니다. 정식으로 심문을 해야 하니까요. 하지만 제가 이렇게 찾아왔으니 일단 선생님 댁 거실에 들어가 잠깐 얘기를 나눴으면 합니다."

"그러죠." 스틸이 자신의 집 쪽으로 천천히 돌아섰다.

"좋은 동네에 사시는군요." 리버스가 말했다.

"네? 아, 네, 그렇죠."

"여기 오래 사셨습니까?" 리버스는 스틸의 답이 궁금하지 않았다. 단지 그가 쉬지 않고 입을 놀려주기를 바랄 뿐이었다. 말을 하는 동안에는 생각을 겸할 수 없을 테니까. 생각할 시간이 없으면 자신도 모르게 진실을 내뱉게 될 수도 있고.

"3년 됐습니다. 이곳으로 오기 전엔 그래스마켓의 아파트에서 살았어요."

"옛날에 사람들의 목을 매달던 곳이었죠. 알고 계셨습니까?"

"그렇습니까? 상상이 잘 안 되는군요."

"아무래도요."

어느새 그들은 집 안에 들어서 있었다. 스틸이 전화기를 가리켰다. "고객에게 전화 한 통 걸어도 되겠습니까? 사과를 드려야 할 것 같아서요."

"그러시죠. 전 거실에 들어가 기다리겠습니다. 그래도 상관없으시다면."

"저쪽으로 들어가시면 됩니다."

"알겠습니다."

리버스는 거실로 들어갔다. 하지만 문을 활짝 열어놓는 것을 잊지 않았다. 그는 스틸이 전화 거는 소리에 귀를 기울였다. 그의 전화기는 베이클라이트(Bakelite, 예전에 전기용품 등에 쓰던 플라스틱의 일종)로 만들어진 것이었다. 아랫부분에 메모지를 넣을 작은 서랍이 달린 모델. 한때 사람들은 그걸 없애지 못해 불만이었다. 하지만 지금은 그게 없다고 불만들이다. 통화는 길게 이어지지 않았다. 진심 어린 사과와 일정 변경이 전부였다. 리버스는 조간신문을 넓게 펼쳐들고 유심히 훑어대는 척 연기를 했다. 잠시 후, 수화기 내려지는 소리가 들렸다.

"다 됐습니다." 스틸이 거실로 들어오며 말했다. 리버스는 신문을 내리고 천천히 접어나가기 시작했다.

"그렇군요." 그가 말했다. 리버스가 바라던 대로 스틸의 시선이 신문으로 돌아갔다.

"그레고르가 또 어쨌다는 얘기죠?" 그가 말했다.

"오, 아직 모르고 계십니까?" 리버스가 신문을 내밀었다. 스틸은 선 채로 문제의 기사를 빠르게 훑어나갔다. "어떻게 생각하십니까?"

그가 어깨를 으쓱였다. "저도 모르겠습니다. 하지만 말이 되는 것 같긴 합니다. 다들 그레고르가 그런 곳에 왜 갔는지 궁금해 하지 않았습니까? 이 정도면 타당한 이유 아닌가요? 사진들을 보니 의심의 여지가 없군요. 솔직히 전 게일이 기억나지 않습니다. 늘 눈앞에 알짱거렸지만 한 번도 주의 깊게 본 적이 없었어요. 걔도 저희와 어울리려고 한 적이 없었고요." 그가 신문을 접었다. "그럼 그레고르는 의혹에서 벗어난 건가요?"

리버스는 어깨를 으쓱였다. 스틸이 신문을 돌려주었다. "그건 그냥 가지셔도 됩니다. 원하신다면. 자, 스틸 씨, 그 존재하지 않았던 골프 게임에 대해 얘기해볼까요?"

스틸이 자리를 잡고 앉았다. 아늑한 분위기의 거실에서는 유독 책이 많이 보였다. 리버스는 최근에 봤던, 이와 유사한 분위기의 방을 떠올렸다.

"그레고르는 친구들을 위해서라면 무엇이든 마다하지 않을 사람입니다." 스틸이 말했다. "거짓말을 포함해서 말이죠. 저흰 있지도 않았던 골프 게임을 꾸며냈습니다. 아니, 엄밀히 말씀드리면 그건 사실이 아닙니다. 저흰 실제로 매주 만나 골프를 쳐왔습니다. 하지만 제가…… 한 여자를 만나면서 모든 게 어그러졌죠. 공교롭게도 수요일마다 그녀를 만나게 됐고, 전 그레고르에게 그 사정을 털어놓았습니다. 그 친구는 절 커버해주기 위해 매주 만나 골프를 쳤다고 거짓말을 해온 겁니다." 그가 고개를 들고 리버스를 똑바로 쳐다보았다. "질투심에 사로잡힌 남편 때문에라도 완벽한 알리바이가 필요했습니다, 경위님."

리버스가 고개를 끄덕였다. "의외로 솔직히 털어놓으시는군요, 스틸씨."

스틸이 어깨를 으쓱였다. "그레고르가 저 때문에 난처해지는 걸 바라지 않습니다."

"그러니까 문제의 수요일 오후, 그 여성분과 함께 계셨다는 말씀인 거죠? 잭 부인이 살해된 날 오후에?"

스틸이 침통한 얼굴로 고개를 끄덕였다.

"그 여성분이 말씀하신 알리바이를 증명해주실 수 있습니까?"

스틸이 씁쓸한 미소를 지었다. "그건 꿈도 꾸지 않습니다."

"그 남편분 때문에?"

"그 남편 때문에." 스틸이 말했다.

"언젠가는 그분도 알게 되실 일 아닌가요?" 리버스가 말했다. "지금도 선생님과 키눌 부인에 대해 아는 사람이 적지 않은데."

스틸이 움찔했다. 마치 누군가가 그의 어깨뼈에 약간의 전기 충격을 가하기라도 한 듯이. 그가 바닥을 빤히 내려다보았다. 구덩이를 파고 그 안으로 뛰어들고 싶은 심정일 게 분명했다. 잠시 후, 그가 긴장을 풀고 뒤로 기대어 앉았다.

"그걸 어떻게……"

"그냥 제 추측이었습니다, 스틸 씨."

"직관력이 대단하시군요. 하지만 그걸 아는 사람이 적지 않다는 말씀은……?"

"그들도 저와 같은 추측을 하고 있다는 뜻입니다. 선생님은 키눌 부인으로 하여금 희귀본에 흥미를 갖도록 만드셨습니다. 두 분의 관계를 덮어두기 위한 커버로 말이죠. 만에 하나, 두 분이 함께 계시는 현장이 발각되었을 경우를 대비해서. 전 그녀의 서재가 이곳 거실을 본떠 꾸며졌다는 걸 여기 와서 알아차렸습니다."

"경위님께서 잘못 짚으신 겁니다."

"저는 뭘 짚은 적이 없습니다."

"캐시에겐 그녀의 말에 귀 기울여줄 상대가 필요했어요. 랍은 늘 바빴고, 그는 오로지 자신을 위해서만 시간을 냈습니다. 고욱은 저희들 중 가장 머리가 좋았죠."

"네, 폰드 씨도 같은 말씀을 하셨습니다."

"톰이요? 그가 미국에서 돌아왔습니까?"

리버스가 고개를 끄덕였다. "오늘 아침에 뵙고 왔습니다. 그의 별장에서요."

리버스는 스틸의 반응을 살펴보았다. 캐스 키눌에게만 정신이 팔려 있는지 그는 어떠한 반응도 보이지 않았다. "그녀를 볼 때마다 가슴이 찢어집니다. 그녀가 처한 상황만 봐도……"

"그녀와는 친구 사이시죠?" 리버스가 말했다.

"그렇습니다."

"그럼 그녀가 선생님의 알리바이를 확인시켜줄 겁니다. 설마 곤란한 상황에 빠진 친구를 외면하진 않겠죠?"

스틸이 고개를 저었다. "경위님은 잘 모르실 겁니다. 랍 키눌은, 그는…… 아주 폭력적인 사람입니다. 정신적으로, 그리고 물리적으로도 말입니다. 그녀는 그를 무척 두려워하고 있습니다."

리버스가 한숨을 내쉬었다. "그렇다면 선생님의 당시 행방을 확인시켜줄 수 있는 사람은 선생님 본인뿐이시군요."

스틸이 어깨를 으쓱였다. 그는 당장이라도 좌절의 눈물을 쏟을 것 같은 표정이었다. 그가 깊은 숨을 한 번 들이쉬었다. "제가 리즈를 죽였다고 생각하시는 겁니까?"

"선생님께서 죽이셨습니까?"

스틸이 고개를 저었다. "아닙니다."

"그렇다면 걱정할 게 없지 않겠습니까. 안 그런가요?"

스틸이 또다시 어두운 미소를 머금었다. "그렇죠. 걱정할 게 없죠." 그가 말했다.

리버스가 자리에서 일어났다. "너무 풀 죽어 계시지 마십시오, 스틸씨." 하지만 로널드 스틸에게서는 더 이상 생기를 찾아볼 수 없었다. "자책도 하지 마시고요."

"그레고르는 만나보셨습니까?" 스틸이 물었다.

리버스가 고개를 끄덕였다.

"그도 캐시와 저의 관계에 대해 알고 있습니까?"

"그건 모르겠습니다." 그들은 나란히 서서 현관문을 향해 걸어 나갔다. "그가 알고 있으면 뭐가 달라지나요?"

"그야 모르죠. 아마 아닐 겁니다."

밖에는 햇볕이 쨍쨍 내리쬐고 있었다. 리버스는 스틸이 이중문을 닫고 열쇠로 걸어 잠그는 동안 묵묵히 기다렸다.

"딱 한 가지만 더 여쭙겠습니다."

"네, 경위님."

"죄송하지만 선생님 차 트렁크 안을 좀 살펴봐도 되겠습니까?"

"네?" 스틸이 리버스를 응시했다. 형사는 그 이유를 설명해줄 것 같지 않았다. 그가 한숨을 내쉬었다. "그러죠, 뭐." 그가 말했다.

스틸이 트렁크를 열자 리버스가 안을 들여다보았다. 진흙이 달라붙은 장화 한 켤레. 트렁크 바닥에도 흙이 묻어 있었다.

"아무래도……" 리버스가 말했다. "저와 같이 경찰서로 가시는 게 좋겠습니다. 오해가 있으면 빨리 풀어버리는 게 낫지 않겠습니까?"

스틸은 미동도 없이 서 있었다. 두 여자가 소곤대며 그들을 지나쳐갔다. "절 체포하시는 겁니까, 경위님?"

"이번 사건에 대한 선생님 쪽 입장을 듣고 싶을 뿐입니다, 스틸 씨."

하지만 리버스는 궁금했다. 동원 가능한 과학수사대 인력이 아직 있을까? 다들 각자의 작업에 매어 있진 않을까? 만약 그렇다면 스틸의 차는 일단 미뤄둬야 하는 건가? 남은 인력이 있다면 그들에게 떠맡기면 될 거고. 이러다 정말 기네스북에 이름을 올리겠어. 과연 형사 하나가 한 사건에 몇 명의 법의학자를 닦달해 투입시킬 수 있을까?

"어떤 사건?"

"방금 말씀드렸는데요, 경감님."

로더데일은 시큰둥한 반응이었다. "잭 부인의 살해에 대해선 지금껏 아무 말도 없었잖아. 의문의 연인, 밀회를 위한 알리바이, 정서 장애가 있는 여피족(yuppie, 도시에 사는 젊고 세련된 고소득 전문직 종사자)들, 죄다 그런 얘기들뿐이었지. 그런데 뜬금없이 살인이라니?" 그가 바닥을 가리켰다. "아래층에 그들을 죽였다고 자백한 놈이 붙잡혀 있다는 걸 모르나?"

"물론 알고 있습니다, 경감님." 리버스가 차분하게 말했다. "그뿐 아니라 글래스라면 자기가 간다나 루돌프 헤스를 죽였다고 순순히 자백할 거라 말했던 정신과 의사도 와 있죠."

"그걸 자네가 어떻게 알지?"

"네?"

"정신 감정 보고서에 대해서 말이야."

"그냥 직관에 따른 추측이라고 해두죠."

로더데일이 갑자기 의기소침한 표정을 지었다. 그가 골똘히 생각에 잠긴 듯한 모습으로 입술을 핥았다. "좋아." 마침내 그가 말했다. "한 번만 더 들려주게."

그래서 리버스는 또다시 들려주었다. 마치 거대한 콜라주 같았다. 다른 질감, 같은 주제. 하지만 한편으로 아티스트의 속임수 같기도 했다. 가까이 접근할수록 점점 더 멀어지는 느낌이랄까. 그가 설명을 마친 후에도 로더데일은 회의적의 표정을 지우지 않았다. 그때 전화벨이 울렸다. 로더데일이 수화기를 집어 들고 응답했다. 잠시 후, 그의 입에서 긴 한숨이 터져 나왔다.

"자네 전화야." 그가 리버스 앞으로 수화기를 내밀었다.

"전화 바꿨습니다." 리버스가 말했다.

"여자분이 찾으십니다." 전화 교환원이 말했다. "급한 일이라고 하시네요."

"연결해주세요." 그는 전화가 연결될 때까지 기다렸다. "리버스입니다." 그가 말했다.

수화기에서 잡음이 흘러나왔다. 안내 방송. 기차역인 듯했다. "이제야 연락이 닿았군요. 난 웨이벌리에 있어요. 기차는 45분 후에 떠날 거예요. 할 말이 있으니까 당장 달려와요." 그리고 전화는 끊어져버렸다. 짧고 시큰둥한 메시지가 그의 호기심을 자극했다. 리버스가 손목시계를 들여다보았다.

"웨이벌리 역에 가봐야 합니다." 그가 로더데일에게 말했다. "경감님께서 직접 스틸을 심문해보시면 어떻겠습니까?"

"고맙네." 로더데일이 말했다. "한번 생각해보지."

그녀는 중앙 홀 벤치에 앉아 있었다. 신원 위장용 선글라스가 오히려 그녀를 더 튀게 만들었다.

"개자식." 그녀가 말했다. "신문에 내 얼굴을 박아 넣다니." 그녀는 자신의 오빠, 그레고르 잭을 얘기하는 것이었다. 리버스는 아무 말도 하지 않았다. "어제도 났고……" 그녀는 계속 이어나갔다. "오늘 아침엔 거의 모든 신문이 1면에 대문짝만 하게 실어놓았더군요."

"오빠가 그런 게 아닐 수도 있지 않겠습니까." 리버스가 말했다.

"뭐라고요? 오빠가 아니면 대체 누가 이런 짓을 했단 말이죠?" 리버스는 검은 렌즈 너머로 게일 크롤리의 피로에 전 눈을 볼 수 있었다. 그녀는 급하게 옷을 챙겨 입고 나온 모양이었다. 꽉 끼는 청바지, 하이힐, 헐렁한 티셔츠. 그녀의 짐은 커다란 여행가방 하나와 쇼핑백 두 개가 전부였다. 그녀의 한 손에는 런던행 티켓이, 또 다른 손에는 담배가 각각 쥐어져 있었다.

"어쩌면……" 리버스가 말했다. "당신의 정체를 알고 있는 사람의 소행인지도 몰라요. 그레고르에게 당신의 행방을 알려준 사람 말입니다."

그녀의 몸이 바르르 떨렸다. "당신에게 해주고 싶었던 얘기가 바로 그거예요. 도무지 이해가 안 된다는 거. 난 누구에게도 빚진 적이 없는데."

그건 나도 마찬가지야. 리버스는 생각했다. 하지만 늘 이렇게 빚진 사람처럼 살아가지.

"술 한잔 할까요?" 그녀가 말했다.

"그러죠." 리버스가 말했다. 그는 그녀의 여행가방을 집어 들었고, 그녀는 나머지 가방을 챙겨 총총 걸어 나갔다. 그녀의 요란한 구두 소리가 지나는 남자들의 시선을 잡아끌었다. 아늑한 술집에 들어선 리버스는 수입 맥주를 주문했다. 그녀는 바카디 앤 콕을 시켰다. 그들은 게임기와 주크박스의 스피커에서 멀리 떨어진 구석 자리에 앉았다.

"건배." 그녀가 담배 연기를 입 안 가득 머금은 채 술을 들이켰다. 잠시 캑캑대던 그녀는 피우던 담배를 비벼 끄자마자 새 담배에 불을 붙였다.

"건강을 위하여." 리버스도 맥주를 들이켰다. "가슴에서 털어내고 싶은 얘기가 있다고요?"

그녀가 코웃음을 쳤다. "표현이 마음에 드네요. 가슴에서 털어내고 싶은 얘기." 그녀가 술을 완전히 넘긴 후 담배를 빨았다. 방금 전 실수를 반복하지 않기 위해서. "내 정체를 누가, 어떻게 알았을지 궁금했죠?" 그녀가 말했다.

"그렇습니다."

"기억나요. 얼마 전 일이었어요. 두 달쯤 됐나. 6주쯤…… 뭐 아무튼. 난 여기 돌아온 지 얼마 되지 않거든요. 그런데 어느 날 밤, 술에 잔뜩 취한 손님 셋이 들어왔어요. 웃기죠? 세 사람이 무리지어 몰려다니는 거 말이에요." 그녀가 다시 코웃음을 쳤다.

"세 남자가 매음굴에 들어왔다 이 말이죠?"

"그렇다고 했잖아요. 아무튼, 그중 하나가 날 데리고 위층으로 올라갔어요. 난 그에게 내 본명을 알려줬어요. 게일이라고. 그 바닥에서 쓰는 유치한 이름들은 좀 오글거려서요. 캔디, 맨디, 클로뎃, 티나, 수지, 재스민, 로버타. 이름이 계속 바뀌니 나중엔 내가 누군지 까먹게 되더라고요."

리버스는 손목시계를 들여다보았다. 남은 시간은 고작 10분이었다. 그녀도 그의 제스처를 금세 알아차렸다.

"뭐 아무튼, 난 그에게 이름이 뭐냐고 물어봤어요. 그랬더니 그가 웃더군요. 그리고 이렇게 대답했어요. '내 얼굴을 못 알아보겠어요?' 난 고개를 저었죠. 그랬더니 그가 말했어요. '런던에서 왔다니 그럴 만도 하겠네요.' 이러더라고요. '난 꽤 유명한 사람인데.' 우습죠? 그런데 곧바로 이러는 거예요. '난 그레고르 잭입니다.' 난 그냥 웃음을 터뜨렸어요. 그랬더니 그가 왜 웃느냐고 묻더라고요. 그래서 이렇게 대답했어요. '헛소리 말아요. 난 그레고르 잭을 잘 안다고요.' 그러자 그가 당혹스러워하며 친구들에게로 돌아가 버렸어요. 그들은 서로 윙크를 하며 등을 두드려댔고요. 난 그 문제에 대해 더 언급하지 않았어요."

"그 사람, 어떻게 생겼습니까?"

"덩치가 컸어요. 하일랜드 사람 같던데. 한 동료가 그를 텔레비전에서 본 것 같다고 하긴 했어요."

랍 키눌. 리버스가 그의 외모를 간략히 묘사해주었다.

"맞는 것 같은데요." 그녀가 말했다.

"같이 온 남자들은요?"

"그 사람들은 주의 깊게 보지 못했어요. 그들 중 하나는 좀 수줍어하는 것 같았어요. 몸은 말랐고 키는 컸죠. 나머지 한 명은 가죽 재킷 차림이었는데 뚱뚱했고요."

"그들의 이름은 듣지 못했고요?"

"못 들었어요."

그건 아무래도 상관없어. 리버스는 생각했다. 그녀가 관계자 리스트에서 쉽게 짚어낼 수 있을 테니까. 로널드 스틸과 바니 바이어스. 남자들끼리 놀러 나온 거겠지. 바이어스, 스틸, 그리고 랍 키눌. 어울리지 않는 조합이긴 한데. 스틸에게 던질 수 있는 소이탄이 하나 더 생긴 셈이군.

"남은 술 마저 마셔요, 게일." 그가 말했다. "기차 시간 늦겠어요."

기차역으로 돌아가는 길에 그는 그녀에게 주소를 물었다. 그녀는 전과 같은 주소를 불러주었다. 조지 플라이트가 대신 체크해주었던 곳.

"거기서 지낼 거예요." 그녀가 말했다. 그녀는 마지막으로 주변을 살폈다. 기차는 승객들로 가득 차 있었다. 리버스가 그녀의 여행가방을 문 안으로 밀어 넣어주었다. 그녀는 아직도 기차역의 유리 지붕을 물끄러미 올려다보는 중이었다. 그녀의 시선이 천천히 리버스에게로 돌아갔다. "괜히 런던을 떠나왔나봐요. 돌아오지 않았으면 이런 일도 벌어지지 않았을 텐데."

리버스가 고개를 살짝 젖혔다. "당신 탓이 아니에요, 게일." 하지만 그녀의 한탄에도 일리는 있었다. 그녀가 에든버러로 돌아오지만 않았어도, 그녀가 '난 그레고르 잭을 잘 안다고요'라는 말만 하지 않았어도…… 그랬다면 어땠을까? 그녀가 기차에 몸을 싣고 그를 돌아보았다.

"나중에 그레고르를 만나면······" 그녀가 말했다. 하지만 딱 거기서 멈췄다. 그녀가 어깨를 으쓱인 후 짐을 챙겨 돌아섰다. 떠나는 매춘부가 아쉽지 않은 리버스는 휙 돌아서서 자신의 차를 향해 빠르게 걸어갔다.

"뭐라고요?"

"풀어줬다고."

"스틸을 풀어주셨다고요?" 리버스는 자신의 귀를 의심했다. 그는 로더데일의 사무실 안을 빙빙 맴돌았다. "왜 그러셨습니까?"

로더데일이 차갑게 미소 지었다. "그 친구 혐의가 뭐였나, 존? 이성적으로 판단해야지."

"그를 심문해보셨습니까?"

"했지."

"어떻게 됐습니까?"

"구구절절 그럴듯한 진술만 쏟아내더군."

"그 말을 믿으신 겁니까?"

"믿지 않을 이유가 없었으니까."

"그의 차 트렁크는요?"

"진흙 말인가? 그것도 해명하던데. 장화를 신고 키눌 부인과 산비탈을 산책했을 때 묻은 거라고 말이야. 그게 이상할 건 없잖나."

"자기 입으로 캐스 키눌을 만나왔다고 털어놓던가요?"

"그건 아니고, 그냥 만나는 '여자'가 있었다고만 했어."

"경찰서에 와선 그 말만 반복해댔죠. 하지만 자기 집에선 제게 다 털어놓았습니다."

"그래도 끝까지 그녀를 보호하려 애쓰는 건 갸륵하잖아."

"그게 아니라, 그녀가 자신의 주장을 뒷받침해주지 못할 거라는 걸 알고 있기 때문이었겠죠."

"그러니까 그게 다 거짓말이라는 얘긴가?"

리버스가 한숨을 내쉬었다. "아뇨. 저도 그 말을 믿긴 합니다만……"

"그럼 됐지, 뭐." 로더데일이 말했다. 의외로 부드러운 톤이었다. "앉게, 존. 지난 24시간 동안 엄청 진을 뺐을 텐데."

리버스가 의자에 앉았다. "지난 24년 동안 그랬습니다."

로더데일이 미소를 지었다. "차 한 잔 하겠나?"

"그보단 총경님의 커피가 더 당기는데요."

로더데일이 웃음을 터뜨렸다. "이판사판이라는 건가? 이봐, 방금 전 자네도 스틸의 진술을 믿는다고 하지 않았나."

"어느 정도는 믿을 만하다는 뜻이었습니다."

"그가 가겠다는데 내가 무슨 수로 붙잡을 수 있었겠나?"

"혐의만으로도 용의자를 90분 이상 붙잡아놓을 수 있지 않습니까."

"그걸 내가 모르는 줄 아나, 경위?"

"그는 유유히 집으로 돌아가 차 트렁크를 아주 깨끗이 청소해놓을 겁니다."

"고작 진흙 묻은 장화만으로 그를 잡아넣을 수 있을 거라 생각했나, 존?"

"그래도 과학수사대를 한번 믿어봐야……"

"참, 그 얘기도 하려고 했어. 그동안 자네가 많은 사람들의 비위를 건드려왔다고 들었네."

"누구의 비위를 말씀하시는 겁니까?"

"과학수사대 전체. 제발 그들 좀 그만 닦달하게, 존."

"알겠습니다, 경감님."

"좀 쉬는 게 좋겠어. 오늘 오후만이라도 말이야. 도난당한 책들은 어떻게 됐나?"

"주인에게로 무사히 돌아갔습니다."

"그래?" 로더데일은 설명을 기다렸다.

"뜻밖의 행운이었습니다, 경감님." 리버스가 자리에서 일어서며 말했다. "또 다른 하실 말씀 없으시면……"

그때 전화벨이 울렸다. "잠깐 기다리게." 로더데일이 말했다. "보나마나 자네 전화일 텐데." 그가 수화기를 집어 들었다. "로더데일입니다." 그가 잠시 상대의 용건에 귀를 기울였다. "지금 내려가겠네." 그가 수화기를 내려놓았다. "맙소사, 아래층에 누가 와 있는지 맞혀보게."

"던도널드와 다이사르트 파이프 밴드?"

"아쉽게도 틀렸네. 지넷 올리펀트."

리버스가 미간을 찌푸렸다. "들어본 이름인데……"

"휴 페리 경의 변호사야. 잭 씨의 변호도 맡고 있고. 그들이 그녀를 데리고 들이닥친 모양이야." 로더데일이 일어나 재킷의 주름을 문질러 폈다. "가서 뭘 원하는지 들어보자고."

그레고르 잭은 아내가 살해된 날의 자신의 일정에 대해 성명을 발표하고 싶다고 했다. 하지만 그것은 오히려 휴 페리 경이 더 원하는 바일 것이다. 굳이 묻지 않아도 짐작 가능한 부분이었다.

"아침에 신문에 난 기사를 봤습니다." 그가 설명했다. "그걸 보고 그레고르에게 연락해 사실 여부를 물었습니다. 사위는 사실이라고 하더군요. 뒤늦게라도 알게 돼서 다행이지만 그걸 진작 털어놓지 않은 부분에 대해서는 호되게 질책했습니다." 그가 그레고르 잭을 돌아보았다. "어리석은 놈."

그들은 로더데일의 제안에 따라 회의실 테이블에 둘러앉아 있었다. 휴 페리 경을 취조실로 안내할 수는 없는 노릇이니. 그레고르 잭은 모처럼 말쑥한 모습이었다. 주름 하나 없는 빳빳한 양복, 단정히 빗은 머리, 반짝거리는 눈. 하지만 휴 경과 지넷 올리펀트 사이에서는 전혀 돋보이지 않았다.

"그러니까 이런 말씀입니다." 지넷 올리펀트가 말했다. "잭 씨는 휴 경께 비밀로 지녀온 또 다른 사실을 털어놓으셨습니다. 수요일 골프 라운딩에 대한 진실 말입니다."

"어리석은 놈."

"그리고……" 올리펀트가 계속 이어나갔다. "휴 경께서 제게 연락을 주셨습니다. 저희는 잭 씨에게 최대한 신속히 진실을 밝혀야 한다고 조언 드렸습니다. 그래야 불필요한 의심을 거둘 수 있다고." 오십대 중반의 지넷 올리펀트는 키가 컸고, 우아한 분위기를 풍겼다. 단호한 표정에서는 근엄함마저 느껴졌다. 그녀의 가느다란 입술에는 립스틱이 진하게 발라져 있었고, 날카로운 눈은 이글거렸다. 짧은 파마머리 밖으로는 귀가 살짝 튀어나와 있었다. 마치 그 어떤 뉘앙스나 불명료함도 빠뜨리지 않고 짚어내겠다는 듯이.

반면에 휴 페리는 다부지고 호전적인 모습이었다. 듣기보다는 말하는 데 익숙한 타입. 그의 두 손은 테이블 표면에 얹어져 있었다. 필요하다면 언제라도 번쩍 들어 내던질 것처럼.

"모든 걸 깔끔하게 정리했으면 합니다."

"잭 씨가 그걸 원하신다면야." 로더데일이 나지막이 말했다.

"그걸 원합니다." 페리가 말했다.

그때 회의실 문이 열렸다. 브라이언 홈스 경사가 쟁반을 들고 들어왔다. 그 위에는 컵이 몇 개 놓여 있었다. 리버스는 그를 올려다보았지만 그는 애써 상관의 시선을 피했다. 웨이터 노릇은 원래 경사들이 하는 일이 아니었다. 보나마나 그는 자진해서 나섰을 것이다. 회의실 분위기를 직접 확인하려고. 그의 뒤로 왓슨 총경이 모습을 드러냈다. 그 역시 회의실 상황이 궁금했던 모양이었다. 왓슨을 본 페리가 의자에서 살짝 일어났다.

"아, 총경." 그들은 악수를 나누었다. 왓슨은 말없이 로더데일과 리버스를 번갈아 쳐다보았다. 테이블에 쟁반을 내려놓은 홈스도 나갈 생각을 하지 않았다.

"고맙네, 경사." 로더데일이 그를 쫓으며 말했다. 리버스는 그레고르 잭의 시선이 자신에게 고정되어 있음을 깨달았다. 그의 얼굴에는 미소가 머금어져 있었고, 눈은 번뜩였다. 결국 이렇게 다시 만났군요. 그는 그렇게 말하고 있는 듯했다.

왓슨은 회의실에 남아 있기로 했다. 차가 한 잔 더 필요했고, 리버스는 자신의 컵을 왓슨에게 양보했다. 왓슨은 벌써부터 자신의 커피가 그리웠다. 하지만 내색하지 않고 리버스가 건네는 컵을 묵묵히 받아들었다. 그가 고개를 끄덕여 리버스에게 고마움을 표시했다. 마침내 그레고르 잭의 입이 열렸다.

"리버스 경위님이 마지막으로 찾아오셨을 때 생각을 좀 해봤습니다.

그 수요일에 어딜 쏘다녔는지 헤아려봤죠." 그가 재킷 안주머니에서 종이 한 장을 꺼내 들었다. "전 아이머스의 한 술집 안을 살펴봤습니다. 북적이는 손님들로 발 디딜 틈이 없더군요. 오늘 처음 밝히는 내용입니다. 전 변두리 호텔에 들어가 토마토 주스를 주문해 마셨습니다. 손님은 많았지만 절 기억하는 이는 아무도 없을 겁니다. 전 던바의 신문 가판대에서 껌도 사서 씹었습니다. 그 외엔 제가 그날 정확히 무엇을 했는지 기억이 가물가물합니다." 그가 총경에게 목록을 건넸다. "아이머스 앞에서 알짱거렸고…… 버릭 북쪽, 일시 정차 가능 구역에 들렀고…… 그곳에 또 다른 차 한 대가 들어왔고…… 외판원 같은 남자는 나보다도 지도에 더 관심을 보였고…… 딱 거기까지입니다."

왓슨이 목록을 유심히 훑으며 고개를 끄덕이다가 그것을 로더데일에게 넘겼다.

"시작은 좋군요." 왓슨이 말했다.

"그러니까 말입니다, 총경." 휴 페리가 말했다. "이 친구는 자기가 곤경에 빠져 있다는 걸 압니다. 하지만 내가 보기엔 남들을 도우려다가 이 지경이 된 것 같습니다."

왓슨이 말없이 고개를 끄덕였다. 리버스가 자리에서 일어났다. "잠시 실례하겠습니다." 그는 잽싸게 문을 닫고 회의실을 나왔다. 안도감이 밀려들었다. 그는 다시 돌아갈 마음이 없었다. 나중에 로더데일이나 왓슨으로부터 가벼운 질책을 받겠지만 숨 막힐 듯 답답한 공간에 숨 막힐 듯 답답한 사람들과 갇혀 있는 건 죽기보다 싫었다. 복도 끝에서 홈스가 서성이고 있었다.

"어떻게 됐습니까?" 리버스가 다가가자 그가 물었다.

"뭐 별일 아니야."

"음." 홈스가 풀 죽은 표정을 지어보였다. "전 또……"

"그가 자백이라도 하러 온 줄 알았나? 오히려 그 반대던데, 브라이언."

"그럼 글래스가 두 사건을 다 뒤집어쓰게 되는 겁니까?"

리버스가 어깨를 으쓱였다. "그렇게 돼도 놀랄 일은 아니지." 그가 말했다. 아침에 샤워를 했음에도 찝찝한 기분은 떨쳐지지 않았다.

"아주 깨끗하고 깔끔하게 정리하게 되겠군요. 안 그렇습니까?"

"우린 경찰이야, 브라이언. 청소부가 아니라."

"죄송합니다."

리버스가 한숨을 내쉬었다. "아니, 내가 심했어. 괜히 자넬 갈궜구만." 그들은 잠시 서로를 응시하다가 동시에 웃음을 터뜨렸다. "난 퀸스페리에 가볼 거야."

"그 친구한테 사인 받으시게요?"

"응."

"운전기사 필요하십니까?"

"좋지. 따라와."

리버스는 자신이 즉흥적으로 내린 결정이 얼마나 중대한 것인지 전혀 짐작하지 못했다.

11
학연

그들은 퀸스페리로 향하는 동안 일 얘기는 한 마디도 꺼내지 않았다. 그들은 여자 얘기만 신나게 해댔을 뿐이다.

"날 잡아서 넷이 만나 노는 건 어떻습니까?" 브라이언 홈스가 제안했다.

"페이션스와 넬이 잘 어울려 놀 수 있을까?" 리버스가 말했다.

"왜요? 성격이 달라서요?"

"아니. 오히려 성격이 같아서 문제라는 거지."

리버스는 오늘 밤 페이션스와 모처럼 오붓한 시간을 보낼 생각이었다. 잭 사건(Jack case)에서도 한 발짝 물러나 있을 생각이었고. 더 이상 멍청이(Jack-ass)가 되고 싶지 않았다. 그냥 훌훌 털고 떠나버리고 싶은 마음뿐이었다.

"그냥 문득 떠오른 생각이었습니다." 홈스가 말했다. "너무 신경 쓰지 마세요."

차를 몰고 오는 내내 험상궂게 찌푸려 있던 하늘은 키눌의 집이 가까워지자 마침내 비를 부리기 시작했다. 집 앞에 세워진 랍 키눌의 랜드로버가 눈에 들어왔다. 이상하게도 현관문이 열려 있었다. 점점 굵어져가는 빗줄기가 차의 후드를 맹렬히 두들겨댔다.

"죽어라 뛰어야겠군." 리버스가 말했다. 차에서 내린 그들은 전력을 다해 내달렸다. 홈스는 차를 돌아오느라 리버스보다 비를 더 맞아야 했다.

현관에 먼저 도착한 리버스가 먼저 문간으로 들어섰다. 그가 머리에서 빗물을 털어내고 눈을 떴다.

순간 커다란 주방용 칼이 그를 위협했다.

"개자식!"

누군가가 그를 옆으로 떠밀었다. 문간으로 뛰어 들어온 홈스였다. 그 뒤에서 캐스 키눌이 달려들었다. 홈스가 본능적으로 그녀의 손목을 움켜잡고 그녀의 등 뒤로 우악스럽게 꺾었다. 그는 한쪽 무릎으로 그녀의 어깨뼈 바로 밑 척추를 짓눌렀다.

"맙소사!" 리버스가 숨을 헐떡였다. "하느님 맙소사!"

홈스는 바닥에 뻗어버린 형체를 유심히 살폈다. "넘어지면서 충격을 받은 모양입니다." 그가 말했다. "기절했어요." 그는 그녀의 손에서 칼을 빼앗아 든 후 그녀의 팔을 놓아주었다. 기운 빠진 팔이 카펫 바닥에 툭 떨어졌다. 홈스가 천천히 몸을 일으켰다. 그는 놀라울 만큼 차분한 상태였지만 얼굴은 부자연스럽게 창백했다. 리버스는 병든 잡종견처럼 몸을 바르르 떨어댔다. 그는 현관의 한쪽 벽에 몸을 기댄 채 눈을 감고 심호흡을 몇 번 했다. 그때 문 밖에서 인기척이 들려왔다.

"당신들 대체……" 랍 키눌이 두 형사를 쳐다보았다. 그의 시선은 이내 의식을 잃고 쓰러진 자신의 아내에게로 돌아갔다. "오, 맙소사." 그가 말했다. 그는 아내 옆에 무릎을 꿇었다. 그의 몸에서 떨어진 빗물이 그녀의 등과 머리를 적셔나갔다. 그는 비에 쫄딱 젖은 모습이었다.

"사모님은 무사하십니다, 키눌 씨." 홈스가 덤덤하게 말했다. "잠깐 기절하셨을 뿐입니다."

키눌이 홈스의 손에 쥐어진 칼을 쳐다보았다. "이 사람이 갖고 있었습

362

니까?" 그가 휘둥그레진 눈으로 말했다. "맙소사, 캐시." 그가 떨리는 손으로 아내의 머리를 쓰다듬었다. "캐시, 캐시……"

리버스의 상태는 조금씩 나아지고 있었다. 그가 마른침을 한 번 삼켰다. "저 멍 자국은 쓰러지면서 생긴 게 아닙니다." 그녀의 팔뚝에는 생긴 지 얼마 되지 않아 보이는 멍 자국이 나 있었다. 키눌이 고개를 끄덕였다.

"저랑 다툼이 좀 있었습니다." 그가 말했다. "아내가 갑자기 달려 들길래 전…… 전 그냥 살짝 밀치려고만 했을 뿐입니다. 하지만 이 사람은 히스테리 상태였어요. 전 아내가 흥분을 가라앉힐 때까지 산책을 다녀오기로 했습니다."

리버스는 키눌의 구두를 물끄러미 내려다보았다. 구두에는 진흙이 잔뜩 묻어 있었다. 바지에도 진흙이 튄 흔적이 보였다. 산책을? 이 빗속에서? 아니. 그는 도망치려 했던 거야. 꽁무니를 빼려 했던 거라고.

"끝까지 흥분을 가라앉히지 못하신 것 같군요." 리버스가 사무적인 톤으로 말했다. 그녀는 리버스를 죽이려 했었다. 불쑥 들어온 그가 자신의 남편인 줄 알고. 어쩌면 그녀는 세상의 모든 남자에게 격분하고 있었는지도 몰랐다. "키눌 씨, 술 좀 주시겠습니까?"

"그럽시다." 키눌이 일어서며 말했다.

홈스는 병원에 전화를 걸었다. 캐스 키눌은 아직도 의식을 되찾지 못하고 있었다. 그들은 일단 그녀를 현관 바닥에 내버려두기로 했다. 섣불리 건드렸다가는 위험할 수 있기 때문이었다. 그냥 놔두면 거실 문틈으로 지켜보기도 편할 것 같았고.

"사모님께선 치료가 필요해 보입니다." 리버스가 말했다. 그는 소파에 앉아 곤두선 신경을 위스키로 달래고 있었다.

"저 사람에게 필요한 건……" 키눌이 나지막이 말했다. "제게서 떠나는 겁니다. 저흰 더 이상 같이 살 이유가 없습니다, 경위님. 떨어져 산다고 크게 달라질 것도 없겠지만 말입니다." 그는 두 손을 창턱에 얹고, 머리는 유리창에 기대었다.

"무슨 일로 싸우신 겁니까?"

키눌이 고개를 저었다. "정말 어리석은 일이었습니다. 늘 그렇듯 이번에도 하찮은 문제로 시작됐어요. 그리고 일이 점점 커진 겁니다."

"정확히 무엇 때문이었습니까?"

키눌이 창가에서 돌아섰다. "제가 집에 붙어 있지 않는 게 불만이라고 하더군요. 특별히 볼일도 없으면서 자꾸 밖으로만 나돈다고 생각한 모양입니다. 집을 벗어나기 위해 없는 일을 꾸며댄다고 오해를 한 거죠."

"사모님께서 제대로 짚으신 건가요?"

"어느 정도는요. 저 사람은 눈치가 아주 빠릅니다. 가끔 안 그럴 때도 있지만. 결국 다 알아내버리고 말죠."

"그럼 저녁 시간들은요?"

"저녁 시간이라뇨?"

"저녁 시간도 주로 밖에서 보내시지 않습니까. 친구분들과 말이죠."

"제가요?"

"바니 바이어스, 로널드 스틸……"

키눌이 리버스를 빤히 쳐다보았다. 한동안 어리둥절해하던 그가 손가락을 부딪쳐 딱 소리를 냈다. "아, 그날 밤을 말씀하시는 거군요. 그날 밤……" 그가 고개를 저었다. "누구에게 들으셨습니까? 하긴, 이제 와서 그게 뭐 중요하겠습니까. 아무튼 그건 왜 물으시는 겁니까?"

"왠지 그 두 분과 같이 계셨을 것 같아서요."

키눌이 미소를 지었다. "제대로 짚으셨습니다. 사실 전 바이어스를 잘 모릅니다. 그 친구에 대해선 아는 게 거의 없어요. 그날 그가 에든버러에 왔었습니다. 중요한 계약을 마무리 지었다나요? 아무튼 전 이어리에서 그 친구와 우연히 마주쳤습니다. 머릿속이 복잡해서 술집에서 한잔 하고 있었는데 그가 들어오더군요. 레스토랑으로 가던 길에 술 생각이 나서 들렀다나요. 신나게 수다를 떨어대다가 저도 모르게 그들 그룹과 동석하게 됐습니다. 그와 그의 거래처 사람들 말입니다. 꽤 즐거운 시간이었습니다."

"스틸은요?"

"그게…… 바니는 우리를 자신의 단골 매음굴로 데려가려고 했습니다. 하지만 그들은 사양했고, 결국 바니와 저만 남게 됐죠. 저흰 스트로먼에 들러 한 잔씩 더 마셨습니다. 거기서 로널드를 만났고요. 그는 화가 살짝 나 있는 상태였습니다. 만나는 여자와 문제가 좀 있었다더군요." 키눌이 잠시 뜸을 들였다. "뭐 아무튼, 그는 좀 따분한 타입입니다. 하지만 그날 밤엔 분위기가 좀 달랐습니다."

리버스는 골똘한 생각에 잠겼다. 키눌이 스틸과 캐시의 관계에 대해 알고 있을까? 그런 것 같진 않은데. 노련한 배우라서 내가 속고 있는 건가?

"그리고," 키눌이 계속 이어나갔다. "어쩌다 보니 저흰 그 악명 높은 집으로 가게 됐습니다."

"거기서 좋은 시간 보내셨습니까?"

뜻밖의 질문에 키눌이 멈칫했다. "네, 뭐." 그가 말했다. "솔직히 말씀드리면 기억이 잘 나지 않습니다."

응? 리버스는 생각했다. 왜 이러시나. 생생히 기억하고 있으면서. 누굴

속이려고. 키눌의 시선은 어느새 거실 밖에 뻗어 있는 캐시에게로 돌아가 있었다.

"절 못돼먹은 인간으로 생각하시죠?" 그가 덤덤한 톤으로 말했다. "저도 굳이 부정할 마음은 없습니다. 하지만……" 배우는 말을 잇지 못했다. 그가 잠시 거실 안을 둘러보다가 창밖을 내다보았다. 궂은 날씨에 바깥 풍경은 거의 보이지 않았다. 그의 시선은 이내 거실 문 쪽으로 돌아갔다. 그가 긴 한숨을 내쉬며 고개를 저었다.

"매춘부가 한 얘길 친구분들에게 들려주셨습니까?"

그 말에 키눌이 흠칫 놀랐다.

"그러니까 제 말은," 리버스가 말했다. "그녀가 그레고르 잭에 대해 주장한 내용을 그들에게 들려주셨느냐는 겁니다."

"그걸 어떻게 아셨습니까?" 키눌이 의자에 털썩 주저앉았다.

"직관에 따른 추측이었습니다. 그걸 친구분들에게 들려주셨나요?"

"그랬던 것 같습니다." 그가 잠시 생각에 잠겼다. "네, 들려줬습니다. 그녀 입에서 튀어나오기엔 그 내용이 너무나 황당했거든요."

"선생님 입에서 튀어나오기에도 황당한 내용이죠, 키눌 씨."

키눌이 떡 벌어진 어깨를 으쓱였다. "그냥 웃자고 한 얘기였습니다, 경위님. 기분 전환을 위해서. 왠지 거기서 그레고르인 척하면 재밌을 것 같았습니다. 솔직히 기분도 나빴고요. 랍 키눌을 몰라보다니. 저쪽 벽을 한번 보세요. 제가 다 만나본 사람들입니다." 그가 다시 일어나 자신의 사진들을 유심히 들여다보았다. 마치 화랑에 와 있기라도 한 것처럼.

"밥 와그너, 래리 해그먼…… 한때 잘 알고 지냈던 사람들이죠." 장황한 설명은 계속 이어졌다. "마틴 스콜세지…… 현존하는 최고의 감독이죠. 이

견이 있을 수 없는 최고의 감독. 존 허트…… 로비 콜트레인과 에릭 아이들……"

홈스가 리버스에게 현관으로 나오라고 손짓했다. 캐시 키눌이 의식을 회복한 모양이었다. 랍 키눌은 여전히 자신의 사진들을 감상하며 함께 찍은 유명 인사들을 차례로 소개하고 있었다.

"무리하지 마십시오." 홈스가 캐시 키눌에게 말했다. "기분이 좀 어떠십니까?"

그녀의 발음은 알아듣기 힘들 만큼 불분명했다.

"얼마나 드셨습니까?" 리버스가 물었다. "말씀해주세요."

그녀는 질문에 집중해보려 애썼다. "방 안을 샅샅이 뒤져봤습니다." 홈스가 말했다. "빈 병은 보이지 않았습니다."

"뭔가 먹은 게 분명해."

"그건 의사가 알아내겠죠."

"그래. 그럴지도 모르지." 리버스가 캐시 키눌 위로 몸을 숙였다. 그리고 그녀의 귀에 대고 속삭였다. "고욱." 그가 나지막이 말했다. "수이에 대해 들려줘요."

익숙한 이름이 언급되자 그녀의 눈이 번뜩였다. 하지만 그녀는 리버스의 주문을 이해하지 못한 듯했다.

"부인과 수이." 리버스가 말했다. "수이를 만나오신 게 맞죠? 단 둘이서. 옛날에 그랬던 것처럼 말입니다. 수이와 몰래 만나오신 걸 인정하십니까?"

그녀가 입을 열었다가 이내 다시 닫아버렸다. 그녀가 천천히 고개를 저었다. 잠시 후, 그녀가 알아들을 수 없는 말을 웅얼거리기 시작했다.

"뭐라고 하셨습니까, 고욱?"

이번에는 또박또박. "랍이 알면 안 돼요."

"그건 걱정 마십시오, 고욱. 절 믿으세요. 남편께선 영영 모르실 겁니다."

그녀가 천천히 일어나 앉았다. 한 손으로는 자신의 머리를 받쳤고, 또 다른 손으로는 여전히 바닥을 짚고 있었다.

"그러니까," 리버스는 집요하게 파고들었다. "부인께서 수이를 몰래 만나오신 게 맞죠? 네? 고욱과 수이?"

그녀가 술에 취한 듯이 미소를 지었다. "고우와 수이." 그녀가 말했다. "고우와 수이."

"그날을 기억하십니까, 고욱? 시체를 발견하셨던 날. 문제의 수요일은요? 그날 오후는? 수이가 부인을 만나러 왔었나요? 그랬나요, 고욱? 수이가 그 수요일에 찾아왔었습니까?"

"수요일? 수요일?" 그녀가 고개를 저었다. "불쌍한 리지…… 불쌍한, 불쌍한……" 그녀가 한 손을 앞으로 내밀었다. "칼을 줘요." 그녀가 말했다. "랍은 영영 모를 거예요. 칼을 달라고요."

리버스가 홈스를 돌아보았다. "그건 곤란합니다, 고욱. 살인이잖아요."

그녀가 고개를 끄덕였다. "그렇죠. 살인." 그녀가 마지막 단어에 특히 힘을 주어 말했다. "목을 베어야 해요." 그녀가 말했다. "그럼 맥과 함께 지낼 수 있겠죠?" 그녀가 다시 미소를 지었다. 상상만으로도 흐뭇한 모양이었다. 거실에서는 사진을 감상하는 랍 키눌의 목소리가 계속 흘러나왔다.

"최고입니다. 단연코. 또다시 함께 일할 수 있으면 좋겠는데. 진정한 프로죠. 그리고 오랜 친구, 조지 콜도 빠뜨릴 수 없습니다. 학교 친구. 네, 학교 친구입니다. 학교 친구."

"맥……" 캐시 키눌이 말했다. "맥…… 수이…… 섹스턴…… 베거……
불쌍한 베거……"

"학교 친구."

학연에 너무 집착해온 탓이었다. 진작 미련을 버렸어야 하는데.

리버스는 바니 바이어스에게 전화를 걸었다. 비서가 그와 연결해주었다.

"경위님." 바이어스의 우렁차고 사무적인 목소리가 말했다. "어떻게 해
야 경위님을 따돌릴 수 있는 겁니까?"

"선생님을 쫓는 건 어렵지 않던데요." 리버스가 말했다.

바이어스가 웃음을 터뜨렸다. "아무래도 그럴 겁니다." 그가 말했다.
"절 필요로 하는 고객들을 생각해서라도 꽁꽁 숨어 있으면 안 되죠. 그래
서 이토록 연락이 잘 닿는 겁니다. 자, 오늘은 무슨 일로 전화를 주셨습니
까?"

"얼마 전 랍 키눌과 로널드 스틸이 선생님과 함께 시간을 보낸 적이 있
었죠?"

바이어스는 결정적인 세부 사항들을 제외한 거의 모든 부분을 순순히
확인해주었다. 리버스는 키눌이 내려와 게일이 했던 말을 그에게 전해준
사실을 언급했다.

"그건 기억나지 않는데요." 바이어스가 말했다. "당시 술에 많이 취해
있었습니다. 어찌나 취해 있었는지 그 친구들 술값까지 제가 다 계산해버
렸다니까요." 그가 킥킥 웃었다. "수이는 늘 그렇듯 알거지 신세라고 징징
댔고, 랍도 수중에 몇 푼 없었습니다." 그가 다시 웃었다. "전 제가 쓴 돈만
큼은 생생히 기억하거든요."

"정말로 키눌 씨로부터 매춘부가 한 얘길 전해 듣지 못하셨습니까?"

"그 친구가 들려준 얘기의 내용이 아니라 전했다는 사실 자체가 기억나지 않는다는 겁니다."

키눌의 진술을 믿을 것인지, 아니면 바이어스의 기억을 믿을 것인지. 아무래도 스틸을 다시 만나봐야 할 것 같았다. 리버스는 페이션스를 만나러 가는 길에 그에게 연락해보기로 했다. 번거로운 일이었지만 어쩔 수 없었다. 캐시 키눌도 문제였다. 약물에 취해 칼을 휘두르는 위험인물을 그냥 내버려둘 수 없는 일이었다. 홈스가 부른 가족 주치의는 키눌 부인을 변두리 병원에 당분간 입원시키는 게 좋겠다는 소견을 밝혔다. 형사 고발은?

"물론이죠." 홈스가 퉁명스럽게 말했다. "우선 살인 미수 혐의."

하지만 리버스는 생각이 달랐다. 그는 캐스 키눌이 그동안 얼마나 학대에 시달려왔을지 궁금했다. 또한 그는 헥터와 스틸과 잭을 공무 집행 방해 혐의로 기소할 계획이었다. 그리고 앤드류 맥밀런. 그는 '전문 병원'이 미치광이 범죄자들을 어떻게 다루는지 똑똑히 목격했다. 캐스 키눌은 결국 치료를 받게 될 것이다. 그렇다면 굳이 그녀를 살인 미수 혐의로 기소할 필요가 없지 않겠는가.

그래서 그는 고개를 저었다. 브라이언 홈스는 상관의 반응에 크게 놀라는 모습이었다. 결국 그녀는 즉시 입원 수속을 밟는 조건으로 기소를 면할 수 있게 되었다. 주치의도 그의 제안에 동의했고, 키눌도 반대하지 않았다.

"그럼," 의사가 말했다. "오늘 당장 입원하실 수 있게 조치하겠습니다."

리버스는 로더데일 경감에게 전화를 걸었다.

"대체 어디 숨어 있었던 거야?"

"말씀드리자면 깁니다, 경감님."

"뭐 언젠 안 그랬나?"

"미팅은 어떻게 끝났습니까?"

"자네 예상대로지, 뭐. 내 말 잘 듣게, 존. 아무래도 윌리엄 글래스를 정식으로 기소하게 될 것 같아."

"네?"

"딘 브리지 사건 피해자가 사망 직전 성교를 한 사실이 밝혀졌네. 검출된 DNA는 글래스와 일치했고." 로더데일이 잠시 멈칫했다. 리버스는 말없이 기다렸다. "하지만 걱정 말게나, 존. 딘 브리지 사건부터 다시 제대로 짚어나갈 생각이니까. 하지만 존, 솔직히 말해보게. 정말 조금도 진전이 없었나?"

"솔직히 말씀드리겠습니다, 경감님. 잘 모르겠습니다."

"최대한 빨리 알아봐. 글래스가 잭 부인 사건까지 뒤집어쓰기 전에. 언제 페리와 그 변호사가 이상한 질문을 던져댈지 모른다고. 우리가 어떤 상황에 처해 있는지 알겠지, 존?"

"네, 경감님. 물론입니다."

리버스는 로널드 스틸의 집 현관으로 향하지 않았다. 그는 차고 앞에 서서 문틈으로 안을 들여다보았다. 스틸의 시트로앵이 세워져 있는 게 보였다. 그는 집에 있는 모양이었다. 리버스는 그제야 현관으로 올라가 초인종을 눌렀다. 현관에서 벨소리가 울려 퍼졌다. 현관. 어느새 그는 책을 저술해도 될 만큼 현관에 대한 전문가가 되어 있었다. 현관에 누워 자기도 했고, 현관에서 칼에 찔려 죽을 뻔하기도 했고…… 그가 다시 초인종을 눌렀다. 크고 거슬리는 소리는 모른 척 흘려버릴 수 없을 정도였다.

그는 한 번 더 누르고 나서 손잡이를 돌려보았다. 문은 잠겨 있었다. 그는 잔디 깔린 뜰로 내려가 거실 창문을 통해 안을 살펴보았다. 아무도 없었다. 우유를 사러 나갔나? 리버스는 차고 옆에 나 있는 문을 밀어보았다. 뒤뜰로 통하는 문이었다. 그 문도 잠겨 있기는 마찬가지였다. 그는 다시 현관으로 돌아가 조용한 골목을 바라보았다. 그의 눈이 손목시계로 떨어졌다. 5분, 아니, 딱 10분만 더 기다려보기로 했다. 이런 기분으로는 페이션스와 마주 앉아 저녁을 먹고 싶지 않았다. 물론 그녀를 잃고 싶지도 않았다. 옥스퍼드 테라스까지 15분…… 넉넉잡고 20분. 7시 30분까지 도착하는 건 문제도 아니었다. 최대한 빨리 알아봐. 내가 왜 그 친구 사정을 봐줘야 하지? 그냥 글래스에게 악명을 높일 기회를 주면 안 되는 거야? 모두가 원하듯이?

내가 왜 이러고 있어야 하지? 칭찬을 받으려고? 정의를 위해서? 아니면 빌어먹을 고집 때문에? 그래, 바로 그거야. 누군가가 오고 있었다. 그의 차는 엉뚱한 쪽을 향하고 있었지만 그는 백미러를 통해 똑똑히 볼 수 있었다. 남자가 아니라 여자였다. 늘씬한 다리. 쇼핑백 두 개. 지쳐 보이는 걸음걸이. 설마…… 맙소사……

그가 차창을 내렸다. "안녕, 질."

질 템플러가 걸음을 멈추고 그를 돌아보며 미소를 지었다. "이 똥차가 눈에 많이 익는다 했더니만."

"쉬! 차가 들어요." 그가 핸들을 토닥이며 말했다. 그녀가 들고 있던 가방을 내려놓았다.

"여긴 어쩐 일이에요?"

그가 턱으로 스틸의 집을 가리켰다. "누굴 좀 기다리고 있어요. 나타날

진 모르겠지만."

"그렇군요."

"당신은요?"

"나요? 난 여기 살아요. 바로 옆 동네에. 내가 이사 갔다는 건 알고 있죠?"

그가 어깨를 으쓱였다. "이 동네로 왔는진 몰랐어요."

그녀의 미소에서는 의심이 묻어났다.

"정말이에요." 그가 말했다. "내가 집까지 태워다줄까요?"

그녀가 웃음을 터뜨렸다. "100미터도 안 남았는데요."

"타요."

그녀가 자신의 짐을 내려다보았다. "음, 그러죠 뭐."

그가 문을 열어주자 그녀가 쇼핑백을 바닥에 밀어 넣고 조수석에 올랐다. 리버스는 차에 시동을 걸었다. 차는 잠시 털털거리다 죽어버렸다. 그는 다시 시도해보았다. 기적적으로 징징대던 차에 시동이 걸렸다.

"똥차 맞잖아요."

"그런 얘길 해서 화가 난 겁니다." 리버스가 말했다. "이 친구는 순종 말처럼 괴팍하거든요."

하지만 솔직히 리버스는 자신의 고물차로 숟가락에 달걀을 얹고 달리는 사람조차도 이길 자신이 없었다. 잠시 후, 그들은 그녀의 집에 무사히 도착했다. 리버스가 밖을 내다보았다.

"멋진데요." 그가 말했다. 현관문이 두 개 붙은 3층집에는 돌출된 퇴창이 나 있었고, 경사진 작은 뜰이 마련되어 있었다. 돌계단을 따라 뜰을 가로지르면 현관에 오를 수 있었다.

"이게 다 내 집은 아니에요. 난 1층만 쓰고 있어요."

"그래도 대단한데요."

"고마워요." 그녀가 차문을 열고 쇼핑백을 인도로 밀어낸 뒤 그것들을 가리켰다. "채소 볶음 만들 건데, 생각 있어요?"

그는 순간 갈등했다. "고마워요, 질. 하지만 오늘 밤에 선약이 있어서요."

그녀는 예의상 실망하는 표정을 지어 보였다. "그럼 다음에 하죠, 뭐."

"그래요." 리버스가 말했다. 그녀가 차문을 닫았다. "다음에 해요."

그는 조심스레 차를 몰아 그녀의 골목을 빠져나왔다. 또다시 멈춰 서면 돌아가서 그녀의 제안을 받아들이겠어. 그러라는 하늘의 계시일 테니까. 하지만 차는 아까보다 훨씬 잘 나가주었다. 스틸의 집은 여전히 비어 있는 것 같았다. 그래서 리버스는 멈추지 않고 계속 달려 나갔다. 그의 머릿속에 저울이 떠올랐다. 그 한쪽에는 질 템플러, 또 다른 쪽에는 페이션스 에이트킨 박사가 각각 놓여 있었다. 저울은 오르내리기를 반복해댔다. 그러는 동안 리버스는 열심히 머리를 굴렸다. 맙소사, 너무 힘들군. 시간이 좀 더 주어졌으면. 오늘따라 신호등도 그를 막아서지 않았다. 그는 7시 30분 정각, 페이션스의 집에 도착했다.

"믿어지지가 않는군요." 그가 주방으로 들어서자 그녀가 말했다. "당신이 정확히 시간 맞춰 나타날 때가 있다니." 그녀는 전자레인지 옆에 서 있었다. 그 안에서 무언가가 익어가는 중이었다. 리버스가 그녀를 끌어안고 진하게 키스했다.

"페이션스." 그가 말했다. "아무래도 난 당신을 사랑하는 것 같아요."

그녀가 뒤로 살짝 물러나 그의 얼굴을 유심히 살폈다. "술 냄새도 안 나는데, 이상하군요. 왜 자꾸 날 놀라게 하는 거죠? 사실 난 아주 불쾌한 하루를 보냈어요. 지금도 기분이 썩 좋지 않아요. 그래서 오늘 밤 메뉴가 닭고기로 정해진 거예요." 그녀가 미소를 지으며 그에게 입을 맞추었다. "나도 당신을 사랑하는 것 같아요." 그녀가 그를 흉내 냈다. "아까 그 얘기할 때 당신 표정이 어땠는지 알아요? 완전 어리둥절해가지고선. 열정적인 로맨티스트로는 전혀 보이지 않았다고요."

"어떻게 하면 그렇게 될 수 있는지 가르쳐줘요." 리버스가 다시 키스를 퍼부었다.

"아무래도⋯⋯" 페이션스가 말했다. "저 치킨은 나중에 먹어야겠어요."

다음 날 아침, 그는 일찍 눈을 떴다. 페이션스보다 먼저 잠에서 깬 것은 이번이 처음이었다. 그녀는 만족스러운 표정으로 잠들어 있었다. 베개는 그녀의 긴 머리로 완전히 덮인 상태였다. 그는 럭키를 들여보내주었다. 그리고 평소와 다르게 녀석의 사료 그릇을 가득 채워주었다. 그는 주방으로 들어가 페이션스와 먹을 차와 토스트를 만들었다.

"날 좀 꼬집어줘요. 이건 꿈일 거예요." 잠에서 깬 그녀가 말했다. 그녀는 차를 단숨에 비우고 나서 버터 바른 세모꼴 토스트를 한입 베어 물었다. 리버스는 남은 차를 마저 들이키고 나서 일어났다.

"자," 그가 말했다. "난 이만 나가볼게요."

"네?" 그녀가 시계를 돌아보았다. "이번 주에 야간근무가 있었어요?"

"지금 아침이에요, 페이션스. 오늘 처리해야 할 일이 산더미예요." 그가 몸을 숙이고 그녀의 이마에 가볍게 입을 맞추었다. 그녀는 그의 넥타이를 잡아끌고 그의 입에 짧짤한 키스를 퍼부었다.

"이따 보는 거죠?" 그녀가 물었다.

"물론이죠."

"꼭 그랬으면 좋겠어요." 하지만 그는 이미 돌아선 후였다. 럭키가 들어와 침대로 뛰어올랐다. 주인 옆에 자리를 잡고 앉은 고양이가 입술을 핥기 시작했다.

"나도, 럭키." 페이션스가 말했다. "나도 그래."

그는 곧장 로널드 스틸의 집으로 향했다. 도시로 들어오는 길은 차량으로 꽉 막혀 있었지만 나가는 길은 다행히 뻥 뚫려 있었다. 아직 8시도 채 되지 않은 이른 시간이었다. 그는 스틸이 아침형 인간일 거라 생각하지 않았다. 오늘은 우울한 기념일이었다. 리즈 잭이 살해된 지 꼭 2주가 되는 날. 어떻게든 성과를 내야 할 시점이었다.

스틸의 차는 여전히 차고를 지키고 있었다. 리버스는 현관으로 올라가 경쾌한 리듬으로 초인종을 눌렀다. 친구나 집배원이 온 것처럼.

"빨리 열어, 수이, 빨리빨리."

하지만 아무리 기다려도 응답은 없었다. 그가 우편함 안을 살펴보았다. 아무 움직임도 보이지 않았다. 그는 창문을 통해 거실을 살펴보았다. 어제 저녁에 본 풍경 그대로였다. 커튼도 쳐지지 않았고 어디서도 사람의 흔적을 찾아볼 수 없었다.

"설마 줄행랑쳐버린 건 아니겠지?" 리버스가 중얼거렸다. 어쩌면 그게 나을 수도 있었다. 그가 겁에 질려 있거나 무언가 감출 게 있다는 의미일 테니까. 옆집 이웃에게 그를 보았는지 물어볼 수도 있겠지만 울타리가 높아 그들이 무언가를 보았을 가능성은 희박했다. 그는 그냥 두기로 했다.

괜히 스틸을 긴장하게 만들 필요는 없었다. 이른 시간에 리버스가 찾아왔다는 걸 알면 그가 어떤 무모한 일을 벌일지 몰랐다. 그래서 그는 차로 돌아가 수이 북스로 향했다. 하지만 그가 우려했던 대로 가게 문은 굳게 닫혀 있었다. 빗장에 철망에 맹꽁이자물쇠까지. 라스푸틴은 창가에서 잠을 자고 있었다. 리버스는 주먹으로 유리창을 내리쳤다. 그 소리에 화들짝 놀란 고양이가 요란하게 울부짖었다.

"나 기억해?" 리버스가 씩 웃으며 말했다.

차량 이동 속도는 눈에 띄게 줄어 있었다. 그는 최악의 상황을 피하기 위해 카우게이트로 빠져나왔다. 스틸을 찾을 수 없다면 최후의 방법을 쓸 수밖에 없었다. 어떻게든 농부 왓슨의 마음을 바꾸어놓는 것. 그것도 그가 카페인에 절어 있을 오늘 아침에. 그건 그렇고, 리스 워크의 델리가 몇 시에 문을 열더라?

"고맙네, 존."

리버스가 어깨를 으쓱였다. "총경님 커피는 질리도록 마셔봤지 않습니까. 그래서 오늘은 다른 커피를 대접하고 싶었습니다."

왓슨이 봉지를 열고 냄새를 맡아보았다. "음, 금방 갈았군." 그가 검은 가루를 자신의 필터에 쏟아 부었다. 기계는 이미 물로 가득 차 있었다. "이게 뭐라고 했지?"

"브랙퍼스트 블렌드랍니다, 총경님. 로버스티카와 아라비카, 뭐 그런 거였어요. 제가 커피 전문가가 아니라서."

왓슨이 사과할 거 없다는 듯 손을 살랑였다. 그가 주전자를 밀어 넣고 스위치를 켰다. "조금만 기다리게." 그가 책상 뒤로 돌아와 앉으며 말했다.

"그래, 존." 그가 두 손을 앞으로 모았다. "무슨 일로 날 찾아왔나?"

"그게, 총경님. 그레고르 잭 문제 때문에……"

"응?"

"총경님께서 최대한 잭 씨를 도와야 한다고 말씀하셨지 않습니까. 그가 함정에 빠진 것 같다고." 왓슨은 말없이 고개만 끄덕였다. "전 그가 함정에 빠졌다는 걸 확인했을 뿐만 아니라 누가 그런 짓을 했는지까지 알아냈습니다."

"그래? 어서 말해보게."

그래서 리버스는 모든 걸 들려주었다. 빨간 조명이 켜진 방에서의 우연한 만남. 그리고 세 남자. "총경님께선 제보자를 밝힐 수 없다고 하셨죠? 제가 궁금한 건, 그들 중 하나가 맞긴 합니까?"

왓슨이 고개를 저었다. "미안하지만 자네가 너무 빗나가버렸어, 존. 음, 이 향기를 맡을 수 있나?" 사무실 안은 어느새 향긋한 커피 냄새로 가득 차 있었다. 어떻게 이 냄새를 맡지 못할 수 있지? 그걸 질문이라고 해?

"네, 총경님. 아주 좋군요. 그럼 그건……"

"그레고르 잭을 아는 사람은 아니었네. 만약 프로(pro)……" 그가 다시 말을 멈추었다. "빨리 맛을 보고 싶어 미치겠군." 그가 의욕적으로 말했다.

"방금 무슨 말씀을 하시려고 했죠?" 뭐지? 대체 뭐냐고! 신의 섭리(Providence)? 학장(Provost)? 낭비(Prodigal)? 문제(Problem)?

학장? 아니, 학장은 아닐 거야. 신교도(Protestant)? 소유주(Proprietor)? 이름이나 직함일 텐데.

"아무것도 아니네, 존. 아무것도. 깨끗한 컵이 있는지 모르겠군."

이름이나 직함. 교수(Professor). 프로페서!

"교수를 언급하시려던 거 아니었습니까?"

왓슨의 입이 굳게 닫혔다. 하지만 리버스의 머리는 이미 빠르게 돌아가는 중이었다.

"코스텔로 교수. 총경님의 친구분이시죠? 안 그렇습니까? 그가 잭 씨를 모르나요?"

왓슨의 귀가 벌겋게 달아올랐다. 딱 걸렸지? 리버스는 생각했다. 딱 걸렸어, 딱 걸렸어, 딱 걸렸어. 비싼 돈 들여 커피를 사온 보람이 있군.

"흥미롭군요." 리버스가 말했다. "교수가 매음굴에 대해 알고 있다는 것 말입니다."

왓슨이 책상을 탁 내리쳤다. "그만해." 사무실 분위기가 순식간에 얼어버렸다. 그의 얼굴은 시뻘겋게 상기되어 있었다. "그래." 그가 말했다. "내게 귀띔해준 건 바로 코스텔로 교수였어."

"교수가 그걸 어떻게 안 겁니까?"

"언젠가 거길 찾아갔던 친구가 있다고 했어. 아주 민망해하면서." 왓슨이 목소리를 낮추었다. "물론 자기가 다녀왔다는 얘기겠지. 친구는 무슨. 체면상 솔직히 털어놓을 수 없었을 거야." 그의 언성이 다시 높아졌다. "우리 남자들은 다 똑같지 않은가. 가끔 그런 데 현혹되곤 하잖아." 리버스는 어젯밤 우연히 맞닥뜨렸던 질 템플러를 떠올렸다. 그래. 남자들은 다 똑같지. "그래서 교수에게 약속했네. 그곳을 폐쇄시켜버리겠다고."

리버스는 계속해서 머리를 굴렸다. "그래서 우리가 언제 크리퍼 작전에 착수하는지 알려주셨습니까?"

이번에는 왓슨이 골똘한 생각에 잠겼다. 한참 뒤, 그가 고개를 끄덕였다. "하지만 그는…… 그는 교수잖아. 그것도 신학 교수. 그가 언론에 제보했을 리 없어. 그는 그레고르 잭을 모른다고."

"하지만 총경님이 그에게 귀띔해주신 건 맞죠? 경찰이 쳐들어갈 날짜와 시간 말입니다."

"뭐 그렇게 됐네."

"왜 그러셨습니까? 왜 그가 그걸 알아야 했던 겁니까?"

"그의 '친구', 그곳을 들락거리는 '친구'에게 조심하라고 경고하기 위해서."

리버스가 자리에서 벌떡 일어났다. "맙소사, 총경님!" 그가 잠시 멈칫했다. "대단히 죄송합니다만, 정말 모르시겠습니까? 그 '친구'는 실제로 있었습니다. 그 경고를 받아야 했던 누군가가 있었단 말입니다. 하지만 그 경고는 그곳을 찾는 친구들을 말리기 위해서가 아니었습니다. 그레고르 잭을 함정에 빠뜨리기 위한 계략이었을 뿐이죠. 우리가 곧 들이닥친다는 걸 알고 잭에게 전화를 걸어 동생이 그곳에 있다고 알려준 겁니다. 그들은 그가 직접 확인하기 위해 제 발로 그곳을 찾아갈 거라는 걸 알고 있었던 거죠." 그가 사무실 문을 벌컥 열었다.

"어디로 가려고?"

"코스텔로 교수를 만나러요. 굳이 그럴 필요는 없지만 그래도 가서 그에게 직접 들어보고 싶습니다. 커피 맛있게 드십시오, 총경님."

하지만 왓슨은 이미 입맛이 뚝 떨어진 상태였다. 그의 입 안에서 커피는 숯이 된 나무토막 같은 맛이 났다. 너무 쓰고, 너무 진하고. 한동안 갈팡질팡했지만 이제는 결정을 내려야 할 때였다. 그는 커피를 끊기로 했다. 커피는 그에게 고행이었다. 존 리버스 경위는 그에게 위안이었고.

"어서 오십시오, 경위님."

"안녕하십니까, 교수님. 제가 방해가 되는 건 아니겠죠?"

코스텔로 교수가 텅 빈 자신의 사무실을 가리켰다. "이 시간에 깨어 있을 학생은 에든버러에 없습니다. 신학생들도 예외는 아니고요. 괜찮습니다. 전혀 방해되지 않습니다."

"책은 잘 받으셨습니까?"

코스텔로가 유리로 덮인 책장을 가리켰다. "무사히 잘 도착했습니다. 가져온 경관에게 들었는데 저 책들이 아무렇게나 방치된 채로……"

"뭐 그렇게 됐습니다, 교수님." 리버스가 사무실 문을 흘끔 돌아보았다. "아직 자물쇠를 바꾸지 않으셨군요."

"주문해뒀으니 곧 도착할 겁니다."

"저 귀한 책들을 또 도난당하는 일은 없어야겠죠."

"같은 생각입니다, 경위님. 자, 앉으세요. 커피 한 잔 드릴까요?" 그의 손이 이번에는 열판 위에서 연기를 피우고 있는, 사악해 보이는 퍼컬레이터(percolator, 가운데 있는 관으로 끓는 물이 올라가서 위에 있는 커피 가루 속으로 들어가 커피가 삼출되게 하는 방식의 커피 끓이는 기구)를 가리켰다.

"괜찮습니다, 교수님. 제겐 좀 이른 시간이라서요."

코스텔로가 고개를 살짝 끄덕였다. 그가 아늑해 보이는 오크 책상 뒤 아늑해 보이는 가죽 의자에서 일어났다. 리버스는 막대기처럼 딱딱한 금속제 의자에 앉아 있었다. "자, 경위님, 인사는 이쯤에서 마치기로 하고, 무슨 일로 오셨습니까?"

"왓슨 총경님께 중요한 정보를 제공하신 걸로 알고 있습니다."

코스텔로가 입을 오므렸다. "그건 비밀인데요, 경위님."

"한때는 그랬는지 모르죠. 그 정보가 살인사건 수사에 큰 도움을 줄 수도 있습니다."

"설마요!"

리버스는 고개를 끄덕였다. "이젠 상황이 많이 달라졌습니다. 저흰 교수님의 '친구'가 누구인지 궁금합니다. 교수님께 그 얘길 들려주었다는……"

"그 '매춘의 집' 말씀입니까? '매음굴'보다는 시적으로 들리지 않나요?" 코스텔로가 앉은 채로 꼼지락거렸다. "제가 그 친구에게 약속을 한 게 있습니다, 경위님."

"이건 살인사건입니다. 아시는 게 있으면 전부 털어놓으셔야 합니다."

"음, 그야 당연하죠. 저도 같은 생각입니다. 하지만 이건 양심의 문제라……"

"로널드 스틸이었습니까?"

코스텔로의 눈이 휘둥그레졌다. "이미 알고 있었군요."

"그냥 직관에 따른 추측이었을 뿐입니다. 교수님께선 그의 가게에 자주 드나드시죠?"

"아무래도 책을 좋아하니까요."

"교수님께선 그의 가게에서 그 얘길 들으셨을 겁니다."

"그렇습니다. 점심시간이라 그의 조수, 바네사는 자리를 비운 상태였습니다. 그녀는 이 학교에 다니고 있어요. 참한 학생인데……"

과연 그럴까? 리버스는 생각했다.

"아무튼, 그래요. 로널드가 자신의 떳떳치 못한 비밀을 들려주었습니다. 얼마 전 친구들에 의해 매춘의 집으로 끌려 갔었다더군요. 그 얘길 하면서 무척 민망해했습니다."

"그래요?"

"오, 정말 그랬다니까요. 그는 왓슨 총경이 제 친구라는 걸 알고 있었습니다. 절더러 총경에게 그 집에 대해 귀띔해줄 수 있는지 묻더군요."

"경찰이 폐쇄시키도록 말씀이죠?"

"그렇습니다."

"그가 정확한 날짜를 알고 싶어 했다면서요?"

"네. 자길 그곳으로 데려갔던 친구들에게 경고하려 했답니다. 더 이상 그곳을 들락거리지 말라고 말입니다."

"스틸 씨가 그레고르 잭의 친구라는 사실, 알고 계십니까?"

"누구 친구라고요?"

"하원의원 말입니다."

"죄송합니다만 전 모르겠는데요. 그레고르 잭?" 코스텔로가 미간을 찌푸리며 고개를 저었다. "모르는 사람입니다."

"신문에 대문짝만 하게 실렸는데도요?"

"정말입니까?"

리버스가 한숨을 내쉬었다. 코스텔로의 사무실 문턱을 넘는 순간 바깥세상은 존재를 멈추는 모양이었다. 리버스는 이런 분위기가 영 어색했다. 그때 하이테크 전화기가 요란하게 울려댔다. 코스텔로가 양해를 구한 뒤 수화기를 집어 들었다.

"네? 전데요. 아, 지금 여기 와 계십니다. 잠깐만 기다리십시오." 그가 리버스 앞으로 수화기를 내밀었다. "경위님을 바꿔달라고 하시네요." 어떤 이유에서인지 리버스는 전혀 놀라지 않았다.

"여보세요?"

"총경님이 거기로 연락해보라고 하셨어." 로더데일이었다.

"안녕하십니까, 경감님."

"안녕이고 뭐고, 존, 지금 내 입장이 말이 아니야. 알아듣겠나?"

"네, 경감님."

"알려줄 게 있어서 급히 자넬 찾았네."

"그게 뭡니까?"

"자네가 폰드 씨 욕실에서 찾아낸 유리잔들의 분석 결과가 들어왔어."

하긴, 디어 로지에서 검출된 지문들을 대조해 지우는 작업이야 오래 걸릴 일이 아니었으니.

"잔에서 누구의 지문이 검출됐는지 아나?" 로더데일이 물었다.

"잭 부인과 로널드 스틸, 아닙니까?"

로더데일은 잠시 뜸을 들였다.

"아닌가요?" 리버스가 물었다.

"그걸 자네가 어떻게 알았지?"

"직관에 따른 추측이었습니다."

"거짓말. 아무튼 빨리 돌아오게."

"알겠습니다, 경감님. 참, 한 가지 궁금한 게 있습니다."

"뭔가?"

"글래스 씨 말인데요. 그를 계속 두 사건의 범인으로 밀어붙이실 겁니까?"

로더데일은 못 들은 척 전화를 끊어버렸다.

12
에스코트 서비스

리버스가 보기에는.

이름까지 나와 버린 상황에서 머리를 심하게 굴려댈 필요는 없었다. 로널드 스틸과 엘리자베스 잭은 연인 관계였다. 적어도 그가 보기에는. 보나마나 하루 이틀 만나온 사이는 아니었을 것이다. 맙소사. 그 사실이 공개되면 휴 경은 어떻게 받아들일까? 정말 아무도 몰랐을까? 아니면 모두가 다 알고 있는 것을 그레고르 잭만 몰랐던 걸까? 아무튼 리즈 잭은 틈 날 때마다 북쪽으로 올라갔고, 스틸은 최대한 시간을 내 그녀를 만나왔다. 매일 디어 로지를 오갔던 걸까? 정말로 그런 초인적인 노력을 해왔을까? 스틸이 늘 피곤해 보인 이유가 있었군. 디어 로지는 더 이상 안전지대가 아니었고, 그래서 그들은 만남의 장소를 폰드의 별장으로 옮기게 되었다. 디어 로지는 갈아입을 옷을 보관해두는 용도로만 쓰게 되었고. 어쩌면 리즈 잭은 옷을 챙기러 가던 중에 일요일자 신문을 사서 보았는지도 모른다. 그 신문을 통해 남편의 문제의 밤에 대해 알게 되었는지도.

스틸은 가끔 만나 뜨거운 시간을 갖는 시나리오를 훌쩍 넘어서는 계획을 가지고 있었다. 그는 리즈를 간절히 원했다. 그녀를 혼자서 차지하고 싶었다. 얌전한 고양이가 부뚜막에 먼저 올라간다고 했던가? 그래서 그는 익명의 전화를 걸기 시작했다. 익명의 편지도 띄웠고. 어떻게든 그들의 결혼 생활을 망쳐놓고 그레고르를 무너뜨리려 했다. 어쩌면 리즈가 북쪽으로

간 것도 그 때문이었는지 몰랐다. 그 모든 것으로부터 벗어나기 위해서. 스틸은 그것을 절호의 기회로 여겼다. 그는 매음굴에서 게일 크롤리의 정체를 확인해둔 상태였다. 기억력이 좋다면 어려운 일은 아니었겠지. 캐스키놀 같은 사람들을 통해서도 힌트를 얻었을 거고. 아, 캐시…… 어쩌면 스틸은 그녀마저 마음에 두고 있었는지도 몰랐다. 하지만 그녀로부터는 가벼운 대화와 상담, 그 이상을 바라지 않았을 것이다. 스틸에게는 의외로 그런 면도 있었다.

그럼에도 불구하고 그는 평생 알고 지낸 친구이자 서점의 든든한 후원자인 그레고르 잭을 무너뜨리려는 노력을 멈추지 않았다. 그가 세운 매음굴 계획은 간단했고, 예리했다. 경찰의 급습 시간을 알아내고, 그레고르 잭에게 전화를 걸고, 항만 구역 기자들에게 제보를 뿌리고.

함정. 그렇게 그레고르 잭은 자신의 첫 번째 허물을 벗게 되었다.

스틸이 그걸 리즈에게 비밀로 했을까? 그랬을 수도 있고, 아닐 수도 있고. 그는 그것으로 잭 부부의 결혼생활이 끝장나버렸다고 생각했다. 하지만 그는 북쪽으로 떠난 그녀와 늘 함께 있을 수는 없었다. 그녀를 만나 둘이서 영원히 함께하고 싶다고, 그레고르는 인간쓰레기라고 얼마나 주절대고 싶었을까? 하지만 홀로 남겨진 리즈 잭은 마음이 흔들렸다. 그리고 마침내 결정을 내렸다. 그레고르를 떠나지 않기로. 대신 스틸을 떠나보내기로. 그 후로 그녀는 예측이 불가능한 행보를 이어나갔다. 그녀는 불같았다. 그리고 그들은 심하게 다투었다. 인터뷰에서 그는 문제의 언쟁을 넌지시 언급했었다. *그녀는 늘 내게 재미없는 친구라고 놀렸습니다…… 그렇다고 형편이 넉넉한 것도 아니고……* 그래서 그들은 다투었다. 그는 그녀를 일시 정차 구역에 남겨둔 채 떠나버렸고, 알렉 코르비가 말한 파란 차는 사실 초록색이었다. 초록색 시트로앵 BX. 스틸은 달아나듯 그곳을 떠났다. 하지만 다시 돌아와 언쟁을 계속 이어나갔다. 언쟁은 점점 격렬해져 갔고, 급기야는 도를 넘어서게 되었다.

스틸은 영리한 사람이었다. 운도 아주 좋았고. 그는 시체를 처리해야만 했다. 가장 먼저 해야 할 일은 시체를 하일랜드 밖으로 내가는 것이었다. 그곳에는 그들이 함께 보낸 숱한 시간의 흔적이 너무 많았다. 그래서 그는 그녀를 트렁크에 싣고 에든버러로 돌아왔다. 하지만 그녀를 어떻게 처리해야 하지? 잠깐, 또 다른 살인사건이 벌어졌다고 하지 않았나? 강에 버려진 시체. 그는 그와 똑같은 현장을 꾸며보기로 했다. 이번에는 시체가 바다로 떠내려가도록. 그래서 그는 자신에게 익숙한 곳으로 향했다. 키눌의 집 뒤편 언덕. 그가 캐시와 자주 산책을 했던 곳. 그는 차량 통행이 거의 없는 그곳의 작은 도로를 잘 알고 있었다. 설령 그곳에서 시체가 발견된다 하더라도 가장 먼저 의심을 받게 될 사람은 딘 브리지 살인자일 것이다. 그래서 그는 그녀의 머리를 둔기로 내리쳤다. 딘 브리지 사건 피해자가 당했던 것처럼.

아이러니하게도 그의 그날 오후 알리바이는 다른 누구도 아닌 그레고르 잭이 입증해주었다.

"자넨 그렇게 보고 있나?"

미팅은 왓슨의 사무실에서 진행되고 있었다. 참석자는 달랑 셋뿐이었다. 왓슨, 로더데일, 그리고 리버스. 리버스는 사무실로 오는 길에 브라이언 홈스와 맞닥뜨렸다.

"'농장'에서 미팅이 열린다고요?"

"소문도 빠르군."

"무슨 일로 모이시는 겁니까?"

"왜? 자넨 초대받지 못했나, 브라이언?" 리버스가 살짝 윙크를 했다. "거 안됐군. 나중에 먹다 남은 거라도 싸다 주지."

"감사합니다."

리버스가 돌아섰다. "이봐, 브라이언, 자넨 승진한 지 얼마 되지 않았잖아. 너무 조급해하지 마. 경위 자리에 빨리 오르고 싶다면 가서 루칸 경(Lord Lucan, 1974년 실종된 영국 귀족이자 루칸 가문의 7대 백작)이나 찾아보라고. 난 이만 가보겠네."

"알겠습니다."

너무 거만해졌어, 저 친구. 리버스는 생각했다. 하긴, 거만해지긴 나도 마찬가지 아닌가? 상관들을 앉혀놓고 쉴 새 없이 주절거리고 있으니. 로더데일은 갑자기 카페인을 끊은 총경을 근심 어린 눈으로 지켜보는 중이었다.

"정말 그렇게 생각하는 거야?" 왓슨이 물었다. 리버스는 어깨를 으쓱여 보였다.

"그럴듯한데요." 로더데일이 말했다. 리버스가 한쪽 눈썹을 살짝 추켜세웠다. 로더데일의 지지를 받는 건 굶주린 셰퍼드와 함께 방에 갇히는 기분과 크게 다르지 않았다.

"그럼 글래스는?" 왓슨이 물었다.

"그건, 저……" 로더데일이 앉은 채로 몸을 들썩이며 입을 열었다. "정신 감정 보고서를 보니 확실히 문제가 있는 친구더군요. 자신만의 상상 속에 살고 있습니다."

"그가 한 진술이 다 꾸며낸 거란 말인가?"

"그럴 가능성이 큽니다."

"그럼 이젠 스틸 씨를 불러들여야 할 차례군. 그의 얘길 들어봐야지. 어제 그를 데려왔다고 했나, 존?"

"네, 총경님. 그의 차 트렁크를 살펴보려고요. 하지만 로더데일 경감님께서 스틸의 진술을 들어보고 그냥 풀어주셨습니다."

로더데일은 침통한 표정이었다. 사람에게 물린 셰퍼드처럼.

"그래?" 왓슨이 말했다. 그도 로더데일이 당혹스러워하는 모습을 은근히 즐기고 있었다.

"어젠 그를 붙잡아둘 충분한 명분이 없었습니다, 총경님. 쓸 만한 증거는 오늘 아침에야……"

"알았네, 알았어. 그럼 다시 데려오면 되지 않겠나."

"집에 가보니 없더군요." 리버스가 말했다. "어젯밤에도 가봤고, 오늘 아침에도 체크했습니다."

두 남자가 그를 빤히 쳐다보았다. 왓슨의 표정은 이렇게 말하고 있었다. 역시 믿을 만해. 하지만 로더데일의 표정은, 이 개자식.

"자." 왓슨이 말했다. "영장부터 신청해야겠지? 스틸 씨의 진술을 들어볼 차례니까."

"그의 차는 차고에 있습니다, 총경님. 과학수사대를 불러 살펴보게 할까요? 보나마나 그가 깨끗이 청소해놓았겠지만 혹시 또 모르지 않습니까."

과학수사대? 그들은 리버스를 좋아했다. 그는 그들의 수호성인이나 다름없었다.

"좋은 생각이야, 존." 왓슨이 말했다. "그렇게 하게." 그가 로더데일을 돌아보았다. "커피 한 잔 더 하겠나? 아직 많이 남았어. 여기서 커피를 마시는 사람은 자네뿐인 것 같은데."

거들먹, 거들먹, 거들먹. 그는 잘난 체하는 수탉이었다. 되새(참새목 되새과의 소형 조류)였고, 리버스는 처음부터 그걸 느꼈다. 로널드 스틸. 수이. 호텔방에서 자위를 하다가 들켜 자살을 기도했었던.

심리학 학위 따위는 필요 없었다. 지금 리버스에게 필요한 것은 오리엔티어링(orienteering, 지도와 나침반만 가지고 정해진 길을 걸어서 찾아가는 스포츠)과 전통적인 범인 추적 기술뿐이었다. 직감은 그에게 스틸이 남쪽으로 달아났다고 말해주었다. 차를 집에 남겨둔 채로. 하긴, 차를 가져갔다면 더 곤란해졌겠지. 경찰이 이미 차량 등록 번호까지 알아버렸으니. 그는 내가 맹렬히 추격 중이라는 걸 알고 있을 거야.

"넌 그저 블러드하운드일 뿐이야." 그가 익숙한 멜로디를 흥얼거렸다. 그는 병원에 연락해 캐시 키눌의 상태를 확인하는 것도 잊지 않았다. 판단하기에는 이른 감이 있지만 간밤엔 조용히 지나갔다고 했다. 랍 키눌은 아내를 면회하지 않았다. 현명한 결정이었다. 그녀가 물병을 깨뜨려 공격하거나 허리끈으로 그의 목을 조르려 달려들지도 모르는 일이니. 어쨌든 키눌의 처지도 말이 아니었다. 운명과도 같은 정치인으로서의 인생을 망쳐버린 그레고르 잭은 말할 것도 없고. 그가 리즈 페리와 결혼한 것은 그녀 때문이 아니라 그녀 아버지의 영향력 때문이었다. 아내를 통제할 수 없게 되자 그는 그녀를 진열장에 가둬두고 사진 촬영이나 행사 때만 대동했다. 모두가 비참한 최후를 맞게 된 것이다. 이 아수라장에서 명예가 훼손되지 않은 딱 한 사람만 빼고. 절도범.

과학수사대는 전자레인지에서 줄리언 케이머의 지문을 찾아냈다. 그는 모두가 잠든 한밤중에 제이미 킬패트릭의 열쇠를 몰래 훔쳐 밖으로 나왔다. 그리고 차를 몰아 디어 로지로 향했다. 그곳에 도착한 그는 창문을 깨고 안으로 들어갔다.

대체 왜? 괴괴망측한 증거를 치우기 위해서. 코카인 묻은 손거울과 침대 기둥에 묶인 팬티스타킹. 하지만 왜? 그 답은 간단했다. 친구의 명성을 지켜주기 위해서. 죽은 친구의 명성을. 한심하지만 어떻게 보면 고결한 일이기도 했다. 전자레인지를 챙겨간 것은 황당하기까지 했다. 하지만 그는 순경이 모든 걸 동네의 불량한 아이들 탓으로 돌리게 될 거라고 확신했다. 우연히 발견한 빈집에 창문을 깨고 들어가…… 하지만 당연히 우선적으로 챙겨야 할 하이파이를 내버려두고 굳이 전자레인지를…… 아무튼 그는 그것을 챙겨 달아났고, 아무 생각 없이 어딘가에 던져버렸다. 그렇게 버려진 전자레인지는 알렉 코르비라는 까치에게 발견되었고.

그래. 스틸은 지금쯤 런던에 가 있을 거야. 그의 가게는 현금 거래만을 해왔다. 보나마나 그는 어딘가에 큰돈을 숨겨놓았을 것이다. 그걸 챙겨 히스로나 개트윅 공항으로 향했을 것이고, 그곳에서 프랑스로 떠나버렸을 가능성도 배제할 수 없었다.

"기차를 타고 갔을까, 배를 타고 갔을까, 비행기를 타고 갔을까."

"뭘 계속 그렇게 흥얼거리십니까?" 브라이언 홈스가 리버스의 사무실 문간에 서 있었다. 리버스는 깍지 낀 손을 뒤통수에 받치고 앉아 있었다. 두 발은 책상에 얹어 놓았다.

"잠깐 들어가도 되겠습니까? 아니면, 예약부터 해야 합니까?"

"예약은 무슨. 들어와서 앉아." 의자로 다가오던 홈스는 벗겨진 리놀륨에 발이 걸려 휘청대다가 리버스의 책상 위로 엎어져버렸다. 하마터면 리버스의 구두에 얼굴을 처박을 뻔했다.

"그래." 리버스가 말했다. "원한다면 내 발에 키스해도 돼."

홈스가 미소인지 찡그린 것인지 구분이 되지 않는 표정을 지었다. "건물을 폐쇄시켜버리든지 해야지, 원." 그가 의자에 주저앉았다.

"한쪽 다리가 불안정하니까 조심해." 리버스가 경고했다. "스틸에 대해선 좀 알아봤나?"

"별 소득 없었습니다." 홈스가 잠시 멈칫했다. "아니, 아무 소득도 없었습니다. 대체 차는 왜 두고 간 걸까요?"

"그 이유야 뻔하잖아. 자네가 직접 목록을 만들었던 거 잊었어? 차종, 색깔, 등록 번호. 아, 깜빡했군. 자네가 경장에게 그 일을 떠맡겼다는 사실 말이야."

"그런데 그건 왜 지시하셨던 거죠?" 리버스가 그를 빤히 쳐다보았다. "정말 몰라서 여쭙는 겁니다. 저 같은 경사에게 누가 귀띔이라도 해줘야 말이죠. 로더데일도 평소와 다르게 모호한 얘기만 해대고."

"잭 부인의 BMW가 일시 정차 가능 구역에 세워져 있었어." 리버스가 설명했다.

"거기까진 저도 압니다."

"또 다른 차 한 대도 있었고 목격자는 그 차가 파란색이었다고 했어. 하지만 알고 보니 초록색이었지 뭔가."

"참, 그렇지 않아도 여쭙고 싶었습니다." 홈스가 말했다. "그녀는 왜 거기 계속 머물러 있었을까요?"

"누구?"

"잭 부인 말입니다. 일시 정차 가능 구역에 왜 계속 남아 있었을까요?"

리버스가 머리를 굴리는 동안 홈스는 또 다른 질문을 끄집어냈다. "잭 씨의 차는요?"

리버스가 한숨을 내쉬었다. "그게 왜?"

"경위님이 절 그곳으로 질질 끌고 가셨을 때 그 차를 제대로 보지 못했습니다. 그땐 차고 안에 세워져 있었는데요, 집 앞뒤로는 불이 켜져 있었지만 측면엔 조명이 없었습니다. 하지만 경위님께서 제게 염탐을 해보라고 하지 않으셨습니까. 차고 옆문이 열려 있길래 슬쩍 들어가 봤죠. 안은 너무 어두웠고, 조명 스위치를 찾을 수가 없어서……"

"브라이언, 대체 하고 싶은 말이 뭐야?"

"그러니까 제가 여쭙고 싶었던 건 말입니다. 잭의 차고 안에 있던 그 차는 우리가 신경 쓰지 않아도 되는 겁니까? 분명 파란색이었는데요. 제 생각엔 파란색이었던 것 같습니다."

리버스가 관자놀이를 살살 문질렀다. "하얀색이야." 그가 천천히 말했다. "하얀색 사브라고."

하지만 홈스는 고개를 저었다. "파란색입니다." 그가 말했다. "절대 하얀색이 아닙니다. 파란색이 맞다니까요. 그리고 에스코트였습니다. 확실합니다. 에스코트."

관자놀이를 문지르던 리버스의 손이 뚝 멎었다. "뭐라고?"

"조수석에 뭔가가 널려 있었습니다. 차창 안을 들여다보니 온갖 문서들이더군요. 그 왜, 렌터카를 빌리면 딸려오는 것들 있지 않습니까. 생생하게 기억납니다. 파란색 에스코트였어요. 사브가 들어올 공간은 전혀 없었고요."

범인은 수탉도, 잘난 체하는 되새도, 블러드하운드도 아니었다. 리버스는 잔뜩 주눅이 들어 있었다. 그는 홈스를 왓슨에게 데려가 새로 밝혀진 사실을 보고했다. 왓슨은 곧바로 로더데일을 호출했다.

"자네," 로더데일이 리버스에게 말했다. "그땐 잭 씨의 차가 하얀색이라고 했지 않나?"

"하얀색이 맞습니다, 경감님."

"그게 렌터카라는 건 확실하고?" 왓슨이 홈스에게 물었다. 홈스는 고개를 끄덕였다. 매우 중대한 상황이었고, 그는 자신이 그토록 원했던 역할을 할 수 있게 되었다. 물론 그가 잘못 짚은 거라면 앞으로 지옥을 맛보게 되겠지만.

"확인을 해봐야겠습니다." 리버스가 말했다.

"어떻게?"

"그레고르 잭의 집에 전화를 걸어 물어보면 되지 않습니까."

"그가 이상한 낌새를 알아채면 어떡하려고?"

"잭과 통화할 필요는 없습니다. 이언 어커트나 헬렌 그레이그에게 물어보면 되죠."

"그들이 그에게 귀뜸해주면?"

"그럴지도 모르죠. 물론 또 다른 가능성도 있습니다. 브라이언이 본 건 어커트나 그레이그의 차일 수도 있으니까요."

"그레이그는 운전을 못해요." 홈스가 말했다. "어커트의 차는 제가 본 것과 완전히 다르고요. 저희가 꼼꼼히 체크해봤다니까요."

"그래?" 왓슨이 말했다. "아무튼 최대한 조심히 접근해볼 필요가 있겠어. 일단 렌터카 회사에 연락해보고."

"스틸은 어떻게 할까요?" 리버스가 물었다.

"계속 찾아봐야지."

"맞습니다." 왓슨이 아직 건재하다는 걸 확인한 로더데일이 말했다.

"자," 왓슨이 말했다. "다들 뭘 기다리지? 빨리빨리 움직이라고!"

그들은 일제히 사무실을 빠져나왔다.

에든버러에는 렌터카 회사가 많지 않았다. 그들이 세 번째로 연락한 업체는 잭이 자신의 차가 정비소에 들어가 있다며 파란색 포드 에스코트를 며칠 빌린 사실을 알려주었다.

그보다 기자들을 따돌리려고 차를 바꾼 거였겠지. 리버스는 생각했다. 내 충고를 듣고 그렇게 조치한 모양이군. 차가 기자들에게 노출되면 곤란한 일이 벌어질 거라고 경고해주었는데. 그래서 잭은 렌터카를 며칠 빌렸던 거야. 기자들에게 들키지 않으려고.

리버스는 사무실 벽을 물끄러미 쳐다보았다. 바보, 바보, 바보. 붕괴의 위험이 없었다면 그는 진작 벽에 머리를 찧어댔을 것이다.

렌터카 회사 직원은 아주 골치 아팠다고 하소연을 늘어놓았다. 고객이 자신의 차에 설치된 카폰을 렌터카로 옮겨달라고 주문했다나.

하긴. 그러지 않았으면 리즈 잭이 어떻게 그에게 연락할 수 있었겠어? 하루 종일 밖으로 쏘다니는 사람인데.

렌터카는 반납된 후 청소가 됐겠죠? 물론입니다. 청소 서비스를 이용하죠. 트렁크는요? 트렁크? 네, 트렁크. 트렁크도 치웠습니까? 아마 그랬을걸요. 그 차, 지금 어디 있습니까? 다른 고객이 쓰고 계십니다. 런던에서 사업을 하시는 분이랍니다. 딱 48시간만 쓰시겠다고 했어요. 오늘 6시에 반납될 겁니다. 4시 45분. 리버스는 CID 형사 두 명을 렌터카 회사로 보내

문제의 차를 견인 차량 보관소로 끌고 오게 할 생각이었다. 페츠 본부에 과학수사대 인력이 남아 있을까?

바보, 바보, 바보. 일시 정차 가능 구역으로 돌아온 건 같은 차가 아니라 전혀 다른 차였다. 홈스는 물었었다. 리즈 잭이 왜 그곳에 남아 있었느냐고. 그녀는 남편을 기다리고 있었던 것이다. 그녀는 그곳 공중전화 박스에서 남편에게 연락을 했을 것이다. 스틸과 격하게 싸운 직후에. 흥분한 상태에서 운전이 불가능했는지도 몰랐다. 그는 아내에게 당장 갈 테니 꼼짝 말고 기다리라고 했다. 어차피 오후 시간이 텅 비어 있었으니. 그는 파란 에스코트를 몰고 아내를 데리러 갔다. 하지만 의외의 장소에서 만난 부부는 언쟁을 벌이게 되었다. 대체 무슨 일로? 그 이유는 알 길이 없었다. 무엇이 차분한 그레고르를 그토록 격분하게 만들었을까? 문제의 신문 기사? 아내의 방탕한 사생활? 수치심과 당혹스러움? 임박한 공개 조사? 소중한 선거구를 잃게 될 수도 있다는 가능성?

그를 공황 상태에 빠뜨릴 만한 요소는 많았다.

"좋아." 로더데일이 말했다. "차를 찾았으니 이젠 잭을 찾으러 갈 차례야." 그가 리버스를 돌아보았다. "자네가 전화를 걸어보게, 존."

리버스는 시키는 대로 했다. 헬렌 그레이그가 응답했다.

"여보세요. 그레이그 씨, 리버스 경위입니다."

"지금 여기 안 계세요." 그녀가 불쑥 말했다. "하루 종일 못 뵀어요. 생각해보니 어제도 못 뵌 것 같네요."

"런던에 가신 건 아니고요?"

"어디 계신지 몰라요. 어제 아침엔 경위님과 함께 계셨잖아요. 아닌가요?"

"경찰서로 오셨었죠."

"이언 씨는 폭발 직전이에요."

"사브는 어디 있습니까?"

"차도 여기 없어요. 잠시만요." 그녀가 송화구를 손으로 막았다. 하지만 그녀의 속삭임은 걸러짐 없이 들려왔다. "리버스 경위님이세요." 그리고 누군가의 흥분 섞인 목소리. "아무 얘기도 하지 말아요!" 그리고 또다시 헬렌. "너무 늦었어요." 이내 남자의 으르렁거리는 소리가 들려왔다. 그녀가 송화구에서 손을 뗐다.

"그레이그 씨." 리버스가 말했다. "그레고르의 상태가 어때 보였습니까?"

"부인이 살해됐는데 당연히 정상은 아니겠죠."

"정확히 어떠셨다는 겁니까?"

"우울해하셨어요. 말없이 거실에 앉아 멍하니 허공만 바라보셨어요. 마치 깊은 생각에 잠겨 계신 것처럼. 그러다가 뜬금없이 요상한 질문이 터져나왔어요. 갑자기 작년 휴가에 대해 물으시더라고요."

"어머니와 다녀왔다는 그 휴가 말인가요?"

"네."

"작년에 어딜 다녀왔다고 했었죠?"

"바다로 갔었어요." 그녀가 말했다. "아이머스, 그쪽으로요."

그래, 역시. 잭은 머릿속에 가장 먼저 떠오른 마을을 언급했던 거였어. 그 주장을 그럴듯하게 포장하기 위해 헬렌에게 디테일을 물어본 게 틀림없어.

그가 수화기를 내려놓았다.

"뭐래?" 왓슨이 물었다.

"차가 사라졌답니다. 그레고르가 가져간 모양입니다. 그가 아이머스 얘기 한 적이 있었는데, 알고 보니 자기 비서에게 들은 얘길 고스란히 늘어놓은 거였네요. 그녀가 작년 휴가 때 다녀온 곳이랍니다."

갑자기 사무실 안이 답답해졌다. 바깥 풍경은 당장이라도 천둥이 칠 것처럼 우중충했다. 왓슨이 다시 입을 열었다.

"일이 복잡해졌군."

"그렇습니다." 로더데일이 말했다.

홈스도 고개를 끄덕였다. 그는 안도하고 있었다. 아니, 속으로 무척 기뻐하고 있었다. 렌터카. 그가 아니었으면 영영 풀리지 않았을 문제였다. 그는 자신의 가치를 증명한 셈이었다.

"이젠 어쩌지?"

"걸리는 부분이 있습니다." 리버스가 말했다. "그 일시 정차 가능 구역 말입니다. 리즈 잭은 그곳에서 스틸과 언쟁을 벌였습니다. 그녀는 남편에게 돌아갈 거라고 통보했고, 스틸은 화를 내며 그곳을 떠났습니다. 나중에 그가 그녀에 대해 듣게 된 건……"

"그녀가 죽었다는 소식이었죠." 홈스가 대신 끝맺어주었다.

리버스가 고개를 끄덕였다. 가게에서 비탄과 분노에 사로잡혀 책을 패대기치던 모습. "그냥 죽은 게 아니라 살해됐다는 소식이었지. 그가 마지막으로 그녀를 보았을 때 그녀는 그레고르를 기다리고 있었고."

"그렇다면," 왓슨이 말했다. "그는 잭이 범인이라는 걸 알고 있었겠군. 지금 그 얘길 하고 있는 거지?"

"스틸이 그레고르 잭을 보호하기 위해 달아났다고 생각하나?" 로더데

400

일이 물었다.

"그건 모르겠습니다." 리버스가 말했다. "하지만 만약 그레고르 잭이 범인이라면 로널드 스틸은 그 사실을 꽤 오래전부터 알고 있었을 겁니다. 그걸 알면서도 왜 가만히 있었겠습니까? 생각해보십시오. 그는 경찰에 신고할 수 없었을 겁니다. 그 자신부터가 너무 깊숙이 개입돼 있으니까요. 어떻게 된 일인지 구구절절 해명하기 시작하면 오히려 자기가 그레고르 잭보다 더 유력한 용의자가 돼버릴 거고요."

"그가 어떻게 나올까?"

리버스가 어깨를 으쓱였다. "잭이 자수하도록 설득할지도 모르죠."

"그러려면 잭에게 모든 걸 고백해야 할 텐데."

"그렇습니다. 자기가 엘리자베스 잭의 불륜 상대였다는 걸 털어놓을 수밖에 없겠죠. 경감님이 잭의 입장이라면 어떻게 하시겠습니까?"

홈스가 감히 나서서 대답했다. "저라면 그를 죽이겠습니다. 로널드 스틸을 죽이겠어요."

리버스는 저녁 내내 페이션스와 거실에 나란히 앉아 영화를 보았다. 로맨틱 코미디였지만 로맨스도, 코미디도 거의 찾아볼 수 없었다. 누구라도 첫 장면만 보고 비서가 착취적인 보스 대신 뺀뺀렁니 학생과 눈이 맞아 떠날 거라는 걸 예상할 수 있을 것이다. 그렇다고 중간에 꺼버릴 수는 없었다. 물론 그의 정신은 딴 데 팔려 있었다. 그레고르 잭. 그가 연기해온 캐릭터의 모습과 그의 본모습. 뼈가 드러날 때까지 한 겹 한 겹 벗겨나가다 보면…… 왠지 그래도 진실은 보이지 않을 것 같았다. 스트립 잭 네이키드. 카드 게임. 베거 마이 네이버. 페이션스도 카드 게임의 하나였다. 그가 그녀의 목과 머리와 이마를 살살 쓰다듬었다.

"기분 좋은데요."

페이션스는 쉽게 이길 수 있는 게임이었다.

그의 눈앞에서 영화는 계속 흘러가고 있었다. 불쑥 등장한 또 다른 캐릭터. 친절한 사기꾼. 리버스는 현실에서 그런 사기꾼을 만나본 적이 없었다. 그가 만나본 사기꾼들은 하나같이 포악한 인간들이었다. 왜 그런 말이 있지? 물을 마시려고 틀니까지 훔친다는? 과연 이 사기꾼에게도 승산이 있을까? 비서는 구미가 당기는 듯했지만 여전히 보스에게 충성을 다했다. 그는 자신의 아랫도리를 내미는 것을 제외한 모든 걸 다 하고 있었고.

"무슨 생각을 그렇게 깊이 해요?"

"별거 아니에요, 페이션스." 그들은 스틸을 찾아낼 것이다. 잭은 말할 것도 없고. 하지만 그의 마음은 진정되지 않았다. 그는 계속해서 해변에 남겨진 옷과 편지를 떠올렸다. 석조 가옥. 루칸 경도 흔적 없이 사라졌었지? 쉬운 일은 아니지만 그렇다고 불가능하지도 않잖아.

페이션스가 그의 어깨를 쥐고 살살 흔들었다.

"정신 차려요, 존. 들어가서 잘 시간이에요."

그는 한 시간 동안 잠에 빠져 있었다. "사기꾼인가요, 그 학생인가요?" 그가 물었다.

"둘 다 아니에요." 그녀가 말했다. "보스가 마음을 고쳐먹고 그녀에게 파트너 자리를 내줬어요. 자, 파트너." 그녀가 그를 부축해 일으켰다. "너무 실망하지 말아요. 우리에겐 내일이 있으니까."

또다시 비탄에 젖은 하루. 목요일. 엘리자베스 잭의 시체가 발견된 지 2

주가 지나 있었다. 그들은 아직도 손 놓고 기다리고만 있을 뿐이었다. 또 다른 시체가 추가로 발견되지 않기를 바라면서. 리버스가 사무실로 걸려온 전화에 응답했다. 로더데일이었다.

"총경님이 칼을 뽑아 드셨어." 그가 리버스에게 말했다. "기자회견을 열어 스틸과 잭을 수배한다고 발표할 거야."

"휴 경도 알고 계신가요?"

"날더러 그를 만나 소식을 전하라고만 안 했으면 좋겠어. 사위가 자기 딸을 죽인 범인이라는 것도 모르고 함께 경찰서에 들이닥치다니. 그에게 알리는 건 다른 놈을 시켜야지."

"저도 기자회견장에 있어야 합니까?"

"당연하지. 홈스도 데려오고. 그 차를 찾아낸 장본인이니까."

그렇게 전화는 끊겼다. 리버스는 한동안 수화기를 응시했다. 결국 셰퍼드가 사람을 물어버렸군.

홈스는 자신이 직접 문제의 차를 찾아낸 사실을 넬에게 들려주었다. 흥분한 그는 차분히 앉아 있지 못했다. 그녀는 정신없게 굴지 말고 흥분을 가라앉히라고 했지만 소용이 없었다.

"너무 아쉬워, 넬. 그들이 조금만 일찍 날 끼워줬더라면, 왜 차 색깔에 그토록 집착했는지 알려줬더라면 우린 진작 범인을 잡았을 거야. 이런 말은 하고 싶지 않지만 이게 다 존 때문이라고. 그가……"

"나한텐 당신에게 일을 맡긴 게 로더데일이라고 했었잖아."

"그건 그래. 하지만 존이 진작……"

"닥쳐! 제발 좀 닥치라고!"

"당신 말이 옳아. 로더……"

"닥쳐!"

그는 입을 닫았다.

지금 그는 기자회견장에 나와 있다. 질 템플러 경위는 기자들에게 공식 보도자료를 나눠주고 있었고, 리버스는 평소와 다르지 않은, 피곤하고 수상쩍어 하는 태도를 보이고 있었다. 왓슨과 로더데일은 아직 모습을 드러내기 전이었다.

"이봐, 브라이언." 리버스가 나지막이 말했다. "이번에 경위로 승진할 수 있을 것 같아?"

"아뇨."

"자네 표정을 보니 꼭 수상을 확신하는 학생 같은데."

"그런 말씀 마세요. 솔직히 경위님이 혼자 다 해내신 거 아닙니까."

"그건 그래. 하지만 자네가 아니었으면 엉뚱한 사람을 잡아넣을 뻔했잖아."

"그래서요?"

"그래서 자네에게 빚을 졌다고." 리버스가 씩 웃었다. "난 남에게 빚지고 사는 걸 죽기보다 싫어해."

"신사 숙녀 여러분." 질 템플러의 목소리가 들려왔다. "모두 자리에 앉아주십시오. 기자회견을 시작하겠습니다."

잠시 후, 왓슨과 로더데일이 안으로 들어왔다. 왓슨이 먼저 입을 열었다.

"저희가 왜 오늘 기자회견을 열게 됐는지 다들 잘 아시리라 믿습니다." 그가 잠시 뜸을 들였다. "경찰은 현재 두 명의 살인사건 용의자를 쫓고 있습니다. 그들의 이름은 로널드 애덤스 스틸과 그레고르 고든 잭입니다."

기자회견 내용은, 곧바로 지역 석간신문에 실렸다. 라디오 방송국들도 매시간 뉴스에 용의자들의 이름을 내보냈다. 이른 저녁 TV 뉴스도 가세했다. 예상했던 질문들이 던져졌고, 경찰은 언제나 그렇듯 '노코멘트'로만 일관했다. 그리고 6시 30분, 프랭크 포스터 박사의 전화가 걸려왔다.

"진작 뉴스를 볼 걸 그랬습니다, 경위님. 사실 전 가급적 환자들에게 뉴스를 보여주지 않으려고 합니다만. 괜히 불필요한 자극을 줄 필요는 없으니까요. 아무튼 아까 퇴근을 준비하면서 우연히 라디오를 틀었다가……"

리버스는 죽을 만큼 피곤했고, 오직 본론만을 듣고 싶었다. "무슨 일이십니까, 포스터 박사님?"

"경찰이 찾고 있다는 용의자 말입니다. 그레고르 잭. 오늘 오후에 그가 찾아왔었습니다. 앤드류 맥밀런을 면회하고 갔어요."

13
뜨거운 머리

리버스는 9시가 다 되어서야 더틸 병원에 도착할 수 있었다. 앤드류 맥밀런은 포스터의 사무실에 팔짱을 낀 채 앉아 있었다.

"안녕하세요." 그가 말했다.

"안녕하십니까, 맥밀런 씨."

사무실에는 총 다섯 명이 들어와 있었다. 간호사 두 명, 포스터 박사, 맥밀런, 그리고 리버스. 간호사들은 맥밀런의 의자 뒤에 나란히 서 있었다.

"진정제를 놔드렸습니다." 포스터는 리버스에게 설명해주었다. "평소와 달리 말수가 적어지긴 했지만 갑자기 흥분하거나 하는 일은 없을 겁니다. 저번에 무슨 일이 있었는지는 전해 들어서 알고……"

"아무 일도 없었습니다, 포스터 박사님. 그는 그저 대화에 응하고 싶어 했을 뿐입니다. 그게 잘못은 아니지 않습니까."

맥밀런은 당장이라도 잠에 빠져들 것만 같은 모습이었다. 눈꺼풀은 무거워 보였고, 입가에는 옅은 미소를 짓고 있었다. 그가 팔짱을 풀고 두 손을 무릎에 가지런히 얹어놓았다. 리버스의 뇌리에 코르비 부인의 모습이 살짝 스쳐갔다.

"리버스 경위님께서 잭 씨에 대해 몇 가지 물어보실 겁니다." 포스터가 설명했다.

"괜찮으시겠죠?" 리버스가 책상 가장자리에 몸을 기댄 채 말했다. 그를 위한 의자도 준비되어 있었지만 장거리 운전으로 온몸이 뻣뻣해진 리버스는 그냥 서서 진행하기로 했다. "그가 왜 갑자기 면회를 왔는지 궁금합니다. 지금껏 코빼기도 보이지 않았으면서."

"맞아요. 오늘이 처음이었습니다." 맥밀런이 말했다. "병원에서 기념 명판이라도 만들어줬으면 좋겠네요. 그 친구가 들어오는 걸 보고 다른 볼일로 왔겠구나 생각했죠. 하지만 곧장 제게로 다가오더군요." 그가 가벼운 손짓을 곁들이며 말했다. "제게 바짝 다가와서는, 이렇게 말했습니다. '안녕, 맥.' 마치 우리가 매일 만나온 사이라도 되는 것처럼 말이죠."

"두 분이 무슨 얘길 나누셨습니까?"

"우정. 그래요. 변치 않은 우정. 옛 친구들. 우린 영원히 함께할 친구야. 그가 그러더군요. 누구도 그걸 부정할 수 없다면서 말입니다. 그리고 우리 모두의 특별한 과거에 대해 강조했습니다. 수이와 고욱. 베거와 나. 빌보, 탐폰, 섹스턴 블레이크…… 세상 그 무엇보다도 친구가 중요하다고도 했습니다. 전 그에게 고욱 얘길 꺼냈습니다. 그녀가 종종 면회를 왔다고 말이죠. 그녀가 이 병원을 후원해온 사실도 언급했고요. 그 친구는 처음 듣는 얘기라면서 큰 관심을 보였습니다. 그간 일이 많았는지 별로 건강해 보이지 않더군요. 햇볕도 충분히 쬐는 것 같지 않고요. 하원 의사당에 가 보셨습니까? 창문이 거의 없잖아요. 그런 데서 두더지처럼 숨어 일만 하니……"

"다른 얘긴 없었습니까?"

"왜 제가 띄운 편지에 답장하지 않았느냐고 물어봤습니다. 그랬더니 그 친구가 뭐라고 했는지 아십니까? 제 편지를 한 통도 받아보지 못했답니다. 나중에 우체국에 가서 따져야겠다나요. 하지만 전 그게 누구 소행인지 압니다." 그가 포스터를 돌아보았다. "당신이죠? 당신이 내 편지를 부치지 않은 거죠? 내 편지에서 우표를 떼어내 당신 우편물에 사용했다는 거 알아요. 안됐지만 이젠 그레고르 잭 하원의원이 알아버렸어요. 곧 무슨 조치가 있을 겁니다." 그가 무언가를 기억해냈는지 잽싸게 리버스를 돌아보았다. "제가 부탁드린 대로 흙을 만져주셨나요?"

리버스가 고개를 끄덕였다. "네, 부탁하신대로 흙을 만졌습니다."

맥밀런이 만족스러운 표정으로 고개를 끄덕였다. "느낌이 어떻던가요, 경위님?"

"아주 좋더군요. 지금껏 그 느낌을 모르고 살았습니다."

"세상 그 무엇도 당연시 여겨선 안 됩니다, 경위님." 맥밀런이 말했다. 그는 한층 차분해진 모습이었다. 하지만 그의 혈류 속 진정제의 약효가 언제 떨어질지는 알 수 없었다. "전 그에게 리즈에 대해 물어봤습니다." 그가 말했다. "별일 없이 잘 지낸다고 하더군요. 하지만 전 그 말을 믿지 않았습니다. 두 사람의 결혼생활에 큰 문제가 있다는 걸 알거든요. 그들은 애초부터 공존이 불가능한 커플이었습니다. 제 아내와 제가 그랬듯이 말이죠." 그가 말끝을 흐리고 마른침을 삼킨 후 두 손을 다시 무릎에 가지런히 모아놓았다. "리즈는 무리에 어울리지 않는 친구였어요. 그레고르는 고욱과 결혼했어야 합니다. 키눌이 먼저 그녀를 채가버리지만 않았어도." 그가 자신의 손에서 눈을 떼고 고개를 들었다. "이젠 치료가 필요한 사람이 하나 더 생겼습니다. 고욱이 눈치만 좀 있었어도 그를 정신과 의사에게 보냈을 겁니다. 그간 연기해온 수많은 배역들…… 결국 이렇게 영향을 미치지 않았습니까. 다음에 고욱을 만나게 되면 이 얘길 꼭 해줄 겁니다. 그녀를 마지막으로 본 지 꽤 된 것 같은데……"

리버스는 몸을 살짝 꼼지락거렸다. "베거가 다른 얘긴 안 했습니까, 맥? 어디로 갈 거라든지, 여길 찾아온 이유라든지."

맥밀런이 고개를 저었다. 그리고 이내 킥킥 웃었다. "어디로 갈 거라든지(headed)?" 그가 한동안 킥킥대다가 갑자기 웃음을 멈추고 진지한 표정을 지었다. "그냥 우리가 둘도 없는 친구 사이라고만 했습니다." 그가 다시 나지막이 웃었다. "그걸 꼭 말로 해야 아나? 참, 한 가지 더 있었습니다. 그가 뭘 물어봤는지 아십니까? 한번 맞혀보세요. 지금껏 잠잠하다가 뜬금없이……"

"그가 뭘 묻던가요?"

"그녀 머리를(head) 어떻게 처리했는지 묻더군요."

리버스가 마른침을 삼켰다. 포스터는 입술을 핥고 있었다. "그래서 뭐라고 대답하셨죠, 맥?"

"사실대로 대답했습니다. 기억나지 않는다고 말이죠." 그가 기도하듯 두 손을 모으고 손끝을 입술에 갖다 댔다. 이내 그의 눈이 스르르 감겼다. "수이 소식, 사실인가요?"

"어떤 소식 말씀입니까, 맥?"

"그가 이민을 갔다는 소식 말입니다. 영영 돌아오지 않을 수도 있다는 소식."

"베거가 그러던가요?"

맥밀런이 고개를 끄덕였다. 그가 눈을 뜨고 리버스를 쳐다보았다. "그 친구가 그랬습니다. 수이가 영영 돌아오지 않을 수도 있다고……"

간호사들이 맥밀런을 그의 방으로 데려갔다. 포스터는 주차장까지 배

응해주겠다며 코트를 챙겨 입었다. 그가 사무실 문을 걸어 잠그려는 찰나 전화벨이 울렸다.

"이 시간에 누굴까요?"

"제 전화인지도 모릅니다." 리버스가 말했다. 그가 다가가 수화기를 집어 들었다. "여보세요?"

더프타운의 녹스 경사였다. "리버스 경위님이십니까? 지시하신대로 디어 로지에 경관을 잠복시켜뒀습니다."

"그런데?"

"10분 전쯤에 하얀 사브가 도착했답니다."

도로변에는 두 대의 차가 세워져 있었다. 그중 하나는 디어 로지의 긴 진입로 입구를 봉쇄해 놓은 상태였다. 리버스는 자신의 차에서 내렸다. 녹스 경사가 그를 라이트 경장과 모팻 순경에게 소개했다.

"우린 이미 만난 적 있지?" 리버스가 모팻과 악수를 하며 말했다.

"참, 그렇지." 녹스가 말했다. "제가 깜빡했네요. 경위님이 하도 정신없이 저희를 굴려대셔서. 자, 이 상황을 어떻게 생각하십니까, 경위님?"

리버스는 추위에 오들오들 떨고 있었다. 당장이라도 폭우가 쏟아질 것만 같은 분위기였다. "지원은 요청했나?"

녹스가 고개를 끄덕였다. "최대한 많이 보내달라고 했습니다."

"그럼 그들이 도착할 때까지 기다려볼까?"

"네?"

리버스가 녹스의 얼굴을 응시했다. 경사는 기다리는 걸 별로 좋아하는 않는 타입인 듯했다. "아니면," 그가 말했다. "우리 셋이 들어가 보든가. 정문에 한 명을 세워두면 되겠지? 보나마나 저 안엔 시체나 인질이 있을 테니까. 만약 스틸이 살아 있다면 우리가 최대한 빨리 움직여야 해."

"그럼 당장 들어가 보죠."

리버스가 라이트 경장과 모팻 순경을 돌아보았다. 그들도 동의한다고 고개를 끄덕였다.

"집까지는 꽤 많이 걸어야 합니다." 녹스가 말했다.

"차를 타고 가면 소리가 나서 안 되겠지?"

"중간 지점에 내려서 걸어 올라가면 되지 않겠습니까?" 모팻이 제안했다. "그럼 출구도 완벽히 봉쇄할 수 있을 거고요. 이런 어둠 속에서 거기까지 걸어 올라가는 건 좀…… 만에 하나, 그가 차를 몰고 우리에게 달려들면 어떻게 합니까?"

"하긴, 자네 말도 일리가 있군. 좋아, 차로 올라가지." 리버스가 라이트 경장을 돌아보았다. "자넨 정문에 남아 지키도록 해. 모팻은 집의 구조를 잘 아니까 우리랑 같이 가야 하고." 라이트는 못마땅해 했지만 모팻의 얼굴에는 화색이 돌았다. "좋아." 리버스가 말했다. "출발하자고."

그들은 녹스의 차에 올랐다. 모팻의 차는 진입로 입구에 그대로 세워놓았다. 녹스는 리버스의 고물차를 흘끔 쳐다보고 나서 고개를 저어댔다.

"제 차로 가시죠."

그는 아주 천천히 차를 몰았다. 리버스는 조수석, 모팻은 뒷좌석에 각각 앉아 있었다. 차의 엔진 소음은 크지 않았지만 밤의 정적 속에서는 별 의미가 없었다. 그 어떤 나지막한 소음도 이곳에서는 요란하게 들릴 뿐이었다. 리버스는 할 수만 있다면 거센 폭풍을 부르고 싶었다. 천둥과 폭우. 무엇이든 그들의 소음을 덮어줄 수만 있다면 대환영이었다.

"그 책 재밌게 읽었습니다." 리버스 뒤에서 모팻이 말했다.

"무슨 책?"

"『물 밖에 나온 물고기』요."

"아, 깜빡 잊고 있었는데."

"스토리가 끝내주던데요." 모팻이 말했다.

"얼마나 더 올라가야 하죠?" 녹스가 물었다. "기억이 나질 않아서……"

"왼쪽으로 굽어진 길이 곧 나올 겁니다. 거기서 더 올라가면 오른쪽으로 꺾어지고요." 모팻이 말했다. "두 번째 굽이에서 내리는 게 좋을 것 같습니다. 거기서부터 200미터쯤 걸어 올라가면 됩니다."

그들은 문을 열어둔 채로 차에서 떨어져 나왔다. 녹스는 글러브박스에서 커다란 고무 손전등 두 개를 꺼냈다. "전 컵 스카우트(Cub Scouts, 보이 스카우트의 어린이 단원)였습니다." 그가 설명했다. "그래서 이렇게 준비성이 철저하죠." 그가 손전등 하나를 리버스에게 건넸다. "모팻 이 친구는 당근을 많이 먹어서 밤눈이 아주 좋습니다. 손전등 따윈 필요 없을 거예요. 자, 이젠 어떻게 하실 겁니까?"

"일단 올라가서 좀 살펴보자고. 그때 가서 계획을 짜면 돼."

"알겠습니다."

그들은 일렬로 서서 남은 진입로를 걸어 올라갔다. 50미터쯤 올라갔을 때 리버스가 손전등을 껐다. 더 이상 필요가 없어졌기 때문이다. 별장 안팎으로 불이 환하게 켜져 있었다. 그들은 빈터에 멈춰 서서 먼발치로 보이는 집을 살폈다. 현관 밖에는 사브가 세워져 있었고, 차의 트렁크는 열려 있었다. 리버스가 모팻을 돌아보았다.

"뒷문이 어디 붙어 있는지 기억하지? 거기 가서 지키고 있어."

"알겠습니다." 순경은 금세 숲속으로 사라졌다.

"자, 우린 저 차부터 살펴보자고. 그런 다음엔 창문 안을 살펴보고."

녹스가 고개를 끄덕였다. 그들은 빈터를 벗어나와 천천히 걸어 나갔다. 트렁크 안은 텅 비어 있었다. 뒷좌석도 마찬가지였고, 거실과 앞쪽 침실에는 불이 켜져 있었지만 사람의 움직임은 포착되지 않았다. 녹스가 손전등으로 현관문을 가리켰다. 손잡이를 돌리자 문이 스르르 열렸다. 그는 조심스레 문을 밀어보았다. 현관은 비어 있었다. 그들은 잠시 멈춰 서서 귀를 쫑긋 세웠다. 그때 기다렸다는 듯 요란한 음악이 터져 나왔다. 드럼과 기타 소리. 녹스가 화들짝 놀라며 물러났다. 리버스가 어깨에 손을 얹어 그를 진정시켰다. 그들은 다시 창문으로 돌아가 거실을 들여다보았다. 스테레오. LED 불빛이 꿈틀대고 있었다. 누군가가 카세트 플레이어를 자동 반복 재생에 맞춰놓은 모양이었다. 그들이 접근하는 동안 되감아진 테이프는 기세 좋게 재생되는 중이었다.

롤링 스톤스의 초기 앨범 중 〈페인트 잇 블랙(Paint It Black)〉. 리버스는 고개를 끄덕였다. "그가 안에 있는 게 분명해." 그가 혼잣말로 중얼거렸다. 집 안의 음악 소리 때문에 접근하는 차의 소음은 듣지 못했을 것이다. 그들이 안으로 들어서는 소리 역시 듣지 못할 것이고.

그래서 그들은 조심스레 들어가 보았다. 모팻이 주방을 지키고 있었기 때문에 리버스는 곧장 위층으로 올라가보았다. 녹스는 그의 뒤에 바짝 붙어 움직였다. 나무 난간에는 입자 고운 하얀 가루가 묻어 있었다. 현장감식반이 지문 채취를 위해 발라놓은 것이었다. 그들은 계단을 마저 올라 층계참에 도착했다. 이게 무슨 냄새지? 대체 이 냄새는······

"휘발유입니다." 녹스가 속삭였다.

그래. 휘발유. 침실 문은 닫혀 있었다. 음악은 아래층에서보다 훨씬 크게 들렸다. 드럼과 베이스가 쿵쿵대는 소리. 기타와 시타르의 쨍쨍대는 소리. 그리고 거친 보컬.

휘발유.

리버스는 문을 냅다 걷어차고 안으로 들어갔다. 그의 눈이 잽싸게 방 안을 훑었다. 방 한복판에는 그레고르 잭이 서 있었다. 그리고 온몸이 꽁꽁 묶인 채 벽에 붙어 서 있는 건, 로널드 스틸. 그의 입에는 재갈이 물려져 있었고, 얼굴은 퉁퉁 부어 있었으며, 이마에서는 피가 흐르고 있었다. 하지만 유심히 보니 재갈이 물려진 게 아니었다. 그의 입에는 신문 조각들이 쑤셔 넣어져 있었다. 침대에 널려 있었던 일요일자 신문들. 이 모든 걸 촉발시킨 기사들. 잭이 그걸 친구의 입에 쑤셔 넣은 것이었다.

휘발유.

한쪽 구석에서 빈 캔이 나뒹굴고 있었다. 방 안이 지독한 냄새로 진동했다. 스틸의 몸도 휘발유에 흠뻑 젖어 있었다. 아니면 땀인가? 험상궂었던 그레고르 잭의 표정이 점점 누그러져갔다. 수치심과 죄책감이 동시에 몰려든 모양이었다.

리버스는 그 모든 걸 단 몇 초 만에 파악했다. 하지만 잭은 이미 불붙은 성냥을 손에서 놓아버린 후였다.

카펫에 불이 붙는 순간 잭이 리버스 쪽으로 몸을 날렸다. 그는 균형을 잃고 휘청거리는 리버스와 녹스를 밀치고 계단을 향해 내달렸다. 불길은 빠르게 번져나갔다. 손을 쓰기에는 너무 늦어버렸다. 리버스가 스틸의 발을 움켜잡고 필사적으로 잡아끌었다. 어떻게든 그를 문 밖으로 끌어내야만 했다. 만약 그의 몸에 휘발유가 뿌려졌다면…… 하지만 알고 보니 땀이었다. 불꽃이 그의 몸을 핥아댔지만 다행히 옮겨 붙지는 않았다.

녹스는 이미 복도로 뛰쳐나가 잭을 쫓는 중이었다. 침실은 걷잡을 수 없이 커진 불길에 완전히 휩싸여 있었다. 방 한복판에 놓인 침대는 꼭 화장용 장작더미를 보는 듯했다. 침대 위에 걸린 암소 머리도 탁탁 소리를 내며 타들어가고 있었다. 리버스는 황급히 문을 닫았다. 그가 걷어찼을 때 경첩이라도 떨어졌었다면……

그는 힘겹게 스틸을 일으켜 세웠다. 그의 얼굴은 피로 범벅이 되어 있었고, 통통 부은 한쪽 눈은 떠지지 않았다. 나머지 눈에는 눈물이 맺혀 있었다. 그가 신문 조각을 뱉어냈다. 리버스는 그의 몸을 구속하고 있는 끈을 풀어보려 했지만 소용없었다. 그의 머리가 뜨거워져왔다. 그는 갑작스러운 통증의 이유가 궁금했다. 그가 스틸을 한쪽 어깨에 짊어지고 계단을 내려가기 시작했다.

스틸이 입 안에 남은 신문 조각을 마저 뱉어내고 소리쳤다. "당신 머리에 불이 붙었어요!"

어쩐지. 리버스는 남은 한 손으로 자신의 머리와 뒷목을 황급히 두들겼다. 그의 뒤통수에서는 시리얼처럼 파삭거리는 소리가 났다. 이내 극심한 통증이 밀려들었다.

어느새 그들은 아래층에 도착해 있었다. 리버스는 스틸을 바닥에 내려놓고 허리를 폈다. 그의 귓속은 웅웅거렸고, 시야는 흐려져 있었다. 그의 심장은 요란한 록 음악에 맞춰 쿵쾅대고 있었다. "주방에서 칼을 가져올게요." 그가 말했다. 주방으로 달려 들어간 그는 뒷문이 활짝 열려 있음을 깨달았다. 문틈으로 아득한 고함소리가 흘러들어왔다. 잠시 후, 형체 하나가 그의 시야로 들어왔다. 모팻이었다. 그는 두 손으로 코를 막아 쥐고 있었다. 그의 손목과 턱에서는 피가 뚝뚝 떨어졌다. 그가 손을 치우고 입을 열었다.

"그 자식이 머리로 들이받았습니다!" 그의 입과 코에서 피가 튀었다. "들이받혔다고요!" 그는 페어플레이가 아니라고 항의하는 운동선수 같았다.

"죽진 않을 테니 걱정 마." 리버스가 말했다.

"경사님이 놈을 쫓고 계십니다."

리버스가 현관 쪽을 가리켰다. "스틸이 저기 있어. 칼을 찾아서 끈부터 풀어줘. 그러고 나서 밖으로 데리고 나오면 돼." 그가 모팻을 밀치고 뒷문으로 뛰쳐나갔다. 주방에서 흘러나온 불빛 덕분에 주변은 대충 살펴볼 수 있었다. 하지만 밖은 여전히 칠흑 같은 어둠에 파묻힌 상태였다. 그의 손전등은 침실 바닥을 뒹굴고 있었다. 그가 씩씩거리며 작은 빈터를 가로질러 나갔다. 그리고 거침없이 숲속으로 파고들어갔다.

그가 서두를수록 진행 속도는 더뎌질 뿐이었다. 그는 나무와 덤불과 묘목들을 조심스레 헤쳐 나갔다. 들장미 가시가 거슬렸지만 리버스는 멈추지 않았다. 방향 감각은 잃어버린 지 오래였지만 계속 비탈을 오르다 보면 같은 자리를 맴도는 암담한 일은 없을 것 같았다. 잠시 후, 그의 발이 무언가에 걸렸다. 균형을 잃은 몸이 고꾸라지면서 육중한 나무와 충돌했다. 그의 셔츠는 땀으로 흠뻑 젖어 있었다. 연기와 땀이 배어들어간 눈은 따끔거렸다. 그는 잠시 숨을 고르며 귀를 쫑긋 세워보았다.

"잭! 어리석은 짓 말아요! 잭!"

녹스였다. 멀리 떨어져 있었지만 리버스가 따라잡지 못할 정도는 아니었다. 그가 심호흡을 몇 번 한 뒤 다시 걸음을 옮겨나가기 시작했다. 기적적으로 숲을 빠져나온 그의 앞에 넓은 빈터가 나타났다. 비탈은 점점 가팔라지고 있었다. 땅은 고사리와 가시금작화 같은 짧고 뾰족한 식물들로 뒤덮여 있었다. 먼발치에서 섬광이 번쩍였다. 녹스의 손전등 불빛이었다. 리버스는 자신의 오른쪽으로 솟아 있는 언덕을 뛰어 오르기 시작했다. 덤불에 걸려 넘어지지 않으려면 발을 최대한 높이 들 수밖에 없었다. 무언가가 계속해서 그의 바짓가랑이와 발목을 할퀴어댔다. 잠시 후, 그는 짧은 잔디가 깔린 공간으로 들어섰다. 젊고 체력 관리가 잘된 상태였다면 단숨에 가로지를 수 있었겠지만 지금 리버스에게는 버겁기만 했다. 손전등 불빛이 제자리를 맴돌고 있었다. 녹스가 사냥감을 놓쳤다는 뜻이었다. 불빛을 향해 나아가던 리버스가 갑자기 방향을 틀었다. 흩어져서 찾으면 수색에 능률을 높일 수 있었다.

언덕 꼭대기에 도착하자 평평한 땅이 나타났다. 낮이었다면 그곳 풍경은 꽤 암울해 보였을 것이다. 성장을 억제당한 나무들로 뒤덮인 황무지. 척박한 환경에 익숙한 양들에게는 어울리지 않는 공간이었다. 멀리 우뚝 솟은 언덕들이 보였다. 땀에 젖은 셔츠를 말려준 거센 바람이 뚝 멎었다. 냉기가 그의 뼛속으로 스며들었다. 그의 머리는 아직도 지끈거렸다. 햇볕으로 입은 화상보다 백배 이상 더 고통스러웠다. 그는 밤하늘을 올려다보았다. 구름의 검은 윤곽이 그의 눈에 들어왔다. 날씨는 점점 맑아져가는 중이었다. 그의 귓전에서 바람의 휘파람이 맴돌았다.

그리고 흐르는 물소리.

그가 걸음을 옮겨나갈수록 물소리는 점점 크게 들려왔다. 녹스의 손전등 불빛은 더 이상 보이지 않았다. 여기서 더 나아갔다가는 길을 잃고 헤매게 될 것만 같았다. 밤새도록 언덕과 숲속을 헤매고 다닐 생각을 하니

오싹해졌다. 그는 자신이 걸어온 길을 돌아보았다. 줄지어 선 나무들 너머의 집은 보이지 않았다.

"잭! 잭!" 녹스의 목소리가 아득하게 들려왔다. 리버스는 녹스가 있는 쪽으로 이동했다. 만약 그레고르 잭이 이곳 어딘가에 숨어 있다면 그냥 얼어 죽도록 내버려두는 수밖에 없었다. 수색 작업이야 내일 구조대를 데려와 재개하면 될 것이고.

물소리가 점점 가까워져왔다. 초목이 사라진 땅에는 바위가 널려 있었다. 물은 그의 아래쪽 어딘가에서 흐르고 있었다. 그가 다시 걸음을 멈추었다. 먼발치로 형체와 그림자들이 보였다. 도무지 말이 되지 않는 광경이었다. 마치 눈앞에서 땅이 접혀진 듯했다. 그때 구름이 걷히면서 커다란 보름달이 모습을 드러냈다. 은은한 달빛이 리버스의 시야를 밝혀주었다. 그는 5미터 높이의 낭떠러지에서 불과 1미터도 채 떨어지지 않은 지점에 멈춰 서 있었다. 낭떠러지 밑으로는 검고 비비 꼬인 강이 흐르고 있었다. 수상한 형체가 비틀거리며 다가왔다. 탈진 상태에 빠졌는지 형체는 두 팔을 밑으로 늘어뜨린 채 몸을 웅크렸다. 유인원. 꼭 유인원을 보는 듯했다.

그레고르 잭은 가쁜 숨을 몰아쉬고 있었다. 그의 숨소리는 신음에 가까웠다. 그는 앞도 제대로 보지 못한 채 걸음을 옮겨나가고 있었다.

"그레고르."

형체가 쌕쌕대며 고개를 들었다. 그레고르 잭은 걸음을 멈추고 힘겹게 몸을 폈다. 그가 두 손을 허리에 얹고 밤하늘을 올려다보았다. 방금 경주를 마친 달리기 선수처럼. 그의 한 손이 얼굴로 흘러내린 머리를 쓸어 올렸다. 그는 다시 두 손을 무릎에 얹고 허리를 구부렸다. 공들여 쓸어 넘긴 머리가 다시 앞으로 흘러내렸다. 그의 호흡은 조금씩 안정을 찾아갔다. 그가 다시 허리를 곧게 폈다. 리버스의 눈에 미소 짓는 그의 얼굴이 어렴풋이 들어왔다. 그의 입 안으로 완벽하게 관리된 치아가 드러났다. 그가 고개를 저으며 킬킬 웃었다. 리버스는 그와 같은 소리를 들어본 적이 있었다. 모든 걸 잃어버린 사람들로부터. 자유를 박탈당한 사람, 큰 내기에서 진 사람, 파이브-어-사이드(five-a-side, 5명씩 팀을 이뤄 하는 실내축구) 경기에서 패배한 사람. 절망 섞인 너털웃음.

그레고르의 웃음은 이내 격한 기침으로 바뀌었다. 그가 가슴을 몇 번 두드려대고 나서 리버스를 쳐다보았다. 그의 얼굴에는 다시 미소가 머금어져 있었다.

그가 한쪽으로 몸을 날렸다.

리버스는 본능적으로 움찔했지만 잭은 전혀 엉뚱한 곳으로 향하고 있었다. 리버스는 그가 어디로 향하는지 대번에 알아차릴 수 있었다. 잭이 마지막 남은 땅을 박차고 허공으로 뛰어올랐다. 몇 초 후, 낭떠러지 밑에서 물 튀는 소리가 들려왔다. 리버스는 조심스레 낭떠러지로 다가가 강을 내려다보았다. 하지만 구름이 다시 달을 가려버렸다. 달빛이 사그라지면서 그의 시야는 완전한 어둠에 파묻혔다.

그들은 녹스의 손전등을 켜지 않고 디어 로지로 돌아왔다. 불타는 집이 주변을 환히 밝혀준 덕분이었다. 나무들에는 벌겋게 탄 재가 쌓여가는 중이었다. 숲을 벗어나온 리버스가 손을 올려 뒤통수를 더듬어보았다. 화상 입은 피부가 따끔거렸다. 하지만 쇼크 때문인지 통증은 우려했던 것보다 심하지 않았다. 엉겅퀴가 할퀴어 놓은 발목도 시큰거렸다. 집 주변에는 아무도 없었다. 모팻과 스틸은 녹스의 차에서 기다리고 있었다.

"그의 수영 실력은 어떻습니까?" 리버스가 스틸에게 물었다.

"베거?" 스틸은 밧줄에서 풀려난 팔뚝을 주물러대고 있었다. "전혀 못합니다. 학교에서 배울 기회가 있었지만 그 친구는 이 핑계 저 핑계를 대면서 늘 빠졌습니다."

"왜 그랬죠?"

스틸이 어깨를 으쓱였다. "사마귀가 생길까봐 겁이 났던 모양이죠, 뭐. 그건 그렇고, 머리는 좀 어떠십니까, 경위님?"

"한동안 이발할 일은 없을 것 같습니다."

"잭은 어떻게 됐죠?" 모팻이 물었다.

"그 친구도 마찬가지일 거고."

다음 날 아침, 그들은 그레고르 잭의 시체를 찾아 수색 작업을 펼쳤다. 병원에 붙잡힌 리버스는 그 작업을 거들 수 없었다.

"머리가 빨리 돋지 않는다 해도 너무 조급해하지 마십시오." 한 고참 의사가 말했다. "정 신경이 쓰이면 부분 가발을 알아보시고요. 모자를 쓰고 다니시든지. 두피가 굉장히 민감해져 있으니 햇볕은 절대 쬐지 마십시오."

"햇볕? 무슨 햇볕 말씀입니까?"

병가를 낸 그는 실내에만 머물고 있었다. 그것도 지하에. 하루 종일 책만 보면서. 오직 붕대를 교체하기 위해 왕립 병원을 찾을 때만 외출을 했을 뿐이다.

"붕대쯤은 내가 갈아줄 수도 있어요." 페이션스는 말했다.

"그래도 공과 사는 구분해야죠." 리버스는 그런 수수께끼 같은 대꾸를 내뱉었다. 사실 그는 마음에 쏙 드는 간호사를 보러 기꺼이 병원을 찾는 것이었다. 그녀도 그에게 홀딱 반해 있는 것 같았다. 물론 진지한 관계로 발전할 가능성은 희박했다. 그냥 서로에게 추파를 던져대는 정도에서 끝날 게 뻔했다. 그는 페이션스의 마음을 아프게 하고 싶지 않았다. 무슨 일이 있어도.

홈스는 늘 거품 많은 음료를 한 아름 안고 면회를 왔다. "안녕하세요, 대머리 아저씨." 머리가 조금 돋아난 상태였지만 그의 놀림은 끊이지 않았다.

"새로운 소식은 없고?" 리버스가 물었다.

그레고르 잭의 시체는 아직도 발견되지 않고 있었다. 농부는 복고주의 침례교 미팅에서 주님을 영접한 후로 술을 딱 끊어버렸다고 했다.

"앞으로는 성찬식 포도주 외엔 아무것도 안 마시겠답니다." 홈스가 말했다. "하마터면……" 그가 리버스의 머리를 가리켰다. "불교 신자가 되실 뻔했습니다."

"뭐 나쁘진 않지." 리버스가 말했다. "한번 진지하게 생각해봐야겠어."

언론은 잭이 아직 살아 있을지 모른다며 호들갑을 떨어댔다. 솔직히 리버스도 그럴 가능성을 배제하지 않고 있었다. 잭이 엘리자베스를 죽인 이유는 아직도 미스터리로 남아 있었다. 로널드 스틸도 그 부분에 대해서는 답을 가지고 있지 않은 듯했다. 잭은 친구를 인질로 붙잡고 있는 동안 거의 입을 열지 않았다고 했다. 어디까지나 스틸의 주장일 뿐이었지만. 잭이 그에게 무슨 말을 주절거렸든 그것은 두 사람의 영원한 비밀로 남게 되었다.

리버스에게 남겨진 것은 온갖 시나리오와 짐작뿐이었다. 그는 머릿속으로 그것들을 하나하나 그려보았다. 일시 정차 가능 구역에 도착한 잭. 엘리자베스와의 격한 언쟁. 어쩌면 그녀는 남편에게 이혼을 요구했는지도 모른다. 매음굴 사건을 문제 삼았는지도 모르고. 어쩌면 또 다른 문제가 있었는지도 몰랐다. 한 가지 분명한 것은 스틸이 그렇게 떠나버린 후 그녀가 그곳에 남아 남편을 기다렸다는 사실이다.

"저도 기다렸다가 그 친구를 만나볼까 생각했습니다만……"

"왜 그러지 않으셨죠?"

스틸이 어깨를 으쓱였다. "겁이 났어요. 죄를 저질러서가 아니라, 발각되는 게 두려워서였습니다. 제 말 이해하시겠습니까, 경위님?"

"하지만 만약 선생께서 그녀와 함께 남으셨더라면……"

스틸이 다시 어깨를 으쓱였다. "저도 그런 생각을 해봤습니다. 만약 그랬다면 리즈는 그에게 꺼지라고 했을 겁니다. 그리고 영원히 제 곁에 남아주었겠죠. 두 사람 모두 멀쩡히 살아남았을 거고요."

만약 스틸이 일시 정차 가능 구역을 떠나지 않았더라면…… 만약 게일 잭이 에든버러로 돌아오지 않았더라면…… 만약 그랬더라면? 리버스는 확신할 수 있었다. 이런 비극은 결코 벌어지지 않았을 거라고. 불과 얼음과 벽장 속 해골. 그는 엘리자베스 잭을 만나보지 못한 게 못내 아쉬웠다. 그녀를 인간적으로 마음에 들어 했을지는 의문이었지만.

새로운 소식이 한 가지 더 있었다. 누군가가 누설한 내부 정보로 공식 확인된 소문. 그레이트 런던 가 경찰서는 대대적인 수리와 재단장 작업에 들어가게 되었다.

결국 페이션스와 살림을 합쳐야 한다는 뜻이군. 리버스는 생각했다. 하긴, 사실상 이미 합친 거나 다름없지만.

"당신 아파트는 처분하지 않아도 돼요." 그녀가 말했다. "그냥 세를 놓으면 되잖아요."

"세를 놓으라고요?"

"그 동네 학생들에게요." 그것은 사실이었다. 아침마다 책가방과 링 바인더와 슈퍼마켓 쇼핑백으로 무장한 학생들이 메도우즈로 몰려가는 경이로운 광경을 감상할 수 있는 곳. 오후 늦은 시간부터 한밤중까지 책과 아이디어로 넘쳐나는 곳. 그럴듯한 제안이었다. 세를 놓게 되면 페이션스에게 생활비도 조금씩 줄 수 있을 테고.

"좋아요." 그가 말했다.

하지만 그레이트 런던 가 경찰서는 그가 병가를 마치고 복귀한 지 하루만에 화재로 재가 되어버리고 말았다.

감사의 말

헤아릴 수 없이 큰 도움을 준 다음 분들에게 심심한 감사의 뜻을 전한다. 은퇴한 미들로디언 하원의원인 알렉스 이디, 존 홈 로버트슨 하원의원, 부수틸 에든버러 대학교 법의학부 흠정 강좌 담당교수, 로디언과 보더스 경찰, 에든버러 경찰, 에든버러 중앙도서관의 '에든버러 룸' 직원들, 스코틀랜드 국립도서관 직원들. 그리고 샌디 벨스, 옥스퍼드 바, 메이더스, 클락스 바, 그린 트리의 직원과 손님들.

옮긴이의 말

영국에서 매년 팔려나가는 범죄소설 전체에서 무려 10퍼센트를 차지하는 엄청난 시리즈가 있다. 제임스 엘로이가 '타탄 누아르의 제왕'이라고 칭한 이언 랜킨의 '존 리버스 컬렉션'이 바로 그것이다. 지금까지 발표된 그의 모든 작품이 출간 3개월 만에 50만 부 이상씩 팔려나갔다는 통계도 있다. 이처럼 영국 범죄문학계에서 이언 랜킨이 차지하는 비중은 실로 대단하다.

『스트립 잭』은 여느 범죄소설과 달리 살인사건으로 이야기의 문을 열지 않는다. 대신 매음굴에서 덜미가 잡힌 하원의원과 희귀본을 도난당한 신학 교수의 이야기, 거기에 페이션스 에이트킨 박사라는 새로운 캐릭터를 소개하는 것으로 굴곡 많은 여정을 시작한다.

지난 세 작품과 마찬가지로 『스트립 잭』 역시 맥주, 숙취, 삐걱대는 로맨스, 축축한 날씨, 그리고 까다로운 상관들과 순진한 부하들로 넘쳐난다. 삶에 치여 살아가는 랜킨의 지친 주인공은 이번에도 쉴 새 없이 터지는 골치 아픈 문제들을 혈혈단신 해결해나가는 내공을 보여주고 있다. 여전히 어수룩하고 허둥대지만 전편에서보다 형사로서 확실히 진일보한 모습 또

한 보여준다. 이는 이언 랜킨이 작가로서 그만큼 더 노련해졌다는 의미일 것이다.

기발한 말장난과 냉소주의로 무장한 존 리버스는 누구라도 사랑할 수밖에 없는 캐릭터다. 심하게 팩팩거리고, 언제나 부스스하고, 여러모로 흠이 많은 중년 형사. 그러한 인간적인 면이야말로 그의 가장 큰 매력이라 할 수 있다. 이 암울하고 흥미로운 이야기에 입체감을 불어넣는 에든버러라는 공간의 묘사 또한 매력 만점의 주인공만큼이나 독자들에게 깊은 인상을 준다. 툭하면 내리는 이슬비, 러시아워의 꽉 막힌 도로들, 한시도 마를 틈 없는 옷, 그리고 그로테스크한 건축물들. 스코틀랜드를 여행할 기회가 생긴다면 존 리버스 소설을 안내서 삼아 챙겨가 보는 건 어떨까 싶다.

『스트립 잭』에서는 반가운 인물이 몇몇 등장한다. 특히 수화기에서 조지 플라이트 경위의 목소리가 흘러나오는 순간 나도 모르게 미소가 머금어졌다. 전편 『이빨 자국』에서 독자들에게 깊은 인상을 남겼던 그는 그새 리버스와 막역한 사이가 된 모양이다. 서로에게 육두문자를 늘어놓으며 농담 배틀을 벌이는 장면은 꼭 수십 년 지기 죽마고우가 티격태격 대는 모습을 보는 듯하다. 같은 연배에 계급까지 같아 이번부터는 그냥 서로 말을 놓게 했다. 또한 『매듭과 십자가』와 『숨바꼭질』을 통해 친숙해진 질 템플러의 찬조 출연 역시 반갑기는 마찬가지다. 앞으로 리버스의 애정전선을 얼마나 흔들어놓으려고 그러는지……

『스트립 잭』에서 처음 소개된 페이션스 에이트킨 박사와 프랭크 로더데일 경감은 후속작들에서 자주 보게 될 캐릭터들이니 이번에 확실히 눈도장을 찍어두면 좋을 것 같다.

개인적으로 『스트립 잭』을 읽고 나서 몇 가지 의문이 남았다.

리버스의 머리는 이제 어쩌나?

과연 리버스는 페이션스와 살림을 합치게 될 것인가?

시동도 걸리지 않는 그 똥차는 대체 언제까지 끌고 다닐 것인가?

속편 『검은 노트(The Black Book)』가 특히 더 기다려지는 이유다.

최필원

스트립 잭

초판 1쇄 인쇄 2016년 10월 25일
초판 1쇄 발행 2016년 10월 31일

지은이 | 이언 랜킨
옮긴이 | 최필원
펴낸이 | 정상우
주간 | 정상준
편집 | 이민정 김민채 황유정
디자인 | 박수연 김해연
관리 | 김정숙

펴낸곳 | 오픈하우스
출판등록 | 2007년 11월 29일 (제13-237호)
주소 | 서울시 마포구 동교로13길 34(04003)
전화 | 02-333-3705 팩스 | 02-333-3745
openhousebooks.com
facebook.com/vertigo.kr

ISBN 979-11-86009-86-4 04840
ISBN 979-11-86009-19-2 (세트)

VERTIGO 는 (주)오픈하우스의 장르문학 시리즈입니다.

이 도서의 국립중앙도서관 출판예정도서목록(CIP)은 서지정보유통지원시스템 홈페이지(http://seoji.nl.go.kr)
와 국가자료공동목록시스템(http://www.nl.go.kr/kolisnet)에서 이용하실 수 있습니다.
(CIP제어번호: CIP2016024914)